Catherine Sampson arbeitete als Korrespondentin für die «Times» in China und schreibt heute für die «Vogue» und den «Economist». Die Autorin lebt mit ihrer Familie in Peking.

Catherine Sampson

IN EINER HELLEN SOMMERNACHT

Psychothriller

Deutsch von Melanie Neuburg

Rowohlt Taschenbuch Verlag

Veröffentlicht im Rowohlt Taschenbuch Verlag,
Reinbek bei Hamburg, April 2006

Umschlaggestaltung: any.way, Barbara Hanke/Cordula Schmidt
(Fensterfoto: nonstock/mauritius images,
Mondfoto: van Ravenswaay/mauritius images)
Druck und Bindung Clausen & Bosse, Leck
Printed in Germany
ISBN 13: 978 3 499 23880 2
ISBN 10: 3 499 23880 2

Für James
und für Martha

I

DER STREIT BEGANN gegen sieben Uhr abends. Es war ein heißer Tag, drückend-schwül, und meine Nachbarn hatten ihre Fenster weit aufgerissen in der vergeblichen Hoffnung, eine Brise hereinzulassen. Die Luft roch versengt. Zunächst hörte man nur Stimmen. Ich stand draußen vor dem Haus, wollte den Müll hinausbringen, und da die täglichen Vorabendserien gerade begonnen hatten, ging ich davon aus, dass der Streit aus dem Fernseher stammte. Eine Männer- und eine Frauenstimme, doch zu diesem Zeitpunkt wurden sie noch durch Zurückhaltung gedämpft, sodass ich kein Wort verstand, selbst wenn ich gewollt hätte.

Eine halbe Stunde später prallten Schreie der Entrüstung und lautstark gehöhnte Verachtung von den Mauern unserer schieferverkleideten Reihenhäuser ab und wurden zurückgeworfen zu den schnörkligen roten Backsteinfassaden der gegenüberliegenden Straßenseite. Die absolute Windstille schien die Stimmen noch zu verstärken, sodass Vorwürfe und Gegenvorwürfe klar und vernichtend durch das offene Fenster drangen. Mittlerweile kniete ich auf dem Boden und versuchte, den Zwillingen ihre Schlafanzüge anzuziehen, doch das Gebrüll lenkte mich ab. Um besser mitzuhören, ließ ich Hannah los, die fröhlich davonkrabbelte, weil sie glaubte, der Anziehprozedur für heute entkommen zu sein. Ich überlegte, ans Fenster zu treten, um zu erfahren, woher die Stimmen kamen, doch die Streitenden hatten schon genug Probleme, auch ohne dass ich meine Nase in ihre Angelegenheiten steckte.

«Natürlich kannst du das nicht verstehen, du egoistisches Arschloch», schrie die Frau gerade, «du lässt mich ja nicht …», sie fuhr fort, irgendetwas von Geld ausgeben zu keifen, doch wurde sie von dem Mann übertönt, der sie so lange als Schlampe beschimpfte, bis die Frauenstimme schließlich verstummte.

Da er nunmehr freie Bahn hatte, drehte er voll auf. «Du bist eine verlogene, Blut saugende Hure», brüllte er, und seine Stimme überschlug sich vor Aufregung, bevor er etwas murmelte, was ich nicht verstehen konnte, um kurz darauf wieder laut zu schreien: «Was, verdammter Mist, geht hier in meinem Haus vor?»

«Dein Haus? Dein …» Sie, wer auch immer sie war, ging wieder aufgebracht auf ihn los, doch dann mischte sich eine dritte Stimme ein, eine helle verängstigte Kinderstimme, und endlich hörte das Geschrei auf.

Ich verzog das Gesicht, in Gedanken befand ich mich in einem fremden Wohnzimmer, wo ein verschrecktes Mädchen oder ein verschreckter Junge seinen ganzen Mut zusammennahm, um irgendetwas zu sagen, ganz gleich was, um die Eltern zum Schweigen zu bringen. Der Streit war hässlich, selbst aus der Ferne. Natürlich würde die Wolke des Zorns letztlich weiterziehen, man konnte sich entschuldigen, Anschuldigungen zurücknehmen. In diesem Fall konnte ich mir jedoch kaum vorstellen, wie das Leben zur Normalität zurückkehren sollte, es sei denn, man nannte seine Frau alle Tage eine verlogene Hure.

Meine Nachbarn auf beiden Straßenseiten waren zurückhaltende Leute. Sie brüllten nicht in der Öffentlichkeit, sie liefen nicht nackt auf die Straße, und einen Fremden, um

Gottes willen, nein, nie würden sie ihn anlächeln. Doch dieses Wetter machte jeden fertig. Sie hatten Regen angekündigt, aber stattdessen wurde es immer heißer, die Luft immer schwerer. Seit nunmehr drei Tagen ging das schon so. Wenn der Regen kam, würde er die Himmel leeren.

Ich war gerade dabei, William in sein Bettchen zu legen, als über uns das erste Donnergrollen ertönte, der Regen jäh wie ein Wasserfall herabstürzte und so plötzlich gegen die Fensterscheiben trommelte wie jemand, der dringend Einlass begehrt. Ich fragte mich, ob unser Haus wasserdicht war. Es schien unwahrscheinlich, dass eine so labile Konstruktion mehr als einen leichten Schauer aushalten würde. Womöglich war es sogar übertrieben, es ein Haus zu nennen. Der Immobilienmakler hatte es als «charmante Sozialwohnung» bezeichnet. Eigentlich war es wie eine kleine Wohnung, die man senkrecht aufgestellt hatte, die Wände kaum massiv genug, es aufrecht zu halten. Zum Haus gehörte nach vorne hinaus ein schmaler betonierter Streifen mit einem niedrigen Mäuerchen, das einzig dazu diente, unseren Besitz abzustecken, und nach hinten ein winziger Garten, begrenzt von einem wackeligen Holzzaun und Hühnerdraht. Das Haus selbst wirkte, hauptsächlich dank seiner Größe, recht gemütlich. Ich hatte keine Zeit gehabt, irgendetwas daran zu verändern, sodass es noch genau so aussah wie bei meinem Einzug, einschließlich der bunt gestrichenen Wände und fleckigen Teppiche. Das Beste an diesem Haus war sein offener Kamin. Der Makler nannte es ein «antikes Accessoire», und es war tatsächlich ein viktorianischer Kamin. Allerdings lebte jene Viktoria, als dieses Haus vor etwa vierzig Jahren gebaut worden war, schon lange nicht mehr.

Es war nicht das Haus, das ich mir ausgesucht hätte. Es war das Haus, das ich mir leisten konnte. Ein einzelnes Einkommen, doppelte Kosten für Kinderbetreuung und null Aussicht auf einen unverhofften Geldsegen führten notgedrungen zur niedrigsten Hypothek, die ich finden konnte. Mein Haus und überhaupt alle Häuser auf dieser Straßenseite waren die graue britische Variante von Slumhütten, jedenfalls im Vergleich zu den roten viktorianischen Backsteinvillen, die die andere Straßenseite zierten. Jene haben Alarmanlagen und bunte Bleiglasfenster, die wie Juwelen in ihren schweren Holztüren sitzen. Ich habe eine Türklingel, die eine ziemlich verstimmte Fassung von Greensleeves spielt, und hinten ein zerbrochenes Fenster, seit der Elfjährige von nebenan einen Tennisball durch die Scheibe befördert hat.

Bis acht Uhr brauchte ich, um Hannah und William zu füttern, zu baden und in ihre Bettchen zu verfrachten. Danach fühlte ich mich, als wäre ich einen Marathon gelaufen. Ich wischte mir die klebrigen Reste ihres Abendessens von den Ärmeln, goss mir ein Glas Merlot ein, zog die Gardinen ein wenig zur Seite, um von der Lehne des Stuhls aus das Gewitter beobachten zu können. Mein Rücken schmerzte, und ich ließ meine Schultern kreisen, spürte die Verspannung im Nacken und versuchte, sie zu lösen. Zusammen wogen die Zwillinge mittlerweile ebenso viel wie ein Elefantenbaby. Draußen war der bedrohlich drückend-schwüle Tag einer zornigen Gewitternacht gewichen. Die Bäume und Büsche gegenüber wurden vom Wind hin und her gepeitscht, und der Regen fiel wie ein dichter Vorhang durch die orangeschimmernde Dunkelheit.

Die Familie gegenüber hatte ihre Vorhänge noch nicht zugezogen, sodass ich das kühle Blau der hohen Wände und die Punktstrahler über ihren gerahmten Reproduktionen sehen konnte. Ich runzelte die Stirn. War es nur meine Einbildung, oder waren tatsächlich wieder Stimmen zu hören, die den Sturm übertönten? Es würde doch keiner vergessen haben, seine Fenster zu schließen. Es sei denn, man wäre derart außer sich, dass man das Unwetter gar nicht bemerkt hatte. Ein Blitz erhellte den Himmel, und unmittelbar darauf entlud sich krachend ein gewaltiger Donner und ließ mein kleines zerbrechliches Haus erzittern. Und dennoch, so unwahrscheinlich es auch sein mochte, meine Ohren registrierten Wortfetzen, ein Kreischen und Schreien, das zu menschlich klang, als dass es vom heulenden Sturm hätte stammen können. Ich schaute die Straße hinauf und hinab, doch der Regen hatte die Menschen in ihre Häuser getrieben.

Ich wollte gerade die Vorhänge zuziehen und das Unwetter aussperren, da stürzte plötzlich am Rande meines Blickfelds eine Frau vom Himmel herab. Wie es dazu kam, sah ich nicht. Ich sah lediglich ihren freien Fall, Füße zuerst, leicht vornübergeneigt, die Arme vorgestreckt, als wolle sie ihren Fall bremsen. Ihre Kleidung vom Regen und Wind hin und her gepeitscht, doch ihr Gewicht zog sie in die Tiefe hinab wie ein Anker. Für einen Augenblick konnte mein Verstand nicht begreifen, was meine Augen deutlich sahen und meine Ohren hörten: einen Schrei, der sich mit dem Tosen des Windes zu einem einzigen Missklang vermischte. Kaum war sie aufgeschlagen, ließ das Heulen nach, war der Sturm wieder unter sich. Diesen kurzen Moment der Gewalt haben das Wetter und die Begleitumstände auf alle Zeit in mein Gedächtnis gebrannt; schon bildete sich ein Narbengewebe um die Erinnerung.

Entsetzt sprang ich auf, mit hämmerndem Herzen und schreckgeweiteten Augen starrte ich zu der Stelle auf dem Bürgersteig, wo ich sie vermutete. Was sollte ich bloß tun? Was konnte ich tun? Adrenalin durchströmte meinen Körper, und ich rannte los, riss meine Haustür auf, spürte, wie die Feuchtigkeit meine Lungen füllte, und rannte weiter. Als ich bei ihr ankam, ging ich in die Hocke und zwang mich, genau hinzuschauen. Bis zu diesem Augenblick hatte ein Teil von mir noch geglaubt, Wind und Regen hätten meine Sinne getäuscht, doch es war, wie ich befürchtet hatte. Das Bündel, das vor mir lag, war eine Frau. Vielmehr das, was von ihr übrig war. Sie trug etwas Langes, Weites, das sich um ihre Glieder geschlungen hatte, die beim Aufprall zerschmettert worden waren. Ihr langes Haar bedeckte den Kopf, ihr Gesicht war dem Boden zugewandt. Der Regen peitschte mir ins Gesicht, rann mir in die Augen, sodass ich nur schwer etwas erkennen konnte. Mir schien, als sickere eine andere, dunklere Flüssigkeit unter ihrem Kopf hervor, doch war ich mir nicht sicher. Ich konnte nicht sehen, ob sie atmete, daher legte ich ihr meine Fingerspitzen leicht auf den Rücken, um dort vielleicht ein Auf und Ab zu spüren. Ich spürte nichts dergleichen.

Ich richtete mich auf und schaute nach oben. Die Haare klebten mir in nassen Strängen im Gesicht. Woher war sie gekommen? Im dritten Stock ragte ein winziger schmiedeeiserner Balkon aus dem Mauerwerk hervor. Ich konnte hier nichts für sie tun. Ich verschwendete Zeit. Was sie brauchte, war ein Krankenwagen. Ich machte vier Schritte zur nächsten Tür und klopfte, klingelte dann Sturm, drückte immer wieder auf den Klingelknopf. Das ganze Haus bewohnt von einer Familie oder gar von nur einer Person, womöglich sogar von der einen Person, die jetzt hinter mir zerschellt auf dem Boden lag. Doch kaum war mir dieser Gedanke gekommen, wusste ich, dass dem nicht so war, dass ich andere Menschen hinter dieser Haustür hatte verschwinden sehen. Ein großer gut gekleideter Mann und ein Teenager im Grunge-Look – das waren die Bilder, die mir in den Sinn kamen. Doch niemand öffnete die Tür.

Das Rauschen des Regens, wie Wellen, die gegen das Ufer branden, sorgte dafür, dass ich nicht hören konnte, ob sich etwas im Haus tat. Ich trat einen Schritt zurück. Soviel ich sehen konnte, brannte im Haus nur ein Licht, und zwar in dem Zimmer mit Balkon im dritten Stock. Ich trat noch weiter zurück, bis ich sah, dass die Glastüren zum Balkon offen standen und die aus leichtem Stoff gefertigten Vorhänge in die Nacht hinausflatterten. Ich hämmerte erneut gegen die Tür und brüllte, bevor ich schließlich aufgab. Ich wandte mich meinem Haus zu, ging ein paar Schritte in die Richtung und erstarrte. Der Wind hatte meine Haustür zugeschlagen. Hannah und William waren drinnen. Verzweifelt fuhr ich mir durch das klatschnasse Haar.

«Scheiße, Scheiße, Scheiße», hörte ich mich brüllen.

Selbstverständlich hatte ich sie wohl behütet in ihren Bettchen zurückgelassen, doch in diesem Augenblick schienen weder Feuersbrünste noch Erdbeben unmöglich oder gar unwahrscheinlich. Ich machte einen Satz über die Backsteinmauer zum Nachbarhaus, dem Haus mit den hellblauen Wänden. Mit einer Hand hämmerte ich gegen die Haustür, die andere presste ich auf den Klingelknopf. Einen Augenblick meinte ich, Schritte zu hören, doch dann herrschte wieder Stille. Niemand. Ich hätte schwören können, dass hinter der Tür jemand stand.

«Bitte öffnen Sie die Tür», rief ich. «Ich brauche Hilfe.»

Immer noch nichts.

«Es ist ein Notfall», schrie ich.

Ich gab auf, kletterte über den Zaun zum nächsten Hauseingang, donnerte gegen die Tür mit demselben Erfolg, gab abermals auf, stieg über eine niedrige Hecke, versuchte es erneut. Dort gab es drei Klingeln, drei Wohnungen. Ich drückte alle Klingeln auf einmal, drückte und hämmerte zugleich gegen die Tür, die Faust mittlerweile gefühllos. Plötzlich öffnete sich die Tür, und ein junger Mann schaute heraus, sichtlich empört über mein rüpelhaftes Benehmen. Wir waren einander bereits auf der Straße begegnet, allerdings ohne uns zu grüßen. Groß und athletisch gebaut, mit kurz geschorenem Haar, trug er einen kurzen Regenmantel und einen Regenschirm und war offenbar im Begriff, das Haus zu verlassen.

«Verdammt, was soll …?» Er registrierte mein zerzaustes Aussehen, meinen irren Blick, und ich sah, dass er mir am liebsten die Tür vor der Nase zugeschlagen hätte. Aber er tat es nicht. Das hätte ich auch nicht zugelassen. Ich war ohnehin schon halb drinnen.

«Ihr Telefon», keuchte ich und tropfte seine Diele nass. «Ich brauch einen Krankenwagen.»

Er ließ zu, dass ich mich an ihm vorbeidrängte, und stand unbeholfen da, die Hände wütend in die Hosentaschen gestemmt, während ich mir das Telefon auf dem Flurtisch schnappte und den Notruf wählte. Während ich mit dem Notdienst redete, von der Frau, die gestürzt war, erzählte und von meinem verschlossenen Haus mit den Kindern darin, behielt ich den Mann im Blick. Er war jedenfalls geistesgegenwärtig genug, still zu sein, während ich redete. Ich sah, wie der Ärger beim Zuhören aus seinem Gesicht wich und sich mehr und mehr Entsetzen darin abzeichnete. Als ich dem Notdienst meine Adresse gab, ging er bereits nach draußen und ließ mich allein in der Diele zurück.

Ich legte auf und schaute mich um. Wie lange würde der Rettungswagen brauchen? Ich konnte nicht so lange warten. In der Diele stand nichts außer einem kleinen Tischchen, ein verschnörkeltes antikes Möbelstück mit etwa dreißig Quadratzentimeter Fläche, gerade groß genug für das Telefon, das ich auf den Boden gleiten ließ. Ich nahm den Tisch und rannte mit meiner Beute über die Straße. Der Mann stand bei der Frau und beugte sich über sie. Ich hielt nicht an, um zu sehen, was er tat, sondern sprang über das Mäuerchen in meinen Vorgarten, schwang das Tischchen an seinen Beinen in Richtung Fenster, und überließ es der kleinen Tischplatte, ihr Zerstörungswerk zu vollbringen, während ich das Gesicht von dem berstenden Glas abwandte. Ich schlug noch ein paar Mal zu, um einige Glasreste zu entfernen, bevor ich fallen ließ, was von dem Möbelstück übrig war. Es war noch fragiler, als ich gedacht hatte, und sein Einsatz war ihm nicht gut bekommen. Ich zog meinen Pullover aus, wickelte ihn mir zum Schutz um die Hände und zog mich vorsichtig über den Fenstersims in mein Wohnzimmer. Ich stürmte die Treppe hinauf und in das winzige Zimmer, in dem die Zwillinge schliefen. Dort herrschte Stille, zwei baumwollüberzogene Popos ragten in die Höhe, die Gesichter waren halb in den Matratzen vergraben, die kleinen Münder arbeiteten, träumten vom Nuckeln.

Ich stand da und betrachtete sie, eine ganze Minute lang, während ich zu Atem kam. Wie friedlich. Mich überkam das übermächtige Bedürfnis, für immer bei ihnen zu bleiben und über sie zu wachen. Draußen hörte ich Sirenengeheul näher kommen. Einen Moment lang blieb ich stehen, dann wandte ich mich schweren Herzens um und verließ den Raum. Ich lief die Treppe hinunter, schnappte mir den Schlüsselbund vom Küchentisch und legte – nur, um ganz sicherzugehen – ein Exemplar des Guardian auf die Türschwelle.

Die Straße war in blinkendes blaues Licht getaucht. Mehr noch: Auf dieser Straße, die gerade eben noch, als ich Hilfe gebraucht, als ich um Hilfe gerufen und geschrien hatte, ausgestorben gewesen war, herrschte nun ebenso viel Betrieb wie auf einem Bahnhof zur Stoßzeit. Hinter Fenstern und halb offenen Türen lugten Gesichter hervor, während sich die Unternehmungslustigeren den erstbesten Regenschutz übergeworfen hatten und auf die Straße gelaufen waren, wo sie nun allein oder in Gruppen herumstanden, ohne recht zu wissen, was sie miteinander reden sollten, ohne in die Sache verwickelt werden zu wollen, aber dennoch voller Neugierde. Nichts fördert doch die Gemeinschaft so sehr wie der Tod in den eigenen Reihen.

Plötzlich flog die Tür des Hauses auf, aus dem die Frau gefallen war. Ein Junge stürzte heraus und schmiss sich, noch ehe sich jemand rühren konnte, auf die tote Frau. Ein animalischer Schrei gellte zum Nachthimmel hinauf, das Blut gefror mir in den Adern. Die schmächtige Gestalt, kaum mehr als ein Kind, hielt den schlaffen Körper fest im Arm, vergrub sein Gesicht in ihrem nassen Haar, als wolle er ihr neues Leben einhauchen. Dann kamen die Polizisten und Sanitäter, zogen den Jungen fort, wollten schützen, wo kein Schutz mehr möglich war. Er versuchte, sie abzuwehren, kleine Fäuste hieben auf die lebenden Körper ein, die ihn sanft von der Toten fortführten, während der Regen herabtrommelte, sein Kreischen ertränkte und uns alle bis auf die Knochen durchnässte.

Später, nachdem man die Leiche und den Jungen fortgebracht hatte, nahm eine junge Frau, Kommissarin Mann, meine Aussage zu Protokoll. Sie hatte Stehvermögen, und ich flößte ihr mit zahllosen Tassen Tee mehr davon ein. Sie versuchte, auf jede ihr bekannte Weise meinem Gedächtnis auf die Sprünge zu helfen, es zu durchforsten nach den Dingen, von denen noch nicht einmal ich wusste, dass ich sie wusste, immer auf der Suche nach dem Ungewöhnlichen, dem Unstimmigen, dem einen entscheidenden Hinweis. Ihre Hartnäckigkeit gefiel mir, weil ich das, was ich gesehen hatte, unbedingt unter die Lupe genommen und eingehend durchleuchtet wissen wollte. Ich hatte ein großes Bedürfnis danach, es laut vor einem anderen Menschen zu wiederholen. Ich wollte es unbedingt festgehalten wissen.

Durch meine Arbeit weiß ich, dass das, was als Wahrheit erinnert wird, womöglich nur eine Version der Wahrheit ist, und so war mir klar, dass ich in den folgenden Tagen auf dieses Dokument, das Kommissarin Mann da erstellte, zurückgreifen würde, um meine Erinnerung zu überprüfen und neu zu stimmen. In den frühen Morgenstunden schließlich war die Schriftform meiner Aussage dann ein Muster an Detailtreue, angefangen von den Witterungsbedingungen über den genauen Winkel, in dem die Frau gestürzt war, und die Höhe, in der ich sie zuerst gesehen hatte, bis hin zum Grad an Leblosigkeit, mit dem der Körper der Frau seltsam verrenkt auf dem nassen Asphalt gelegen hatte.

Ich wiederholte, was ich von der lautstarken Auseinandersetzung am frühen Abend noch in Erinnerung hatte. Es fühlte sich seltsam an, in mitternächtlicher Stille in meiner Küche zu sitzen und ganz gelassen Worte wie «Arschloch» und «Hure» zu wiederholen. Ich erklärte der Kommissarin, ich hätte keine Ahnung, aus welchem Haus der Streit gekommen sei, und wüsste nicht zu sagen, ob er auch nur das Mindeste mit dem Tod der Frau zu tun hätte. Ich erzählte ihr lediglich davon, weil sie jede Kleinigkeit jenes Abends wissen wollte, alles, von Anfang bis Ende. Plötzlich zögerte ich. Als sie mich daraufhin drängte, ihr zu sagen, was mir soeben durch den Kopf gegangen sei, erzählte ich ihr, dass ich gemeint hätte, kurz vor dem Sturz der Frau erneut Stimmen gehört zu haben, dass dies jedoch – und das betonte ich ausdrücklich – auf purer Einbildung beruhen könne. Dieses Mal konnte ich ihr keine Worte wiedergeben, keine Satzfetzen, lediglich meinen Eindruck, in das Lärmen des Sturms hätten sich wiederum Stimmen gemischt. Es widerstrebte ihr, Worte wie «Eindruck» im Protokoll zu verwenden. Sie wollte, dass ich mich festlegte, doch das konnte ich nicht. Schließlich war ich an dem Punkt, dass ich mir wünschte, diese Stimmen nie erwähnt zu haben.

Sie erzählte mir, die Frau sei noch nicht offiziell identifiziert worden, doch erfuhr ich den Namen der Familie, die in dem Haus lebte, aus dem sie gestürzt war. Das Haus gehöre, sagte sie, den Carmichaels. Ich erwiderte, der Name sage mir nichts. Ich las meine Aussage zweimal durch. Meine Worte waren in Polizeijargon verwandelt worden. Ich selbst wäre nie auf den Gedanken gekommen, die Tote als «weiße Frau, mittleren Alters in hellem Nachthemd» zu beschreiben. Genauso wenig, wie ich Kommissarin Mann auf Anhieb als Schwarze etikettiert hätte, wenn sie es auch war. Die Aussage klang einfach nicht nach mir, und doch war nichts von dem falsch, was Kommissarin Mann aufgenommen hatte. Ich unterschrieb jede Seite und zog Linien über das frei gebliebene Papier der letzten Seite, damit nichts mehr hinzugefügt werden konnte. Die Aussage ging auf jedes Detail ein, doch nichts von dem, was ich gesehen hatte, gab den leisesten Hinweis darauf, worum es eigentlich ging: warum die Frau gefallen war und wie es dazu gekommen war.

2

DIE ELEKTRONISCHE FASSUNG von Greensleeves riss mich aus dem Schlaf. Es dauerte einen Moment, bis mich die Erinnerung an die Ereignisse der Nacht eingeholt hatte, doch als es schließlich so weit war, hatte ich das Gefühl, von einem Vorschlaghammer getroffen zu werden. Ich quälte mich aus dem Bett, die Augen noch halb geschlossen, und schlüpfte in dieselbe Kleidung – Jeans, T-Shirt und Sweatshirt –, die ich erst drei Stunden zuvor abgestreift hatte. Die Sachen rochen nach Schweiß. Und nach Angst. Ich blinzelte in Richtung Uhr. Es war sechs. Selbst als ich aufrecht stand, spürte ich, wie mich der Schlaf mit der Sogwirkung der Schwerkraft ins Bett zurückzog. Ich widerstand ihm und schlurfte barfuß zur Haustür.

Ein großer Mann stand davor, derselbe Mann, den ich in das Haus der Carmichaels hatte ein und aus gehen sehen. In seinem breiten Gesicht arbeitete der Schmerz, seine Augen waren rot und geschwollen. Er trug einen zerknitterten Anzug, den er vermutlich gestern Morgen angezogen und den zu wechseln er noch keine Gelegenheit gehabt hatte.

«Sie sagen, Sie hätten sie fallen sehen», sagte er und überraschte mich mit seinem amerikanischen Akzent. Er trat ein, ohne sich weiter vorzustellen.

Ich schloss die Tür hinter ihm und führte ihn über die zwei Stufen, die meinen Flur ausmachten. Von oben hörte ich die Stimmen der Zwillinge, die von der Klingel aufgewacht waren. Ich ignorierte sie, weil ich wusste, dass ich, während die beiden miteinander plauderten, noch einige Minuten Gnadenfrist hatte, bevor sie nach mir verlangten. Während ich die Tür zum Wohnzimmer öffnete, wunderte ich mich gedankenverloren darüber, dass sie geschlossen war, doch fiel es mir wieder ein, als uns ein Stoß feuchter Luft entgegenschlug. Der Mann betrat hinter mir den Raum und starrte auf das zerbrochene Fenster. Kommissarin Mann hatte zwar nach meiner Vernehmung offiziell Schichtende gehabt, doch anstatt nach Hause zu gehen, hatte sie mir geholfen, das Glas aufzufegen und zu saugen, um sämtliche Scherben zu entfernen, ehe die Kinder darüber krabbelten.

«Das nächste Mal nehmen Sie wohl besser einen Schlüssel mit», hatte sie trocken gemeint.

Sie bemühte sich auch, einen der rund um die Uhr verfügbaren Glasreparaturdienste zu mobilisieren, doch vor neun Uhr gab es keine Termine. So hatten wir eine speckige Plastikplane aus einem Schrank hervorgekramt und sie vor das Fenster geklebt.

Das Ergebnis unserer gemeinsamen Anstrengungen war nicht schlecht, doch über Nacht hatte der Wind das Klebeband teilweise gelöst, sodass wir nun genauso gut auf der Straße hätten stehen können. Mr. Carmichael deutete fragend auf das Fenster.

«Ist meine Frau …?», fragte er verwirrt. Wie hätte sie auch aus seinem Haus in meins fallen können?

«Nein, nein, das war etwas anderes», versicherte ich. Ich bat ihn, Platz zu nehmen. Vermutlich hörte er mich gar nicht, so aufgewühlt war er, und da er sich nicht setzte, tat ich es auch nicht. Ich stand da, die Arme um mich geschlungen, und beobachtete, wie er, gleich einem Tier hinter Gittern, durch mein winziges Wohnzimmer tigerte. Er schien allen Platz einzunehmen und bis zur Decke zu reichen. Mein Gefühl sagte mir, dass er es gewohnt war, schwierige Situationen im Griff zu haben, und dass er nun, da er in dieser Situation keinerlei Kontrolle hatte, sein Möglichstes tat, um zumindest über den Boden unter seinen Füßen zu verfügen. Er hielt am Kamin inne und betrachtete die gerahmten Fotos, die ich auf dem Sims aufgestellt hatte, nahm jedes einzelne in die Hand und stellte es wieder hin, wobei sich eine wesentlich geradere Reihe ergab als bei dem ursprünglichen Arrangement.

Es geschieht nicht oft, dass Fremde mich in meinem Haus aufsuchen, und sein Interesse irritierte mich, bis ich begriff, dass sein Bemühen um Ordnung einen Zusammenbruch verhinderte.

«Es tut mir so Leid», sagte ich ihm. «Wie geht es Ihrem Sohn?»

«Kyle. Also … Er schläft. Der Arzt hat ihm etwas gegeben. Hören Sie», er wandte sich mir zu und gab sich sichtlich Mühe, seine Verwirrung in Worte zu fassen. «Ich verstehe nicht, was da passiert ist.»

«Ich habe nicht gesehen … Ich habe sie nur fallen sehen. Ich schaute gerade aus diesem Fenster.» Ich zeigte in die Richtung, und er ging zu der Stelle, an der ich gestanden hatte, und blickte durch den Nieselregen zu seinem Haus hinüber, als erwarte er, sie noch immer in der Luft zu sehen. «Ich hab sie nur fallen sehen, und dann, als … sie auf der Erde lag, bin ich zu ihr gerannt, aber ich konnte nichts für sie tun, also habe ich den Krankenwagen gerufen.»

«Sie haben also nicht gesehen, wie es passiert ist?»

Hatte ihm das die Polizei nicht schon erzählt? Oder wollte sie ihn aus irgendeinem Grund im Ungewissen lassen? Ich schüttelte den Kopf. Jener freie Fall hatte mich die ganze

Nacht über verfolgt. Was musste geschehen, dass eine Frau ihren sicheren Halt aufgab und ins Leere trat?

«Hat sie irgendetwas zu Ihnen gesagt?» Seine Augen fixierten die meinen, ihr intensives Blau traf mich wie ein Schlag. «Man hat mir gesagt, zwischen ihrem Sturz und dem Anruf beim Rettungsdienst sei einige Zeit verstrichen.»

Ich versuchte, die implizite Kritik zu ignorieren, und schüttelte den Kopf.

«Ich bin mir fast sicher, dass sie bereits tot war, als ich bei ihr ankam. Ein Mann, der ein paar Häuser weiter wohnt, war wenig später bei ihr, aber ich glaube wirklich, dass sie zu dem Zeitpunkt schon tot war.»

Er nickte und starrte mich an, dann berührte er mit den Fingern seine Lippen wie ein Kind. Oben hörte ich einen Rums, gefolgt von einem Aufheulen. Er fuhr zusammen, seine Nerven lagen blank.

«Tut mir Leid.» Ich deutete hinauf. «Ich muss rauf und sie holen ...»

Er runzelte die Stirn, als hätte ich eine ohnehin vertrackte Situation zusätzlich verkompliziert.

«Meine Kinder sind oben», erklärte ich.

Als ich wenige Minuten später wieder hinunterkam, stand er wieder bei den Fotos. Kaum hatte ich den Raum betreten, drehte er sich um und nahm seine Befragung wieder auf, anscheinend ohne zu bemerken, dass ich zwei müffelnde und strampelnde Kinder auf den Armen hatte.

«Haben Sie irgendjemanden gesehen?»

«Jemanden gesehen?», wiederholte ich etwas begriffsstutzig. Meinte er im Haus? Oder vielleicht draußen? Dann wurde mir klar, dass es irrelevant war. Ich beugte mich hinunter, setzte die Kinder auf den Boden, damit sie sich frei bewegen und spielen konnten – hoffentlich hatten wir in der Nacht zuvor auch tatsächlich sämtliche Scherben aus dem Teppich entfernt –, aber da sie Hunger hatten und ihnen unbehaglich war, saßen sie lediglich herum und heulten.

«Niemanden», sagte ich.

«Aber man hat mir etwas von einem Streit erzählt.»

«Das war früher», korrigierte ich ihn. «Ich habe keine Ahnung, ob da überhaupt ein Zusammenhang besteht.»

«Nein, natürlich nicht. Das festzustellen ist Aufgabe der Polizei. Was ich herausfinden möchte, ist, ob irgendein Grund zu der Annahme besteht, dass jemand bei meiner Frau war, bevor sie starb.»

«Wie gesagt, ich habe nichts und niemanden gesehen, bis zu dem Augenblick, da Ihre Frau stürzte», sagte ich ein wenig kurz. Ich hatte mich schließlich schon beim ersten Mal deutlich genug ausgedrückt.

Er schien plötzlich wieder mehr er selbst zu sein, blickte auf die Kinder hinab, als sehe er sie zum ersten Mal. Hannahs Windel sah aus, als könne sie jeden Augenblick platzen.

«Ich war zum Abendessen eingeladen, meine Frau wollte nicht mit», erklärte er. Ich musste mir Mühe geben, um ihn über das Gejammer der Kinder hinweg zu verstehen. «Mein ältester Sohn war über Nacht bei einem Freund. Er weiß es noch nicht.» Er warf einen Blick auf seine Uhr. «Ich muss los. Ich muss ihn abholen.» Sein Mund verzog sich wieder, und ich meinte, sein Kinn beben zu sehen. Er holte tief Luft, wobei ihm offensichtlich einfiel, dass er sich nicht vorgestellt hatte. «Ich heiße Richard Carmichael», sagte er und streckte mir die Hand entgegen in dem Bemühen um gefällige Umgangsformen. «Wir sind schon seit geraumer Zeit Nachbarn, seit beinahe sechs Monaten.»

«Ich bin Robin Ballantyne.» Ich nahm seine Hand und schüttelte sie. Ohne nachzudenken – das Geplärre der Kinder verhinderte es –, fragte ich unvermittelt: «Wussten Sie, dass Ihre Frau so etwas tun würde?»

Die Frage gefiel ihm nicht. Er zog seine Hand prompt zurück.

«Paula war eine geniale Frau», antwortete er kurz angebunden. «Ich dachte, sie sei klug genug, um es besser zu wissen.»

Nun, wenn ich mich schon durch seine Musterung meiner Fotos pikiert fühlte, dann stand es ihm durchaus zu, ein wenig ungehalten auf meine Frage zu reagieren, ob seine soeben verstorbene Frau suizidal war. Er bewegte sich auf die Haustür zu und murmelte dabei, dass er den Weg hinaus schon selbst finde. Ich wollte hinter ihm her, hätte mich womöglich gar für meine unsensible Frage entschuldigt, doch Hannah hatte mich am Bein gepackt und ließ nicht mehr los. Ich hörte, wie die Tür ins Schloss fiel.

Ich stierte auf die Kinder hinab, überwältigt von meinem Schlafmangel. Die beiden brüllten, als habe man sie ohne Vorräte auf einem Berggipfel inmitten eines Schneesturms ausgesetzt. In solchen Momenten wusste ich nie, was ich zuerst tun sollte. Milch oder Windeln? Hannah oder William? Milch, Windeln, Milch, Windeln, Hannah, William, Hannah, William, es klang wie der Singsang einer Verrückten. Meine Hände begannen jedoch, das Richtige zu tun: Sie zauberten Öltücher und saubere Windeln hervor, stellten Flaschen mit Milch in die Mikrowelle, derweil sich der andere Teil meines Gehirns mit etwas völlig anderem beschäftigte. Er hatte seine Frau Paula genannt. Paula Carmichael.

Die einzige Paula Carmichael, von der ich gehört hatte, war eine bekannte soziale Aktivistin. Sie gehörte der Labour-Partei an und saß als Abgeordnete in den hinteren Reihen des Unterhauses, von wo aus sie der Führungsriege der Partei zusetzte, allerdings war dies nur eine unbedeutende Facette jener Persönlichkeit, die sie war: so großartig und inspirierend in ihren Reden, mit denen es ihr gelungen war, in den letzten ein, zwei Jahren so etwas wie soziales Bewusstsein wieder salonfähig zu machen. Sie hatte erreicht, dass Hunderte, gar Tausende von Menschen ihre Samstagvormittage freiwillig der Verrichtung guter Taten widmeten. Selbst die Grafschaften um London waren zu Hochburgen der Carmichaeliter geworden. In einigen war sogar die ein oder andere Null an ihr übliches Spendenaufkommen gehängt worden. In anderen hatte man tatsächlich die Gin-'n'-Tonic-bedingte Trägheit abgeschüttelt und sich aufgemacht, um jemanden – ganz gleich wen – in ihren wohlhabenden Reihen zu finden, dem man helfen konnte. Für gewöhnlich setzte Paula Carmichael ihr gesamtes rhetorisches Können ein, um die Herren auf allen Rängen des Unterhauses zu beschämen. «Landauf, landab sind ehrenamtliche Helfer dabei, die Scherben Ihrer Politik aufzusammeln», hatte sie dem Premierminister in einer mittlerweile legendären Rede vorgehalten. Diese Menschen helfen anderen, die nie hätten zerbrechen dürfen, und versuchen, den Schaden zu beheben, den gute Politik hätte verhindern können.»

Das Gesicht der stürzenden Frau hatte ich nicht gesehen, auch später nicht, als sie am Boden lag, und doch war da etwas in der Art, wie sie gefallen war, in der Stimme, die die Nacht zerrissen hatte, das mir bekannt vorkam. Jemanden so sterben zu sehen ist ohnehin nicht etwas, das ich mir ausgesucht hätte, aber Paula Carmichael so sterben zu sehen war noch schlimmer. Sie war keine Unbekannte, vielmehr eine Frau, die ich mochte und respektierte. Ich spürte, wie ich erschauderte.

Auf Autopilot geschaltet, säuberte und windelte ich ein Kind nach dem anderen, hob sie in ihre Hochstühlchen, toastete Brot und machte Äpfel und Bananen zurecht. Ich goss Milch in zwei Schnabeltassen und presste die Deckel darauf. Kaum standen Essen und Trinken vor ihnen, verstummten ihre Proteste. Ich schaltete das Radio an, doch ehe ich auch nur die Schlagzeilen hören konnte, klingelte es abermals an der Haustür. Ich seufzte, überließ die Kinder wieder sich selbst und ging die Tür öffnen. Es war Jane. Seit ihr klar geworden ist, dass ich ein Problem damit habe, unsere Mittagessen oder überhaupt irgendetwas kinderfrei zu halten, und dass sie ein Problem mit Kindern hat, sehen wir uns nur noch selten.

Ich ließ sie und mit ihr einen weiteren Regenschwall ins Haus herein. Mittlerweile fühlte sich das ganze Haus feucht an, als sickerte der Regen durch sämtliche Fugen.

Jane schüttelte sich wie ein Hund, wobei sie mich in einen feinen Sprühregen hüllte, glitt aus ihrem Regenmantel, gab ihn mir und zog die Augenbrauen hoch.

«Ganz schön heftige Sache, die da passiert ist, nicht wahr?», sagte sie.

Jane ist chinesischer Abstammung, mit hoher Stirn, ausgeprägten Wangenknochen und schwarzem Haar, das ihr beinahe bis zu den Hüften reicht. Sie sieht ausgesprochen majestätisch aus. Doch dieser Eindruck verflüchtigt sich schlagartig, kaum, dass sie ihre Augenbraue hochzieht, den Mund öffnet und ihren starken schottischen Akzent hören lässt. Als Flüchtlinge vor Maos Regime ließen sich ihre Eltern Ende der fünfziger Jahre in Schottland nieder, wo sie es weiter brachten als die meisten anderen Flüchtlinge. Ihr Vater und ihre Mutter, beide Physiker, die kein Wort Englisch sprachen, eröffneten das wohl erste chinesische Restaurant jenseits der Grenze. Einige Jahrzehnte später konnten sie sich zur Ruhe setzen und Janes Schwester ein Geschäft übergeben, dessen Angebot schon Jahre zuvor um Fish 'n' Chips erweitert worden war und das kurz davor stand, ein etwas exklusiveres Marktsegment zu erobern und ein thailändisches Menü anzubieten. Janes Eltern schickten Jane zur Spracherziehung, da sie befürchteten, ihr schottischer Akzent würde sie in ihrem

Fortkommen behindern, aber Jane weigerte sich mitzumachen. Aus Trotz wurde sie noch schottischer als zuvor.

An diesem Morgen wirkte Jane müde. Im frühen Morgenlicht zeichneten sich um ihre Augen und auf der Stirn feine Linien ab.

«Du bist aber früh auf», sagte ich.

Sie deutete über ihre Schulter auf das Haus der Carmichaels.

«Ich hab bis in die frühen Morgenstunden gearbeitet, hab zwei und zwei zusammengezählt. Du bist diejenige, die sie gefunden hat, nicht wahr?»

Ich nickte.

«Die Adresse stand auf dem Bericht der Nachrichtenagentur», erklärte sie, während sie sich in Richtung Wohnzimmer bewegte. «Ich …» Sie blieb wie angewurzelt stehen und starrte auf das Fenster.

«Komm mit in die Küche.» Ich wandte mich um und ging voraus. «Ich hol dir ein Handtuch für deine Haare.»

Ich setzte den Wasserkessel auf, während Jane sich auf einem Barhocker niederließ, sich mit dem Handtuch, das ich ihr gegeben hatte, die Haare trocknete und dabei Hannah und William beobachtete, ohne sie zu berühren, ohne mit ihnen zu reden, ganz offensichtlich unfähig, auch nur das Geringste mit ihnen anzufangen. Nun ja, es ist sicherlich schwer, sich für ein Baby zu begeistern, wenn man dessen Mutter einst nahe gelegt hat, es abzutreiben. Ohne Partner, mit dem man sich die Last teilen könnte, würden sie mein Leben ruinieren, hatte Jane damals gemeint, und natürlich war es so gekommen, wenn auch auf die denkbar netteste Art.

«Hm», meinte sie schließlich selten diplomatisch, «sie scheinen ja prächtig zu gedeihen.» Dann etwas weniger diplomatisch: «Hannah ist Adam wie aus dem Gesicht geschnitten.»

Ich knurrte.

«Was? Findest du das etwa nicht?», protestierte Jane.

«Ich ziehe es vor, sie als frühes Klonexperiment der Mutter anzusehen.»

«William hat exakt seinen Mund. Das wird dir niemand abnehmen.»

Wir schwiegen, während ich kochendes Wasser in die Kaffeekanne goss und mir dabei überdeutlich meines Schlabberpullis mit dem Loch im rechten Ärmel und den Resten von Hannahs heraufgewürgtem Apfel auf dem linken bewusst wurde. Unter Janes kühlem Blick spürte ich, wie die Ringe unter meinen Augen zu Ballons anschwollen. Ich spürte Missmut in mir aufkommen. Ich hatte sie nicht hereingelassen, um von ihr taxiert zu werden.

Ich wandte mich ihr zu, lehnte mich mit der Hüfte gegen die Küchentheke, während ich den Kaffee ziehen ließ.

«Was machst du hier?», fragte ich, obwohl ich es mir denken konnte.

Jane hielt meinem Blick stand.

«Die Polizei schließt ein Verbrechen nicht aus.» Es war ihre professionelle Stimme, die da sprach, selbstsicher und überzeugend. «Hast du gesehen, was passiert ist? War jemand bei ihr?»

Nur wer sie sehr gut kannte, hörte ihrer Stimme die Beschleunigung, die Akzentverstärkung, den atemlosen Unterton an, wenn sie auf einem Adrenalinhoch war. Ich hörte es in diesem Moment, und es bestätigte mir die Identität der Frau, die gestorben war. Keine gewöhnliche oder beliebige Paula Carmichael hätte Jane in solche Spannung versetzt.

«Wieso gehst du davon aus, dass sie sich nicht das Leben genommen hat?», fragte ich.

«Tue ich ja nicht. Aber warum sollte sie?»

Ich funkelte sie an. Mir war flau im Magen, und mein

Kopf hatte zu pochen begonnen. Früher, als Jane und ich noch zusammenarbeiteten, hatte sie mich nicht einschüchtern können, war ich fähig gewesen, ebenso gut auszuteilen wie einzustecken oder aber sie zu ignorieren; doch jetzt merkte ich, dass ich aus der Übung war.

«Du machst doch das Interview mit mir, nicht wahr? Ich hab noch nicht mit Jez gesprochen, aber ich werd ihn einfach vor vollendete Tatsachen stellen. Wir strahlen heute Abend eine Sondersendung aus, und natürlich sind Freunde und Verwandte dabei, aber wenn du die ‹Ich hab sie vom Himmel fallen sehen›-Szene beisteuerst, dann wäre das ein wirklich bewegender Kontrapunkt. Um ehrlich zu sein: Wenn du nur mit uns und mit sonst niemandem reden würdest, hättest du echt was gut bei mir.»

Wir schauten einander an. Sie musste mein Zögern falsch verstanden haben, denn sie fuhr hastig fort:

«Wenn ich sage, dass … also, was ich meine, ist, dass ich nicht wüsste, wie wir dich bezahlen sollten …»

«Jane!» Ich hatte meine Krallen ausgefahren. «Noch ein Wort dieser Art, und du kannst sofort gehen.»

Schweigen – einige Herzschläge lang.

«Es tut mir Leid. Ich wollte damit nicht sagen, dass …»

«Nein, natürlich nicht.»

«Ich hab das nur gesagt, weil ich weiß, dass Adam dir nichts gibt, und während er damit beschäftigt ist, beim Fernsehen die Karriereleiter emporzuklettern, sitzt du hier in dieser Elendshütte und ziehst seine … Verdammt, eigentlich solltest du diejenige sein, die heute Abend die Sendung Kontrovers macht, nicht ich … Ich kann es einfach nicht ertragen, dich …»

Ich knallte die Kaffeetasse vor ihr auf den Tisch, die Flüssigkeit schwappte über die Tischplatte. Jane verstummte augenblicklich.

«Das hier ist keine Elendshütte», sagte ich zwischen zusammengepressten Zähnen, «und es sind nicht seine Kinder. Nicht mehr.»

Ich blickte zu den Zwillingen hinüber, und sie erwiderten meinen Blick. So etwas konnte ich jetzt noch sagen, ohne dass sie es in Frage stellen oder sich beschweren würden. Wie viele Jahre das wohl noch funktionierte? Jane starrte mich an, die Augenbrauen hochgezogen.

«Adam gibt mir nichts, weil ich nichts von ihm haben will», sagte ich, bedrückt, weil das etwas war, was mir vollkommen logisch erschien, womit andere jedoch ein gewaltiges Problem hatten.

«Klar, klar, verstehe.» Jane mühte sich, die Fassung wiederzuerlangen, etwas, das man nicht alle Tage zu sehen bekam. «Es tut mir Leid. Ich hab nicht nachgedacht ...»

«Vergiss es.»

Jane brauchte genau fünf Sekunden, um sich zu fangen und die Sache zu vergessen. Dann nahm sie wie ein Bluthund die Fährte wieder auf.

«Also: Kanntest du sie oder nicht?»

«Ich glaub nicht.»

Das klang natürlich ein wenig absurd, selbst in meinen Ohren. Entweder man kennt jemanden oder man kennt ihn nicht. Noch wenige Minuten zuvor hatte ich den Gedanken, dass Paula Carmichael mir gegenüberwohnen könnte, als abwegig abgetan, doch mittlerweile hatte mein Gehirn mich ungefragt mit einigen Erinnerungsfetzen konfrontiert, die einige Monate alt waren. Irgendwann im Sommer war mir unter der taubenverseuchten Brücke in der Nähe der U-Bahn-Station eine Frau entgegengekommen, der ich, da sie mir bekannt vorkam, grüßend zugenickt hatte, noch ehe mir einfiel, woher ich ihr Gesicht kannte, dass ich sie im Fernsehen gesehen hatte und es sich um Paula Carmichael handelte. Sie war vorübergeeilt, in der Hand einen Aktenkoffer, aus dem die Papiere wie hastig hineingestopft hervorlugten, und ich wäre nie auf den Gedanken gekommen, sie könne sich auf dem Nachhauseweg befinden, geschweige denn, ihr Zuhause könne irgendwo in der Nähe sein. Diese winzige Person – sie mochte knapp ein Meter sechzig groß sein – schien zu klein und unbedeutend für die Berühmtheit Paula Carmichael. Selbst ihr Haar, das im Fernsehen schwarz und unbändig wirkte, sah in Wirklichkeit eher wie ein angegrautes Braun aus. Ich weiß noch, dass ich mich nach ihr umgedreht hatte, nachdem mir aufging, wer sie war, und dass ich sie dabei erwischte, wie sie dasselbe tat, sich umdrehte, um sich nach mir umzuschauen. Als wir einander ertappten, hatten wir uns rasch und voller Verlegenheit wieder abgewandt. Ich wusste, warum ich einen zweiten Blick auf sie hatte werfen wollen, aber warum um alles in der Welt hatte sie sich nach mir umgedreht? Sicher, meine Frisur ließ an dem Tag durchaus zu wünschen übrig – eigentlich schon das ganze Jahr –, aber sah ich wirklich so absonderlich aus?

Und dann war da noch eine zweite Erinnerung, allerdings etwas unscharf, etwa eine Woche älter: im Supermarkt, beide Kinder versuchen, sich aus dem Kinderwagen zu befreien, um durch die Gänge zu toben, ich bin mit den Nerven am Ende, hantiere mit Kinderwagen und Einkaufskorb. Eine Frau mit dunkler Sonnenbrille, langem angegrautem Haar, das sie zurückgesteckt trägt, in teurer, aber etwas nachlässiger Kleidung, zwei große tiefgefrorene Pepperoni-Pizzen im Einkaufskorb. Zuerst dachte ich, sie sei erbost, weil wir den Gang versperrten, doch als es mir gelang, den Wagen für sie aus dem Weg zu hieven, warf sie mir ein breites mitfühlendes Grinsen zu. «Kenn ich. War bei mir genauso», sagte sie heiter, und ich schaute ihr hinterher, erfreut und überrascht von solcher Kameraderie. Damals hatte ich sie nicht erkannt, auch als ich später Paula Carmichael unter der Brücke traf, hatte ich keine Verbindung hergestellt, doch nun brachte mein Unterbewusstsein die beiden Situationen zusammen.

«Ich glaube, ich bin ihr ein paar Mal begegnet», korrigierte ich mich. Während ich sprach, begann William zu ächzen und zu stöhnen und gegen die Riemen anzukämpfen, die ihn im Stühlchen hielten. «Aber mir war nicht klar, dass sie gegenüber wohnte.»

William warf eine Schüssel mit Haferflocken auf den Boden, während Hannah ohne ersichtlichen Grund lautstark losheulte. Sie hatten Langmut gezeigt, doch nun waren sie mit ihrer Geduld am Ende. Meine Zeit war um, und Jane wusste es. Sie warf den Kindern einen finsteren Blick zu.

«Hör zu, Jane, ich überleg mir das mit dem Interview und ruf dich an», sagte ich.

«Okay.» Sie war darüber nicht gerade erfreut, aber das ließ sich nicht ändern. Sie erhob sich. Die Zwillinge drehten ihre Lautstärke noch ein wenig auf, sodass Jane schreien musste. «Da ist noch etwas, was du wissen solltest, damit du mir nicht später den Kopf abreißt. Ich habe auch Adam zu der Sendung eingeladen, damit er von ihr erzählt.»

«Wieso um alles …?» Doch die Zwillinge und Jane waren lauter als ich.

«Er kannte sie ganz gut», sagte Jane eilig. Vielleicht dachte sie, dass ich ihre Worte nicht verstehen würde, wenn sie nur schnell genug spräche. «Sie haben vor kurzem zusammen an einer Sendung gearbeitet. Er ist genau der Richtige, um über sie zu sprechen, weißt du. Wenn ich jemals sterbe, möchte ich, dass Adam meinen Nachruf verfasst, und dabei mag er mich noch nicht einmal besonders. Jedenfalls wollte ich es dir gesagt haben. Tangieren tut es dich ohnehin nicht. Ich halt euch schon auseinander, versprochen.»

Ich merkte, wie ich den Kopf schüttelte, und erhaschte

einen Blick auf mein Spiegelbild in der Fensterscheibe: herabgezogene Mundwinkel, zusammengekniffene Augen. Ich ließ mich schwer auf den Küchenstuhl fallen und betrachtete die mir ins Gesicht kreischende Hannah mit unbewegter Miene. Ihre großen dunklen Augen – Adams Augen – waren rund und wütend.

«Ich schwör dir, Robin», hörte ich Jane sagen, «du musst ihn nicht sehen. Ich geh mal davon aus, dass du das nicht willst.»

«Darauf kannst du Gift nehmen», sagte ich. Ich hatte das Gefühl, mir sei soeben eine weitere Leiche vor die Füße gefallen.

3

ALS JANE FORT WAR, nahm ich die Kinder auf den Arm und spähte durch die Plastikfolie, die mein Fenster war, hinaus auf die Straße. Der Wind hatte sich gelegt, der Regen war nur noch ein feuchter Nebel, doch die ganze Straße wirkte nach dem Wüten der vergangenen Nacht, als stünde sie unter Schock. Büsche duckten sich unter der Last des Regens, der auf sie niedergegangen war, der Wind hatte Blüten von Blumen und Bäumen gerissen, und die diversen Fast-Food-Behältnisse, die sonst über den Bürgersteig fegten, lagen durchweicht im Gully. Ein gelb-schwarzes Band zeigte die Stelle an, an der Paula Carmichael aufgeschlagen war und die vielleicht, vielleicht aber auch nicht, ein Tatort war. Ein einzelner Polizeiwagen parkte vor dem Haus der Carmichaels. Das Haus selbst wirkte friedlich. Einige Räume waren erleuchtet, aber es herrschte keine auffällige Geschäftigkeit darin. Ich fragte mich, ob Richard Carmichael und sein ältester Sohn bereits wieder zu Hause waren. Wie tief würde die Polizei wühlen, bis sie sich davon überzeugt hatte, dass Paula Carmichaels Tod ein Selbstmord war?

Vor dem Haus hatten sich bereits Reporter und Fotografen eingefunden. Ich zählte etwa ein Dutzend Männer und einige junge Frauen, die plaudernd in kleinen Gruppen beieinander standen. Jane war ganz schön fix gewesen, doch bei einer solchen Story ließ jeder Sender und jedes Blatt seine Leute so rasch und effizient wie möglich ausschwärmen. Wenn ich an Ort und Stelle bliebe, würde ich schon bald zur Gefangenen in meinem eigenen Haus. Ein ganzes Jahr lang hatte ich mich hier verkrochen, war so sehr mit meinen Kindern zusammengewachsen, dass wir fast zu einem einzigen Organismus verschmolzen waren, in dem absolut synchron geatmet, geschlafen, gewacht und sich entleert wurde. Ein ganzes Jahr war ich zu erschöpft gewesen für einen Adrenalinrausch. Oder für sonst irgendetwas.

Doch wenn einem eine Frau aus heiterem Himmel vor die Füße stürzt, wird man aufgerüttelt. Ich fühlte mich durch den Schock wie unter Strom gesetzt, als sei ein Teil meines Gehirns, das tot gewesen war, wieder belebt worden. Katastrophenkitzel. Es war ein scheußlicher Gedanke, doch sosehr ich ihn auch missbilligte, fand ich Janes Aufregung doch ansteckend. Ich hatte mein Berufsleben links liegen lassen, hatte sämtlichen Leidenschaften entsagt, lebte so fern von der Arbeitswelt, dass ich sie kaum vermisst hatte, doch an jenem Morgen hatte Jane mir mein ehemaliges Leben vor Augen geführt, und plötzlich verlangte mich so sehr danach, dass ich kaum Luft bekam. Ich lege das Ganze hier folgerichtig dar, und natürlich ergibt es Sinn, mit Ursache und Wirkung und all dem. Aber um ehrlich zu sein, kam an jenem Morgen etwas an die Oberfläche, das schon seit Monaten in mir gärte und nun so mächtig aufwallte wie das Bedürfnis nach einer Droge. Ich musste unbedingt aus dem Haus, ich musste unbedingt wieder zurück zur Arbeit.

Wie ich dort am Fenster stand, die Zwillinge auf meinen Armen, schwirrte mir nur so der Kopf. Ich jagte tausend Gedanken gleichzeitig und in unterschiedlichen Richtungen nach, versuchte, mich zu konzentrieren. Ich brauchte Hilfe. Ich brauchte einen Babysitter.

Ich rief meine Mutter an, die nur in Notfällen als Babysitter in Frage kommt. Ich rief sie auf ihrem Handy an, weil ich nie weiß, ob sie zu Hause oder bei meiner älteren Schwester ist. Lorna leidet seit nunmehr fast zwei Jahren an chronischem Erschöpfungssyndrom, und meine Mutter verbringt pro Woche zwei bis drei Abende bei ihr, wenn sie nicht gerade in ihrer Anwaltskanzlei in Streatham ist. Will sagen, dass meine Mutter im Grunde schon genug zu tun hat. Aber sie erklärte sich bereit, zu uns zu kommen, weil es ein Notfall war. Oder sich zumindest wie einer anhörte.

Eine Stunde später verschloss ich meine Ohren vor dem hartnäckigen Jaulen, das von Hannah herrührte, und entwand mich sacht Williams Griff, der meinen Hals mit den Armen und meine Hüfte mit den Beinen umklammert hielt. Ich gab meiner Mutter einen Kuss auf die Wange und murmelte schuldbewusst meinen Dank. Dann ging ich zur Haustür hinaus und zog sie hinter mir zu. Geschafft. Wie einfach es sich doch anhört.

Leicht wie eine Feder, ohne Kinderwagen zum Schieben, ohne Kinder zum Tragen, ging ich über die Straße zur schwarz lackierten Tür von Nummer 12, der einzigen Tür, die sich mir in der Nacht zuvor geöffnet hatte. Ich war mir nicht sicher, welche der drei Klingeln ich drücken sollte, weshalb ich wie schon am Abend zuvor alle drei betätigte. Im obersten Stock öffnete sich knarrend ein Fenster, und eine Frau in Bademantel, ungekämmt, Erschöpfung im kalkweißen Gesicht, lehnte sich heraus. Es kam mir vor, als werfe ich einen Blick in den Spiegel.

«Was ist denn los?», fragte sie mit gerunzelter Stirn.

«Ich suche den Mann, der mir gestern die Tür geöffnet hat, ich …»

«Ich hab keine Ahnung, wovon Sie reden. Ich hab ein krankes Kind hier. Es hat die ganze Nacht geschrien», sagte sie voller Verzweiflung. «Lassen Sie uns einfach in Ruhe.»

Das Fenster wurde zugeknallt. Ein Kind? Ich hatte in all den Monaten kein Kind bemerkt. In den letzten zwölf Stunden hatte ich mehr über meine Nachbarn erfahren als im ganzen letzten Jahr, aber vielleicht war dies nicht der richtige Zeitpunkt, um einen Kaffeeklatsch vorzuschlagen.

Ich traute mich nicht, abermals zu klingeln. Ich schaute auf die Uhr. Es war bereits neun Uhr an einem Mittwochmorgen. Der Mann, den ich suchte, war wahrscheinlich bereits um sieben zur Arbeit gegangen. Ich kramte ein Stück Papier und einen Stift aus meiner Tasche hervor, setzte mich auf die Stufen zum Hauseingang und schrieb ihm eine Nachricht.

An denjenigen, der mir gestern Abend die Tür geöffnet hat. Wollte Ihnen für Ihre Hilfe danken. Und mich für den Tisch entschuldigen. Zu dem Zeitpunkt hielt ich es für eine gute Idee. Ich werde Ihnen den Schaden ersetzen. Bitte lassen Sie mich doch wissen, wie viel ich Ihnen schulde.

Robin Ballantyne, Nummer 19

Ich warf den Zettel durch den Briefkastenschlitz und schaute mich schuldbewusst zu meinem Vorgärtchen um, wo nur noch ein kleiner Stapel Holz an den Tisch erinnerte. Wenn der Tisch irgendeinen sentimentalen Wert hatte, so war ihm dieser gründlich ausgetrieben worden. Ich hoffte nur, dass es sich nicht um eine wertvolle Antiquität gehandelt hatte.

Ich umgarnte Gayle so lange, bis ich mich an ihr vorbei und in Maeves Büro manövriert hatte. Maeve war ebenso überrascht, mich zu sehen, wie ich es war, plötzlich in ihrem Büro zu stehen. Sie schaute von ihren Papieren auf, und ein Lächeln machte sich auf ihrem Gesicht breit.

«Mein Gott, wen haben wir denn da! Robin, was machst

du denn hier unter den Lebenden? Ich erkenn dich ja kaum wieder.»

Womit sie mir auf nette Art sagte, wie abgewrackt ich aussah. Was hatte ich mir nur dabei gedacht, mein Comeback ins Büroleben in den Jeans vom Abend zuvor zu starten? Und meine Haare hatte ich auch seit drei Tagen nicht mehr gewaschen. Oder waren es vielleicht vier? Ich versuchte, mich zu erinnern. Hatte ich mir überhaupt die Zähne geputzt, bevor ich das Haus verließ? Maeve hatte sich halb aus dem Sessel erhoben, als wolle sie mir zur Begrüßung die üblichen Wangenküsschen geben, aber ich war mir nicht sicher, ob es klug war, sie so nah an mich heran zu lassen. Ich machte einen Rückzieher und sank in den tiefen Ledersessel in der Ecke, sodass auch sie sich wieder setzte. Mit dem Schreibtisch zwischen uns konnte sie mich kaum sehen.

«Ich habe dir vor einem Monat gemailt und angefragt, ob wir mal über meine Rückkehr an meinen Arbeitsplatz sprechen könnten», erinnerte ich sie. Maeve ist Chefin der Abteilung Aktuelles Klammer auf Dokumentation Komma Fernsehen Klammer zu, mit anderen Worten: CA(D,TV). In ihrem Tagesgeschäft hat sie nicht direkt mit Programmgestaltung zu tun, und das ist auch gut so, hat sie doch noch nie in ihrem Leben einen Dokumentarfilm fürs Fernsehen gemacht. Ihre Aufgabe besteht hauptsächlich darin, die Auftragsvergabe und ihre Durchführung zu überwachen und das Personal zu managen. Sie ist mit Leib und Seele Bürokratin und scheint eine ganze Armee von Minibürokraten unter sich vereinigt zu haben.

«Das hast du», gab sie zu, während ihr Lächeln abrutschte, «das hast du in der Tat.» Ihr Blick taxierte mich von oben bis unten, und ich schaute zu, wie sie die zerkratzten Stiefel registrierte, die seltsamen weißen Flecken auf meinen Jeans, den Schlabberpulli und mein ungewaschenes Haar, das mein gänzlich ungeschminktes Gesicht umrahmte. Dreckig konnte man mich nicht nennen, aber ich war auch nicht gerade eine strahlende Erscheinung.

«Bist du denn so weit?», fragte sie und bemühte sich, den Zweifel aus ihrer Stimme zu halten. «Mir wäre es gar nicht recht, wenn ich den Kleinen die Mutter entführte.» So, wie sie es sagte, klang es, als sei sie eine Katze, die den Mäusebabys ihre Mamamaus entreißen wolle.

«Hundert Pro.» Ich versuchte, professionell zu klingen. Immerhin war ich offiziell Journalistin, wenn ich auch nicht zur Nachrichtenabteilung gehörte, was mich davon abhielt, Paula Carmichael zu erwähnen. «Es tut mir Leid, wenn ich heute Morgen nicht so präsentabel aussehe. Ich bin gestern in einen Vorfall verwickelt worden und habe die halbe Nacht damit verbracht, meine Aussage für die Polizei zu machen.»

«Oje.» Wenn überhaupt möglich, sah sie nun noch besorgter aus als zuvor, fast als habe sie den Eindruck, ich würde aus Schlafmangel halluzinieren.

Maeve ist gewöhnt, gewiefte Regierungssprecher und hysterische Programmgestalter mit einem kurzen Schnalzen ihrer peitschenähnlichen Zunge gefügig zu machen, doch ich stellte anscheinend einen Problemfall dar. Ich konnte es aus der Art und Weise ersehen, wie sie sich mit ihrem manikürten Zeigefinger über die Unterlippe fuhr.

«Also, wir können es wirklich kaum erwarten, dich wieder an Bord zu haben», sagte sie, ohne mir dabei in die Augen zu schauen. «Terry spricht nach wie vor pausenlos von dir.»

Guter alter Terry: Mein größter Fan und außerdem – zu meinem nicht unerheblichen Vorteil – mein unmittelbarer Vorgesetzter, war letztlich doch nur Maeves Handlanger.

«Hast du dir überlegt, wie du alles unter einen Hut kriegen willst?», blieb sie hartnäckig, doch ich sah, dass sie mit der Frage nur Zeit schinden wollte, während sie nach einer Strategie suchte, mich loszuwerden.

«Ich will einfach nur wieder Sendungen machen», sagte ich. «Ich krieg schon alles unter einen Hut.»

Maeve reckte ihr Kinn vor und nickte langsam. Sie hatte auf eine längere Antwort gehofft.

«Ja, sicher, das ist ja auch deine Stärke. Damit gewinnst du deine Auszeichnungen.» Sie warf mir ein kleines Lächeln zu, ließ dann einen Seufzer hören und schaute mir zum ersten Mal in die Augen. «Also, wir schaun, was sich machen lässt, Robin, aber um ehrlich zu sein, wir sind gerade dabei, ein paar radikale Verschlankungsmaßnahmen vorzunehmen.»

«Ihr wollt Redakteure entlassen?»

«Wir», sie zögerte, «werden einige Leute verlieren. Hauptsächlich auf natürlichem Weg. Du warst weg, du hast vielleicht nicht mitbekommen ...»

«Ich habe Anspruch auf einen Job nach meinem Erziehungsurlaub.» Ich knirschte mit den Zähnen.

Wieder nickte sie, und dieses Mal versuchte sie nicht einmal, ihr Unbehagen mit Worten zu tarnen. Plötzlich hellte sich ihr Gesicht auf.

«Hast du mal daran gedacht, dich zu verändern?»

«Zu verändern?»

«Na ja, um genau zu sein: dich zu verändern und zu verbessern. Ich meine, einen Job in einer eher leitenden Funktion.»

Ich hätte laut aufgelacht, wenn nicht sämtliche Alarmglocken in meinem Kopf losgeschrillt wären.

«Der Grund, weshalb ich frage, ist, weil wir gerade die Stelle eines RUER ausgeschrieben haben.»

«Eines wie bitte?»

«Eines Redakteurs für die Umsetzung Ethischer Richtlinien», erklärte sie mir, als sei ich ein besonders begriffsstutziges Kind. «Es ist eine neue Stelle.»

Ich wusste immer noch nicht, was damit gemeint war.

«Jemand, der sicherstellt, dass unsere Sendungen in ethischer Hinsicht einwandfrei sind», erklärte sie matt. «Du weißt schon, Robin: dass wir tun, was wir tun sollten, und unterlassen, was wir unterlassen sollten. Dass wir – und die Freiberuflichen, die wir beauftragen – uns alle an Konzernrichtlinien halten und moralisch integere Sendungen produzieren. Du wärst genau die Richtige dafür.»

Ich legte den Kopf schief.

«Wieso ist das plötzlich so wichtig?», fragte ich.

«Wo bist du gewesen, Robin? Lies Zeitung. Die Welt dreht sich weiter. Wir geraten pausenlos in die Schusslinie der Kritik, weil wir gegen irgendein journalistisches Prinzip verstoßen, und darauf müssen wir reagieren, sichtbar reagieren.»

Der Vorwurf, dass ich nicht auf dem neusten Stand war, war unfair. Meine Tage verbrachte ich in Gesellschaft des Radios und meine Abende in der von Zeitungen. In diesen Medien wurde regelmäßig über unseriöse Praktiken beim Fernsehen berichtet, als handele es sich um eine ungebärdige jüngere Schwester: Da wurden Szenen gestellt und Schauspieler für Reality Shows angeheuert. Natürlich sind Radio- und Zeitungsjournalismus nicht gegen Manipulation gefeit. Um eine Lüge in die Welt zu setzen, bedarf es eines einzigen Menschen und seines Mundwerks. Die Technik braucht man dazu nicht, aber je mehr Technik eingesetzt wird und je vielfältiger die Medien sind, desto mehr Spielraum hat man, und während Spielraum nicht unbedingt guten Journalismus bedeutet, so führt er doch häufig zu einer guten Story. Der Konzern war bisher von Skandalen verschont geblieben, doch seine Manager lebten in der ständigen Angst, dass sie oder einer ihrer Vertragspartner ertappt würden. Im Journalismus läuft alles über Vertrauen. Leser vertrauen Journalisten, und auch Auftraggeber vertrauen Journalisten. Doch Manager sind von Natur aus nicht gerade vertrauensselig. Wer von uns ist das schon? Sie wissen, dass jeder Vertrag gebrochen werden kann. Und gelegentlich ermuntern sie einen sogar dazu.

«Du meinst wohl, uns den Rücken freihalten.»

Maeve presste die Lippen aufeinander und weigerte sich, auf meine Herausforderung einzugehen.

«Du hast vermutlich von Paula Carmichaels Tod gehört, oder?», sagte sie und machte damit einen Gedankensprung, dem ich nicht folgen konnte. «Oder ist selbst das in deinem häuslichen Idyll an dir vorbeigegangen? Hör mal, ich muss zu einer Besprechung und bin schon spät dran. Geh nach Haus und informiere dich, sodass du zumindest weißt, wovon ich rede. Dann komm nächste Woche wieder und sag Bescheid, ob du den Job haben willst. Ich werde sehen, was sich deichseln lässt.»

Maeve erhob sich, angelte sich die Aktenmappe neben ihrem Schreibtisch, ließ eine Diskette hineinfallen und den Deckel zuschnappen und steuerte auf die Tür zu. Ich rappelte mich ebenfalls auf und fragte mich, wie ich es geschafft hatte, mir diese Suppe einzubrocken.

«Noch etwas, Robin: Geh um Gottes willen zum Friseur. Es gibt Grenzen für das, was sich deichseln lässt.» Sie hielt kurz inne, erinnerte sich an die Konvention und fügte zuckersüß hinzu: «Hast du Fotos von den Kleinen mitgebracht?»

Ich schüttelte den Kopf. Ich war noch nie so weit von ihnen getrennt gewesen, hatte noch nie Fotos gebraucht.

Ich ging geradewegs zu den Toiletten, wo ich lange Minuten damit zubrachte, in den Spiegel zu schauen. Es gab Tage, an denen ich vom Aufstehen bis zum ins Bett gehen keinen einzigen Blick in den Spiegel warf. Natürlich wusch ich mich, wann immer ich Zeit dazu fand, doch die Feinheiten der Körperpflege waren auf meiner Prioritätenliste ganz nach unten gerutscht, und das war nicht zu übersehen. Ich hatte nie zu jenen gehört, die sich mit Make-up zukleistern, aber selbst ich musste zugeben, dass ich etwas brauchte, um der tödlichen Blässe meiner Haut abzuhelfen, um die Augensäcke unter meinen grünen Augen zu vertuschen und einen Schimmer Leben auf meine Lippen zu zaubern. Und dann war da mein Haar. Meine Kopfhaut kribbelte allein vom Anschauen. Ich kämmte mir mit den Fingern ein wenig Wasser ins Haar und versuchte, es in Form, in irgendeine Form, zu bringen. Dann warf ich mir kaltes Wasser ins Gesicht und rubbelte es mit einem Papierhandtuch trocken, in dem Bemühen, ein bisschen Farbe in mein Gesicht zu bringen. Ich starrte abermals prüfend in den Spiegel, doch alles, was ich sah, war eine dünne abgerissene Frau mit stumpfem rotem Haar und Flecken im Gesicht.

«Was für eine Loserin», sagte ich laut zu meinem Spiegelbild.

Hinter mir ging die Klospülung, und die Toilettentür sprang auf. Eine Frau trat aus der Kabine und ans Waschbecken. Sie trug schwarze raffiniert geschnittene Hosen und eine taillierte Jacke über einem eng anliegenden lila T-Shirt und ein Halskettchen aus Gold. Ihre Kurzhaarfrisur mit blonden Einsprengseln brachte ihre Kopfform gut zur Geltung. Sie ignorierte mich, warf sich beim Händeabtrocknen im Spiegel einen kurzen selbstzufriedenen Blick zu und stolzierte hinaus, wobei ihre Absätze geschäftsmäßig über den Kachelboden klapperten.

Ich machte mich auf die Suche nach Jane, schlich mich durch die stillen Korridore, um unverhoffte Treffen mit ehemaligen Kollegen, die mir dann ebenfalls zu einem Friseurbesuch raten würden, zu vermeiden. Als ich Jane endlich fand, sah ich es auch in ihren Augen. Allmählich machte es mich wütend.

«Ich weiß, ich weiß», sagte ich. «Ich hätte mich ein wenig herrichten sollen.»

Sie sagte zwar nichts, aber ihr Gesichtsausdruck sagte alles. Ich konnte nicht umhin, sie zu bewundern. Sie hatte die halbe Nacht gearbeitet, mich dann in den frühen Morgenstunden aufgesucht, und jetzt saß sie bereits wieder an ihrem Schreibtisch, ohne einen Gedanken an Schlaf zu verschwenden, da es galt, eine Story zu Ende zu bringen. Sie sah zwar weiterhin müde aus, hatte jedoch irgendetwas mit ihrem Haar angestellt, es zu einer Hochfrisur gedreht und mit etwas festgesteckt, das aussah wie eine Hutnadel. Jane ist sich stets bewusst, dass sie in einem Großraumbüro arbeitet. Es ist Teil ihres Erfolgsgeheimnisses. Sie ist immer auf Sendung.

Ich schnappte mir einen Stuhl von dem Schreibtisch nebenan und rollte ihn zu Jane hinüber. An der Decke war ein Fernsehapparat befestigt, der die Nachrichtensendungen des Konzerns brachte. Janes Chargen begannen erst später mit der Arbeit, sodass die Schreibtische vor ihr nicht besetzt waren, doch die Leute, die für die frühen Sendungen verantwortlich waren, saßen an ihren Tischen in den Randzonen des Raumes. In diesem Umfeld, in dem mindestens die Hälfte der Leute Jeans trug, fühlte ich mich schon deutlich wohler. Nicht zuletzt, weil ich meinte, bei dem einen oder anderen noch Spuren des Frühstücks ihrer Kinder auszumachen.

«Was machst du denn hier?»

«Ich wollte mich bei dir entschuldigen, weil ich dich wegen Adam angeraunzt habe.»

«Entschuldigung angenommen. Und was machst du wirklich hier?»

«Ich war bei Maeve. Sie hat mir eine Stelle angeboten.»

Jane zog die Augenbrauen hoch.

«Die Stelle des RUER, des Redakteurs für die Umsetzung ethischer Richtlinien.» Ich sprach mit leiser Stimme. Es konnte ja sein, dass sich Leute überall im Konzern um die Stelle rissen.

«Ein Vipernnest», erwiderte Jane raunend, «um nicht zu sagen, eine ganze Schlangengrube.»

«Genau.»

«Was wirst du tun?»

«Na, was wohl? Absagen.»

Jane verzog das Gesicht und neigte sich zu mir. «Es gibt keine sicheren Stellen mehr», sagte sie. «Nicht einmal die von Maeve ist sicher. Womöglich hast du gar keine andere Wahl.»

Ich wollte sie schon weiter ausfragen, aber sie schüttelte den Kopf und deutete mit den Augen an, dass dies weder der richtige Ort noch der richtige Zeitpunkt war.

«Später», meinte sie entschieden. «Doch zurück zu meiner ursprünglichen Frage: Was machst du hier?»

«Paula Carmichael», wechselte ich das Thema. «Was hört man so?»

«Dass es noch zu früh sei, um endgültige Schlüsse zu ziehen. So die Polizei. Bestürzt und voller Trauer über den Verlust einer echten Freundin, heißt es vom Premierminister, der offensichtlich glaubt, dass sie ihm tot mehr nützt als lebendig. Ansonsten sind alle anderen dabei, wild herumzuspekulieren.»

Jane gab über ihre Tastatur einige Befehle ein und rief den Bericht der Agentur über Paula Carmichael auf. Ich las über ihre Schulter mit und erfuhr einiges, das mir neu war. Paula Carmichael war neunundvierzig, als sie starb. Richard Carmichael, sechsundfünfzig, war der Stiefvater der beiden Jungen, da Paula Carmichaels erste Ehe geschieden worden war. Richard Carmichael hatte ebenfalls eine erste Ehe hinter sich, mit einer Amerikanerin, die Alkoholikerin war und behauptet hatte, er hätte sie geschlagen. Kennen gelernt hatten sich Paula und Richard auf einem von der Regierung gesponserten Seminar über die soziale Verantwortung von Unternehmen. Paulas soziales Engagement führte sie häufig weg von zu Hause. Einer der Söhne, George, war bei einem Fußballspiel wegen Trunkenheit und Randalierens festgenommen worden. Ferner hieß es, dass ihr Haus in Lambeth mindestens eine Million Pfund wert sei, Richard jedoch etwa dieselbe Summe am Aktienmarkt verloren habe. Paula Carmichaels Ex-Mann lebte mittlerweile mit seiner neuen Frau in Aix-en-Provence und betrieb dort ein Café. Ich nahm an, dass all das aus Archivartikeln zusammengestückelt war. Die Redakteure hatten vermutlich die Paula-Carmichael-Akte aufgerufen und die Meldungen der letzten zwei Jahre, seit sie sich einen Namen gemacht hatte, eingearbeitet. Für intensive Recherchen war noch keine Zeit gewesen.

«Aber nichts davon erklärt, warum sie gesprungen ist», murmelte ich.

«Dann ist sie also gesprungen?», hakte Jane nach.

Irritiert schüttelte ich den Kopf. «Ich weiß es nicht. Ich hab dir doch schon gesagt, dass ich das nicht sehen konnte.»

«Sieht so aus, als hätten sie ihren Mann als Mörder im Visier.»

Jane schaute zum Fernseher auf und tippte meinen Arm an, damit ich ebenfalls hinschaute. Bis ich begriff, was ich sah, dauerte es einen Moment, denn Gladstone Road wirkte frisch und neu – ganz und gar nicht wie die Straße, in der ich lebte –, doch dann erkannte ich den Hauseingang der Carmichaels, vor dem lauter Fotografen standen und die Straße blockierten. Wer immer die Kamera hielt, musste direkt vor meiner Haustür stehen, wenn nicht gar auf meiner Türschwelle.

«Oh, Mist», murmelte ich und fragte mich, wie meine Mutter zurechtkam.

Während wir zuschauten, öffnete sich die Tür, und Richard Carmichael erschien. Hinter seiner rechten Schulter tauchte ein Mann auf, wahrscheinlich ein Polizeibeamter. Er trug einen unauffälligen grauen Anzug, sein Haar hätte eine Bürste vertragen können, doch selbst über das Fernsehen sah man, wie rastlos seine Augen waren, wie er ständig alles im Blick hatte, die Gesichter in der Menge und die Gesichter seiner uniformierten Kollegen, die ihrerseits häufig zu ihm herüberschauten. Neben dem Polizeibeamten im grauen Anzug wirkte Richard Carmichael wie ein Riese, allerdings wie einer, der in sich zusammengesunken war, und als er sprach, klangen Verletztheit und Wut aus seiner Stimme.

«Ich habe hier eine offizielle Erklärung, in der die Öffentlichkeit um Unterstützung bei den polizeilichen Ermittlungen gebeten wird, die die Umstände des Todes meiner Frau Paula klären sollen.» Er wedelte mit einem Stück Papier herum, zum Blitzgewitter der Kameras. Er räusperte sich. «Aber ich werd jetzt diese Erklärung zerreißen und Klartext sprechen.»

Der Mann im grauen Anzug schloss kurz die Augen, und ich hätte schwören können, dass er betete.

«Ich weiß, dass ihr Briten denkt, ich sollte einfach den Mund halten und still vor mich hintrauern. Aber ich bin Ami, laut und großmäulig, und ich nenn die Dinge gern beim Namen. Meine Frau war das Beste, was mir in diesem Land je begegnet ist. Und zwar bei Weitem. Denn dieses Land ist voller undankbarer Idioten. Idioten, die's nicht ertragen können, wenn andere sie überflügeln. Die ihnen die Flügel stutzen und sie kaltstellen.» Richard Carmichael tobte weiter, für die Journalisten war es ein gefundenes Fressen, sie drängten sich mit ihren Mikrofonen immer weiter nach vorne, während unter den Fotografen das Gerempel begann. Ich entdeckte mindestens drei uniformierte Polizeibeamte, die den Mann im grauen Anzug erwartungsvoll anschauten und darauf warteten, dass er Einhalt gebot. Doch Grauer Anzug schaute lediglich in die Ferne und ließ diese ungewöhnliche Presseerklärung scheinbar an sich abgleiten. Was womöglich gar nicht so dämlich war, wie es aussah. Ich bezweifele, dass sich Carmichael mitten im Redefluss hätte unterbrechen lassen, und einen frisch verwitweten Mann mit Polizeigewalt zum Schweigen zu bringen hätte hässlich ausgesehen. Richard Carmichael schäumte weiter.

«Vor einigen Monaten hat meine Frau an einem Dokumentarfilm über ihre Person mitgearbeitet. Der Film war eine Auftragsarbeit des Konzerns, dessen einziges Ziel es war, Dreck aufzuwühlen. Sie hatten keinerlei Respekt. Sie wollten meine Frau einfach nur demütigen, und so fing sie an, an sich und allem, was sie getan hatte, zu zweifeln. Seitdem sprach sie davon, sich aus dem öffentlichen Leben zurückzuziehen, ihre Arbeit niederzulegen. Und jetzt das. Jetzt ist sie tot. Ich hoffe, ihr seid nun endlich zufrieden.»

An der Stelle brach er ab, als habe er noch mehr sagen wollen, es sich jedoch anders überlegt, und ehe man sich versah, hatte er auch schon kehrtgemacht und war im Haus verschwunden. Die Journalisten drängten hinterher. Eine von ihnen, eine junge Frau, versuchte, durch die offene Tür ins Haus zu schlüpfen, nur um den Eingang von Grauem Anzug versperrt zu finden. Er nickte ihr höflich zu, trat selbst rasch ins Haus und schlug ihr die Tür vor der Nase zu. Irgendwo aus der Menge der Schreiberlinge hörte ich Gelächter. Einen Augenblick lang war die Übertragung gestört, dann wurde wieder zurück ins Studio geschaltet.

Mir war schwindelig, und das Bild im Fernseher verschwamm vor meinen müden Augen. Ich hatte das Gefühl, als sei etwas von Grund auf faul, als stehe ich inmitten einer Geschichte, mit der ich nichts zu tun hatte.

«Na, das wäre doch was für einen RUER», schnaubte Jane.

«Darum soll sich jemand anderes kümmern», erwiderte ich.

«Worum soll sich jemand anderes kümmern?» Die Stimme ertönte hinter meinem Rücken, und als ich mich umdrehte, erblickte ich Suzette, die mit schief gelegtem Kopf und glänzenden Augen auf Antwort wartete.

«Um alles», grinste ich sie an. Wir umarmten uns, und ich empfand ihre zarte Gestalt im Vergleich zu meiner als geradezu winzig. Ich meinte sogar, wie bei einem Vogel ihr klopfendes Herz zu spüren. «Jemand anderes soll sich um alles kümmern. Ich dachte, du arbeitest nicht mehr hier?»

«Ach, die. Mit der will ich nichts mehr zu tun haben», neckte Jane, den Blick nach wie vor auf den Fernsehbildschirm gerichtet. «Sone Verräterin. Wie kannst du nur Ihre Winzigkeit umarmen?»

«Ich hatte 'ne Besprechung», erklärte Suzette, «also dachte ich, ich schau mal vorbei, seh nach, ob Jane da ist und sag Hallo. Frag mich nicht, warum. Wahrscheinlich musste ich mal wieder dringend fertig gemacht werden. Jedenfalls bist du die Letzte, die ich hier erwartet hätte.»

Wir ließen Jane grummelnd – das sei doch mal wieder typisch für Leute, die keine Arbeit hätten – an ihrem Schreibtisch zurück und gingen hinaus, die Straße hinab, bis wir ein Café fanden.

«Es ist zwölf», sagte Suzette, «Zeit fürs Mittagessen.»

Für jemand so Winziges isst sie wie ein Scheunendrescher. Zu unserem Kaffee bestellten wir also auch Baguettes. Suzette schälte ihren geschmeidigen Körper mit der Haltung einer Tänzerin aus dem Mantel. Sie hatte ihr blondes Haar straff aus ihrem Porzellangesicht gekämmt und trug, wie so häufig, Schwarz: engen Pullover über bauschigem Rock, jederzeit bereit, sich einem Ballett-Ensemble anzuschließen. Sie beugte sich vor, um einige Krümel von ihrem Stuhl zu fegen, und schaffte es, selbst diese Verrichtung elegant aussehen zu lassen. Beim Sprechen benutzt Suzette immer ihre zarten Hände zur Untermalung, wodurch alles, was sie sagt, wie Musik klingt.

«Du siehst wunderbar aus», sagte sie, indem sie sich hinsetzte und einen Stuhl heranzog.

«Du machst Witze», lachte ich.

«Na schön: Unter den gegebenen Umständen siehst du wunderbar aus», sagte sie lächelnd. Suzette arbeitet wie Jane zwar sehr viel, dennoch hatte sie im letzten Jahr immer wieder Zeit gefunden, regelmäßig vorbeizuschauen. Sie hatte mir gelegentlich mit den Kindern geholfen und war nie mit leeren Händen gekommen: hier eine Flasche Wein, da Parfüm zu meinem Geburtstag, eine etwas ausgefallene Seife, nichts Großes, sondern kleine Aufmerksamkeiten, die mir das Gefühl gaben, ein Mensch zu sein.

«Und wie geht's dir?» Manchmal hatte ich ein schlechtes Gewissen. Mein Leben war so kräftezehrend, dass ich in der Regel vergaß, dass Suzette ihre eigenen Herausforderungen hatte.

Jane, Suzette und ich. Wir hatten uns gemeinsam im Konzern emporgearbeitet. Irgendetwas hatte uns zusammengeschweißt, und was als gemeinsame Mittagessen in der Kantine begonnen hatte, wurde schon bald zu monatlichen Abendessen, die viele Stunden dauerten und uns Gelegenheit gaben, auf eine Art und Weise über unser Leben und unsere Arbeit zu sprechen, wie wir es, glaube ich, mit sonst niemandem taten. Wären wir einander ähnlicher gewesen, hätte es wahrscheinlich nicht so gut funktioniert, doch Janes

Arroganz wurde irgendwie durch Suzettes Selbstzweifel ausgeglichen, und wenn uns Suzettes kühle Logik zu viel wurde, musste Jane unweigerlich kichern, und das war's dann. Wann immer wir zusammenkamen, entspann sich eine Unterhaltung, die hierhin und dorthin sprang, uns aber immer in interessante Regionen führte. Seltsamerweise waren wir zu dritt besser als in den drei denkbaren Zweierkonstellationen.

«Ach, ich hab viel zu tun», sagte sie und rührte den Zucker in den Kaffee. «Aber ich komm zurecht.»

Sie war die Einzige von uns dreien, die Mumm genug gehabt hatte, sich vom Konzern zu trennen. Jane war innerhalb der Organisation geblieben und war zur Redakteurin der Sendung Kontrovers avanciert, während Suzette und ich zunächst unsere Ausbildung als Fernsehjournalistinnen um Erfahrungen hinter der Kamera bereichert hatten. Seit die neue Generation der Drei-Chip-Kameras auf dem Markt war, die sendefertiges Filmmaterial mit Apparaten hervorbrachten, die keine zwei Kilo wogen, ließ sich ein Großteil unserer Arbeit ohne die traditionelle Kameracrew erledigen. Ich war ebenfalls beim Konzern geblieben, aber Suzette hatte schon immer eine Abneigung gegenüber Bürokratie und auch nie gewusst, wie sie ihre Schlachten innerhalb des Konzerns schlagen sollte. Von Anfang an hatte sie den Drang gehabt, ihre eigene Chefin zu werden. Ihre Produktionsfirma schien ihr die Freiheit zu geben, die sie brauchte. «Aber erzähl mal von gestern Abend.»

«Ach.» Ich ließ den Kopf hängen, unwillig, mir das Ganze wieder ins Gedächtnis zu rufen. Einen Moment lang hatte ich einfach nur dagesessen und Suzettes Gesellschaft genossen. «Da gibt's eigentlich nicht viel zu erzählen. Es war einfach nur furchtbar.»

«Na ja, immerhin hast du sie doch fallen sehen, nicht wahr? Also, was hast du gesehen?»

Ich starrte sie an. Suzette, Jane, ich, unser aller Leben dreht sich um Bilder. So denken wir.

«Ich hab gesehen, wie sie durch die Luft herabgestürzt kam, sehr schnell, und wie sie aufschlug und in sich zusammensackte.» Ich zuckte mit den Achseln. «Es war innerhalb von Sekunden vorbei.»

«War jemand bei ihr?» Suzettes Blick hing an meinen Lippen, fasziniert.

Immer dieselben Fragen, dachte ich. Wie kam es, dass außer mir keiner auf den Gedanken kam, dass Paula Carmichael vielleicht Selbstmord begangen hatte.

«Ich hab niemanden gesehen.»

Suzette nickte nachdenklich.

«Aber du hast doch auf der Straße Streit gehört?»

«Das wird mittlerweile ziemlich aufgebauscht», wandte ich ein. «Am frühen Abend gab es irgendwo Streit. Den hat jeder gehört, den muss jeder gehört haben. Dann meine ich kurz vor ihrem Tod wieder Stimmen gehört zu haben, aber da kann ich mich auch irren. Draußen tobte schließlich ein Gewitter, es war unheimlich laut, ich hab mir das wahrscheinlich nur eingebildet.»

Suzette registrierte meinen leicht entnervten Ton.

«Tut mir Leid, ich wollte dich nicht ausfragen.» Sie ließ von mir ab. «Es ist nur so, ich kannte sie ein wenig, und deshalb … na ja, es ist einfach ziemlich merkwürdig …»

«Ich wusste gar nicht, dass du sie kanntest.»

«Nur ein wenig», wiederholte sie und holte scharf Luft. In Suzettes Sprache bedeutet dieses kurze hörbar kontrollierte Luftholen, dass sie nicht gewillt ist, auf ein bestimmtes Thema näher einzugehen.

«Das klingt so, als hättest du sie nicht gemocht.» Ich war überrascht. «Ich dachte, alle Welt liebte Paula.»

«Einschließlich sie sich selbst», erwiderte Suzette trocken.

Sie schwieg einen Augenblick, wechselte dann das Thema. «Hör zu, ich muss los, ich hab einen Termin, aber ich wollte dich sowieso anrufen. Ich hab gehört, du überlegst, wieder ins Berufsleben zurückzukehren, und ich wollte dich fragen, ob du Interesse hättest, für mich bei Paradigm Productions zu arbeiten.»

Ich starrte sie groß an, und sie grinste, freute sich über meine Überraschung.

«Wir hatten einige Anlaufschwierigkeiten, hauptsächlich finanzieller Art, aber ich bin davon überzeugt, dass die jetzt vorbei sind, und ich kann mir niemanden vorstellen, mit dem ich lieber zusammenarbeiten würde.»

«Darüber werde ich gerne nachdenken.» Ich rang nach Worten.

«Tu das. Lass mal überlegen, wie wär's, wenn es dabei etwas zu essen gäbe, sagen wir Montagmittag?»

«Okay», antwortete ich gedehnt.

«Und noch was», sagte Suzette. «Ich weiß, dass du's nicht leicht hast. Wenn du Hilfe brauchst, sag einfach Bescheid. Ob fürs Babysitten oder sonst was.»

«Alles klar», sagte ich und lächelte angesichts des ernsten Ausdrucks auf Suzettes Gesicht. «Danke.»

4

NACH DEM MITTAGESSEN ließ ich mich von Jane interviewen. Ich blieb so sachlich wie möglich und vermied alle Dramatisierung. Als wir das Aufnahmestudio verließen, zwang sich Jane zu einem Lächeln und erklärte, ich sei «wunderbar, großartig, genau das, was wir wollten» gewesen, aber ich rieche Konzernschmu zehn Meilen gegen den Wind, und ich wusste, dass sie enttäuscht war. Mit ein bisschen Glück würde mein Beitrag auf dem Boden des Schneideraums landen, dachte ich bei mir. Dennoch war ich den Rest des Tages angewidert von mir, als hätte ich nicht ein Interview für ein Nachrichtenprogramm gegeben, sondern Pornos gedreht. Ich hätte das, was ich in jener Nacht gesehen hatte, einfach einpacken und in meinem Kopf verschließen sollen. Ein aufgewärmter Tod hatte noch nie jemandem etwas gebracht.

Als ich schließlich vom Konzern nach Hause kam, strömte bereits ein kleines, aber beständiges Rinnsal von Menschen an der Stelle vorbei, an der Paula Carmichael aufgeschlagen war. Zudem waren dort Journalisten, die das Haus der Carmichaels überwachten, und eine Reihe von Polizeiwagen, die kamen und gingen. Ich war froh, meine Haustür zu erreichen, ohne angesprochen zu werden.

Meine Mutter öffnete mir die Tür, noch ehe ich Zeit hatte, meinen Hausschlüssel herauszusuchen.

«Wir haben am Fenster gestanden und nach dir Ausschau

gehalten», erklärte sie. «Die Kinder finden das Treiben absolut wunderbar.»

Tatsächlich schienen die Zwillinge einen Riesenspaß zu haben. Ma hatte sie in ihren Hochstühlen so hingestellt, dass sie einen optimalen Blick auf die Straße hatten. Sie hatte ihnen Kekse und Saft vorgesetzt und so ein Babyrestaurant mit Bühne kreiert. Während die Kinder mit Gaffen beschäftigt waren, hatte sie aufgeräumt und gesaugt. Mein Vater hat meine Mutter, meine zwei Schwestern und mich verlassen, als ich noch klein war. Meine Mutter hatte zwar – als einzige Hinterlassenschaft meines Vaters – nichts als Schulden, aber irgendwie hat sie es dennoch geschafft, uns großzuziehen und dabei noch einen Abschluss in Jura zu machen. Meine Mutter wäre die ideale Autorin für ein Buch über Multitasking.

«Das sind doch alles sensationslüsterne Aasgeier», sagte ich, als wieder ein Wagen in zweiter Reihe parkte und zwei Frauen mittleren Alters ausstiegen.

«Ganz und gar nicht», sagte Ma. «Schau mal, was sie tun.»

Ma hatte ihren Satz noch nicht beendet, da beugte sich eine der Frauen zurück in den Wagen und tauchte schließlich mit einem Strauß weißer Rosen wieder auf. Die beiden bahnten sich ihren Weg zum Haus der Carmichaels, und als man ihnen Platz machte, sah ich, dass der Bürgersteig übersät war mit Blumen und Karten. Die Straße verwandelte sich allmählich in eine Pilgerstätte.

«Mein Gott», murmelte ich. «Das ist ja wie bei Prinzessin Diana.»

«Die Leute mochten Paula Carmichael», meinte Ma traurig. «Sie respektierten sie und fühlten sich von ihr respektiert. Paula war nie selbstgefällig. Ihr Tod bricht den Leuten fast das Herz. Sieh mal, selbst der Polizeibeamte sieht traurig aus. Warum nur hat sie es getan?»

Für mich, die ich direkt aus dem Nachrichtenraum kam, bedeutete der traurige Gesichtsausdruck des Polizeibeamten einen neuen Blickwinkel, aber meine Mutter hatte Recht.

«Es ist so deprimierend», sagte meine Mutter mit leiser Stimme. «Wenn *sie* das Leben schon nicht ertragen konnte, wie sollen wir es dann erst schaffen?»

Ich schaute noch einen Augenblick zu, wandte mich dann ab, um mich sofort wieder dem Geschehen zuzuwenden. Mein Haus war zu klein, als dass ich mich hätte zurückziehen und so tun können, als sei nichts geschehen. Der Bürgersteig vor dem Haus der Carmichaels würde noch eine ganze Weile die Arena und mein Haus die dazugehörige Tribüne sein.

«Ich muss hier raus», murmelte ich.

«Ich bin heute Abend bei Lorna», sagte Ma müde, «komm doch zum Abendessen vorbei.»

Und so kam es, dass meine Mutter für uns Abendessen machte. Was so viel bedeutete, dass sie uns eine Runde Drinks eingoss und dann ein Essen vom Inder kommen ließ. Die Zwillinge teilten sich ein einfaches Naan-Brot, zerdrücktes Hühnchen in Korma-Sauce und Spinat. Nachdem die Kinder im Gästebett eingeschlafen waren und ihre kleinen Knoblauchschnarcher hören ließen, wärmten wir die Reste auf. Ma tat drei Portionen auf, eine für mich, eine für sich, eine für Lorna.

«Lorna ist müde», sagte sie, indem sie mir Lornas Teller reichte. «Ich glaube, sie wird auf ihrem Zimmer bleiben.»

Lornas Zimmer ist der friedlichste Ort, den ich kenne. An jenem Abend lief bei ihr Kammermusik, bei gedämpfter Zimmerbeleuchtung. Sie blickte auf, als ich hereinkam, sagte jedoch nichts. Sie lag auf ihrem Bett. Um diese Tageszeit ist sie in der Regel vollkommen erschöpft, doch selbst wenn sie schläft, ist ihr Schlaf nicht wirklich erholsam.

«Hast du keine Lust, dich zu uns zu gesellen?», fragte ich vorsichtig. Sie lächelte und schüttelte ihre roten Locken, während sie mir bedeutete, ich solle ihren Teller auf dem Nachttisch abstellen.

«Viel zu tun heute», sagte sie leise. Ihre Stimme war ein Kontra-Alt und angesichts ihrer Müdigkeit überraschend volltönend.

Wir aßen oft zusammen. Einst ein ausgesprochen geselliger Mensch, suchte Lorna instinktiv auch jetzt noch menschliche Nähe, selbst wenn es ihr das letzte Quäntchen Energie raubte. Im Jahr zuvor, als das Erschöpfungssyndrom auf seinem Höhepunkt war, hatte ich sie gelegentlich ins Bett tragen müssen und dabei jedes Mal meine Mutter vor Augen gehabt, wie sie die siebenjährige Lorna ausschimpfte, weil sie mich, die ich drei Jahre jünger und kleiner war, aufhob, herumwirbelte und unsanft auf den Boden fallen ließ.

Es gab Zeiten, da war ich neidisch auf Lorna. Sie war die tonangebende ältere Schwester, gut in der Schule und dennoch das beliebteste Mädchen ihrer Klasse, ein Ass im Hockey- und Tennisspiel. Sie war in der Zwölften, als ich – Büchernärrin, künstlerisch veranlagt und ein Sportmuffel – in die zehnte Klasse ging. Ich musste verblüfft mit ansehen, wie meine Freundinnen sich um die Gunst eines Lächelns von Lorna schlugen und wie die Jungen ihr wie Hündchen hinterherdackelten. Nach der Schule verschwand sie nach Cambridge, sodass mich ihre akademischen und sonstigen Erfolgsgeschichten von da an nur aus zweiter Hand erreichten. In der Schule hatte ich nicht die geringste Chance, in ihre Fußstapfen zu treten, aber zumindest war ich außerhalb der Schule in der Lage, mein Leben ohne den Schatten, in den mich ihre Sonne stellte, zu gestalten.

Und nun leidet Lorna an chronischem Erschöpfungssyndrom. Experten beschreiben es als eine Erkrankung von «schillerndem Wesen und mit ungeklärter Ursache». Selbst über den Namen führen die unterschiedlichen Schulen einen erbitterten Krieg. CFS ist auch bekannt unter den Namen encephalomyelitische Myalgie, chronische Epstein-Barr-Infektion oder atypische Poliomyelitis und wird gelegentlich sogar Yuppie-Grippe genannt – ein Name, der, wenn er nicht so abfällig wäre, in Lornas Fall tatsächlich zuträfe. Denn Cambridge hatte zu einer rasanten Karriere im Handelsbankgeschäft geführt, sodass sie inzwischen genug Geld hatte, um vom Hockey zu exotischeren Aktivitäten überzuwechseln. Auf einer Fahrradtour in Nepal fing alles an. Einen Tag nach Beginn der Tour wurde sie von einem Fieber niedergestreckt, einem mysteriösen Virus, das nie identifiziert wurde, jedoch wahrscheinlich etwas war, was sie sich noch vor ihrer Abreise in England eingefangen hatte. Sie verbrachte zwei Tage auf ihrer Pritsche im Zelt, senkte das Fieber gnadenlos mit Parazetamol, bevor sie weiterzufahren versuchte. Sich ohne Weiteres geschlagen zu geben, war nicht ihre Art, obwohl ihr bis zu diesem Tag das meiste im Leben tatsächlich relativ leicht gefallen war. Wie dem auch sei, dieses Mal sah sie sich außerstande weiterzumachen. Sie kehrte nach Hause zurück und erklärte den Zwischenfall beharrlich zu einem vorübergehenden Rückschlag.

Die Erschöpfung, von der Lorna immer wieder behauptet hatte, sie würde sich bald geben, hielt Monate an. Ein Jahr später, am Tag, nachdem sie ihre Stelle gekündigt hatte, wurde ihre CFS diagnostiziert.

Niemand konnte uns erklären, warum es geschehen war. Lornas Fall stimmte mit keinem der medizinischen Modellszenarien hundertprozentig überein. Möglicherweise entsteht die Krankheit durch ein Zusammenspiel von körperlichen und seelischen Faktoren, doch über die Art dieses Zusammenspiels, wenn es denn überhaupt existiert, wird nach wie vor spekuliert. Uns wurde gesagt, CFS finde sich in allen sozioökonomischen Schichten und sämtlichen Ethnien, befalle Frauen häufiger als Männer, mit einem typischen Altersgipfel zwischen zwanzig und vierzig. All das sagte Lorna, die auf dem Höhepunkt der Krankheit an Schlaflosigkeit, einer qualvollen Geräuschempfindlichkeit und extremen Muskelschmerzen litt, herzlich wenig. Es kam vor, dass sie aus dem Bett steigen und aufstehen wollte, es jedoch nur bis zur Zimmertür schaffte, bevor sie zusammenbrach.

Für diese Krankheit gibt es keine Heilung, und wir wissen nicht, ob oder wann Lorna sie überwinden wird. Die Experten tun sich schwer mit Prognosen, da es nur wenige Langzeitstudien gibt. Allerdings geht es Lorna besser als am Anfang: Ihr Fortschritt lässt sich an kleinen Schritten zurück in die Unabhängigkeit ermessen. Sie neigt dazu, die Dinge zu überstürzen, und bringt sich, kaum, dass sie sich etwas besser fühlt, an den Rand ihrer Belastbarkeit, sodass die völlige Erschöpfung sie am Ende doch wieder übermannt. Doch obgleich sie jeden Schritt vorwärts mit einem halben Schritt rückwärts bezahlt, gibt uns ihr Fortschritt die Hoffnung, dass dieses seltsame Leiden sie eines Tages ganz verlassen wird.

Ich stellte das Tablett ab und neigte mich hinunter, um Lorna auf die Stirn zu küssen. Ihre großen grünen Augen schauten zu mir herauf. Sie lächelte das traurige, dunkle Lächeln, das Lorna eigen ist, seitdem ihr Strahlen sie verlassen hat. Ihre Augen folgten mir.

Ich machte mich nützlich und zog die Vorhänge vor. Wenn sie so müde war wie jetzt, hatte sie nicht die Kraft, auch nur das Geringste selbst zu tun. Draußen war es bereits dunkel, und das stundenlange Starren in diese Dunkelheit konnte selbst ein fröhliches Gemüt deprimieren. Lorna rappelte sich in eine sitzende Position auf, worauf ich das Tischchen über ihre Beine schob, dass sie bequem daran essen konnte. Während sie begann, in ihrem Essen herumzustochern, setzte ich mich in den Sessel neben ihrem Bett.

Ich versuche, sie ein paar Mal die Woche zu besuchen. Oft schaffe ich es erst abends, wenn sie bereits erschöpft ist. Ich leiste ihr dann überwiegend schweigend – Plaudern ermüdet sie am Ende des Tages – eine Weile Gesellschaft, und dennoch sind diese Besuche wohltuend und aufheiternd. Seit der Geburt der Zwillinge war ich häufig völlig kaputt in diesen Raum gekommen, mit den Nerven am Ende. Dem Grauen von Lornas Krankheit zum Trotz hatte mir die zwangsläufige Ruhe Momente der Erholung verschafft. Einmal war ich in dem Sessel eingeschlafen, sodass mich meine Mutter, als sie eine Stunde später auf der Suche nach mir heraufkam, im Tiefschlaf vorfand, während Lorna vom Bett aus über mir wachte.

Doch heute Abend gelang es mir nicht, mich von der Ruhe anstecken zu lassen. Ich war frustriert. Ich wollte die alte gesprächige Lorna wiederhaben, nicht diese Stille. Ich wollte die Lorna, die mich mit Geschichten ihrer Triumphe zutextete, die sich meine Probleme anhörte und dabei zumindest versuchte, Mitgefühl zu zeigen, mich dann zum Lachen brachte und aus dem Gleis warf mit irgendeiner witzigen Beobachtung, die immer ins Schwarze traf. Heute hätte ich mir gerne das ein oder andere von der Seele geredet, beispielsweise, wie es sich anfühlte, jemanden sterben zu sehen, oder wie schäbig ich mir vorkam, weil ich das Interview mit Jane gemacht hatte, doch über Lorna dräute die Depression. Seit der Besserung ihrer Symptome hat sich das zwar ein wenig gegeben, dennoch schien mir Selbstmord als mitternächtliches Gesprächsthema nicht gerade geeignet. Was ich zu sagen hatte, war nicht dazu angetan, zur allgemeinen Aufheiterung beizutragen, also schwieg ich. Allerdings schien Lorna zu spüren, dass etwas nicht stimmte. Sie hatte aufgehört zu essen und schaute mich an.

In dem Moment platzte es beinahe aus mir heraus. Die Worte waren in meinem Mund, ein Mund voller Gift, das ausgespuckt werden wollte: «Verdammt noch mal, Lorna, jetzt hör auf mit dem Scheiß. Reiß dich einfach mal am Riemen!»

Ich schluckte es hinunter.

«Ich komm später noch mal vorbei. Mein Essen wird kalt», murmelte ich, indem ich aufstand und mich abermals zu ihr hinunterbeugte, um sie zu küssen. Als ich hinausging, spürte ich die geballte Kraft ihrer Augen in meinem Rücken. Lorna ist meine große Schwester, und ich habe schon immer Angst vor ihr gehabt.

Meine Mutter saß mit einem Tablett auf dem Schoß in Lornas flieder- und walnussfarbenem Wohnzimmer. Ihr Gesicht war lang und angespannt, und ich nahm an, sie mache sich Sorgen um Lorna.

«Wie geht's ihr denn so?», fragte ich.

Ma stieß einen tiefen Seufzer aus, als hätte ich sie von weither geholt. Sie verzog das Gesicht.

«Ach, eigentlich ganz gut», sagte sie. «Wenn sie sich nur nicht immer so überanstrengen würde. Heute Morgen hat sie einige Übungen gemacht, und dann hat sie den ganzen Nachmittag im Internet verbracht.»

«Sie weiß mittlerweile sicher mehr über diese Krankheit als ihr Arzt.»

«O nein, ganz und gar nicht», Ma warf mir ein schiefes Lächeln zu, «sie hat ihn nämlich ausgiebig belehrt, und ich bin mir sicher, dass sie im Netz die meiste Zeit damit verbringt, andere Leute zu belehren.»

«Schon merkwürdig, wie sie es schafft, selbst in diesem

Zustand noch genauso tonangebend zu sein wie eh und je», bemerkte ich trocken.

Es war Lorna, die darauf bestanden hatte, weiterhin in ihren eigenen vier Wänden zu wohnen, in einer Wohnung in einem imposanten Reihenhaus aus Edwardianischer Zeit, das sie in den Monaten, bevor sie krank wurde, für viel Geld hatte renovieren lassen. Die Wohnung ist ideal, weil sowohl Ma als auch Tanya und ich in unmittelbarer Nähe wohnen, und auch wieder nicht so ideal, weil sie im ersten Stock liegt und eine sehr steile Treppe zur Haustür hat. Lorna konnte daher lange Zeit einfach nicht das Haus verlassen. In letzter Zeit wagt sie sich gelegentlich an Mas Arm hinunter und auf die Straße. Einmal sind sie zum Richmond Park gefahren, ein anderes Mal zu einem Café. Lorna erledigt ihre Einkäufe per Internet und beschäftigt eine Teilzeithilfe. Ich weiß, dass Lorna gerne von sich glaubt, nach wie vor unabhängig zu sein, aber Tatsache ist, dass Ma mindestens drei Abende die Woche bei ihr verbringt, damit sie sich nicht isoliert fühlt. Auch meine kleine Schwester Tanya setzt Himmel und Hölle in Bewegung, damit sie ihre drei Kinder in der Obhut ihres Mannes Patrick lassen und zweimal die Woche bei Lorna sein kann. Ich bin relativ nutzlos, weil Lorna den Lärm der Zwillinge nicht länger als einige Minuten erträgt und ich niemanden habe, bei dem ich sie abladen könnte. Außer, natürlich, meine Mutter oder Tanya. Womit wir wieder am Anfang angelangt wären.

«Morgen kommt ein Akupunkteur vorbei, um sie sich mal anzuschauen», sagte Ma.

Ich fing ihren Blick auf, worauf wir beide grinsen mussten. Ma hatte für alternative Medizin nichts übrig. Sie machte eine ausladende Bewegung mit dem Arm.

«Und nächste Woche ist dann jemand mit Kessel und Fröschen dran, aber was soll's. Wenn sie's ausprobieren will, soll sie. Ich habe nichts dagegen.» Sie lachte kopfschüttelnd und zwinkerte die Tränen fort. Alles, was Lorna je gewünscht hatte, hatte Ma gutgeheißen. Lorna war Mas goldene Tochter, ihr Sonnenschein, das Gute, das sie dem Desaster ihrer gescheiterten Ehe entrissen hatte. Lorna hatte ihr diese Ergebenheit nicht immer vergolten. Als Teenager empfand sie Mas Intensität als irritierend. Sie wies jeden Rat von ihr zurück und bat nie um Unterstützung. Ich fragte mich des Öfteren, was sie nun empfand, da Ma sich um all ihre Bedürfnisse kümmerte.

Ich machte mich über das Essen her. Ich war vollkommen ausgehungert. Meine Mutter und ich sind Stammgäste beim Haweli um die Ecke von Lornas Wohnung. Wir kennen die Karte in- und auswendig. Meine Vorstellung von einem geselligen Abend sieht mittlerweile so aus: Ich hole ein Take-Away, verfrachte die Kinder ins Bett und sitze dann mit meiner Mutter vor Emergency Room, wie ein altes Ehepaar. Gelegentlich fühle ich mich resigniert, wenn ich über uns beide nachdenke, zwei ungebundene, unabhängige Frauen, die jedoch in puncto Geselligkeit voneinander abhängen, mein Gesicht ein Echo von dem meiner Mutter vor dreißig Jahren. Es ist, als würde ich in meine Zukunft blicken und Einsamkeit bis in alle Ewigkeit sehen.

«Ich mag die Masala-Sauce lieber», bemerkte ich zwischen zwei Bissen.

«Hmm.» Ma schien in Gedanken immer noch nicht recht beim Essen zu sein und sprach sehr leise. «Ich kann nicht … Hast du heute schon mit Tanya gesprochen?»

Ich schüttelte den Kopf.

«Sie hat gestern Abend eine Nachricht auf Band hinterlassen, aber ich hab sie noch nicht zurückgerufen.»

«Ich weiß. Ich hab sie gestern gesehen, nachdem sie versucht hat, dich zu erreichen.» Ma hielt inne und seufzte erneut. Mittlerweile hatte ich aufgehört zu essen und beobachtete sie. Sie sah plötzlich älter aus, ihr Gesicht überzogen mit Sorgenfalten, die ich – trotz Lornas Krankheit – seit vielen Jahren nicht mehr gesehen hatte.

«Sie war ziemlich verstört. Anscheinend stand plötzlich euer Vater vor der Haustür und hat sich selbst eingeladen.»

Ich starrte sie fassungslos an.

«Mein Vater?», wiederholte ich. Ma zuckte mit den Achseln, als wolle sie sagen, dafür könne sie nichts, sie habe nichts damit zu tun. «Ich dachte, er sei tot», sagte ich. Was nicht ganz der Wahrheit entsprach, aber so restlos, wie er aus meinem Leben verschwand, als ich vier war, hätte er tatsächlich ebenso gut tot sein können.

«Offensichtlich ist er das nicht.» Ihre Stimme klang brüchig, kaum noch unter Kontrolle. «Tanya hat ihm gesagt, er solle abhauen, aber sie glaubt, dass er es noch mal versuchen wird. Sie wollte dich warnen, falls er versuchen sollte, mit dir Kontakt aufzunehmen.»

Ich ließ ein Schnauben hören.

«Nette Art, Verbindung aufzunehmen. Ist sie sich überhaupt sicher, dass er es ist? Ich meine, wo war er denn die ganze Zeit? Und wie hat er Tanya eigentlich …»

Ma stand unvermittelt auf. Ihr Gesicht war in sich zusammengefallen.

«Das weiß ich nicht, und ich will es auch gar nicht wissen», erwiderte sie bissig. «Ich hab's dir erzählt, damit du vorgewarnt bist, mehr nicht. Was mich betrifft, so ist er seit über dreißig Jahren tot. Ihr alle drei wisst, dass eurem Vater nicht zu trauen ist. Er ist ein Gauner und ein Betrüger, und was ich am meisten in meinem Leben bereue, ist, dass ich je mit ihm zu tun hatte.»

Ich saß da und konnte sie nur anstarren, so sprachlos war ich über diesen emotionalen Ausbruch meiner Mutter sowie über die Wiederauferstehung meines Vaters. Meine Mutter missbilligt Wut, fürchtet ihre Unberechenbarkeit. Uns hat sie immer geraten, unsere Wut zu unterdrücken. «Steh einfach drüber», riet sie uns in jeder Krisensituation, und wir wussten, dass sie sich dasselbe sagte.

Ich schaute auf meinen Teller hinab. Das Curry war kalt geworden, Fett klumpte am Rande meines Tellers zusammen. Mir war fast übel vor lauter Angst und Aufregung. Mein Vater war aus unserem Leben verbannt worden, die Sprache auf ihn zu bringen galt als Tabu. Immer wieder hatte ich mein Gedächtnis durchforstet, um ein Gesicht zu finden, eine Stimme, irgendetwas. Ich hatte so gut wie nichts gefunden. Nun würde ich ihn kennen lernen.

5

DAS FEUCHTE WETTER hatte sich verzogen, plötzlich brannte die Sonne herab. Der Blumenteppich vor dem Haus der Carmichaels war vom Regen noch durchweicht, und einige Beileidskarten hatten sich auf dem Bürgersteig aufgelöst. Vor dem Haus stand ein Polizeibeamter, der unbehaglich auf die Sauerei zu seinen Füßen blickte. Mit dem Fuß beförderte er einige verwelkte Sträuße in den Gully, und dann, nach einem kurzen Zögern, beugte er sich hinunter, um einen recht frisch aussehenden Lilienstrauß in die relative Sicherheit des Hauseingangs zu legen. In meinem Briefkasten fand ich einen Zettel.

Robin,
machen Sie sich keine Sorgen wegen des Tischs. Er gehörte dem Vermieter. Ich werde irgendetwas anderes dorthin stellen, und mit etwas Glück wird er nicht merken, dass der ursprüngliche Tisch verschwunden ist. Sollte er jedoch ein Vermögen wert gewesen sein, inszenier ich einen Diebstahl, und dann kann er ihn sich von seiner Versicherung ersetzen lassen. Wär vielleicht keine schlechte Idee, die Überreste zu vernichten.
Zum Kennenlernen waren die Umstände neulich Abend eher ungeeignet. Hoffe, wir treffen uns noch einmal unter günstigeren Umständen.

Dan

Ich lächelte und drehte das Zettelchen um. Es war die Quittung einer Reinigung. Zwei Anzüge, sechs Hemden. Die Quittung war ausgestellt auf Dan Stein. Ich steckte den Zettel in meine Hosentasche. Der Gedanke, dass ich einen Nachbarn mit Humor hatte, gefiel mir.

Als Kommissarin Mann anrief, um mich zur Polizeistation zu bitten, brachte ich es nicht über mich, sie zu fragen, ob sie nicht zufälligerweise auch noch die Rolle der Babysitterin übernehmen wolle. Meine Mutter konnte ich auch nicht noch einmal bitten. Also ließ ich die Kinder bei Tanya. Meine Schwester und ihr Mann Patrick arbeiten beide im Krankenhaus als Pflegekräfte im Schichtdienst. Tanya war noch im Nachthemd, als sie mir die Tür öffnete, und das Haar stand ihr zu Berge.

«Müsstest du nicht schlafen?», fragte ich schuldbewusst.

«Ich hab die Mädchen gerade für die Schule fertig gemacht und losgeschickt und wollte mich jetzt noch mal für ein paar Stunden hinlegen», sagte sie und streckte den Zwillingen die Arme entgegen. «Aber Patrick kann sich um die beiden kümmern, bis ich wieder aufstehe. Dann muss auch er los.»

Patrick, der sich gerade ein Sweatshirt zu seinen Jeans anzog, tauchte hinter Tanya auf.

«Gib sie her», sagte er. «Ich stauch sie mir schon zurecht.» Tanya reichte William an ihren Mann weiter, der ihn kitzelte.

«Du siehst aus, als solltest du ebenfalls im Bett sein», meinte ich über Williams Freudenjauchzer hinweg.

«Nee, nee, ich hab meine sechs Stunden gehabt, jetzt ist Tan dran. Mir geht's gut.»

Drei Töchter und ein ständig leeres Bankkonto machten Tanyas Leben recht kompliziert. Die Absprachen, die sie und Patrick trafen, klappten in der Regel gut, nicht zuletzt, weil für Pannen einfach kein Spielraum war. Wie es die beiden bei ihrem rigoros verplanten Tagesablauf je schafften, einander auch nur zu sehen, war mir ein Rätsel, aber vielleicht war das auch das Geheimnis ihres Erfolgs. Ich war zwei Jahre älter als Tanya und hatte mich in der Vergangenheit ihr gegenüber immer leicht überlegen gefühlt. Sie war weniger ehrgeizig. Sie hatte sich von Heim und Herd ablenken lassen. Mittlerweile empfand ich nichts als demütige Bewunderung für sie. Sie bekam ihr Leben so viel besser auf die Reihe als ich.

«Ich hab gehört, du hattest Besuch», meinte ich zu ihr, als Patrick mit William ins Haus verschwand.

«Der Typ hat vielleicht Nerven», brummelte sie. «Ich erzähl dir später davon. Du musst los. Sag dem netten Polizeibeamten, dass du's nicht warst.»

Ich hatte Tanyas Bemerkung für einen Witz gehalten, bis ich auf Finney traf, den Polizeibeamten, der neben Richard Carmichael gestanden und seinem Toben einfach nur zugeschaut hatte. Er trug denselben grauen Anzug, das dunkle Haar war nach wie vor ungekämmt, derselbe kühle beobachtende Blick und – besonders eindrucksvoll, doch vom Fernsehen noch nicht einmal ansatzweise eingefangen – das Gefühl rastloser Energie und Intelligenz, das den Raum durchströmte, kaum dass er ihn betrat.

Er ging in leicht professoraler Gebeugtheit. Graue Strähnen durchzogen sein Haar, seine Hose war eine Idee zu kurz. Sein schlecht geknoteter Schlips hing wild in der Gegend herum und offenbarte, dass an seinem Hemd ein Knopf fehlte, wodurch wiederum ein Stück blasser Haut und schwarzes Brusthaar sichtbar wurden. Wenn man mich in dem Moment gefragt hätte, ob ich mich eingeschüchtert fühlte, dann hätte ich erwidert, dass ich mich nur von Leuten einschüchtern ließ, die sich morgens anständig zu kleiden wussten. Er musste etwa in meinem Alter sein, und ich hatte nicht vor, sonderliche Ehrerbietung an den Tag zu legen.

«Guten Morgen, Sir», sagte Kommissarin Mann und erhob sich. Sie schien keine Angst vor ihm zu haben, wirkte aber wachsam, als warte sie auf etwas.

Finney warf ihr ein Lächeln zu, das sein Gesicht verwandelte und Kommissarin Mann beinahe umwarf. Das Lächeln – vielmehr sein Echo – versetzte selbst mir einen Stoß. Das war es, worauf sie gewartet hatte, dachte ich bei mir. Doch als er sich mir zuwandte, war es, als habe es dieses Lächeln nie gegeben. Mit Grabesmiene stellte er sich vor, zog einen Stuhl unter der anderen Seite des Schreibtischs hervor, ließ sich darauf fallen und sagte dann beinahe schleppend: «Ich hab Sie gestern in der Kiste gesehen.»

Ich hatte das Gefühl, als müsse ich mich rechtfertigen, aber ich hatte nichts Falsches getan. Deshalb nickte ich nur.

«Sagt Ihnen das Wort ‹vertraulich› irgendetwas?», fragte Finney süß. Ich sah Kommissarin Mann zusammenzucken.

«Ich habe im Fernsehen genau das gesagt, was ich schon Kommissarin Mann erzählt habe. Warum sollte das Ihre Ermittlungen beeinträchtigen?»

«Ich hasse Fernsehen», knurrte Finney. Mir fiel ein, wie er jener Journalistin die Tür der Carmichaels vor der Nase zugeschlagen hatte. Unsere Blicke verhakten sich. Herausforderung und Gegenherausforderung flossen in aller Stille zwischen uns hin und her wie in einem Stromkreislauf. Das Fernsehen war mein Leben, zumindest war es das gewesen. Dies war eine Kriegserklärung, und ich genoss sie.

«Man kann nie wissen, was wahr und was gelogen ist», fuhr Finney fort und riss seinen Blick von meinem los. «Finden Sie nicht auch, Kommissarin Mann?»

Mann stimmte zu, die Augen auf ihn gerichtet.

«Fernsehen wird von Menschen gemacht.» Automatisch wiederholte ich das, was ich Kritikern meines Berufes von jeher entgegenhielt. «Es kann lügen, es kann aber auch die Wahrheit verbreiten, ganz so wie die Menschen, die die Sendungen machen. Häufig liegt es irgendwo in der Mitte, aber in vielen Fällen deckt es eine etwas andere Wahrheit auf.»

Finney starrte mich an. Ich wünschte, ich hätte den Mund gehalten.

«Nun, wir haben hier ein kleines Problem mit dieser anderen Wahrheit.» Seine Stimme zog die beiden letzten Worte verächtlich in die Länge. Dann schaute er auf seine Notizen. «Im Fernsehen sagen Sie kein Wort über die Stimmen, die Sie gestern Abend gehört haben, dabei haben Sie vor Kommissarin Mann ausgesagt, sie hätten kurz vor Paula Carmichaels Sturz einen Streit gehört. Können Sie mir das erklären?»

«Während des Fernsehinterviews bin ich nicht auf die Auseinandersetzungen angesprochen worden», sagte ich. «Sie wissen genauso gut wie ich, wie so etwas läuft: Man hat sechzig Sekunden, keine Zeit für komplizierte Details.»

«Was Sie nicht sagen», erwiderte Finney voller Sarkasmus. «Gut zu wissen, wie's bei den Medien zugeht, aber mich würden die Stimmen, die Sie gehört haben, mehr interessieren.»

«Ich habe Kommissarin Mann gestern Abend nachdrücklich darauf hingewiesen, dass ich mir nicht sicher bin, ob ich kurz vor Paula Carmichaels Sturz Stimmen gehört habe oder nicht. Ich war mir gestern nicht sicher, und ich bin es heute immer noch nicht.»

Finney zog die Brauen hoch und schaute fragend zu Kommissarin Mann.

«Das stimmt», sagte sie und schaute erst ihn und dann mich unsicher an, als sei sie durch unser Scharmützel verunsichert und wisse nicht, wessen Partei sie ergreifen solle. «Ich habe versucht, das in der Aussage deutlich zu machen.

Es gab zwei unterschiedliche Vorkommnisse. Laute Stimmen am frühen Abend, die jeder gehört hat, und dann Miss Ballantyne, die aus dem Fenster schaute und meinte, jemanden schreien zu hören, und zwar etwa zu dem Zeitpunkt, als Paula Carmichael stürzte.»

Finney beugte den Kopf erneut über meine Aussage.

«Das geht hieraus nicht so deutlich hervor», brummte er.

«Tut mir Leid, Sir», murmelte Kommissarin Mann.

«Meinte, jemand schreien zu hören», wiederholte Finney den Satz voller Widerwillen. «Was um alles in der Welt soll denn das heißen?»

Weder ich noch Kommissarin Mann antworteten, sodass er nach einigen Sekunden fragte: «Hören Sie öfters Stimmen?»

«Nur, wenn ich meine Medikamente nicht nehme.» Ich sah ihn lang und fest an.

«Ihre Medikamen…?» Er ließ den Satz unvollendet in der Luft hängen, nicht sicher, wie er fortfahren sollte. Dann begriff er, dass ich ihn aufzog.

«Nein, ich höre keine Stimmen», sagte ich mit Bestimmtheit. «Der Sturm war sehr laut. Ich dachte, ich hätte etwas, das wie eine Stimme klang, gehört, aber vielleicht habe ich mich geirrt. Ich wünschte, ich hätte es nie erwähnt. Ich wollte nur helfen.»

Finney zog die Lippen kraus, wandte sich dann zu Kommissarin Mann. «Haben Sie andere Anwohner gefragt, ob sie um die Zeit, da die Carmichael stürzte, Stimmen gehört haben?»

«Das ist nicht ganz klar.» Kommissarin Mann war erleichtert, dass sie ihm so etwas wie eine Antwort geben konnte. «Uns haben ein paar Leute erzählt, sie hätten um die Zeit des Sturzes laute Stimmen in der Straße gehört, aber Miss Ballantyne ist natürlich die Einzige, die Paula Carmichael hat fallen sehen, und daher auch die Einzige, die genau weiß, wann das war. Außerdem hat Miss Ballantyne kurz nach dem Sturz selbst in der Straße geschrien, sodass es gut möglich ist, dass unsere Zeugen sie gehört haben. Der Sturm muss wohl Miss Ballantynes Stimme verzerrt haben, denn uns kann keiner sagen, was genau sie gerufen hat.»

«Ich glaube nicht, dass das stimmt», unterbrach ich sie. «Ich glaube, dass sie mich sehr wohl gehört haben, ich glaube, sie wollen bloß nicht zugeben, dass sie mich um Hilfe haben schreien hören, ihre Türen aber nicht geöffnet haben.»

Finney schwieg eine Minute und las sich meine Aussage abermals durch.

«Versuchen Sie das herauszufinden», sagte er kurz.

Kommissarin Mann zog eine Grimasse.

«Jetzt zu etwas anderem: Letzte Nacht haben Sie Kommissarin Mann erklärt, sie hätten die Frau, die gestorben ist, nicht gekannt.»

«Ich hab sie nicht wiedererkannt», stellte ich klar. «Es war dunkel, und ich konnte ihr Gesicht nicht sehen.»

«Tatsächlich», und damit nahm er sich eine Abschrift meines Fernsehinterviews vor, «haben Sie sie zweimal getroffen.»

«Ich habe gesagt, ich glaubte, unsere Wege hätten sich ein paar Mal gekreuzt», sagte ich stirnrunzelnd. «Paula Carmichael – ich vermute, dass sie es war – hat genau sechs Wörter zu mir gesagt.»

«Im Fernsehen haben Sie den Eindruck vermittelt, Sie seien Freunde.»

«Ich habe gesagt, ich glaubte, unsere Wege hätten sich ein paar Mal gekreuzt», wiederholte ich.

Finney pfiff leise vor sich hin und zeigte keine Eile. «Und, was waren das für sechs Wörter?»

«Kenn ich. War bei mir genauso.»

«Kenn ich. War bei mir genauso», wiederholte er langsam, fragend.

Worauf ich ihm den Kontext erklärte und erzählte, wie ich mich mit zwei kleinen Kindern im Supermarkt herumgeschlagen hätte. Finney schaute mich jedoch weiterhin verständnislos an.

«Ich glaube, Paula Carmichael wollte Mitgefühl signalisieren», schaltete sich Kommissarin Mann ein, «indem sie darauf hinwies, dass sie das Gleiche durchgemacht hatte.»

«Was hat sie denn durchgemacht?», meinte Finney unwirsch, und ich sah, wie Kommissarin Mann mit den Augen rollte.

«Kleine Kinder großgezogen», informierte Kommissarin Mann ihn und fügte erst in letzter Sekunde «Sir» hinzu.

Finney erblasste, als habe eine von uns etwas zutiefst Anstößiges erwähnt. Er atmete tief durch und feuerte dann eine Reihe von Fragen auf mich ab. Ich sage ‹feuerte›, aber tatsächlich war seine Interviewmethode langsam und gründlich, sodass man den Hieb erst hinterher spürte.

«Haben Sie die Carmichaels jemals besucht?»

«Ich hab Ihnen doch gesagt: Ich kenne die Familie nicht.»

«Waren Sie je bei den Carmichaels im Haus.»

«Nein.»

«Haben Sie miteinander telefoniert?»

«Nein. Was soll das? Ich hab Ihnen doch gesagt, ich …»

«Haben Sie gemeinsame Freunde?»

«Nein.»

Doch kaum hatte ich geantwortet, ließen mir jene letzte Frage und meine Antwort keine Ruhe, doch ich war zu abgelenkt, um weiter darüber nachzudenken.

Finneys Augenbrauen schossen in die Höhe.

«Also, da müssen Sie mir jetzt weiterhelfen, Miss Ballantyne», sagte er. «Wie Sie sich sicher vorstellen können, haben wir viel Zeit darauf verwandt, Mrs. Carmichaels Sachen zu durchsuchen.»

Wahrscheinlich auf der Suche nach einem Selbstmordbrief, vermutete ich, hielt jedoch meinen Mund.

«Mrs. Carmichael hat eine Menge Papiere hinterlassen», fuhr Finney fort, «und ich meine wirklich 'ne ganze Menge. Wir sind noch am Anfang, aber wir sind über etwas Rätselhaftes gestolpert, und ich hoffe, Sie können uns helfen.»

An dieser Stelle wurde ich von einer so starken Ahnung gepackt, dass ich das Gefühl hatte, mir bleibe der Sauerstoff weg. Finney schaute mich fragend an, worauf es mir gelang, kurz den Kopf zu heben, um ihm zu bedeuten, er solle weitersprechen.

«Könnten wir mal ein Fenster aufmachen?», brachte ich hervor.

Kommissarin Mann erhob sich und ging zum Fenster, fummelte eine Weile am Schloss, bevor sie sich wieder umwandte und in meine Richtung entschuldigend mit den Achseln zuckte. Finney schien ihren vergeblichen Versuch nicht bemerkt zu haben.

«Mrs. Carmichael führte Tagebuch», sagte er. «Sie führte ein Arbeitstagebuch, ein Familientagebuch, ein Privattagebuch. Wir versinken in Tagebüchern. Wie sie Zeit fand, neben Tagebuchschreiben noch irgendetwas anderes zu tun, ist mir schleierhaft. Wir haben mal ein wenig in dem Privattagebuch geblättert, und dabei ist uns aufgefallen, dass Sie erwähnt werden.»

Mein Blick traf Finneys. Ich las Unzufriedenheit, ich las Ungeduld, aber ich konnte keinen Schimmer Lüge darin entdecken.

«Ich werde darin erwähnt», wiederholte ich.

«Ja. Könnten Sie mir erklären, wieso?»

«Ich habe keine Ahnung.»

Schweigen. Offenbar war es an mir zu sprechen.

«Woher wissen Sie, dass ich es bin?»

«Robin, zwei Kinder mit den richtigen Namen und im richtigen Alter, wohnt gegenüber. Zutreffende Beschreibung: Schlank, rotes Haar, grüne Augen ...» Er brach ab, um sich zu räuspern. «Kann niemand anderes sein.»

Ich zwang mich zu atmen, versuchte, mein Gehirn auf Touren zu bringen.

«Ich habe dafür keine Erklärung», sagte ich so ruhig wie möglich. «Aber vielleicht, wenn ich den Kontext der Passage sehen könnte ...»

Er zog eine Fotokopie hervor und schob sie mir über den Tisch zu. Seine Finger streiften die meinen, und wir beide zuckten zurück, als hätten wir uns verbrannt. Ich starrte erst ihn an, dann die Fotokopie und versuchte, klar zu sehen. Die Seite war zum größten Teil geschwärzt. Ein einziger Absatz war für mich lesbar. Ich zog das Papier näher heran und zwang mich zur Konzentration.

Wie ein Vogelweibchen auf der Suche nach Würmern für ihre Jungen schwärmt Robin regelmäßig aus zum Supermarkt. Ein Großteil ihres Lebens ist geprägt von grimmiger Entschlossenheit. Wie einsam sie sich am Ende des Tages fühlen muss, wenn Hannah und William schlafen. Sie scheint nie auszugehen. Doch gestern lief ich durch den Park zur U-Bahn. Es war ein richtiger Sommertag, alle Welt lag mehr oder weniger bekleidet auf der Wiese, Radios dudelten, und da lag auch sie, da lagen sie alle drei, schlafend in der Sonne. Sie hatte ein Sonnendach gebastelt, und sie hielt die beiden so fest, selbst im Schlaf, dass man genau wusste, sie würde bei der geringsten Bewegung aufwachen.
Sie trugen alle drei T-Shirts und Shorts. Ach, und die kleinen Knubbelbeinchen der Babys und ihre molligen blassen Ärmchen, alle viere weit von sich gestreckt. Welche Hingabe, welche unge-

trübte Freude, in der Sonne schlafen zu können. Es war das erste Mal, dass ich sie völlig entspannt sah. Wie beneidete ich sie um ihre Unschuld. Ich hätte mich so gerne zu ihnen ins Gras gelegt. Oh, wie gerne hätte auch ich unschuldig in der Sonne geschlafen.

Ich nahm die Fotokopie in die Hand und las sie ein zweites Mal, kühl und analytisch. Das Gefühl des Unwohlseins, des schrecklich Surrealen hatte ich bereits hinter mir gelassen. Diese Worte auf dem Papier waren kein Zufall. Die Frau hatte mich beobachtet. Sie kannte meinen Namen und die Namen meiner Kinder. Instinktiv reagierten mein Körper und mein Geist, als würde ich bedroht: Ich versteifte mich, spürte, wie der Adrenalinpegel in die Höhe schoss, um mich für Flucht oder Kampf zu rüsten. Ich versuchte, mich zu beruhigen, meinen Herzschlag zu kontrollieren. Sie ist tot, sagte ich mir, es gibt niemanden, den ich bekämpfen oder vor dem ich fliehen muss. Ich schaute auf das Datum des Eintrags. Anfang September, vor wenigen Wochen also. Wir hatten mittlerweile Mitte Oktober, und die außergewöhnliche Hitze der letzten Tage war eine merkwürdige Klimaverirrung inmitten eines Herbstes, der sich rasch dem Winter näherte. Ich erinnerte mich an den Tag, den Paula beschrieb, erinnerte mich, wie erfrischt ich mich nach diesem Schlaf gefühlt hatte: unschuldiger Schlaf, ohne Träume, ohne Unterbrechung. Als die Sonne verschwand, hatte ich die Zwillinge wecken müssen, um mich mit ihnen fröhlich auf den Heimweg zu machen. Ich las die Passage wieder und wieder, bis ich bemerkte, dass Finney ungeduldig wurde.

«Offensichtlich kannte sie mich», sagte ich langsam, und betonte meine Worte sorgfältig, um diesen Unterschied deutlich zu machen, «aber ich kannte sie nicht.»

Finney und Kommissarin Mann starrten mich beide ungläubig an.

«Wollen Sie Paula Carmichael etwa unterstellen, sie habe Sie beobachtet und verfolgt?», fragte Finney fast amüsiert. «Denn ich glaube nicht, dass das sonderlich gut ankommen wird.»

Nach Finneys Befragung ging ich in den Park. Ja, die Kinder waren bei Tanya, und ja, ich sollte sie eigentlich abholen, bevor Patricks Schicht begann. Tanya hatte mir schon des Öfteren zu verstehen gegeben, dass Patrick und sie zwar nach Möglichkeit gerne aushalfen, ihnen die Anforderungen, die ihr Beruf und ihre eigenen Kinder an sie stellten, jedoch wenig Spielraum ließen. Eigentlich brauchten sie Urlaub, aber den konnten sie sich nicht leisten, und nun nutzte ich sie auch noch aus.

Adrenalin rauschte durch meine Adern. Adrenalin und noch etwas anderes, etwas Verführerisches, das meinen Kopf schwirren ließ und mein Gespür für Gefahr reduzierte. Paula Carmichaels Tod war einfach nur grauenvoll, daran gab es keinen Zweifel. Und dennoch: Nur wenige Stunden nach ihrem Tod fühlte ich mich, wie ich mir eingestehen musste, zum ersten Mal seit der Trennung von Adam von einem Mann angezogen, ja fasziniert. Ich war entsetzt über mich, offenbar befand ich mich in einem Zustand vorübergehender Unzurechnungsfähigkeit. Es war zum Verrücktwerden.

Der Spaziergang war keine Laune, sondern dringendes Bedürfnis. Ich musste spazieren gehen, musste allein spazieren gehen. Ich ging, als hinge mein Leben davon ab, mit rudernden Armen. Mit jedem Schritt wurde ich ruhiger.

Ich achtete kaum auf den Weg, da ich diesen Park wie meine Westentasche kenne. Die große Wiese, über die Mütter ihre Kinderwagen schieben, der heruntergekommene Spielplatz, umsäumt von Blechen, die die Kinder zum Klettern einladen. Ich kenne den Ententeich, die graffitibemalte Imbissbude, die Klohäuschen, in denen es weder Toilettenpapier noch fließendes Wasser gibt, das abgelegene Wäldchen, wo Männer nach jedweder Art von Sex auf die Pirsch gehen und Prostituierte gerade eben sichtbar für die vorbeikommenden Autofahrer herumlungern.

Ich ließ mich auf einer Bank nieder und betrachtete die Stelle, an der ich Anfang September schlafend auf der Erde gelegen und Paula Carmichael mich beobachtet hatte. Ob sie sich wohl hingesetzt hatte, womöglich auf diese Bank hier, oder ob sie vorübergeeilt war, die Aktentasche unterm Arm, ganz so wie an dem Tag, als ich ihr unter der Brücke begegnet war? Das Gras, auf dem wir gelegen hatten, glich heute eher einer Schlammgrube. Trotz des sonnigen Wetters lag niemand müßig herum; der Boden war noch zu feucht. Da saß ich nun, ganz allein, und hatte doch das untrügliche Gefühl, als sei Paula bei mir, sitze neben mir auf der Bank und ermuntere mich wortlos, die tiefere Verbindung zwischen ihr und mir zu ergründen. Woher kannte Paula mich? Wieso wusste sie von meinen Kindern, meinen Lebensumständen, ganz zu schweigen von meiner Einsamkeit? Sicher, sie hatte praktisch gegenüber gewohnt, doch das allein reichte als Erklärung nicht aus. Keiner meiner Nachbarn wäre in der Lage gewesen, meinem Gesicht einen Namen zu geben, geschweige denn meinen Kindern.

«Seit wann kennt sie mich?», flüsterte ich mir zu – eine der negativen Folgen des Alleinlebens. «Der Eintrag ist von September, also kennt sie mich, nach Adam Riese, seit sechs Wochen. Mindestens, wahrscheinlich aber länger.»

Kaum hatte ich die Worte ausgesprochen, verblassten sie wieder vor meinem geistigen Auge, bis auf ein Wort, das hängen blieb und ein Räderwerk in meinem Kopf in Gang setzte. Adam, natürlich. Was hatte Jane gesagt? Dass Adam mit Paula Carmichael an einem Dokumentarfilm gearbeitet hatte. Natürlich musste das nicht bedeuten, dass sie sich näher kannten oder gar befreundet waren. Schließlich war Adam in Bezug auf das, was zwischen uns vorgefallen war, recht verschwiegen. Zwei Kinder und Frau zu verlassen ist schließlich nicht unbedingt etwas, womit man in fröhlicher Runde prahlt. Daher schien mir meine Überlegung, dass er Paula gekannt und sie in sein Geheimnis eingeweiht hatte, vor allem, nachdem sie in das Haus gegenüber eingezogen war, etwas weit hergeholt, doch in meiner momentanen Situation klammerte ich mich an jeden Strohhalm, und dieser war der einzige, den ich zu fassen bekam.

Als die Kinder und ich wieder zu Hause waren, rief Terry an. Ich war gerade dabei, uns ein spätes Mittagessen zuzubereiten. Uns allen war flau vor Hunger, doch während ich es gerade noch bis zum Essen aushalten würde, waren Hannah und William am Ende ihrer Geduld. Ein Anruf von meinem ehemaligen Chef war das Letzte, was ich in diesem Moment gebrauchen konnte.

«Wie geht's, Terry?» Terry war mein Lieblingsmanager. Offensichtlich hatte Maeve ihn gebeten anzurufen.

«Gut, und dir? Bekommst du auch genug Schlaf?»

«Geht so», sagte ich leichthin und fühlte mich steinalt.

«Aber das sind die Kleinen doch wert, findste nicht?»

«Absolut», erwiderte ich und dachte: Komm zum Punkt, Terry.

«Ich ruf an, weil ich mal hören wollte, wie's dir so geht, und weil ich dich fragen wollte, ob du schon über Maeves Angebot nachgedacht hast», sagte er.

«Ähm, ich brauch noch ein wenig Zeit», antwortete ich. Zwar hatte ich immer noch vor, das Jobangebot abzulehnen, doch da ich fürchtete, Terry würde anfangen, mir gut zuzureden, und mich noch Stunden ans Telefon fesseln, wenn ich es ihm geradeheraus sagte, wich ich ihm lieber aus. Ich wollte ihn einfach nur loswerden.

«Du hast noch ein oder zwei Tage Zeit», sagte er, «aber danach, meint Maeve, müsse sie den Job öffentlich ausschreiben.»

«Gut. Ich sag Bescheid.» Hörte er nicht die Ungeduld in meiner Stimme? Das Greinen der Kinder war jedenfalls nicht zu überhören.

«Noch was: In der Zwischenzeit könnten wir mal ausgehen. Hättest du Lust?» Seine Stimme lockte, wie die gute Fee, die Cinderella die Reise zum Schlossball anbietet. «Ich hab noch eine Eintrittskarte für die Preisverleihung im Grosvenor House Hotel am kommenden Samstag; alle Welt geht hin. Das wäre eine gute Gelegenheit, wieder in die Szene einzutauchen und dich dem einen oder anderen ins Gedächtnis zu rufen. Was meinst du?»

Ich sah kein Problem.

«Die Kinder fänden das bestimmt ganz toll», sagte ich und wartete, bis ich Terry scharf Luft holen hörte, bevor ich hinzufügte: «War 'n Witz. Ich komm sehr gerne mit, danke.»

6

DIE PREISVERLEIHUNG machte einige Veränderungen meines Lifestyles erforderlich. Zunächst heuerte ich eine Babysitterin an – ein schwedisches Kindermädchen namens Erika, deren Stundenlohn übrigens nur knapp unter dem Bruttosozialprodukt eines Kleinstaats lag –, weil ich die Gutwilligkeit meiner Mutter nicht überstrapazieren durfte und weil Tanya und Patrick ausnahmsweise einmal ihre Schichten durcheinander gebracht hatten und nun beide gleichzeitig arbeiten mussten. Sie wussten selbst nicht, was sie mit ihren eigenen Kindern machen sollten, geschweige denn mit den meinen. Erikas Empfehlungen für die Stelle bestanden aus einem schwarzen Judogürtel, der, wie mir schien, weniger zur Sache tat, und in einem kometenhaften Aufstieg in der schwedischen Akademie für Kindermädchen. Als Nächstes legte ich mir eine neue Frisur zu, kurz und windschnittig, erneuerte mein Abonnement beim Kabelfernsehen – in den letzten Monaten hatte ich mir die Gebühren gespart, doch wenn man beim Fernsehen arbeiten will, sollte man schon zu sämtlichen Nachrichtensendern Zugang haben – und, last, but not least, entstaubte ich mein Handy und lud es mal wieder auf. Wenn ich schon meine Kinder in der Obhut einer völlig Fremden ließ, sollte sie mich zumindest erreichen können, falls die Kinder einen Erstickungs- oder Ohnmachts- oder sonstigen Anfall bekämen, was unweigerlich passieren würde, da ich ja etwas vor hatte. Ich kaufte mir sogar einen neuen Lippenstift.

Terry, der in Putney wohnte, machte einen ziemlichen Umweg, um mich abzuholen, und stand um halb sieben hupend vor meiner Tür. Er ist beinahe sechzig und homosexuell, liebt es jedoch, gelegentlich den Märchenprinzen zu spielen und eine Frau entsprechend auszuführen. Das passende Auto dazu hat er: einen hohen Machowagen mit Vierradantrieb. Es gibt nicht viele weiße Range Rovers, zumal man auf ihnen jeden Flecken sofort sieht. Doch Terrys Wagen ist stets makellos.

«Robin, du siehst ja phantastisch aus», begrüßte er mich überrascht, als ich auf den Beifahrersitz kletterte. «Maeve hat erzählt ...» Er unterbrach sich sogleich.

«Sie hat erzählt, ich sehe Scheiße aus», kam ich ihm zuvor.

«Maeve würde solche Worte nie in den Mund nehmen.»

«Bevor sie den Mund aufmacht, sollte sie erst mal jede Nacht ein Dutzend Mal aufstehen.»

«Maeve sollte tatsächlich mal ein wenig Leben in ihre Nächte bringen», sagte Terry. «Täte ihr sicher gut.»

Wir fuhren in entspanntem Schweigen durch die Straßen Süd-Londons Richtung Zentrum, während die warme Luft durch die offenen Fenster strich. Ich liebe Autofahren, weshalb ich mir vor vier Jahren, damals, als ich mir noch regelmäßig etwas Gutes tat, einen BMW gekauft habe. Er zieht an wie ein Sportwagen und schnurrt so seine hundertfünfzig. Ich liebe die zurückhaltende klare Linie dieses Wagens, doch leider fielen regelmäßig irgendwelche Teile ab oder mussten repariert werden. Und da BMW-Ersatzteile in London fast nicht in Gold zu bezahlen sind, war ich mittlerweile so weit, dass ich den Wagen kaum noch bewegte, aus Angst, mir wieder eine Reparatur einzuhandeln. Ich benutzte ihn zwar, um zu Lorna und Tanya zu tuckern und seit neuestem auch zur Polizei, aber kürzlich hatte er wieder einmal ein alarmierendes Klappern hören lassen. Außerdem war der TÜV fällig, was mit Kosten verbunden war, denen ich mit Sorge entgegensah. Daher hatte ich Terrys Angebot, mich in seinem Wagen mitzunehmen, mit Freuden angenommen.

In der Regel werde ich ebenso gern chauffiert, wie ich selbst fahre; ich genieße es, frei meinen Gedanken nachhängen zu können, aus dem Fenster zu schauen und die Welt vorbeiziehen zu sehen. An jenem Abend konnte ich jedoch nicht völlig entspannen. Ich kämpfte gegen einen Strudel von Unbehagen an. Terry an meiner Seite zu wissen bot mir ein wenig Sicherheit. Er war jemand, den man gern auf die Schippe nahm, weil er es selbst ständig tat, doch es waren Leute wie Terry – talentiert, kreativ, kollegial –, die dem Konzern nach wie vor seinen stilvollen Glanz verliehen. Mit seiner Leidenschaft für handbestickte Seidenwesten und einem Kranz grauen Haars um einen ansonsten eher kahlen Schädel war Terry noch ganz alte Schule. Er hatte in Oxbridge studiert, bevor er die Karriereleiter des Konzerns leichtfüßig erklommen hatte. Irgendwann war er stecken geblieben, da ihm die Art Ehrgeiz fehlte, die Maeve hatte und die man benötigte, um es bis an die Spitze zu schaffen. Innerhalb des Konzerns fühlte er sich wohl und relativ sicher. Seine Kreativität hatte zwar durch sein Managerdasein gelitten, doch wäre jemand wie er in dem brutalen Konkurrenzkampf, der unter unabhängigen Produzenten herrschte, förmlich in Stücke gerissen worden. Ich war immer wie selbstverständlich davon ausgegangen, dass er seine Karrierelaufbahn unter Maeves Fittichen beenden würde und damit gänzlich zufrieden war. Jetzt erinnerte ich mich an Janes Worte und fragte mich, wie lange Maeve ihn noch unter ihre Fittiche würde nehmen können. Es war schon merkwürdig, dachte ich bei mir, wie zufrieden Terry damit war, auf der erklommenen Sprosse der Karriereleiter sitzen zu bleiben, ohne anscheinend auch nur im Geringsten weiterklettern zu wollen. Jane, Suzette und Maeve hatten dagegen den brennenden Ehrgeiz, noch höher hinauszuwollen. Und ich? Was brannte in mir? Auch ich kannte diesen besonderen Ehrgeiz, und er war wohl kaum weniger ausgeprägt als bei Jane. Im vergangenen Jahr hatte ich ihn unterdrücken können, doch nun spürte ich ihn wieder und befürchtete, dass mich sein erneutes Aufflammen, falls er nichts von seinem Feuer verloren hatte, zu einem Leben in Frustration verdammen würde. Ob ich wohl meinen Ehrgeiz würde bändigen können, damit ich nicht ständig zwischen meinen Kindern und meiner Arbeit hin- und hergerissen wäre?

«Ich gäbe was darum zu wissen, was du gerade denkst.»

Ich schüttelte den Kopf.

«Es ist sehr seltsam, ohne die Kinder unterwegs zu sein; schön, aber seltsam.»

«Du drehst noch durch, wenn du nicht endlich wieder arbeitest, Robin», sagte er leise.

Ich seufzte.

«Ich muss arbeiten, wenn wir überleben wollen. Aber der Gedanke, die Kinder bei jemand anderem zu lassen, gefällt mir nicht.»

«Daran wirst du dich gewöhnen müssen.»

«Das ist mir klar. Danke für den Hinweis, Terry.» Schweigen trat ein. Es tat mir Leid, dass ich so scharf reagiert hatte, aber ehrlich, er musste wirklich nicht so verdammt neunmalklug daherreden.

«Du solltest die Stelle annehmen», meinte er schließlich.

«Das bin nicht ich», brummelte ich. «Und das weißt du auch. Ich will nicht so eine Art Politesse sein, die herumläuft und Strafzettel verteilt, wenn sich jemand danebenbenimmt.»

«Irgendjemand muss es tun, und besser du als irgendein Twen mit einem Piercing durchs Hirn.»

«Außerdem kann ich ihn gar nicht annehmen», klärte ich ihn auf. «Paula Carmichaels Tod wird den RUER ganz wesentlich beschäftigen, und die Polizei scheint mich zu den Hauptverdächtigen zu zählen.»

Terry brach in Gelächter aus und dachte, ich machte Witze. Ich wünschte, Finney hätte ihn sehen können.

«Das spielt aber keine Rolle», sagte er, nachdem er sich beruhigt hatte, «Paula Carmichaels Tod ist für den Konzern nämlich kein Thema mehr. Ihr Mann hat seine Aussage zurückgezogen, zumindest das, was er über den Konzern gesagt hat.»

«Wie bitte?»

«Unsere Anwälte haben sich auf seine Aussage gestürzt, kaum dass sie gemacht war. Dann hat der Direktor ihm einen Kondolenzbesuch abgestattet: mit Blumen, Geschenken für die Jungs, dem ganzen Gedöns. Bei dieser Gelegenheit hat er Richard Carmichael auf einige feinere juristische Details hingewiesen und ihn darauf aufmerksam gemacht, wie viel es kosten würde, sich einer Klage wegen übler Nachrede zu erwehren, und prompt hat er einen Rückzieher gemacht. Er hat sich heute Nachmittag noch mal vor die Presse gestellt und erklärt, er sei bei seinem gestrigen Auftritt noch sehr durcheinander gewesen und habe sich geirrt, als er behauptete, der Dokumentarfilm habe Paula sehr aufgeregt. Tatsächlich habe sich Paula geehrt gefühlt durch die Aufmerksamkeit, die man ihr entgegenbrachte. Unsere Anwälte sind gerade dabei, die Erklärung zu überprüfen. Sie wird sicher Schlagzeilen machen.»

Ich blies meine Backen auf und atmete schließlich langsam wieder aus. «Ist ja toll», sagte ich, «erst demütigt der Konzern seine Frau und dann ihn.»

«Unsinn», protestierte Terry. «Der Bericht über Paula Carmichael ist nie gesendet worden, keiner hat ihn je gesehen.»

Ich runzelte die Stirn. «Ist das nicht der Film, den sie mit Adam gemacht hat?»

«Um genau zu sein, war es noch nicht einmal ein Projekt des Konzerns», erklärte Terry. «Es war eine Produktion von Paradigm, du weißt schon, der Firma von Suzette Milner. Der Konzern hat den Film in Auftrag gegeben, und Suzette hat Adam als Sprecher angeheuert.»

«Ach ja?»

Terry nickte nur. Er und Suzette waren nicht gerade Busenfreunde, weshalb ich für mich behielt, was ich dachte, dass nämlich Suzette diese Karte nicht gerade offen gelegt hatte, als ich sie am Morgen nach Paulas Tod gesehen hatte.

«War Paula Carmichael nun depressiv oder nicht?», versuchte ich herauszufinden. «Was sagt denn ihr Mann?»

«Der Mann steht völlig neben sich», erwiderte Terry. «Der weiß wahrscheinlich nicht mal, was er selbst sagt.»

Er schaltete das Radio an, um zu hören, ob Richard Carmichaels Widerruf in den Nachrichten erwähnt wurde, was jedoch nicht der Fall war. «Dann sind die Anwälte noch dabei, seine Erklärung zu durchleuchten», bemerkte Terry. In der Wettervorhersage wurde für den folgenden Tag ein Temperatursturz prophezeit und darüber spekuliert, ob der Herbst nun wieder seinem normalen Kurs folgen und allmählich kühleres Wetter bringen würde. Der Rest der Fahrt verlief schweigend. Seit einem Jahr war ich aus meinem Viertel im Süden Londons so gut wie nicht herausgekommen, und nun blickte ich bei einsetzender Dämmerung hinaus auf die Pracht der Themse mit ihren märchenhaft erleuchteten Brücken. Es wirkte ganz anders als die Stadt, in der ich lebte.

Wir hielten vor dem Grosvenor House Hotel.

«Nettes Teil hast du da an», bemerkte Terry, als ich aus dem Wagen kletterte.

Ich verzog das Gesicht. Das Kleid fühlte sich einfach nicht richtig an, eher wie ein peinlicher Irrtum, als hätte ich versehentlich die Sachen einer Fremden angezogen. Ich konnte kaum glauben, dass ich mich jemals in etwas anderem als Stiefel, Jeans und mehreren Schichten von T-Shirts und Pullovern wohl gefühlt hatte. Ich hatte seit dem dritten Monat meiner Schwangerschaft kein Kleid mehr getragen. Das Kleid, das ich für diesen Abend aus meinem Schrank hervorgekramt hatte, war ein dunkelblaues Seidenkleid, hoch geschlossen und schlicht geschnitten. Es ging mir bis kurz über die Knie und war weiter, als ich in Erinnerung hatte. Ich musste wohl mehr Gewicht verloren haben, als mir bewusst war. Dazu trug ich einen leichten Wollschal, den ich um meine Schultern drapiert hatte. Während Terry die Autoschlüssel dem Hotelangestellten übergab, wartete ich auf ihn und konnte so Maeves Ankunft beobachten. Sie hatte sich ganz offensichtlich den prophezeiten Temperatursturz zu Herzen genommen, denn sie trug über ihrem Arm eine Pelzstola, wie ein Schoßhündchen.

Im Hotel hatten sich die Leute in der Bar versammelt. Maeve war dort in ihrem Element; ich beobachtete sie, wie sie emsig Seilschaften knüpfte. Sie erblickte mich, sah zu ihrer offensichtlichen Erleichterung, dass ich meine Jeans zu Hause gelassen hatte, und winkte mich herbei, um mich einem zittrigen alten Mann mit Bauchbinde vorzustellen.

«Ich baue Robin für die neue Ethikstelle auf», erzählte sie ihm, während sie meine seidige Schulter tätschelte wie eine Katze. «Sie sehen also, dass wir Ihre Sorgen ernst nehmen.»

Der alte Mann hatte scharfe Augen, mit denen er mir einen prüfenden Blick zuwarf, bevor er sich erneut Maeve zuwandte.

«Wir haben Ihnen zu dem Nerz verholfen, meine Liebe», sagte er mit zittriger Stimme. «Da tun Sie auch gut daran, meinen Sie nicht?»

Maeve lachte, ein hoher, nervöser Ton, und als sich der Mann zurückzog, tätschelte sie den bösen Pelz, als wolle sie ihn zurechtweisen, und flüsterte mir ins Ohr: «Er meinte nur, dass sie mein Gehalt zahlen, mehr nicht.»

«Maeve, was meinst du damit, dass du mich aufbaust?»

«Na ja, im Grunde hätte ich sagen sollen, dass du dich selbst aufbaust», erwiderte sie mit einem weiteren angespannten Kichern. «Tolle Frisur.»

Ich holte tief Luft. Ich fragte mich, ob Maeve, die über alle Zweifel Erhabene, illegale Substanzen eingenommen hatte.

«Maeve, ich kann die Stelle nicht annehmen. Das bin nicht ich. Ich will einfach nur Sendungen machen.»

Sie schaute mich mitleidig an.

«Maeve», versuchte ich es erneut, weil ich mit einem Mal überwältigt war von der Dringlichkeit der ganzen Sache, wenn auch mit gedämpfter Stimme, da ich nicht gewillt war, eine Szene zu machen. «Ich habe Anspruch auf eine Stelle nach Ablauf meines Erziehungsurlaubs …»

«Der sich aber ordentlich in die Länge gezogen hat, nicht wahr», warf sie schnell ein und winkte und lächelte einem Menschen zu, den ich wieder erkannte, aber nicht einordnen konnte. «Außerdem haben wir dir einen Job angeboten. Jetzt ist es an dir, darüber nachzudenken, wo deine Prioritäten liegen. Bring mich aber bloß nicht in Verlegenheit, Robin. Das kann ich mir nicht leisten.»

Frustriert und wütend schaute ich zu, wie sie in die Menge eintauchte und jedem Beliebigen, der ihr über den Weg lief, ihre Begrüßungsküsse auf die Wange hauchte. Einmal stürzte sie sich auf einen Mann im Frack und merkte erst im letzten Moment, dass es sich bei ihm um einen Kellner handelte.

Medienleute sind geradezu krankhaft gesellig. Ich konnte ein paar uniformierte Angestellte des Hotels bei dem Versuch beobachten, die Leute zum Ballsaal zu dirigieren, aber meine Kollegen waren wie eine Horde Kinder auf dem Pausenhof, nicht gewillt, ins Klassenzimmer zu gehen, weil sie sich dort würden hinsetzen und aufhören müssen, mit ihren Freunden zu plaudern.

Ich hatte Terry in der Menge verloren, entdeckte ihn jedoch schließlich mit einem seiner Freunde ins Gespräch vertieft, die Köpfe zusammengesteckt, derweil ihre Rücken einen Wall gegen alle übrigen Plauderer bildeten. Auch Suzette – im kleinen Schwarzen samt Perlenkette – entdeckte ich auf einem Hocker an der langen schwarzen Theke. Sie kehrte mir den Rücken zu, doch ich konnte ihr blasses ungeschminktes Gesicht und ihr langes blondes Haar, das sie in einem strengen Knoten trug, im Spiegel sehen. Ich winkte ihrem Spiegelbild zu, und als Suzette mein Winken bemerkte, wandte sie sich um und formte das Wort ‹Montag› in meine Richtung, worauf ich ihr das Okay-Zeichen gab. Vielleicht war Suzette die Lösung. Eine Beteiligung bei Paradigm Productions gäbe mir die Gestaltungsfreiheit, die ich mir wünschte, und zudem mochte ich Suzette; sie war intelligent, engagiert und sehr gründlich. Sie hatte ein großartiges visuelles Vorstellungsvermögen und einen schier unerschöpflichen Enthusiasmus. Wir hatten einige Jahre zuvor gemeinsam an einer Serie über Schulen gearbeitet und uns sehr gut vertragen. So etwas ließe sich wiederholen.

In diesem Moment erblickte ich Jane am Arm des politischen Redakteurs des Konzerns, Quentin Browne. Unsere Blicke trafen sich. Sie war der Inbegriff chinesischer Haute Couture in ihrem maßgeschneiderten, bis zum Oberschenkel hochgeschlitzten roten Cheongsam. Jane ist groß und nicht gerade grazil, sodass ihr Aufzug alles andere als subtil genannt zu werden verdiente, insbesondere da nahezu alle anderen in Schwarztönen herumliefen. Sie zwinkerte mir zu und ließ ihre bemerkenswerte Hüfte gegen ihren Begleiter federn, der sich zu ihr wandte und sie mitten auf den Mund küsste. Ich muss erstaunt ausgesehen haben, denn als sie aus seiner Umarmung auftauchte und mein Gesicht sah, lachte sie laut auf. Ich konnte ihre bellende Lache durch den ganzen Saal hören, und ihr Begleiter hielt sich die Ohren zu und sagte etwas zu ihr, das ihre Erheiterung noch steigerte. Offensichtlich gab es einiges, was ich in meiner Zurückgezogenheit verpasst hatte.

Als Jane sich gerade einen Weg durch die Menge zu mir bahnte, tippte mir jemand auf die Schulter. In Erwartung, Maeve erneut gegenüberzustehen, wandte ich mich mit sinkendem Mut um. Doch dann erstarrte ich, während mein Herz etwas gänzlich anderes tat und mein Unterkiefer herunterklappte.

Es war Adam. Warum nur war ich so überrascht? Ich weiß es nicht. Vielleicht weil ich in meinem Kopf eine so hohe Mauer vor ihm errichtet hatte, dass ich annahm, sie existiere tatsächlich. Irgendwo in meinem tiefsten Innern muss ich überzeugt gewesen sein, dass er mir nicht nahe kommen würde.

«Hi», sagte er. «Redest du noch mit mir?»

Er lächelte, es war sein Schlafzimmerlächeln, sein Frühstückslächeln, und mein Herz zog sich zusammen. Dieses Lächeln würde mich in meinen einsamen Stunden wärmen. Die Kinder würden dieses Lächeln lieben. Er würde mich verführen. Wie schon einmal. Dann würde er mich fallen lassen. Wie schon einmal. Doch diesmal würde er drei Menschen fallen lassen.

«Im Prinzip schon», sagte ich langsam, «aber im Grunde habe ich dir nichts zu sagen.»

Für einen Moment verzog sich sein Lächeln, und ich konnte erkennen, dass sich dahinter extreme Nervosität verbarg. Dagegen hatte ich nichts. Sollte er leiden. Er räusperte sich.

«Wie geht es Hannah und William?»

In gespielter Überraschung zog ich die Augenbrauen hoch.

«Du weißt, wie sie heißen?»

Er hatte Anstand genug, betreten dreinzuschauen.

«Suzette hat mir die Namen verraten.»

Ich nickte. Ich konnte nicht umhin, zu registrieren, dass sich Hälse reckten, Leute uns beobachteten. Zu viele kannten unsere Geschichte, als dass wir das allein zwischen uns hätten austragen können. Plötzlich wollte ich der ganzen Sache ein Ende bereiten. Ich drehte mich um, um mich davon zu machen, doch er packte mich am Arm und hielt mich zurück. Aus dem Augenwinkel sah ich, wie sich Jane in Bewegung setzte, doch ich schüttelte den Kopf.

«Ich habe nachgedacht», sagte er, indem er näher kam und die Stimme senkte. «Ich war ein Arsch …»

Die eine Hand umklammerte meinen Arm, die andere hielt er hoch, als fürchte er, von mir unterbrochen zu werden. Ich konnte den Duft seiner Seife riechen. Ich roch auch Alkohol und vermutete, dass er schon vor einigen Stunden zu trinken begonnen hatte. Er wirkte voller um das Kinn, fast hatte er Hängebacken, und in diesem Augenblick war von seinem Draufgänger-Charme nichts zu spüren.

«Das soll nicht heißen, dass wir noch mal von vorne anfangen sollen», beeilte er sich hinzuzufügen. «Ich will nur fragen, ob ich sie gelegentlich sehen kann, ob ich irgendwie helfen kann, vielleicht finanziell? Es tut mir Leid …»

«Zu spät», zischte ich, mit brennenden Wangen. Ich entwand mich seinem Griff.

«Mein Gott, Robin, es sind ebenso meine Kinder wie deine.» Er wurde allmählich wütend, verlagerte sein Gewicht von einem Bein aufs andere, hatte sein Gesicht allzu nahe an das meine gedrängt. Sein Flüstern war das eines Radiomenschen, eines Schauspielers auf der Bühne. Jeder konnte ihn klar und deutlich verstehen. «Du kannst sie nicht ewig für dich behalten. Ich hatte doch nur keine Lust auf diese Trautes-Heim-Glück-allein-Nummer.»

Ich hätte ihn daraufhin am liebsten ins Gesicht geschlagen oder ihn angeschrien – etwas von trautem Heim und Liebe gebrüllt und dass das eine nicht ohne das andere funktioniert –, aber ich tat es nicht, denn selbst in meiner gleißenden Wut schämte ich mich meiner Bitterkeit zu sehr, als dass ich sie vor der ganzen Welt ausgebreitet hätte. Das war nur für seine Ohren bestimmt. Das musste ich mir für später aufheben. Jetzt wollte ich nur, dass er den Mund hielt.

«Adam.» Ich hatte meine Stimme kaum unter Kontrolle, doch ich beugte mich so weit vor, dass der Stoff seines Anzugs meine Haut streifte, und legte ihm die Hand auf die Schulter, damit ich in sein Ohr sprechen konnte. «Ich muss auch mit dir reden. Ich muss mit dir über Paula Carmichael reden und darüber, wie es kommt, dass mein Name und die Namen meiner Kinder in ihrem Tagebuch auftauchen. Und danach könntest du vielleicht zur Polizei gehen und ihnen alles erklären.»

Er fuhr zurück, als hätte ich ihn geohrfeigt, das Gesicht kalkweiß, die Augen weit aufgerissen. Dann drehte er sich auf dem Absatz um und war verschwunden.

7

«**DAS HIER WIRD DIR** nicht gefallen», warnte Jane mich am nächsten Morgen übers Telefon. «Aber von irgendjemandem musst du es ja erfahren, und da ist es dir vielleicht lieber, wenn ich dieser Jemand bin.»

Es war Sonntagmittag. Jane rief von Quentin Browne aus an, wo sie gerade über Spiegeleiern und Speck die Zeitung las. Sie erwähnte nicht, dass sie soeben erst aufgestanden waren, aber das hörte ich ihrer Stimme an. Quentin hatte irgendeinen Preis erhalten, und ein Preis hat noch jeden Mann angeturnt.

«Okay.»

«Sitzt du?» Ich stand am Frühstückstisch. Die Kinder waren gerade fertig und wetteiferten mit mir darum, wer die Krumen auf dem Boden zuerst zu fassen bekam.

«Schieß einfach los.» Ich wusste, dass ich kurz angebunden klang, aber schließlich schwebte nicht alle Welt im siebten Himmel.

«Okay. Ich lese dir aus der Klatschspalte des Chronicle vor. Hör zu: ‹*Während der schillernden Preisverleihung im Grosvenor House Hotel am gestrigen Abend erhielt Sprecher Adam Wills den ersten Preis für den besten Fehltritt in der Sparte Beziehungsdrama. Die Großen und Erhabenen der Medienwelt durften miterleben, wie Wills seiner ehemaligen Flamme, der preisgekrönten Redakteurin Robin Ballantyne, nachstieg und sich ihr praktisch zu Füßen warf.*

Ballantyne, die mit zwei Kindern von Wills sitzen gelassen wurde und extrem verbittert darüber sein soll, zeigte ihm die kalte Schulter und ließ ihn ausgesprochen dumm dastehen. Während sie ihn noch im letzten Jahr mehrfach mit Geldforderungen bedrängte, spielt sie nun die Unnahbare.› Das war's.»

Im ersten Moment war ich sprachlos, dann platzte es aus mir heraus.

«Die Unnahbare spielen?» Ich war wütend. «Ihn mit Geldforderungen bedrängen? Woher haben die das, verdammt noch mal?»

«Nirgendwoher.» Jane klang überrascht. Sie versuchte, mich zu beruhigen. «Die erfinden so etwas einfach. Du weißt doch, wie das läuft.»

«Ich habe ihn nie auch nur um einen einzigen Pfennig gebeten», echauffierte ich mich. «Ich ...» Aber ich konnte nicht weitersprechen.

«Robin, das ist doch albern. Ich wollte dich nicht aufregen. Das ist doch im Grunde zum Lachen ...»

«Ach, zum Lachen findest du das also, ja?», fauchte ich und hängte auf.

Als Nächstes rief ich den Chronicle an und verlangte, den Chefredakteur zu sprechen, dem ich sodann erklärte, ihn wegen übler Nachrede zu verklagen, wenn er nicht einen Widerruf veröffentliche. Ich hätte es besser wissen sollen. Der Chronicle ist eine neue Zeitung und stellt sich gern als Londons Hauptlieferant von Politik- und Medienklatsch dar. Er ist wie ein Boulevardblatt geschrieben, liegt aber mit seinen Spekulationen meistens gar nicht so falsch, sodass vieles von dem, was im Chronicle als Klatsch auftaucht, von den seriöseren Zeitungen aufgegriffen wird. Das Blatt hat einen enormen Absatz, weil es die breite Masse anspricht und niemand es sich leisten kann, es zu ignorieren.

«Was gibt es denn da zu widerrufen?», forderte er mich heraus. «Er ist Ihnen nachgestiegen, Sie haben ihm die kalte Schulter gezeigt. Dutzende von Leuten haben es gesehen.»

«Ich habe ihn nie auch nur um einen Pfennig gebeten.»

«Dafür haben wir nur Ihr Wort.»

«Und wessen Wort ist es, das Sie da abgedruckt haben?»

Da lachte er mich beinahe aus und meinte, ich könne doch nicht erwarten, dass er seine ‹Nachrichtenquelle› preisgebe, doch wenn ich meine Version der Geschichte in seiner Zeitung öffentlich machen wolle, würde er sie gerne abdrucken.

Am liebsten hätte ich ihn angeschrien, doch ich hatte bereits genug Unheil angerichtet, und so hängte ich einfach auf.

Der Tag verstrich in einer blauen Wolke von Melancholie, was die Kinder spürten und sie nörgelig werden ließ. Nichts vermochte sie zufrieden zu stellen, und um ehrlich zu sein, war ich auch nicht ganz anwesend. Ich versorgte sie, sodass sie genug zu essen hatten, sauber und angezogen waren, ich versuchte sogar, ein wenig mit ihnen zu spielen, aber ich war mit den Gedanken woanders, und zwar bei Adam. Ich hatte geglaubt, ihn endgültig losgeworden zu sein, doch nun hatte er sich zurück in mein Leben geschlichen, ja sogar in meine Träume.

Nach unserem öffentlichen Streit im Grosvenor House Hotel war ich gegangen. Ich hatte abgewinkt, als Terry anbot, mich nach Hause zu fahren, war einfach in ein Taxi gestiegen. Ich musste allein sein, und ausnahmsweise war mir egal, was es kostete. Ich bezahlte Erika und schickte sie – außerordentlich verstimmt – nach Hause. Sie hatte es sich gerade vor einem Videofilm gemütlich gemacht und sah drei weiteren gut bezahlten Stunden entgegen. Während sie sich den Mantel anzog und sich ein Taxi bestellte, blieb ich bei den Zwillingen, küsste sie und hoffte fast, sie würden aufwachen, damit ich sie an mich drücken und wieder in den Schlaf wiegen könnte. Als Erika fort war, ging ich hinunter und schaltete den Fernseher an. Bis Mitternacht schaute ich mir irgendwelche geisttötenden Talkshows an, zwang mich schließlich, die Kiste auszuschalten, und ging ins Bett. Ich las so lange, bis ich über meiner Lektüre einschlief. Kurzum, ich tat alles, um nur nicht an Adam denken zu müssen, solange ich wach war. Doch kaum übernahm der Schlaf das Ruder, träumte ich von ihm.

Träume lassen sich nicht so nacherzählen, dass sie Sinn ergeben, doch aus diesem erwachte ich um vier Uhr morgens mit einem Gefühl tiefer Traurigkeit und unheilvoller Vorahnung, als habe mein Unterbewusstsein nicht nur an Vergangenem zu nagen, sondern wolle mich auch gegen zukünftiges Unheil wappnen. In meinem Traum lagen Adam und ich nackt beieinander. Ich spürte seine Haut, seine Umarmung, seine langen Beine, die mit den meinen verschlungen waren, seinen warmen Atem in meinem Nacken. Ich war zu Hause angekommen, hatte Frieden gefunden, und doch befand ich mich irgendwie außerhalb meines Traums. Will sagen, ich war in der Lage, dieses Gefühl von Frieden zu benennen, und empfand zugleich tiefen Verlust und Verrat, weil ich wusste, wie trügerisch dieser Frieden war. In meinem Traum bewegte ich mich und stieß dabei gegen etwas, gegen einen anderen Körper, ein lebloses, vertrocknetes Etwas, nackt wie wir und geschlechtslos. Ich schrie auf, und Adam reckte den Arm nach mir, doch statt mich an sich zu ziehen, stieß er mich fort und aus dem Bett. Dann stand ich vor dem Bett, schaute hinab und sah zu, wie Adam sich dem nackten, geschlechtslosen Ding zuwandte und es streichelte. Das Ding schien unter seiner Berührung zum Leben zu erwachen, seine verschrumpelte Hand streckte sich nach Adam aus, seine Augen öffneten sich, und dann lachte es mich an, mit weit aufgerissenem zahnlosem Mund, aus dem Blut sickerte. In diesem Moment erwachte ich. Mir war schlecht. Ich saß einige Minuten mit hängendem Kopf auf der Bettkante, bevor ich Licht machte, ins Bad ging und mein Gesicht mit kaltem Wasser abwusch. Ich schaute in den Spiegel, und für einen kurzen Augenblick sah ich das Ding mich anstarren. Ich schüttelte den Kopf und heftete den Blick erneut auf den Spiegel, blickte in meine Augen und wurde wieder ich selbst.

«Reiß dich zusammen», murmelte ich und wandte mich ab.

Ich traf meine Mutter zu einem Spaziergang durch den Wimbledon Park. Wie vorhergesagt war es kalt, und nach der Hitze der vergangenen Tage kam es uns noch kälter vor. Eingemummelt, wie sie waren, sahen die Kinder wie zwei Michelin-Männchen aus, zwei Augenpaare, die zwischen Mützen und Schals hervorlugten. Ma war entsetzt, als sie erfuhr, dass ich Adam gesehen hatte. Ihr Entsetzen steigerte sich zu hellem Aufruhr, als sie hörte, dass wir sogar ein paar Worte gewechselt hatten. Und als ich ihr erzählte, was ich mir überlegt hatte, sah sie aus, als würde sie jeden Moment in die Luft gehen.

«Aber du kommst doch auch phantastisch ohne ihn zurecht, Robin», protestierte sie. «Du glaubst doch wohl nicht ernsthaft, dass du ihn brauchst, oder?»

«Ich brauch ihn nicht, und ich will ihn nicht, aber ich kann nicht nur an mich denken. Die Kinder werden einen Vater brauchen …»

«Wozu denn das, bitte schön? Was kann er den Kindern schon bieten, was sie nicht auch von dir haben können?»

«William wird ein Vorbild brauchen», meinte ich etwas lahm, «und Hannah …»

Tatsächlich wusste ich selbst nicht genau, was ihnen fehlen würde, weil ich seit meinem vierten Lebensjahr selbst ohne Vater aufgewachsen war, aber Tanyas Patrick schien neben seinem alltäglichen – und allnächtlichen – Bemühen, den Bankrott abzuwenden, ein guter Vater zu sein. Ich nahm einen zweiten Anlauf: «Hör zu, ich muss wieder arbeiten. Meine Ersparnisse sind fast aufgebraucht, wir müssen von irgendetwas leben, und wenn ich arbeiten gehe, brauche ich Hilfe von anderen Menschen. Ich bin auf Kindergärten und Babysitter angewiesen, und das alles kostet Geld. Mir bleibt womöglich gar nichts anderes übrig, als zu sagen: Okay, du darfst mir helfen.»

«Adam Wills als Babysitter?» Die Stimme meiner Mutter war voller Verachtung.

«Ma, ich schaff das nicht allein.» Ich wurde allmählich sauer. Das Gesicht meiner Mutter war wie versteinert.

«Ich hab's auch allein geschafft», sagte sie.

«Das ist ja überhaupt nicht wahr.» Ich hielt nicht inne, um nachzudenken, sondern redete rasch weiter: «Wir hatten so viele Tanten und Onkels, dass sie uns förmlich zu den Ohren rauskamen.»

Sie schob den Kinderwagen mit den Zwillingen den Hügel hinauf, die Schultern krumm vor Anstrengung und – wie mir schien – vor verletztem Stolz. Ich nahm ihr den Wagen ab.

«Ma, das ist doch keine Kritik an dir, und ich rede auch nicht klein, was du geleistet hast, aber heute sehen die Dinge anders aus.»

Onkel William und meine Cousine Hannah: Ihre Namen waren es, die mir einfielen, als sich die Kinderkrankenschwester zu mir herabbeugte, mir ein Baby in jeden Arm legte und mich fragte, wie ich sie nennen wollte. Es gab ein halbes Dutzend anderer Namen, Katherine, Donald, Meredith, die mir genauso gut hätten einfallen können, die Namen der älteren Geschwister meiner Mutter und deren Kinder, die alle Teil unserer Großfamilie waren. Einige meiner Cousins und Cousinen hatten in Croydon Arbeit gefunden. Die besser betuchten wohnten mittlerweile in Surrey und Sussex. Außer meiner Mutter lebte niemand mehr in Streatham. Wir standen zwar noch miteinander in Verbindung, doch die Zeit und die räumliche Trennung hatten das Band, das in unserer Jugend so stark und stolz gewesen war, überdehnt und schlaff werden lassen. Nur zu Weihnachten schafften wir es noch zusammenzukommen.

Ma und ich liefen schweigend weiter, es wurde allmählich dunkel.

«Ich dachte, ich hätte euch zu unabhängigen Menschen erzogen», sagte meine Mutter schließlich in einem Ton, der ebenso enttäuscht wie missbilligend klang. Ich verbiss mir eine Entgegnung und ging schweigend weiter, doch meine Mutter konnte die Sache nicht auf sich beruhen lassen.

«Adam Wills ist weiß Gott keine Marionette», zischte sie und eilte voraus, bis sie sich vor mir aufbauen und mir ins Gesicht schauen konnte, sodass ich die Wahl hatte, anzuhalten oder sie mit dem Kinderwagen zu überrollen. «Wenn du ihn zurück in dein Leben lässt, wird er das Ruder übernehmen. Er ist ein Tyrann. Du wirst ihm nie entkommen.»

Ich lenkte den Wagen um sie herum und schob weiter.

«Okay, Gespräch beendet», meinte ich über die Schulter hinweg zu ihr. «Es hat keinen Sinn.»

Ohne ein weiteres Wort zu wechseln, gingen wir zurück, setzten die Kinder in ihre Autositze, und dann trennten sich unsere Wege.

An jenem Abend rief er an, wie ich es mir schon gedacht hatte. Seine Stimme klang angespannt, als rechnete er damit, dass ich auflegte, aber ich war zu erledigt, um den Kampf fortzuführen, und wusste im Übrigen kaum mehr, wo ich eigentlich stand.

«Ich dachte, ich geb dir vierundzwanzig Stunden zum Abregen», sagte er.

Ich hatte auf dem Sofa gelegen, als das Telefon klingelte, doch nun setzte ich mich auf, pflanzte beide Füße fest auf die Erde, um mich besser konzentrieren zu können.

«Ich bin im Chronicle-Artikel nicht gerade gut weggekommen, nicht wahr?» Sein Ton klang leicht, aber ich hörte die Anspannung darin.

«Mir haben sie auch alles andere als einen Gefallen getan. Wer hat ihnen diesen Mist eigentlich erzählt?»

«Keine Ahnung. Es tut mir Leid. Hör zu, ich wollte mich wegen gestern Abend entschuldigen. Ich habe mich dumm und grob benommen. Ich hatte schon ein wenig intus. Ich war ..., wie soll ich sagen, ... müde und gefühlsduselig.»

«Vergiss es.»

Ich hatte Feuer im Kamin gemacht, starrte nun in die Flammen und versuchte mir einzureden, ich könne bei dieser Unterhaltung unbeteiligt bleiben und davonkommen, ohne verletzt zu werden. Ich starrte in die Flammen, und sie tanzten und spielten und trösteten, aber Adams Stimme schnitt dennoch glatt durch mich hindurch.

«Hör zu, was ich gestern gesagt habe, war ernst gemeint, ich meine die Sache mit den Kindern, dass ich dir helfen möchte, und ich werde mich nicht einmischen. Ich versprech's. Es ist dein Leben, es sind deine Kinder. Hauptsächlich, jedenfalls. Ich würde einfach gern ein bisschen von ihnen haben. Nicht mehr, als ich in deinen Augen verdiene, versteht sich, was wahrscheinlich nicht eben viel ist.»

Eine Träne stahl sich meine Wange hinunter, eine zweite folgte. Ich kramte nach einem Taschentuch, doch am Ende musste mein Ärmel herhalten.

«Du kannst nicht erwarten …» Ich versuchte, meine Stimme zu beherrschen, hörte sie jedoch beben, sodass ich neu ansetzte: «Wenn du sie siehst, und sei es auch nur ein einziges Mal, kannst du nicht wieder abspringen.»

Ich klang wie ein Oberfeldwebel, der ewige Gefolgschaft befahl.

«Ich weiß, ich weiß, das ist klar.»

Die Antwort war für meinen Geschmack zu schnell dahergesagt.

«Ich meine: Du kannst nicht jetzt den Vater mimen und dann wieder verschwinden. Das würde alles nur noch schlimmer machen.»

«Na ja, wie du ganz richtig gesagt hast: Ich komme dafür sowieso kaum in Frage.»

Ich rieb mir mit der Handfläche die Stirn. Das alles wühlte mich zu sehr auf. Ich wurde aus seinen Äußerungen einfach nicht schlau.

«Hör mal», fuhr er fort, «am Telefon lässt sich das alles unmöglich bereden. Wie wär's mit einem Treffen? Auf neutralem Boden, wo wir die Dinge in Ruhe besprechen können. Dann kannst du mir sagen, wie die Spielregeln lauten, und dann sehen wir weiter.»

Ich seufzte tief und dachte angestrengt nach. «Nein», erwiderte ich bedächtig, «nicht auf neutralem Boden. Du kommst hierher.»

Soll er sehen, sagte mir mein Verstand, soll er mit eigenen Augen sehen, wie der Alltag mit Kindern ist. Falls er damit nicht umgehen kann, wird es dir nicht entgehen. Und nur, wenn ich ihn mit den Kindern zusammen sehe, weiß ich, ob ich es ertragen kann.

«Oh, okay, wie du willst.» Er klang überrascht. «Ähm, wann soll ich kommen?»

«Wie wär's mit Dienstag?» So hatte ich ein paar Tage, um

mich auf die Begegnung seelisch einzustellen. «Um halb sieben», fügte ich hinzu. Die Zu-Bett-Geh-Zeit der Kinder. Da steppte der Bär.

Wir verabschiedeten uns und legten auf. Ich blieb sitzen und starrte noch eine Weile in die Flammen. Sie tanzten und spielten und trösteten. Dann packte ich das Telefon und schleuderte es gegen die Wand.

8

«ADAM WILL REDEN», erzählte ich Jane. Sie rief an, um sich zu entschuldigen. Ihr Urteilsvermögen sei nach einer Überdosis Sex getrübt gewesen, meinte sie. Sie hatte Quentin Brownes Wohnung erst vor kurzem verlassen, war kaum eine Stunde zu Hause und hatte keine fünf Minuten, nachdem Adam aufgelegt hatte, beschlossen, mich ebenfalls anzurufen. Sie hatte Glück, dass mein Telefon überhaupt noch funktionierte.

«Sag ihm, er kann dich mal», schlug Jane vor.

Ich seufzte. Mir fehlten die Worte, um ihr Paroli zu bieten.

«Du wirst doch nicht mit dem kleinen Scheißer reden, oder?»

«Solltest du nach sechsunddreißig Stunden in den Federn nicht ein wenig milder gestimmt sein?»

«Hey, ich berste förmlich vor Weltumarmungsstimmung, nur bei Adam mache ich eine Ausnahme. Und glaub nicht, dass du so einfach das Thema wechseln kannst.»

«Er kommt her. Am Dienstag um halb sieben. Da lernt er dann die Kinder kennen.»

Am anderen Ende der Leitung herrschte Stille.

«Und überhaupt, ist er wirklich ein so großes Arschloch?», überlegte ich laut, in dem Versuch, mich selbst zu überzeugen. «Vielleicht habe ich überreagiert. Er war schließlich ehrlich. Er hat mir gesagt, dass er mich nicht liebt, und daraufhin habe ich Schluss gemacht. Niemand kann etwas für seine Gefühle. Ich habe ihn praktisch rausgeschmissen.»

«Oh, Robin, tu das nicht. Schreib die Vergangenheit nicht um. Wir haben es neulich Abend alle gehört: Die ganze ‹Trautes-Heim-Glück-allein-Nummer›, das war sein Problem. Es ging nie darum, ob er dich liebt oder nicht.» Sie hielt inne, doch als ich schwieg, wusste sie, dass ich nicht so leicht zu überzeugen war, und so legte sie schnell nach und nutzte ihren Gesprächsvorteil aus: «Wann hat er dir noch mal gesagt, dass er dich nicht liebt? Bevor du ihm gesagt hast, dass du schwanger bist, oder danach?»

«Wochen danach. Etwa zehn Minuten, nachdem ich ihm gesagt hatte, es seien Zwillinge», gestand ich.

«Oh, Robin!» Janes Stimme klang entsetzt. «Der Mann ist doch ein riesengroßes Arschloch.»

Janes Entrüstung klang mir noch lange in den Ohren. Es war nicht die beste Voraussetzung für eine ruhige Nacht, und tatsächlich schlief ich nur sehr wenig. Aber ohne Schlaf auch keine Albträume – es hat alles immer auch sein Gutes.

Am nächsten Tag war Erika wieder im Dienst, damit ich mich mit Suzette zum Lunch treffen konnte. Mittlerweile hatte ich mir angewöhnt, die Übergabe zwanzig Minuten vor meinem geplanten Aufbruch abzuwickeln, damit mir noch Zeit blieb, mich zu duschen und umzuziehen. Dieses Mal trieb ich es sogar so weit, mir die Zähne zu putzen, bevor ich loszog und um eine Stelle bat. Dann sammelte ich eine Hand voll Rechnungen auf, die durch den Briefschlitz hereingeflattert waren, und stopfte sie kurzerhand in meine Tasche, um sie in der U-Bahn durchzusehen.

Suzette und ich hatten uns für ein Uhr in Covent Garden verabredet. Da ich die Fahrzeit überschätzt hatte, war ich einige Minuten zu früh. Ich stieg in Charing Cross aus und ging die Unterführung hindurch, wo ich einem Mann mit nettem Lächeln, einem Hund und lässiger Verkaufsstrategie ein Exemplar der Straßenzeitung Big Issue abkaufte. Er nickte mir dankbar zu und nippte an seinem Cappuccino, während ich in die Sonne hinaustrat und mich in Richtung The Strand in Bewegung setzte. Es war einer jener blitzenden Herbsttage, an denen einen die kühle Luft festlich stimmt und der blaue Himmel eher Frühling als Herbst verheißt. Covent Garden summte förmlich vor Menschen. Horden von willigen, leicht zufrieden zu stellenden Touristen umlagerten die Straßenkünstler, und aus den offenen Cafés unter den Arkaden wehten Fetzen von Carmen herüber. Ich schlenderte umher, genoss das konsumfreudige Treiben, ohne mich selbst daran zu beteiligen, da ich Shoppen nicht mehr gewohnt war und auch die Ebbe, die auf meinem Konto herrschte, nicht zu ignorieren vermochte.

Nachdem Suzette und ich einander in dem Trubel gefunden hatten, gingen wir Long Acre hinauf zu einem japanischen Restaurant, das laut Suzette zur Lunch-Zeit ein gutes und erschwingliches Sushi servierte. Ich freute mich auf ein Essen, das weder indisch noch Babykost war, doch ich versuchte, ihren Vorschlag möglichst nonchalant aufzunehmen, so, als ginge ich mindestens einmal die Woche in ein hippes Restaurant zum Sushi-Essen. Ich gab mir alle Mühe, professionell zu wirken, hatte jedoch immer wieder das Gefühl, neben mir zu stehen und mir dabei zuzusehen, wie ich in Business-Kleidung durchs Zentrum von London flanierte.

Die Einrichtung des Restaurants bestand aus unbehandelten Pinienbänken und Paravents aus Reispapier. Wir fanden eine freie Ecke, setzten uns und bestellten zwei Tagesgerichte und Mineralwasser. Suzette sah blass und müde aus. Ihre zarte Haut schien fast durchsichtig, und ihre riesigen Augen hatten rote Ränder. Sie trug einen dunkelgrauen Pullover, unter dem sich fast ihre Rippen abzeichneten und der ihre Haut noch blasser wirken ließ.

«Ich hab letzte Nacht nur knapp drei Stunden geschlafen», sagte sie, während sie die Essstäbchen aus dem Papiertütchen nahm und mit ihrem Tischset spielte. «Mir sind tausend Dinge durch den Kopf gegangen … Eigentlich sollte ich dir so etwas nicht erzählen, immerhin will ich dich ja überreden, zu mir überzuwechseln und mit mir zusammenzuarbeiten.»

Wir lächelten einander zu.

«Ich habe nichts gegen harte Arbeit», erwiderte ich. «Mir gefällt der Gedanke der Gestaltungsfreiheit, wenn es das ist, was du zu bieten hast.»

«Die hättest du allerdings», sagte sie, «und du wärst auch die Verwaltungsfritzen los, die keine Ahnung von Programmgestaltung haben, einem aber vorschreiben wollen, wie viele Bilder man wovon aufzunehmen hat, und einem tagein, tagaus irgendwelche Richtlinien vor die Nase halten.»

«Aber auch du musst die Sendungen vermarkten und bist an ein gewisses Budget gebunden, das deine Auftraggeber vorgeben», wandte ich ein.

Suzette nickte und lehnte sich zurück, als die japanische Kellnerin ein Tablett brachte und es vor ihr abstellte. Mein Tablett folgte auf dem Fuße. Ich konnte mich nicht länger zurückhalten, nahm einen Tempurashrimp, dippte ihn in die Sauce und schob ihn mir in den Mund. Ich war am Verhungern und musste mich zusammenreißen, um nicht laut aufzustöhnen, als ich durch den knusprigen Teig und in das zarte Fleisch biss.

«Es ist natürlich nicht alles eitel Sonnenschein», sagte Suzette und nahm ein bisschen Wasabi mit ihren Stäbchen auf, um es mit Sojasauce zu vermischen. «Aber ich fühle mich wesentlich freier hier und jetzt als damals, als ich noch für den Konzern gearbeitet habe.»

Wir unterhielten uns eine Weile über Suzettes Pläne. Wie ich vermutet hatte, sprudelte sie vor Ideen. Sie las alles, was ihr in die Finger kam, und eine einzige Zeile in einem Buch oder einem Magazin oder auch nur eine Bildunterschrift mochten genügen, ihrer Phantasie Flügel zu verleihen. Fernsehproduzenten haben ein einziges Ziel, und das ist, Bilder einzufangen, mit denen sie ihr Publikum schockieren, amüsieren oder begeistern können. Ohne Bilder keine Geschichte. Suzette sprach vernichtend über schlechte Fernsehsendungen und die bei manchen Produzenten herrschende Bequemlichkeit; sie empfand Bilder, die einer Story abträglich waren, geradezu als Beleidigung. Für sie war das Bild der Auftrag, und dieser fast obsessive Ansatz verlieh Paradigm Productions die Energie, von der ich wusste, dass sie vielen anderen Firmen fehlte. Suzette meinte, Paradigm könne einer der großen Namen in der Dokumentarfilmszene werden, wenn es der Firma gelinge, die anfängliche Durststrecke zu überstehen. Sie hatte sich ausgiebig Gedanken darüber gemacht, wie ich am besten in die Firma hineinpassen würde, in welchen Bereichen unsere Stärken sich ergänzten oder wo ich eine leitende Rolle einnehmen könnte. Es klang spannend und verlockend, und ich merkte, wie sehr es mich reizte zuzusagen. Doch je mehr ich von der finanziellen Seite erfuhr, desto unbehaglicher wurde mir. Zwar sagte sie nichts dergleichen, aber ich konnte mich des Eindrucks nicht erwehren, dass sie von der Hand in den Mund lebte. Ich versuchte, sie auf ein zu erwartendes Jahreseinkommen festzunageln, mir einen Betrag plus minus fünftausend zu nennen, doch sie wollte sich noch nicht einmal ansatzweise festlegen.

«Das lässt sich ganz schwer sagen», sagte sie und zog eine entschuldigende Grimasse. «Wenn wir uns in ein paar Jahren einen Namen gemacht haben und die Firma der Wahl sind für Redakteure, die Aufträge zu vergeben haben, werden wir auf solideren Beinen stehen. Aber momentan sind wir einem ziemlichen Preiskampf unterworfen. Was für mich und dich unterm Strich übrig bleibt, hängt davon ab, was wir Woche für Woche, Monat für Monat erwirtschaften.»

Für eine Weile galt unsere ganze Aufmerksamkeit dem Essen. Das Sashimi war gut, das Fischfleisch frisch und fest. Ich wärmte mir meine Hände an einer Tasse Miso-Suppe.

«Ich bin mir nicht sicher, ob ich das finanzielle Risiko auf mich nehmen kann», sagte ich schließlich etwas zögernd, da ich meine finanzielle Situation nicht unbedingt offen legen, zugleich jedoch Suzette gegenüber ehrlich sein wollte.

Die Bemerkung schien sie zu irritieren; vielleicht war sie auch nur enttäuscht angesichts meiner Zweifel.

«Ich weiß, dass du Verpflichtungen hast. Wir alle haben Verpflichtungen irgendwelcher Art. Ich hab ja nicht gesagt, dass du aus reiner Wohltätigkeit arbeiten sollst, aber du musst schon Risiken eingehen, wenn du etwas erreichen willst. Wenn du beim Konzern bleibst, wirst du eingehen.»

Vielleicht hatte sie Recht, vielleicht war ich in meiner Rolle als Glucke einfach risikoscheu geworden. Außerdem sah die Alternative eher düster aus.

«Wusstest du, dass Maeve mich für diese Ethikstelle vorgesehen hat?», sagte ich.

Suzette warf mir ein müdes Lächeln zu und erwiderte: «Du wirst mir doch nicht einen Korb geben, nur um die erste Ethik-Päpstin zu werden, oder?»

Ich zuckte mit den Achseln.

«Terry meint, ich könnte es nicht besser treffen.»

Suzette zeigte sich unbeteiligt, also wechselte ich das Thema.

«Mir war übrigens gar nicht klar, dass der Dokumentarfilm, den Richard Carmichael kritisiert hat, eine Produktion von Paradigm war.»

«Letztlich war es überhaupt keine Produktion, es war ein absoluter Flop», meinte sie achselzuckend. «Es gibt da nichts zu erzählen. Ich hab dir nichts vorenthalten.»

«Das hab ich nicht gesagt und auch nicht gemeint. Mich würde nur interessieren, was schief gelaufen ist.»

Sie seufzte tief, legte den Kopf schief und schaute mich leicht amüsiert an.

«Wieso so neugierig?»

«Mein Gott, Suzette, die Frau hat sich vor meinen Augen umgebracht.»

«Oder ist umgebracht worden», erinnerte sie mich gelassen. Sie überlegte einen Moment und fingerte dabei erneut an ihrem Set herum. Dann schaute sie mich wieder an.

«Der Film wird nicht herausgebracht», sagte sie, «weil die Sache sehr hässlich ausgegangen ist. Kurz gesagt, haben wir eine Menge Film verschossen, und dann hat Paula einen Rückzieher gemacht. Sie wollte einen Reklamefilm, nix Kritisches, sondern eine zweistündige Hommage an Paula Carmichael, wie sie leibt und lebt, ... na ja, damals jedenfalls. Als ich sie darauf hinwies, dass Heroenkult nicht unser Metier sei, weigerte sie sich, weiter mitzumachen.»

Ich runzelte die Stirn. Die Kellnerin trat an unseren Tisch, um unsere Tassen mit grünem Tee aufzufüllen.

«Hättest du nicht aus dem, was du hattest, etwas machen können? Es muss doch finanziell eine Katastrophe gewesen sein, die ganze Sache fallen zu lassen.»

«Es hat Paradigms geschätzten Jahresumsatz um über dreißig Prozent einbrechen lassen.» Suzette klang grimmig. «Aber die Sache ist gegessen. Und ich hab wirklich keine Lust, das Ganze noch mal aufzuwärmen. Richard Carmichael hat seine Aussage zurückgezogen, und damit basta.»

«Aber warum sollte er so etwas erfunden haben? Das versteh ich nicht.»

Suzette spießte ein Stück Apfel mit einem Cocktail-Stäbchen auf.

«Paula Carmichael hatte ein großes Ego», sagte sie mit gedämpfter Stimme, während sie den Blick durch den Raum schweifen ließ, um sicherzugehen, dass niemand zuhörte. Ich hätte sie für paranoid gehalten, wenn ich nicht selbst zwei ehemalige Kollegen an einem Nebentisch wiedererkannt hätte. Das Thema Paula Carmichael war immer noch für eine Schlagzeile gut. «Wenn Paula tatsächlich Depressionen bekommen hat, dann aus dem einfachen Grund, weil sie sich von uns großartige Publicity erhofft hatte, dann aber erkannte, dass wir all ihre Warzen und so zeigen würden. Das hat ihr nicht gepasst. Aber keiner möchte von der eigenen Ehefrau glauben, sie sei derartig von sich selbst eingenommen. Vielleicht hat ihr Mann die Dinge aber auch einfach nur anders gesehen.»

Sie warf das Apfelstückchen in ihren Mund. Ich dachte über ihre Worte nach.

«Was hatte sie denn für Warzen?»

Suzette kaute und schluckte. Sie dachte einen Moment nach. «Sie war größenwahnsinnig. Sie fand, wir sollten sie wie Mutter Theresa behandeln. Ich erspar dir die Vorfälle im Einzelnen, weil wir sonst morgen noch hier säßen, aber der Sinn für die Realität schien ihr schon vor einiger Zeit abhanden gekommen zu sein, und das ist nett gesagt.»

«Alle Welt singt jetzt das Hohe Lied auf sie.»

«Ja.» Suzette lächelte schief. «Na, da siehst du mal wieder die Macht der Medien. In der Regel ging Paula absolut professionell mit den Medien um. Wir haben unseren Auftrag einfach nur sehr ernst genommen. Zu ernst für ihren Geschmack.»

Ich lehnte mich auf meiner Bank zurück und betrachtete Suzette. Vielleicht war Paula in ihrer Perfektion immer schon ein Phantasiegebilde gewesen. Der Gedanke stimmte mich ein wenig traurig. Seit ihrem Tod hatte ich des Öfteren an unsere Begegnung im Supermarkt gedacht, an ihr komplizenhaftes Lächeln, ihr mitfühlendes «Kenn ich. War bei mir genauso». Ich wollte nicht hören, dass sie eine zynische Manipulatorin der Medien gewesen war.

«Na ja, aber man springt doch nicht aus dem Fenster, nur weil man findet, man sei nicht mit dem gebührenden Respekt behandelt worden.»

«Wenn du Paula Carmichael heißt», erwiderte Suzette hart, «dann glaubst du vielleicht, dass es dich unsterblich macht.»

Ich schüttelte den Kopf. Darüber zu diskutieren schien zwecklos.

«Adam und Paula haben sich gut verstanden, nicht wahr?» Das war ein Schuss ins Blaue, doch wenn Paula, wie ich vermutete, durch Adam von mir erfahren hatte, dann deutete das auf eine gewisse Nähe zwischen den beiden hin.

Suzette betrachtete mich prüfend.

«Was meinst du damit?»

«Ich hab gehört, dass sie sich phantastisch verstanden haben.»

«Ach ja?»

«Hast du das nicht gemerkt?»

«Sie schienen gut miteinander klarzukommen, ich meine, Adam verhält sich immer professionell, aber ich hab sie nicht so oft zusammen erlebt. Ich hab, ehrlich gesagt, keine Ahnung, was sie so getrieben haben. Ich war ja nicht jede Minute mit ihnen zusammen ...»

Suzette schien meine Frage missverstanden zu haben und sie mir übel zu nehmen.

«Ich red nicht von einer Affäre oder so», sagte ich.

«Ach so.» Suzette schwieg einen Moment. «Na, dann weiß ich nicht. Also, ich glaube, man könnte sagen, dass sich Adam immer aus inhaltlichen Diskussionen herausgehalten hat», sagte sie schließlich. «Er hat damals auch an anderen Projekten gearbeitet, sodass es ihm wahrscheinlich nicht so viel bedeutete, als die ganze Sache abgeblasen wurde.»

Ich ergatterte einen Sitzplatz in der Northern Line und starrte auf die Werbung über den Köpfen der Passagiere vis-à-vis. Ich las ein Gedicht über städtische Grünflächen, das meine Aufmerksamkeit für die Zeit, die ich brauchte, um seine vier Zeilen zu lesen, gefesselt hielt. In der Tür der U-Bahn standen, flüsternd und gelegentlich kichernd, einige Teenagerinnen, die Arme einander um die Schultern gelegt. Der gar nicht einmal alte Mann neben mir hatte eine riesige Wampe, lilafarbene Adern auf seinen Wangen und roch nach Urin. Ich hatte intensiv über Paula Carmichael nachgedacht. Jetzt brauchte ich Ablenkung. Ich öffnete meine Tasche, um nachzusehen, ob ich ein Buch oder eine Zeitschrift darin vergessen hatte. Dem war nicht so, aber stattdessen entdeckte ich die Briefe, die ich hineingestopft hatte, als ich das Haus verließ. Ich blätterte die Umschläge durch und zog einen heraus, einen sauberen weißen Umschlag von Woolworth. Ich runzelte die Stirn. Er war in einer mir unbekannten Handschrift an Adams Wohnung, meine alte Adresse, adressiert und mir dann vermutlich von Adam nachgesendet worden. Zunächst überraschte es mich, dass Adam meine neue Adresse kannte, doch dann fiel mir ein, dass er mich während unseres Telefonats ja auch nicht nach einer Adresse oder Wegbeschreibung gefragt hatte. Dieser Gedanke lenkte mich eine Weile von dem Umschlag ab, doch als sich die U-Bahn Waterloo näherte, öffnete ich ihn, holte zwei handbeschriebene Seiten heraus und begann zu lesen.

Meine liebe Robin,
seit dem unglücklichen Missverständnis mit deiner Schwester heute Morgen zögere ich, dich persönlich aufzusuchen.

Mein Herz begann zu hämmern, und mein Blick glitt dorthin, wo der Briefkopf hätte sein sollen. Doch da stand kein Absender, lediglich das Datum von Paula Carmichaels Todessturz. Wegen der falschen Adresse war der Brief fast eine Woche unterwegs gewesen. Ich las weiter.

Ich fürchte, dass Tanya meinen Besuch aufgrund ihrer Aversion gegen mich falsch verstanden hat. Ich versichere dir, dass meine Absichten nur die allerbesten sind. Ich möchte lediglich mit meinen Töchtern, die ich nie vergessen habe, Kontakt aufnehmen, solange mir das noch möglich ist.
Solltest du in Erwägung ziehen, mich zu treffen, werde ich am Montag um vier Uhr im Foyer des Victoria-und-Albert-Museums warten. Vielleicht können wir zusammen Tee trinken.

Ich hob den Kopf, doch wenn man mich gefragt hätte, wohin ich stierte, hätte ich es nicht zu sagen gewusst. Wir fuhren gerade in die Haltestelle Stockwell ein. Die Türen öffneten sich, Menschen stiegen aus und ein. Im letzten Moment sprang ich auf, drängte mich durch die Menge hinaus und auf den Bahnsteig, wo ich stehen blieb und den Brief zu Ende las. Nachdem ich ihn bis zur Unterschrift «dein Vater Gilbert» gelesen hatte, fing ich von vorne an und las ihn abermals. Und noch ein drittes Mal. Drei U-Bahnen fuhren ein und wieder ab. Ich wurde von der hastenden, ein- und aussteigenden Menge angerempelt und herumgeschubst. Schließlich ließ ich den Brief sinken. Ich schaute auf meine Uhr. Es war drei Minuten nach vier.

9

ICH VERSUCHTE ES DENNOCH. Aber als ich endlich das weitläufige Foyer des Victoria-und-Albert-Museums betrat, war weit und breit kein Mann – gleich welchen Alters oder Aussehens – zu sehen. Dennoch hing ich noch eine halbe Stunde herum, nicht gewillt, mich geschlagen zu geben, und malte mir aus, wie er auftauchen und ich ihn sofort erkennen würde und wie dieser Teil meines Lebens, der nicht in Ordnung gewesen war, auf wundersame Weise bereinigt würde.

Später, nachdem ich ihn aufgegeben hatte, verspürte ich keine Lust, mit irgendjemandem über irgendetwas zu reden. Der Brief meines Vaters und mein vergeblicher Versuch, ihn zu treffen, hatten ein Gefühl des Bedauerns, das ich seit jeher kannte, wieder aufleben lassen. Ich blieb an jenem Abend mit meinen Kindern zu Hause und ließ den Anrufbeantworter meine Anrufe entgegennehmen. Ein paar Mal rief jemand an, der aufhängte, kaum, dass er mit dem AB verbunden war. Meine Mutter hinterließ eine Nachricht – Lorna sei ganz begeistert von ihrem Akupunkteur. Patrick hinterließ eine Nachricht – ich hätte ein Fläschchen bei ihnen vergessen, ob ich es dringend bräuchte? Suzette hinterließ eine Nachricht – ob ich sie zurückrufen könnte?

Ich bemühte mich, nicht an meinen Vater zu denken, sondern konzentrierte mich ganz auf meine Kinder. Ich drückte sie an mich, und sie turnten auf mir herum, steckten mir ihre kleinen Finger in die Nase und zogen mir am Haar. Wir tobten, spielten und lachten, und ich fragte mich in dem Moment, warum ich nicht jeden Tag, jede Minute so leben konnte.

Hannah hatte ein neues Kunststück gelernt. Sie schob ihr Stühlchen ein wenig herum, ließ es dann kurz los, streckte ihre Arme hoch, machte eine schnelle Kniebeuge, trat einmal in die Luft und fasste dann schnell wieder nach ihrer Stütze. William, der sich selten von seinem Hintern erhob, gab ein außerordentlich dankbares Publikum ab, beklatschte sie ausgiebig und gluckste ausgelassen. Es war ein Moment, den ich gerne mit jemandem geteilt hätte.

Jedoch nicht mit Oberkommissar Finney, der mittendrin klingelte. Ich war immer noch verstimmt, weil er mich so lächerlich hatte aussehen lassen. Mein Gesicht musste sich verdüstert haben, als ich die Tür öffnete und ihn warten sah.

«Ich hab vorher angerufen, aber Sie haben nicht abgehoben», sagte er.

«Und da sind Sie nicht auf den Gedanken gekommen, dass ich vielleicht nicht zu Hause sein könnte?» Oder dass ich niemanden sehen wollte.

«Ich war gerade bei den Carmichaels; bei Ihnen brannte Licht, und ich hörte Stimmen. Lachen, um genau zu sein. Entweder waren Sie zu Hause, oder etwas höchst Merkwürdiges musste vor sich gehen.»

«Logisch», gab ich zu und ließ ihn eintreten. «Ich fürchte, es ist Badezeit. Ist es in Ordnung, wenn wir uns unterhalten, während ich die Kinder fertig mache?»

Er wirkte nicht eben glücklich darüber und beäugte Hannah und William mit kaum verhohlener Abneigung, aber ich ließ mich nicht einschüchtern.

«Sie können nicht einfach um die Zu-Bett-Geh-Zeit der

Kinder auftauchen und erwarten, dass Sie hier eine formelle Befragung durchführen können.» Es war ein langer Tag gewesen, und ich klang ärgerlich und kampfbereit.

Er grinste. Das Grinsen kam völlig unvermittelt und war dasselbe, das Kommissarin Mann geblendet hatte. Tiefe Lachfalten säumten seine Mundwinkel. Gewiss lächelte er so seit seiner Kindheit. Und wie schon auf der Polizeiwache verschwand es ebenso plötzlich, wie es aufgetaucht war, zurück blieb lediglich der Schalk in seinen Augen. Ich war wie erstarrt. Ich musste mich zwingen, den Bann zu brechen.

«Ich lass eben Wasser einlaufen», sagte ich und drehte mich auf dem Absatz um, «und Sie können bitte kurz auf die beiden aufpassen.»

Ich eilte zwei Stufen auf einmal nehmend die Treppe hinauf ins Badezimmer, wo ich die Wasserhähne aufdrehte, einige Spritzer Badeschaum ins Wasser gab und mir ein paar Sekunden vor dem Spiegel gönnte. Die neue Frisur zeigte sich erfreulicherweise unbeeindruckt von meiner Nachlässigkeit. Ich schob mein Haar auf der einen Seite hinters Ohr, begutachtete mein Profil und machte mich dann auf nach unten.

Ich war kaum länger als eine Minute fort gewesen, doch die Zwillinge hatten es bereits vom Wohnzimmer zur Treppe geschafft, von wo aus sie mir ihr dringliches «Mama, Mama, Mama» zukreischten und sich verzweifelt gegen Finneys Beine warfen. Dieser stand wie ein Torwart am Fuße der Treppe und versuchte, den Kindern – ohne sich zu bücken oder sie anzufassen – den Weg nach oben zu versperren, wobei der Blick, mit dem er auf sie hinabsah, Panik verriet.

«Gott sei Dank», murmelte er, als ich wieder auftauchte.

«Sie hätten auch das Treppengatter schließen können», meinte ich.

Ich schnappte mir die Kinder und klemmte sie mir als

strampelnde Bündel unter beide Arme. Finney folgte mir zum Badezimmer, wo er sich deutlich im Hintergrund hielt, während ich die Kinder auszog, ihnen die Windeln abnahm, ihre Pos sauber wischte und sie in die Wanne setzte.

«Haben Sie sich diese Farbkombination ausgedacht?», fragte Finney. Ich schaute auf. Orangefarbener Wandanstrich, rote Zierleisten. Wir hatten das Zimmer so vorgefunden, doch mittlerweile nahm ich die Farben kaum noch wahr.

«Es sind gute, warme Farben», erwiderte ich unverbindlich.

Im Wasser wurden die Kinder etwas ruhiger. Hannah beschäftigte sich damit, mit ihrem Waschlappen die Seitenwände der Wanne zu wischen, und William versenkte ein Plastikbötchen.

«Haben Sie noch mal darüber nachgedacht, wie Sie in Paula Carmichaels Tagebuch gelangt sind?», fragte Finney.

«Ich glaube, wir hatten einen gemeinsamen Freund», sagte ich. «Das ist die einzige Erklärung, die mir einfällt.»

«Und wer sollte das sein?»

«Jemand, mit dem ich demnächst darüber sprechen werde.» Zwar beobachtete ich Hannah und William, dennoch konnte ich Finneys Gesicht im Spiegel sehen, grau vor der orangefarbenen Wand. «Dann werde ich wissen, ob die Verbindung tatsächlich über ihn zustande gekommen ist, und Ihnen natürlich Bescheid sagen.»

Finney schwieg einen Moment. Er spürte wohl, dass ich ihn auf Distanz hielt. «Das Tagebuch stellt ein Problem für mich dar», erklärte er. «Es ist mein Job, allem Rätselhaften nachzugehen, und da ich mir den Eintrag über Sie bislang nicht erklären kann, stellt er auch für Sie ein Problem dar.»

Schweigend dachte ich über seine Worte nach. Sie klangen fast entschuldigend, konnten aber genauso gut als Drohung gemeint sein. Vielleicht war das seine Art von Zuckerbrot und Peitsche. Sein Blick ruhte auf den Kindern, doch er wirkte geistesabwesend. Zu spät merkte ich, dass William eine Shampooflasche in Händen hielt, deren Inhalt bereits großzügig im Wasser verteilt war.

«Ich würde Sie gern etwas fragen», sagte Finney. «Aber das muss unter uns bleiben. Und das meine ich ernst.»

Ich wandte mich ihm zu. «Sie meinen: Es sollte nicht in die Medien gelangen.»

«Genau. Es ist auch alles nur Hörensagen, und ...» Er seufzte. «Also, Richard Carmichael behauptet, sein Sohn Kyle, der zu Hause war, habe am Abend ihres Todes einen Besucher gesehen – jemanden, der schon mal dort gewesen sei und mit dem sich Paula Carmichael gestritten habe.»

Ich runzelte die Stirn. «Sie meinen, Kyle hat an diesem Abend jemanden bei seiner Mutter gesehen?»

Finney verzog das Gesicht. Ich starrte ihn an.

«Also, hat er oder hat er nicht?»

«Richard Carmichael erlaubt uns momentan nicht, den Jungen zu verhören. Sagt, er sei zu verstört. Deshalb haben wir es momentan, wie gesagt, mit Hörensagen zu tun.»

Wir wechselten einen Blick, der zum ersten Mal Kollegialität signalisierte. Journalisten und Kriminalbeamte wissen, was Informationen aus zweiter Hand wert sind.

«Sie haben ja bereits ausgesagt, in der Nacht von Paula Carmichaels Tod niemanden gesehen zu haben.» Finney begann wieder mit seiner halbherzigen Befragung. «Ich geh mal davon aus, dass sich daran nichts geändert hat?»

«Richtig, ich habe nach wie vor niemanden gesehen.»

«Nun gut, aber Sie verbringen doch recht viel Zeit zu Hause, und Sie schauen regelmäßig aus dem Fenster, und Sie leben vis-à-vis, und ich würde gerne wissen, ob Sie in den Tagen vor ihrem Tod jemanden zu Besuch haben kommen sehen.»

«Ich verbringe doch nicht meine Tage damit, am Fenster zu hängen.» Ich lachte ungläubig.

«Ich wollte damit nicht sagen, …»

«Nein, ich habe niemanden gesehen.» Es war lachhaft, dass Finney mich für jemanden hielt, der seine Tage am Fenstersims verbringt. «Aber das will nichts heißen: Es hätten auch ganze Armeen ein und aus gehen können, und ich hätte nichts davon bemerkt.»

«Okay, okay», sagte Finney, hob die Hände und gab sich geschlagen. «Ich hab's begriffen.»

Eine Weile standen wir uns schweigend gegenüber.

«Die Stimmen, die Sie um die Zeit von Paulas Sturz gehört haben», versuchte er erneut. Ich wusste, was kam.

«Ich kann Ihnen da wirklich nicht weiterhelfen. Tut mir Leid. Ich habe keine Ahnung, was genau ich gehört oder auch nicht gehört habe. Hat denn sonst niemand etwas in der Richtung erwähnt?»

Finney schüttelte den Kopf. «Nichts Definitives. Ein oder zwei haben ausgesagt, sie hätten womöglich etwas gehört, kurz bevor Paula Carmichael fiel, aber das können sie sich auch eingebildet haben. Nach dem Streit am frühen Abend, den jeder mitbekommen hat, mag der eine oder andere mit einer Fortsetzung gerechnet haben.»

«Was ist mit dem trauten Paar, das sich so herzlich angebrüllt hat? Wenn Sie die ausfindig machen, könnten Sie sie ja fragen, ob sie ihre Auseinandersetzung später fortgesetzt haben.»

«Die Leute aus Nummer 29», sagte er. «Als Paula stürzte, waren sie, ihren eigenen Angaben zufolge, bereits im Bett.»

«Echt? Im selben Bett?»

Finney zuckte mit den Achseln. «Wenn's ihnen Spaß macht», sagte er. «Aber meinen Kopf würde ich auf ihre Goldene Hochzeit nicht verwetten.»

Wir schwiegen.

«Wie steht's um Richard Carmichaels Finanzen?», fragte ich.

«Wieso fragen Sie?» Finney klang abwehrend, wahrscheinlich bereute er, so offen über den Verlauf der Ermittlungen gesprochen zu haben.

«Ich hänge zwar selten am Fenster, aber ich lese durchaus Zeitung.»

«Ich glaube, in den Zeitungen steht, dass ihn der Tod seiner Frau aus finanziellen Nöten rettet», sagte er, «dass die Versicherung im Falle von Selbstmord jedoch nicht zahlt.»

Ich schaute ihn fragend an, und er nickte.

«Aber als er am Tag nach ihrem Tod seine Erklärung abgegeben hat, hat er doch deutlich zu verstehen gegeben, dass sie in den Selbstmord getrieben wurde», wandte ich ein.

«Er wird nicht der Letzte sein, der eine Kehrtwende macht, wenn es ihm opportun erscheint.»

«Das war doch nur, weil ihm der Konzern mit einer Klage gedroht hat. Wollen Sie sagen, dass er wirklich behauptet, es sei kein Selbstmord?»

Finney zog die Augenbrauen hoch. «Ein Mann darf doch wohl mal seine Meinung ändern, oder?», sagte er.

«Das darf Mann allerdings.» Ich dachte einen Moment nach. «Hat er sich denn einen anderen Sündenbock ausgeguckt?»

«Wenn ich richtig verstanden habe, hat er Sie gefragt, ob Sie jemanden am Tatort gesehen haben.»

Ich nickte. «Und ich hab ihm dasselbe erzählt wie allen anderen auch.»

«Na ja, und nachdem er von Ihrem Verdacht, Stimmen gehört zu haben, erfahren hat, begeistert er sich zunehmend für diese Idee.» Finney klang resigniert. Ich hatte deutlich den Eindruck, es wäre ihm lieber gewesen, wenn ich meine Hirngespinste für mich behalten hätte. «Insbesondere seit sein Sohn mit diesem mysteriösen Besucher aufgewartet hat.»

«Klar.» Ich konnte jedoch meine Aussage kaum ändern, nur weil sie Finney ungelegen kam.

«Wie dem auch sei.» Finney, der gegen den Türrahmen lehnte, schaute auf die Uhr und richtete sich auf. «Ich muss los. Ich find schon alleine raus.»

«Gut», sagte ich. «Tut mir Leid, dass ich Ihnen nicht weiterhelfen konnte.»

Er zuckte mit den Achseln. «Vergessen Sie nicht, mir zu erzählen, wie Sie in das Tagebuch gelangt sind.» Er wandte sich zur Treppe und ging. Ich beobachtete, wie seine Schultern allmählich hinter dem Treppenabsatz versanken. Als er die Haustür erreichte, klingelte es. Finney öffnete die Tür. Ich konnte nicht erkennen, wer es war, hörte aber eine männliche Stimme.

«Hier ist ein Dan Stein für Sie», rief Finney zu mir herauf.

Ich steckte meinen Kopf aus dem Badezimmer und schaute die Treppe hinab. Dan Stein schob seinen Kopf durch die Tür herein.

«Hallo?» Er wirkte verlegen, hatte wohl nicht mit Finney gerechnet.

«Hi.» Hoffentlich hatte er sich die Sache mit dem Antik-Tischchen nicht anders überlegt. Mein Besucher blickte verwirrt umher, versuchte auszumachen, woher meine Stimme kam. Finney zeigte die Treppe hinauf.

«Ah!» Dan Stein sah erleichtert aus. «Ähm, also, ich wollte fragen, ob Sie vielleicht Lust hätten, etwas trinken zu gehen», meinte er verlegen. Finney stand immer noch an der Tür, die er für Dan Stein aufhielt, und hörte sich unsere Unterhaltung an.

«Ich fürchte, ich kann hier nicht weg», sagte ich entschuldigend, mit flammend roten Wangen, und kam mir selten dämlich vor. «Die Kinder baden gerade.»

«Ach so …»

Er blieb jedoch in der Tür stehen, machte keinerlei Anstalten, sich zu verabschieden.

«Äh, möchten Sie vielleicht einen Kaffee?», bot ich etwas widerstrebend an. «Wir sind gleich fertig und könnten hinunterkommen, wenn Sie denn möchten … Sie müssten dann im Wohnzimmer auf uns warten.»

Ich hatte geglaubt, ihn mit diesen kleinen Andeutungen zum Rückzug bewegen zu können, doch stattdessen sagte er einfach «Okay, lassen Sie sich ruhig Zeit» und schlenderte an Finney vorbei ins Wohnzimmer. Finney schaute zu mir herauf. Sein Gesichtsausdruck war nicht zu entschlüsseln.

«Dann muss sich der Rest von uns wohl wieder hinten anstellen», sagte er. Und damit war er verschwunden. Ich ging zurück ins Badezimmer und starrte auf die Kinder hinab, ohne sie zu sehen.

«Was ist nur los mit dir?», zischte ich mich selbst an.

In Gedanken ging ich noch einmal die Unterhaltung mit Finney durch, bis ich nur noch wütend über mich selbst war, dass ich so unvorsichtig gewesen war. Die ganze Situation, das Beisammensein im Badezimmer, unser fast freundschaftliches Gespräch, all das war eine Idee zu entspannt gewesen. Was nur bedeuten konnte, dass Finney wusste, wie er mich entwaffnen konnte, und von diesem Wissen auch Gebrauch machte. In meiner Verlegenheit stöhnte ich laut auf. Dann fiel mir ein, dass Dan unten auf mich wartete, und ich stöhnte abermals.

Ich hatte keine Lust auf höfliche Konversation, doch Dan schien das instinktiv zu spüren. Als ich mit zwei nackten Babys und zwei Windeln unter dem Arm sowie zwei Schlafanzügen über der Schulter auftauchte, erfasste er die Situation sofort und wusste genau, was ich brauchte. Er verlangte nichts von mir, sorgte stattdessen dafür, dass ich mich zurücklehnen, die Beine unterschlagen und zuschauen konnte, wie er mit Hannah und William abwechselnd Hoppe-Hoppe-Reiter spielte und sie herumwirbelte, bis sie nur noch zwei quirlige kleine Bündel waren, die hysterisch kicherten.

«Tut mir Leid», sagte er beschämt, als Hannah vor Freude quiekte. «Das Einzige, das ich mit Babys anzufangen weiß, ist, sie herumzuwerfen. Ich nehme an, Ihnen wäre es lieber gewesen, wir hätten vor dem Zubettgehen etwas Ruhigeres veranstaltet.»

Ich schüttelte den Kopf. «Das ist wunderbar. So können sie sich noch mal richtig austoben.»

Obwohl er nicht wusste, was er mit den Windeln anfangen sollte, versuchte er es und brachte so die Kinder – und mich – zum Lachen.

Als die Zwillinge aus reiner Erschöpfung zu weinen begannen, brachte ich sie nach oben ins Bett, während Dan sich eine Zeitung nahm.

«Entschuldigung», sagte ich, als ich wieder herunterkam. «Ich habe Ihren Kaffee ganz vergessen.»

Dan legte die Zeitung beiseite und lächelte mich an.

«Wissen Sie was?», sagte er, «wenn Sie Bier haben, sag ich auch dazu nicht nein.»

Ich holte mir ebenfalls eins, und während wir unser Bier tranken und uns unterhielten, ging mir auf, dass so etwas seit Ewigkeiten nicht mehr vorgekommen war. Im Laufe der Zeit und aufgrund meiner Lebensumstände hatten sich alle Freunde bis auf den harten Kern verflüchtigt, und neue Freunde kennen zu lernen war schwierig, da ich nicht mehr ausging. Umso mehr genoss ich nun dieses Zusammensein. Es war eine einzige Sinnenfreude, Dan hier in meinem Wohnzimmer sitzen zu haben, wenn auch sein Anzug und seine Krawatte ein wenig zu kontrastreich waren. Wir hatten keine gemeinsame Geschichte, die uns hätte belasten können, und es war schön, nicht allein zu sein. Er schaute sich all meine Fotos und sämtliche Bücher auf dem Regal an. Er fragte mich nach meinen Freunden und meinem Leben, und ich erzählte ihm von dem seltsamen Weg, den ich in den letzten paar Jahren gegangen war und den ich mittlerweile als Vorlauf zu Paula Carmichaels Tod betrachtete.

Wie er mir erzählte, war er bei einer großen Finanzfirma als Personalchef angestellt. Sofort wusste ich, dass er seinen Job bestens beherrschen musste, da er gut zuhören konnte und Anteil nahm und Rat zu geben verstand.

Schließlich stand er auf, streckte sich und meinte, er müsse jetzt wohl besser gehen.

«Hätten Sie etwas dagegen, wenn ich demnächst noch mal vorbeischaue?», fragte er.

«Das würde mich freuen», meinte ich.

Es war Viertel vor zehn, und ich beschloss, Suzette zurückzurufen – falls ich mit ihr arbeiten würde, wollte ich nicht, dass sie mich für schwer erreichbar hielt. Vermutlich wollte sie mir nun doch eine ungefähre Vorstellung von meinem Gehalt geben. Im Konzern würde ich weiß Gott keinen Riesenbatzen verdienen. Was ich brauchte, war kein riesiges, sondern ein regelmäßiges Einkommen. Doch wie sich herausstellte, war genau das das Problem.

«Robby, es tut mir so Leid, ich hab einen Fehler gemacht.» Suzette klang bekümmert. «Ich bin heute Nachmittag zurück ins Büro gegangen, um die Bücher noch mal durchzugehen, und es läuft immer aufs Gleiche hinaus. Ich will dir nichts vormachen. Ich meine, ich kenn deine Situation, und deshalb will ich ehrlich mit dir sein: Du kannst es dir nicht leisten, für mich zu arbeiten, weil ich es mir nicht leisten kann, dich zu bezahlen.»

«Du kannst es dir nicht leisten, mich zu bezahlen», wiederholte ich.

«Was ich meine, ist, dass ich mir nicht leisten kann, dich anständig zu bezahlen. Es ist okay für mich, ich bin allein, aber dir kann ich das nicht antun. Es tut mir auch so schon Leid genug … Ich will alles richtig machen, ich will niemandem wehtun. Ich will nicht, dass du mich hasst, und …», sie holte zitternd Luft und hatte Mühe, nicht die Fassung zu verlieren, «glaub mir, du würdest mich irgendwann hassen.»

«Suze, ich würde dich nie …», aber sie unterbrach mich.

«Ich weiß nicht, was ich mir dabei gedacht hab. Ich wollte dich einfach nur so gerne mit im Boot haben … Aber als Erwachsene muss man so etwas doch anders anpacken, nicht wahr? Man hat die Sache gründlich zu durchdenken und von Anfang an die richtige Entscheidung zu treffen, statt sich eine Suppe einzubrocken, die man doch nicht selbst auslöffeln kann …»

«Mein Gott, Suze: Mir ist es doch lieber, wenn ich das jetzt erfahre. Du musst dich dafür nicht so sehr verdammen.»

«Ich wünschte nur, du könntest mit mir zusammenarbeiten.» Suzette war entwaffnend nett. Es war tatsächlich überraschend, sie derart niedergeschlagen zu erleben, geradezu am Rande der Tränen. «Du gibst mir Halt, Robby.»

Es war ein trauriges Gespräch, schien jedoch auf seltsame Art unsere Freundschaft zu festigen. Als wir aufhängten, gab ich mich geschlagen. Meine eine Option war soeben gestorben, die andere reckte ihr hässliches Haupt. Es war schon zehn Uhr, doch wenn ich es nicht gleich hinter mich brachte, würde ich kneifen. Ich rief Maeve an. Ich versuchte zunächst ihre Privatnummer, doch anscheinend war sie noch nicht zu Hause. Als Nächstes versuchte ich ihr Handy. Wie sich herausstellte, war sie noch im Büro. Ich erklärte ihr, ich wolle die Stelle als RUER annehmen.

«Das ist wirklich eine großartige Nachricht, Robin», meinte sie. «Du wirst es nicht bereuen.»

Ich wusste, dass ich genau das tun würde.

Wir einigten uns darauf, dass ich Mittwoch meine Stelle anträte, was mir genau einen Tag gab, um die Betreuung meiner Kinder zu organisieren. Vielleicht würde ich irgendwann einen Platz im Kindergarten des Konzerns ergattern, doch vorläufig würde ich auf die furchtbare – genauer gesagt furchtbar teure – Erika zurückgreifen müssen.

«Noch etwas», Maeve hatte weitergesprochen. «Diese Sache mit Adam Wills, so etwas wird doch nicht wieder vorkommen, oder? Ich meine, ganz ehrlich: Es ist jetzt schon sehr peinlich.»

«Nein, Maeve», sagte ich, das Herz schwer, «so etwas wird nicht wieder vorkommen.»

10

«**WIE GENAU HAT ER DICH** eigentlich um Geld angehauen?» Auch am folgenden Tag ließ mich der Gedanke an meinen Vater nicht los, sodass ich beschlossen hatte, Tanya eingehend zu befragen.

Sie schaute mich über den Rand ihrer Kaffeetasse an. Neben ihrem Ellbogen lag eine Ausgabe von Schöner Wohnen, die auf einer Doppelseite über Modellküchen aufgeschlagen war; alles an dieser Küche glänzte und strahlte; auf der polierten Marmorarbeitsfläche stand ein Topf mit Tulpen, und auf den italienischen Bodenkacheln tollte ein Welpe im Sonnenlicht herum. Ich wusste, dass Tanya von einer solchen Küche träumte, und auch, dass sie für sie nicht erschwinglich war.

Ich nippte an meinem Kaffee. Es war das erste Mal, dass ich bei Tanya Pulverkaffee serviert bekam. Auch das deutete auf ernsthafte Sparmaßnahmen hin. Selbst die Kinder hatten nicht ihre üblichen, sondern die billigen Schokokekse bekommen.

«Glaubst du, ich denk mir das aus?», fragte sie.

Die drei Mädchen waren in der Schule. Patrick wusch ab und sorgte gleichzeitig dafür, dass meine Kinder beschäftigt waren, während ich mit Tanya sprach. Er hatte ihnen Töpfe hingestellt, auf denen sie mit Holzlöffeln herumschlagen konnten, und eine Schüssel mit Schaum, und so veranstalteten sie auf dem Linoleumboden gerade eine geräuschvolle Schaumschlacht.

«Sah er denn abgebrannt aus?»

«Der Schein trügt bekanntlich, Schwesterherz», meinte sie ironisch und hielt mir ihre polierten Nägel hin. «Sieh mal, ich habe mir beispielsweise die Finger maniküren lassen, aber das heißt nicht, dass ich dafür bezahlt habe. Es heißt lediglich, dass Patrick ziemlich gut mit der Nagelfeile umgehen kann.»

Worauf sich Patrick umdrehte und verbeugte.

Tanya verdrehte die Augen, und ich warf ihm ein Lächeln zu. Ich wusste, dass er die Spannung spürte, die zwischen Tanya und mir aufkam, kaum, dass wir über unseren Vater sprachen, und er sie lösen wollte.

«Er sah sauber und ordentlich aus, wenn es das ist, was du wissen willst», sagte Tanya. «Er trug einen Regenmantel.»

«Hast du ihn gleich erkannt?»

«Nachdem er sich vorgestellt hat, habe ich ihn tatsächlich erkannt. Er sah aus wie auf diesem Foto, dem aus der Schublade, weißt du, welches ich meine? Er sieht jetzt älter und grauer aus, aber er war's, da bin ich mir sicher. Dasselbe Gesicht.»

Das Foto. Das einzige existierende Foto, das meinen Vater zeigt. Wer weiß, was meine Mutter mit den anderen angestellt hatte, wahrscheinlich verbrannt. Das Bild zeigt meinen Vater entspannt am Strand, wie er breit und offen in die Kamera lächelt, während wir drei Kinder auf ihm herumturnen. Er wirkt groß und linkisch, sein Haar scheint geölt. Das Foto wurde in einer Schublade im Schlafzimmer meiner Mutter aufbewahrt und nur herausgeholt, wenn meine Mutter es für notwendig hielt. «Notwendig» bedeutete meistens, dass eine von uns in der Schule gehänselt wurde, wir hätten wohl keinen Vater. Dann wurde das Foto als unwiderlegbarer Beweis gezückt, um die frechen Unterstellungen zu widerlegen. Gelegentlich erfand ich eine Spielplatzfehde, nur um einen Blick auf das Bild werfen zu können.

Tanya war zwei Jahre alt, als unser Vater fortging, also fast noch ein Baby. Man möchte meinen, mein Vater und sie hätten zu dieser Zeit bereits eine Beziehung zueinander aufgebaut, aber wenn sie es denn getan hatten, dann war davon heute nichts mehr zu spüren. Im Laufe der Jahre hatten wir das gleiche Gespräch in zahllosen Variationen geführt. War der rätselhafte Gilbert Ballantyne wirklich ein Schuft oder nur in der Phantasie unserer Mutter? War er tot? Wenn nicht, wo war er? Und, vor allem: Was würden wir tun, wenn er versuchte, sich mit uns in Verbindung zu setzen?

Tanya war diejenige, die am entschiedensten hinter unserer Mutter stand. Sie war auch diejenige, die es in der Schule am schwersten gehabt und der ihre Vaterlosigkeit am meisten zu schaffen gemacht hatte. Sie wollte nichts mit ihm zu tun haben. Ich war immer zwiespältiger gewesen, während Lorna sich, wie mir jetzt auffiel, in dieser Frage ungewöhnlich zurückhaltend gegeben hatte.

«Die Sache mit dem Geld ...» Tanya dachte angestrengt nach. «Es war nicht das Erste, was er sagte. Er sagte ... Ich meine, ich sagte, ich wolle nicht ... dann ... Ah, tut mir Leid. Du möchtest die Geschichte von Anfang an ... Also, ich öffne die Tür, und da steht so ein Typ. Sieht nicht aus wie ein Bettler, aber ich bin trotzdem vorsichtig, kannst dir ja denken, da taucht jemand unangemeldet auf, ich hab keine Ahnung, wer er ist, könnt ja jeder kommen. In dieser Straße werden immerzu Leute am helllichten Tage überfallen. Er sagt: ‹Hallo, du erinnerst dich nicht an mich, aber ich bin Gilbert, dein Vater.› Und ich: ‹Was willst du hier?› ‹Ich wollte dich nur mal sehen›, meint er, ‹ich hab dich nie vergessen, ich wollte mal Kontakt aufnehmen.› Daraufhin sage ich: ‹Na super. Das hast du ja jetzt getan. Du hast mich gesehen. Dann also tschüss: Bis in dreißig Jahren.› Er sagt, er will so nicht gehen. Aber da glaubt er schon, dass ich ihm gleich die Tür vor der Nase zuknallen werde, und fängt an, halb panisch loszureden, von wegen, dass wir eine Familie sind und zusammenhalten sollen, und wie er so hektisch wird, kommt auch bei mir Panik hoch. Ich will nicht, dass er reinkommt, ich will nicht, dass er die Kinder sieht, und deshalb schreie ich ihn fast an, frag, was er will, sag, er kann alles haben, solange er bloß verschwindet, und schließlich sagt er so was wie: ‹Ich will Hilfe.› Und ich sage, du willst, dass ich dir Geld gebe? Ich meine, ich bin völlig perplex über diese Frechheit, und er schweigt einen Augenblick, schaut mich dann ganz merkwürdig an, mit einem ganz harten Blick, und sagt: ‹Würdest du mir Geld geben? Damit ich verschwinde?›, worauf ich ihm die Tür vor der Nase zuknalle», Tanya hob die Hände, «und das war's. Als ich ein paar Minuten später aus dem Fenster schaute, war er weg.»

Das war ziemlich unzweideutig. Ich rieb mir das Gesicht, beugte mich dann hinunter zu William, der jammernd an meinem Knie hing, und hob ihn auf meinen Schoß. Er hielt seinen Holzlöffel noch fest umklammert und schlug mir damit aufs Kinn. Als ich ihm daraufhin den Löffel abnahm, brüllte und wand er sich, um von meinem Schoß wieder herunterzukommen. Kaum hatte ich ihn auf den Boden gesetzt, schnappte er sich die nächstbeste Waffe und fiel über meine Knöchel her.

«Das Ganze hat bei mir einen richtig ekligen Nachgeschmack hinterlassen», sagte Tanya. «Ich wäre ihm freundlicher gesinnt, wenn ich ihn nie wieder gesehen hätte. Eigentlich wäre es besser, er wäre tot.»

«Tanya», meinte Patrick tadelnd. Tanya hatte lange gesucht, um einen Mann wie Patrick zu finden. Er war bodenständig, er war liebevoll, und er würde Tanya nie verlassen. Manchmal fand ich seine Gutmütigkeit allen Menschen gegenüber schwer zu ertragen, aber meistens freute ich mich einfach nur für Tanya, dass sie ihn hatte.

«Ist doch wahr», beharrte sie.

Ich hielt mich aus der Diskussion raus. Ich wollte nicht an diesen heruntergekommenen Vater glauben.

«Tanya, könnte es vielleicht sein, dass er statt ‹Ich will Hilfe› ‹Ich will helfen› gesagt hat?» Ich legte besondere Betonung auf das dritte Wort.

Sie sah mich an, als sei ich verrückt.

«Wie sollte er mir denn helfen?»

«Das ist doch egal. Aber wäre es möglich, dass er das gesagt hat? Könntest du dich eventuell verhört haben?»

«Nein, ganz sicher nicht.» Tanya verzog ablehnend das Gesicht, wollte unbedingt an ihrer Version festhalten. «Und außerdem hat er mich um Geld gebeten. Glaubst du, dass ich mich da auch verhört haben könnte?»

Resigniert hob ich die Hände. «Ich weiß nicht, was ich glauben soll», sagte ich zu Tanya und stand auf, um mir noch eine Tasse Kaffee einzugießen.

Ich hatte nicht vorgehabt, Tanya und Patrick von Adams bevorstehendem Besuch zu erzählen, zumal ich annahm, Tanya würde jeden Kontakt mit Adam ebenso missbilligen, wie sie den Kontakt mit unserem Vater missbilligte, und ich es nicht ertragen konnte, ein weiteres Mal unseren unweigerlichen Streit im Voraus analysiert zu bekommen. Aber zu viele Geheimnisse können auch zur Belastung werden, und so änderte ich spontan meine Meinung und erzählte ihnen davon. Zu meiner Erleichterung reagierte Tanya keineswegs mit Entrüstung. Im Gegenteil: Sie schien kaum überrascht.

«Wir alle können sämtliche Hilfe gebrauchen, die wir kriegen können», meinte sie achselzuckend, «und Adam ist in mancher Hinsicht schon okay. Er ist witzig, er ist aufmerksam, er hat einen guten Job. Sicher, als Partner hat er absolut versagt, aber ihr hattet beide Zeit, ein bisschen Abstand zu gewinnen.»

«Die Kinder werden sofort sein Herz erobern», sagte Patrick. «Warum um alles in der Welt haben wir eigentlich drei von den kleinen Monstern bekommen? Krieg bloß nicht noch eins.»

«Die Gefahr besteht wahrlich nicht», sagte ich.

Das Gespräch mit den beiden hatte mich getröstet. Mir war, als hätte ich die Stimme der Vernunft vernommen. Es schien mir der richtige Tag zu sein, um mich auf meine Familie zu besinnen und aus meinen Wurzeln Kraft zu ziehen für die Auseinandersetzung, die mich erwartete. Ich machte mir keinerlei Illusionen: Dass das Treffen mit Adam kein Kinderspiel würde, war klar, weil es für unsere Situation keine einfachen Lösungen gab. Mein Bruch mit Adam war plötzlich und gefühlsbestimmt gewesen. Jane hatte mich einige Monate später gefragt, ob ich glaubte, es sei uns gelungen, einen Schlussstrich unter unsere Beziehung zu ziehen. Ich begriff zunächst überhaupt nicht, wovon sie sprach, und konnte ihre Frage erst recht nicht bejahen. Wie konnte ich einen Schlussstrich ziehen, wenn ich durch die Zwillinge tagtäglich an das erinnert wurde, was einmal war? Jedes Mal, wenn ich die Kinder ansah, sah ich Adam. Aber wenn es keinen Schlussstrich geben konnte, stand ich vor dem ewig gleichen Problem, nämlich wie ich friedlich mit Adam leben sollte.

Nach dem Besuch bei Tanya brachte ich den Wagen zur Werkstatt und gab ihn dort für den TÜV ab. Ich setzte die Kinder in den Kinderwagen und ging zum Haus meiner Mutter. Die Bewegung half mir, meine Befürchtungen wegen des bevorstehenden Abends im Zaum zu halten. Besser noch: Das Geschaukel sorgte dafür, dass beide Kinder einschliefen, sodass ich, als wir bei meiner Mutter ankamen, in den seltenen Genuss kam, die Kinder im Flur parken und mich mit einer Tasse Tee und Zeitungen am Küchentisch niederlassen zu können. Solange ich denken kann, hatte meine Mutter nie das Bedürfnis, ihr Zuhause übermäßig präsentabel zu halten. Ihre Vorstellung von gelungener Inneneinrichtung ist schieres Chaos. Lebensmittel bleiben so lange in Schränken und im Kühlschrank liegen, bis sie sprechen gelernt haben und darum betteln können, von ihrem Elend erlöst zu werden. Bücher und Zeitschriften stapeln sich auf jeder freien Oberfläche. Wenn sie etwas sieht, was ihr gefällt, sei es ein Aufsatz über internationale Beziehungen, ein Comic oder ein Foto, packt sie es in einen Wechselrahmen und hängt es an die Wand. Ihr Haus gleicht einem riesigen Notizbuch.

«Hast du das schon gesehen?» Meine Mutter hielt mir die Klatschspalte des Guardian hin und deutete auf den kurzen Artikel, den sie mit einem Kreuz markiert hatte. Ich las:

> Nach Monaten energischen Widerstands hat der Konzern endlich dem Druck der Regierung nachgegeben und Robin Ballantyne, preisgekrönte ehemalige Fernsehredakteurin, zu seiner ersten Ethik-Beauftragten ernannt. Branchenkenner werten die Ernennung praktisch als Schuldeingeständnis des Konzerns. Doch Maeve Tandy, Leiterin der Abteilung Fernsehen, erklärte dem Guardian gestern Abend, die Ernennung sei «lediglich Ausdruck unserer Selbstverpflichtung, weiterhin erstklassige Sendungen nach den konzernüblich strengen moralischen Prinzipien zu produzieren. Es würde mich sehr wundern, wenn Robin Ballantyne feststellen müsste, dass wir unseren redaktionellen

> Prinzipien untreu geworden sind.» Robin Ballantyne hat im letzten Jahr sehr zurückgezogen gelebt und soll diese exponierte Stelle in einer persönlichen Krisensituation angenommen haben.

Mir sank das Herz. Ich war überrascht, dass Maeve derartig in die Offensive ging, aber wahrscheinlich wollte sie einfach nur die Reporter loswerden. Zwar wusste ich, dass der winzige Artikel lediglich Propaganda war, doch in meinen Ohren klang er so, als habe meiner Karriere das letzte Stündlein geschlagen.

«Was sein muss, muss sein», erklärte ich meiner Mutter, gab ihr den Artikel zurück und wandte mich den anderen Zeitungen zu, um zu sehen, was es Neues im Fall Carmichael gab.

Ich hatte bemerkt, dass der Strom der Trauernden, der an ihrem Haus vorbeifloss, fast völlig versiegt war. Weder die Zeitungen noch Finney hatten eine neue Fährte. Janes Vermutung, dass Richard Carmichael als Tatverdächtiger gehandelt wurde, hatte sich als falsch erwiesen. Die Frage, was aus ihren Wohltätigkeitsorganisationen werden würde, war sehr schnell von Paula Carmichaels Vertreterin, einer Frau namens Rachel Colby, beantwortet worden, als sie der Öffentlichkeit erklärte, man würde Paulas Werk nicht nur fortsetzen, sondern noch weiter ausbauen. Trauer über Paula Carmichaels Tod, sagte sie, habe bereits viele Menschen veranlasst, sich für Projekte, die Paula ins Leben gerufen hatte, zu engagieren. Die Berichterstattung hatte jedoch inzwischen neuen Auftrieb erfahren, da Paula Carmichael just an diesem Nachmittag beerdigt wurde.

«Warum hat mir das denn keiner gesagt?» Ich schaute bestürzt von meiner Zeitung auf.

«Wovon redest du?», fragte meine Mutter vom Herd aus,

wo sie gerade Tortellini kochte und eine Carbonara-Sauce aus dem Glas aufwärmte.

«Diese Frau hat mich von ihrem Fenster aus beobachtet, sie hat mich in ihrem Tagebuch erwähnt, und dann hab ich sie sterben sehen. Ich kann doch nicht einfach ihre Beerdigung verpassen», jammerte ich. «Warum hat Finney mir denn nichts davon erzählt?»

«Ist die Beerdigung nicht in Birmingham?», meinte meine Mutter. «Da kommt sie jedenfalls her.»

«Ja und? Birmingham ist auch nicht am Ende der Welt», murrte ich. «Ich hätte den Zug nehmen können.»

Ich wandte mich wieder dem Artikel zu. Über weite Strecken ging es darum, wer an der Beerdigung teilnehmen würde und wer nicht. Spekuliert wurde insbesondere über die Frage, ob der Premierminister der Beerdigung beiwohnen würde. Die Kommentatoren meinten, er könne politische Pluspunkte sammeln, wenn er hinginge. Wenige Zeilen später entdeckte ich, dass sich meine Mutter geirrt hatte. Die Beerdigung fand in London statt. Paula Carmichael war Katholikin gewesen, zumindest nominell, und ihre Beerdigung sollte in einer kleinen Kirche hier in Süd-London stattfinden.

«Ma?» Ich holte tief Luft. «Würdest du eventuell die Kinder für ein paar Stunden nehmen?»

II

FÜNFZEHN MINUTEN vor Beginn der Beerdigung erreichte ich die Kirche, vor deren Toren sich bereits Menschen stauten, die nicht mehr eingelassen werden konnten. Man war soeben dabei, vor der Kirche Lautsprecher aufzustellen, damit die Totenmesse übertragen werden konnte. Ich kramte meinen Presse-Ausweis hervor und überzeugte den Mann an der Tür davon, dass ich zum Fernsehteam gehörte.

«Is gut, Mädchen, aber mach hier bloß keinen Wirbel», flüsterte er mir zu, als er die schweren Türen aufdrückte. Drinnen spielte die Orgel ein Stück von Bach, das vom leisen Gemurmel der Gemeinde untermalt wurde. Sämtliche Bänke waren besetzt, einschließlich der Stühle und Bänke, die man eigens im Eingangsbereich aufgestellt hatte. Ich entdeckte eine kleine freie Lücke in einer der vorderen Reihen und steuerte durch das Seitenschiff darauf zu, froh, dass ich mir, bevor ich aus dem Haus geeilt war, noch die Zeit genommen hatte, eine schwarze Bluse und einen schwarzen Rock von meiner Mutter anzuziehen. Zum Glück hatten wir etwa die gleiche Kleidergröße, doch da meine Mutter etwas kleiner war, fehlte es dem Rock, wie ich voller Unbehagen feststellen musste, an der für eine Beerdigung angemessenen Länge.

In den Seitenkapellen brannten Hunderte von Kerzen. Erst als ich die Bank erreichte, bemerkte ich, dass die Lücke, die ich gesichtet hatte, schmaler war, als ich gedacht hatte, und dass ich ausgerechnet jene Reihe gewählt hatte, in der Finney in schwarzem Anzug und Krawatte saß. Ich zögerte, aber da schaute er auf, und als er mich erkannte, schossen seine Augenbrauen in die Höhe. Ich deutete fragend auf den schmalen Sitzplatz, worauf er und sein Nachbar ein paar Zentimeter aufrückten. Dennoch war es so eng, dass ich zwischen Armlehne und Finney regelrecht eingeklemmt war. Durch die Kleiderschichten, die uns trennten, konnte ich seine Wärme spüren. Mein Rock war nach oben gerutscht. Ich zog ihn runter, doch ohne nachhaltigen Erfolg.

Plötzlich spürte ich, wie Finney sich vorreckte, und ich schaute auf. Richard Carmichael war erschienen und ging mit seinen beiden Stiefsöhnen im Schlepptau den Mittelgang entlang. Alle drei trugen Schwarz, und auch der jüngste Sohn trug zu seinem schwarzen Pullover und seinen schwarzen Jeans einen dunklen Blazer. Richard Carmichael wirkte grimmig, mit schmalen Lippen und zusammengebissenen Zähnen. Er hielt den älteren Sohn, der nicht neben ihm, sondern einen Schritt hinter ihm ging, an der Hand. Carmichael nahm die gemurmelten Beileidswünsche, die seine Schritte den Gang hinunter begleiteten, nickend entgegen.

Das Gesicht des älteren Sohnes konnte ich nicht erkennen, doch dem jüngeren sah man deutlich an, dass er geweint hatte. Seine Augen waren rot, sein Gesicht geschwollen und seine Hände zu Fäusten geballt. Er trug eine ganze Reihe von Ohrpiercings, in denen sich das Licht, das durch die kleinen runden Kuppelfenster zu uns hinuntersickerte, widerspiegelte. Die Carmichaels wurden zu einer freien Bank im vorderen Teil der Kirche geleitet, wo bereits eine ältere Dame saß, die ich für Paula Carmichaels Mutter hielt. Ich erkannte den Premierminister, der die Kirche unauffällig durch eine Seitentür betreten hatte und dem nun die Sitzreihe unmittelbar hinter der Familie zugewiesen wurde.

Indem ich den Blick durch die Kirche schweifen ließ, entdeckte ich noch andere bekannte Gesichter und bemerkte, dass Finney seinen Platz mit Bedacht ausgesucht hatte, da man von unserer Reihe zwar nicht die Kanzel, die teilweise verdeckt war, wohl aber die Trauergemeinde gut im Blick hatte. Ich entdeckte Suzette und gleich darauf auch Adam, die beide auf der anderen Seite des Gangs in unterschiedlichen Reihen saßen. Dieses Mal war ich darauf vorbereitet, Adam zu sehen, und konnte seine Gegenwart gelassen hinnehmen. Unsere Schlacht würden wir später schlagen. Auch Dan Stein machte ich in der Menge im hinteren Teil der Kirche aus. Wir lächelten einander zu. Viele Reihen waren nicht etwa mit Politikern, Medienleuten oder gar Angehörigen besetzt, sondern mit den Carmichaelitern selbst. Es waren überwiegend Frauen, aber das war auch schon das Einzige, was sie miteinander gemein hatten. In jeder anderen Hinsicht – Nationalität, Alter, sozialer Status – schien mir die ganze Welt versammelt. Zwei Bänke waren entfernt worden, um Platz für Rollstuhlfahrer zu schaffen. Die Versammelten sahen ohne Ausnahme traurig und niedergeschlagen aus, als würden sie nie wieder lachen können.

Die Orgel verstummte, das anschließende Schweigen war erwartungsvoll. Paula Carmichaels Sarg, bedeckt mit Kränzen, stand links vom Altar auf Böcken und schien sehr weit weg zu sein. Ich dachte an ihren zerschellten Körper, an ihr triefnasses Haar, das ihren Kopf umrahmt hatte.

Pater Joe Riberra, ein junger Amerikaner mit Brille und Ziegenbärtchen, hielt die Predigt, als säße er mit Freunden am Abendbrottisch, ruhig und fast im Plauderton. Er sprach, als habe er Paula Carmichael gut gekannt, und stellenweise war seine Stimme so leise, dass ich ihn kaum hören konnte. Die Versammelten waren ganz still und mühten sich, jedes Wort zu verstehen.

Auf Paula Carmichaels Tod gäbe es, erklärte er, nur eine Antwort: Trauer; dennoch seien wir auch zusammengekommen, um das Leben einer Frau zu feiern, die eine gewaltige Erneuerungsbewegung ins Leben gerufen habe. Er ging dazu über, Paulas Lebensweg zu skizzieren. Sie stamme keineswegs aus privilegierten Verhältnissen, sagte er. Ihr Vater sei Gewerkschafter, ihre Mutter Lehrerin gewesen. Von ihnen habe sie gelernt, wie wichtig Prinzipien und soziales Engagement seien. Er habe Paulas Zuhause besucht, in ihren Regalen stünden lauter Biographien über Menschen, die die Welt zu ändern versucht hatten.

«Bescheidenheit war nicht gerade Paulas Stärke. Ich würde behaupten, sie hätte es gern gesehen, wenn ihre Biographie neben all denen der berühmten Persönlichkeiten auf ihrem Regal gestanden hätte, und vielleicht kommt es ja eines Tages noch dazu, wie sie es, meiner Meinung nach, verdient hätte. Doch gegen Ende ihres Lebens war sie keine glückliche Frau. Es hatte sich etwas verändert, und keiner von uns weiß, warum. Sie sagte mir einmal, sie wolle nicht, dass man sich ihrer erinnere. Nun, so ungern ich ihr – zumal im Tode – widerspreche, so muss ich doch feststellen, dass wir heute hier sind, weil sie etwas in unser aller Leben bewegt hat.

Ich möchte Ihnen von einem Streit erzählen, den ich mit Paula hatte. Es ging um die furchtbaren Dinge, die das Leben uns aufbürdet, um die Dinge, die uns das Leben zur Hölle machen und die wir einfach nicht begreifen können. Die Christen unter uns fragen sich dann, wie Gott so etwas nur zulassen kann. Krieg, Hunger, Krankheit und Siechtum. Gewaltsamer Tod, Selbstmord. Was, in Gottes Namen, ist der Sinn von all dem?

Meiner Ansicht nach ist das etwas, das wir nie verstehen, wogegen wir aber immer angehen werden. Doch das ändert nichts an der Allgegenwart Gottes. In jedem Augenblick, in jeder Situation, ist er bei uns und neben uns – auch inmitten all des Grauens. Paula war anderer Meinung, und viele unter Ihnen werden wissen, dass Paula Carmichael zum Fürchten sein konnte, wenn sie anderer Meinung war. Das sind die Momente und Lebenslagen, meinte sie, in denen uns klar wird, dass es keinen Gott gibt, und es ist in diesen Augenblicken größter Einsamkeit, dass Männer und Frauen Rettung suchen bei anderen Männern und Frauen. Manche finden jemanden, der ihnen zur Seite steht, andere nicht. Nun, ich werde Ihnen jetzt nicht vormachen, unsere Differenzen seien lediglich eine Frage der Semantik. Das sind sie nicht. Doch unsere Positionen waren auch nicht gänzlich unvereinbar.»

«Das Zweite, was ich Ihnen heute mit auf den Weg geben möchte», fuhr Pater Riberra fort, «ist die Carmichaelitische Aufforderung ‹Pack mit an!›. Wenn irgendjemand Paula gefragt hätte, welche Inschrift sie sich für ihren Grabstein wünscht, hätte sie wohl diesen Satz gewählt. Hören wir auf zu jammern, hören wir auf, andere verantwortlich zu machen. Krempeln wir die Ärmel hoch und tun etwas, dort, wo es nötig ist. Im Namen Gottes, würde ich sagen. Im Namen der Menschlichkeit, hätte sie gesagt. Wenden wir uns nicht ab, packen wir's an.»

Der Priester ließ seinen Kopf sinken, als sei die Predigt zu einem plötzlichen Ende gekommen. In der Kirche herrschte absolute Stille.

Plötzlich kam von rechts Geraschel, und ich schaute mich um. Adam war aufgestanden und drängte sich an den Trauernden vorbei zum Mittelgang, offensichtlich ohne sich darum zu scheren, dass er einiges Aufsehen erregte. Er schaute auf, nackte Panik im Gesicht, unsere Blicke trafen sich, und er hielt inne, als wolle er mir etwas sagen. Dann schüttelte er verwirrt den Kopf und wandte sich ab. Die gesamte Trauergemeinde schaute seinem stolpernden Abgang zu. Nur der Priester hielt den Kopf gesenkt.

Finney, der Adam ebenfalls beobachtet hatte, war der kurze Blickwechsel zwischen Adam und mir nicht entgangen. Er wandte sich mir zu, die Augenbrauen abermals hochgezogen, dieses Mal fragend.

Wortlos schüttelte ich den Kopf. Das Einzige, was ich in Adams Augen gesehen hatte, war Pein.

«Kennen Sie den Mann, der die Kirche so abrupt verlassen hat?» Finney war mir nach der Trauerfeier nach draußen gefolgt. Der Himmel hatte sich verdunkelt und sandte die ersten schweren Regentropfen herab. Einige Trauergäste waren bereits davongeeilt, die meisten standen jedoch wie angewurzelt vor der Kirche, als sei die Beerdigung noch nicht vorüber, als gäbe es da noch etwas, worauf zu warten sich lohne.

«Ich habe mit ihm zusammengearbeitet.»

«Im Konzern», konstatierte er und fügte hinzu: «Ich kenne ihn vom Fernsehen.»

Ich nickte.

«Warum ist er zur Beerdigung gekommen?»

«Ich glaube, er hat auch einmal mit Paula Carmichael zusammengearbeitet.»

Finney warf einen Blick über meine Schulter und schien jemanden in der Menge zu fixieren. Dann schaute er mich wieder an.

«Ist er der gemeinsame Freund, der vielleicht die Verbindung zu Paulas Tagebüchern darstellt?»

Hm, dachte ich, er benutzt ihren Vornamen, als hätten sie sich angefreundet, als habe sie ihm aus dem Jenseits zugelächelt und gesagt: ‹Kenn ich, war bei mir genauso.›

«Möglicherweise. Ich werde ihn fragen.»

«Machen Sie sich keine Umstände», knurrte Finney, «ich sprech selbst mit ihm.»

«Nein.» Der Gedanke, dass Adam und Finney sich ausführlich miteinander unterhalten könnten, behagte mir aus irgendeinem Grund nicht sonderlich. «Ich treffe ihn heute Abend, es ist schon alles geplant.»

Er nickte, sein Blick abgelenkt durch Richard Carmichaels Erscheinen und das Vorwärtsbranden der Medien. Ich hatte keine Ahnung, ob Finney mich wirklich gehört hatte. Er wandte sich ab und bellte einem seiner Beamten zu, er solle einen etwas breiteren Pfad für die Trauergäste schaffen. Die Menschenmenge und die Übertragungswagen der Fernsehsender hatten den Verkehr so gut wie lahm gelegt. Jetzt hörte man ein Hupkonzert. Kommissarin Mann tauchte unvermittelt an Finneys Seite auf und begrüßte mich mit einem kurzen Nicken.

«Ich seh Sie morgen», meinte Finney zu mir. «Wir müssen diese Frage klären.» Er ging davon.

Ich wurde von der Menge hin und her gedrängt, bis ich eine Hand an meinem Ellbogen spürte und mich umwandte. Ursprünglich hatte ich gedacht, Suzette habe die Beerdigung nur aus Pflichtgefühl besucht – man konnte nicht behaupten, sie sei voll des Lobes für Paula Carmichael gewesen –, doch als ich sie nun vor mir sah, kam sie mir sehr mitgenommen vor. Sie trug ein dunkelgraues Kleid, dazu eine graue Kappe mit einer schwarzen Feder auf ihrem zusammengerafften blonden Haar. Wir umarmten und küssten uns auf die Wange, was aufgrund der Umstände etwas herzlicher ausfiel, als dies normalerweise der Fall gewesen wäre. Unser Hin und Her über die Gehaltsfrage lag mir immer noch auf der Seele, doch wir waren Freunde, und so folgten wir Seite an Seite der Menge.

«Hast du 'ne Ahnung, was das sollte?», fragte ich sie.

«Du meinst Adam?» Sie verzog das Gesicht. «Ich glaub, ihm ging's nicht gut.»

«Meinst du?» Meine Rückfrage klang zweifelnd, obwohl es natürlich die einzig einleuchtende Erklärung war. Es hatte nur ganz anders auf mich gewirkt.

«Ich habe vor der Beerdigung mit ihm gesprochen, und er meinte, er hätte Kopfschmerzen.»

Dann hatte ich den Schmerz in seinen Augen missverstanden. Adam war bekannt dafür, dass er gelegentlich an heftigen Migräneanfällen litt, die ihn extrem geräusch- und lichtempfindlich werden ließen und Übelkeit verursachten. Wenn ihn diese Anfälle überkamen, musste er sofort Medikamente einnehmen; da sie jedoch so selten auftraten, hatte er seine Tabletten häufig nicht dabei.

Wir hielten inne, als wir Richard Carmichael erblickten, der Hand in Hand mit seinem Älteren und dem etwas abseits stehenden Jüngeren bei den Journalisten stand und mit ihnen sprach.

«Man möchte meinen, dass dies jetzt wirklich nicht der richtige Zeitpunkt für ein Interview ist», murmelte Suzette.

«Er glaubt offenbar, er könne die Medien vor seinen Karren spannen», sagte ich, «dabei würden sie ihn auch bedenkenlos in der Luft zerreißen, wenn ihnen danach ist.»

«Er versucht immer noch, den Reportern die Story von dem mysteriösen Besucher schmackhaft zu machen, der gesehen worden sein soll, kurz bevor Paula Carmichael starb», meinte Suzette nachdenklich. «Und dabei hat er dafür nur die Aussage des Sohnes.»

«Und du kaufst ihm das nicht ab?», fragte ich. Wir senkten unsere Stimmen, da wir von Angehörigen und Freunden der Familie umgeben waren.

«Carmichael braucht das Geld», sagte sie leise. «Das heißt, dass Paula einerseits keinen Selbstmord begangen haben darf, andererseits möchte er natürlich auch nicht als Mörder gehandelt werden. Ein ziemlicher Drahtseilakt, finde ich.» Sie hielt inne und seufzte. «War der Typ, mit dem du geredet hast, von der Polizei?»

Ich nickte. «Das war Oberkommissar Finney.»

«Hält er Paulas Tod für Selbstmord?»

«Ich glaube, er hat keine Ahnung, was er davon halten soll.»

Suzette brachte ein schmales Lächeln zustande.

«Na, da ist er nicht der Einzige», sagte sie.

Nach der Beerdigung machte ich mich sogleich auf den Weg zu meiner Mutter, um die Kinder abzuholen.

Sie wartete bereits auf mich – in Hut und Mantel und mit umgehängter Handtasche – und war sichtlich verärgert.

«Ich sollte längst dort sein.»

«Ich dachte, du wolltest erst um Viertel nach vier los», sagte ich mit sinkendem Mut, während ich die Arme nach den Zwillingen ausstreckte.

«Ich habe gesagt, dass ich um Viertel nach vier dort sein muss, da bin ich mir sicher.»

Ich setzte Hannah und William in den Kinderwagen und entschuldigte mich mehrfach. Dann ging ich zu der Werkstatt, bei der ich mein Auto gelassen hatte, und musste dort einen Scheck über dreihundert Pfund für die geleistete Arbeit ausstellen, was meine Stimmung nicht gerade hob. Ich lud die Kinder um, fuhr nach Hause und wünschte mir, ich hätte einem Treffen mit Adam nie zugestimmt.

12

UM VIERTEL NACH FÜNF kamen wir zu Hause an, und ich machte mich sogleich daran, den Kindern ihr Abendessen zuzubereiten. Als sie vor ihrem Essen saßen, betrachtete ich mich im Spiegel. Die schwarze Jacke hatte ich bereits über eine Stuhllehne geworfen. Den kurzen schwarzen Rock musste ich ebenfalls ausziehen, sonst würde ich wie die Parodie einer französischen Kellnerin aussehen. Mein Haar könnte eine Wäsche vertragen. Ich wühlte ein Paar Jeans und ein gestreiftes T-Shirt aus dem Korb mit der sauberen Wäsche hervor und bügelte sie. Ich ließ die Jalousien herunter und zog mich bis auf die Unterwäsche aus. Dann wusch ich mir im Spülbecken die Haare. Die Kinder beobachteten mich fasziniert, stopften sich derweil ihr Essen in den Mund. Wunderbar. Ich sollte die Show zu jeder Mahlzeit abziehen. Ich kämmte mein Haar durch, damit es an der Luft schneller trocknete, und zog die sauberen Sachen an. Um sechs Uhr betrachtete ich abermals mein Spiegelbild. Ein wenig Lippenstift und Wimperntusche könnten mir nicht schaden, aber das Treffen mit Adam war kein Date. Ich möchte, dass er sieht, dass ich stark bin und mich nicht habe unterkriegen lassen, dass ich ihn nicht brauche, dass wir ihn nicht brauchen, dass wir alle satt und anständig gekleidet und zufrieden und sauber sind. Ich räumte das Abendbrotgeschirr ab, säuberte Hände und Gesichter der Kinder mit einem Waschlappen, machte ihnen frische Windeln, zog Hannah niedlichere Sachen an, zog William niedlichere Sachen an.

Ich schaute mich in unserem Häuschen um und betrachtete es zum ersten Mal mit Adams Augen. Er wird es schäbig finden, was es auch war. Ihn wird überraschen, dass ich die verrückten Farbkombinationen so lange toleriert habe, aber so war es nun mal. Das Einzige, was ich gemacht hatte, war, die Räume hier und da fröhlicher zu gestalten: Ich hatte Bilder aus Zeitschriften ausgeschnitten und damit Mobiles gebastelt, ich hatte zahllose Fotos gerahmt und aufgehängt, Spiegel und Lampenschirme bemalt, etliche Vasen gefüllt mit meiner Sammlung von Pfauenfedern aus Kindertagen. Diese Tätigkeiten hatten einsame Abende gefüllt, wenn die Kinder schliefen. Ich hatte zwar kein Geld außer für Nahrung und Kleidung, aber ich wollte den Kindern das Gefühl geben, dass ihr Zuhause ein warmer, glücklicher Ort war. In Adams Augen müssten meine Bemühungen jedoch laienhaft wirken. Ich könnte meine lächerlichen Bastelversuche wegräumen, aber das werde ich nicht tun. Wenigstens war es bei uns sauber und ordentlich. Adam hatte zwar immer behauptet, Ordnung interessiere ihn nicht sonderlich, aber wenn er ständig mit der Unordnung der Kinder leben müsste, würde er seine Meinung schnell ändern. Ich zog die Wäsche aus dem Trockner. Ich würde sie noch zusammenlegen und nach oben bringen, bevor er kam.

Um sechs Uhr fünfundzwanzig klingelte das Telefon. Das war wahrscheinlich Adam, dachte ich, und mein Herz hämmerte. Adam, der mir sagen wollte, er sei aufgehalten worden. Es war Terry.

«Du hast die Stelle angenommen, das ist wirklich großartig.» Er hörte mein Schweigen und versuchte, mich mit seiner Freude anzustecken. «Ich weiß, dass es nicht das ist, was du dir gewünscht hast, aber hier verliert alle naselang jemand seinen Job. Und du bist befördert worden, mein Gott!»

Ich seufzte, mein Herz raste noch immer. Ich sah auf die Uhr. Sechs Uhr dreißig. Draußen fuhr ein Wagen vor.

«Tut mir Leid, Terry, es geht gerade nicht.»

«Ich finde nur, wir sollten uns ein wenig unterhalten, bevor du anfängst, und du fängst morgen an.»

«Ja. Richtig. Gut, lass uns reden, aber bitte nicht jetzt», bat ich ihn. «Ich bin gerade beschäftigt. Ich erkläre es dir später. Ehrlich. Ich ruf dich zurück.»

Es passte ihm natürlich nicht, aber er hängte auf.

Ich eilte ins Wohnzimmer und schaute aus dem Fenster, doch wenn dort gerade ein Wagen vorgefahren war, dann war er schon wieder fort. Vor dem Haus gab es keinen freien Parkplatz. Um diese Tageszeit ist die Straße immer gesäumt mit den Autos der heimkehrenden Pendler, und direkt vor dem Haus stand ein grüner Toyota so ungeschickt, dass er zwei Parkplätze einnahm.

Gegen sechs Uhr vierzig war ich völlig entnervt. Bei jedem vorbeifahrenden Wagen stellten sich mir die Nackenhaare auf wie bei einem Hund. Als um sechs Uhr fünfundvierzig ein freundlicher Mann bei uns klopfte und um eine Spende für irgendeinen Wohltätigkeitsverein bat, sprang ich ihm fast an die Gurgel. Um sechs Uhr fünfzig versuchte ich, Adam anzurufen. Vielleicht hatte er unsere Verabredung vergessen. Aber ich erreichte lediglich seinen Anrufbeantworter und beschloss, dass dies ein gutes Zeichen war und er auf dem Weg sein musste.

Kurz nach sieben Uhr klopfte es wieder an der Tür, und ich öffnete, bereit, dem Mann, der davor stand, ins Gesicht zu schlagen. Es war Dan Stein. Seine Miene verfinsterte sich.

«Ich komme wohl im falschen Moment», sagte er mit Blick auf meinen Gesichtsausdruck.

«Nein, nein.» Ich versuchte ein Lächeln, aber es wollte mir nicht so recht gelingen, und mir wurde klar, dass ich ihm eine Erklärung schuldete. «Ich hab nur gerade eine schlechte Nachricht bekommen, eine Familienangelegenheit, aber ansonsten ist alles okay.»

«Ach so», sagte er und wusste nicht, was er sonst sagen sollte. Er schien ein wenig peinlich berührt von der Situation, schließlich kannten wir uns nicht sonderlich gut, und außerdem benahm ich mich nicht gerade gastfreundlich. Ich hatte ihn nicht aufgefordert hereinzukommen, und ich würde es auch nicht tun. Nicht heute.

«Könnten wir uns für Samstag verabreden?», bot ich an und schaffte es, mir so etwas wie ein Lächeln abzuringen. «Es tut mir Leid, aber Samstag werde ich in besserer Form sein, versprochen.»

«Sie sind doch schon jetzt formvollendet», sagte er und grinste als Zeichen, dass seine Bemerkung nett und als Trost gemeint war.

Mir gelang es, sein Lächeln zu erwidern.

«Warum kommen Sie nicht gegen acht rüber», sagte ich, «und dann können wir zum George's Pub gehen.»

«Oder etwas essen», schlug er vor. «Wenn ich mich schon so lange gedulden muss, dann können wir's uns auch schön machen.»

«Gut, solange wir nicht zum Inder gehen», willigte ich rasch ein, um ihn so schnell wie möglich loszuwerden.

«Sind Sie sicher, dass bei Ihnen alles in Ordnung ist?», fragte er sanft.

Ich nickte, die Zähne zusammengepresst. Er hob die Hand, und für eine Sekunde dachte ich, er wollte mein Gesicht berühren. Ich wich zurück und sah, wie seine Hand in die Jackentasche griff, um einen Stift hervorzuholen und mir seine Telefonnummer aufzuschreiben. Wir verabredeten uns für Samstag, und dann schloss ich die Tür hinter ihm. Heute Abend war nicht der richtige Zeitpunkt, um einen Verehrer zu bewirten. Er war jedoch hartnäckig, und das gefiel mir. Er hatte die Zwillinge live erlebt und war immer noch hartnäckig. Das gefiel mir ganz besonders. Seine Augen verrieten Mitgefühl, aber er wirkte so jung und attraktiv, insbesondere heute Abend, in seiner legeren Hose und Lederjacke. Ich war doch zu alt für ihn, zu alt und zu gebeutelt.

Ich badete die Kinder, zog ihnen Schlafanzüge an. Um sieben Uhr dreißig rief ich Adam auf seinem Handy an, aber es klingelte und klingelte, ohne dass abgehoben wurde. Um acht gab ich ihn auf. Ich meine, ich gab ihn richtig auf, für immer. Er hatte eine einzige mickrige Verabredung nicht einhalten können. Er hatte sich von irgendeiner Banalität abhalten, von Nebensächlichkeiten ablenken lassen, das Kennenlernen seiner eigenen Kinder für weniger wichtig befunden als sonst irgendetwas. Er hatte sie praktisch im Stich gelassen. Ich riss mich zusammen, bis die Kinder schliefen, und dann tigerte ich wütend und fluchend durch das Haus, verdammte mich, weil ich nachgegeben hatte, hasste mich, weil ich seinen Besuch gewünscht hatte, verachtete mich dafür, dass ich je an ihn geglaubt hatte.

Gegen zehn Uhr hatte ich mich wieder gefangen. Durch die Verletzung hindurch spürte ich sogar eine gewisse Erleichterung. Ich würde mich nicht mit Adam auseinandersetzen müssen. Wir würden keine endlosen Diskussionen über seine Rolle in unserem Leben führen müssen, die Kinder würden wieder ganz mir gehören. Ich war ihm gegenüber zu nichts verpflichtet. Zum ersten Mal seit unserer Trennung kniete ich vor dem Schrank, in dem ich meine Papiere aufbewahrte, und zog eine Kiste mit Fotos hervor, die ich bislang wie die Pest gemieden hatte. Ich starrte auf das Bild, das zu oberst lag. Adam und ich, Arm in Arm, im Urlaub in Marokko, braun gebrannt, fröhliches Grinsen auf unseren Gesichtern. Ich legte die Fotos auf den Boden, ging in die Küche, um mir einen Whiskey einzugießen, kehrte dann mit der Whiskeyflasche zurück und ließ mich im Schneidersitz nieder, um den Stapel Fotos aus unserer gemeinsamen Zeit in Angriff zu nehmen. Es war ein großartiger Abschied. Lachend, Händchen haltend, Arm in Arm, sogar einmal ein Kuss, seine Hände an meinem Gesicht, mich zu sich ziehend. Ich schloss die Augen, lehnte mich gegen das Sofa und ließ die Bilder unseres Zusammenseins vor meinem inneren Auge ablaufen wie einen Film.

Damals arbeitete ich für den Bereich Finanznachrichten und Dokumentarfilm und bekam Wind von einem Skandal, noch ehe das Land einen Skandal überhaupt nur witterte. Ich hatte gehört, dass Paper Money, eine junge, aber außerordentlich erfolgreiche Investmentfirma, seine enormen Verluste nur dank einer gewissen Kreativität in der Buchführung vor der Öffentlichkeit kaschieren konnte. Man hörte nicht mehr als ein Flüstern, und die kleinen Anleger konnten nicht widerstehen, weiterhin ihr Geld in ein Fass ohne Boden zu stecken. Sechs Monate lang recherchierte, sondierte und infiltrierte ich, um mir Einblick in die Bücher der Firma zu verschaffen. Ich knüpfte Kontakte, pflegte Kontakte, hegte Kontakte. Ich flirtete sogar, was ich nur im Notfall tue.

Um diese Zeit lernte ich Adam kennen. Er machte mir Mut, selbst als Paper Money von meinem eigentlichen Interesse Wind bekam und mich durch Androhung einer Klage einzuschüchtern versuchte. Schließlich gelang mir der Durchbruch mit Hilfe einer undichten Stelle im Büro für schwere Betrugssachen. Es war am Ende Adam, der den vierzig Minuten langen Dokumentarfilm moderierte, einen Film, der Paper Money zu Fall brachte und mir einen begehrten Preis eintrug. Es war nicht die Auszeichnung, die mich in Hochstimmung versetzte, sondern vielmehr die Gewissheit, dass ich im Alleingang Paper Money in die Knie gezwungen hatte. Ich war berauscht von meiner Macht und gierte nach der nächsten Herausforderung. Ich habe nie erfahren, was das für eine Herausforderung gewesen wäre. Denn anstatt sie zu suchen, verliebte ich mich in Adam und entdeckte wenige Monate später, dass ich schwanger war und Zwillinge erwartete, worauf er unsere Beziehung beendete.

Adam war nicht nur mein Liebhaber, sondern auch mein bester Freund, doch so oder so, unser Beruf war immer präsent. Wir definierten uns beide über unsere Arbeit. Wir unterhielten uns stundenlang über die Arbeit, wir lachten über die Arbeit, und selbst unser Liebesleben folgte dem Takt unserer Arbeit. Als ich begann, mich zu verändern, als die doppelte Portion Leben in meinem Bauch meinem Kopf und meinem Herzen eine neue Richtung gab, blieb Adam zurück. Und als er merkte, dass er an dem Ort, an dem er stand, allein war, schaute er sich nach einer neuen Gefährtin um.

Ich kannte keine Einzelheiten, nicht das Wer oder das Wann und Wie oft, doch ich wusste, dass es eine andere gab. Schon in der Woche vor seinem «Ich liebe dich nicht» hatte ich etwas geahnt. Als ich ihn zur Rede stellte, stritt er es nicht ab. Für mich war es das Entscheidende. Wenn da niemand anderes gewesen wäre, wenn Adam lediglich Angst davor gehabt hätte, wie das Vatersein sein Leben verändern würde, hätte ich ihn ungeachtet seiner Bedenken mit ins Familienleben hineingezogen. Doch als ich realisierte, dass er bereits eine Neue hatte, da wusste ich, dass er sich entschieden hatte, und zwar nicht für mich und unsere Kinder.

«Auf einen Schlussstrich», murmelte ich und hob mein Glas zu einem Abschiedstoast. Ich nippte am Whiskey. Zeit, ins Bett zu gehen.

Doch Greensleeves zerriss die Stille. Ich rappelte mich auf

und fand Oberkommissar Finney und Kommissarin Mann vor meiner Tür.

«Miss Ballantyne», sagte Finney, «besitzen Sie einen roten BMW?»

«Ja, wieso ...?»

«Könnten Sie mir bitte das Kennzeichen sagen?»

Ich verriet es ihm, worauf Finney nickte und trauriger aussah als je zuvor. Was mich verwirrte.

«Wir müssen mit Ihnen reden», sagte er, und ich gab verblüfft den Eingang frei.

Wir gingen ins Wohnzimmer. Ich hatte eine neue Fensterscheibe, doch an diesem Abend des Zorns hatte ich mir noch keine Zeit genommen, die Vorhänge zuzuziehen. Gegenüber konnte man das Carmichael-Haus sehen, in voller Erleuchtung. Finney ließ seinen Blick durch das Wohnzimmer schweifen. Ich sah, wie er das Whiskeyglas mit Laphroaig bemerkte und den auf dem Boden verstreuten Stapel Fotos, den ich versehentlich mit dem Fuß umgeworfen hatte, als ich zur Haustür eilte.

«Ich brauche Ihren Autoschlüssel, Robin», sagte Kommissarin Mann.

Ich starrte sie an. Ging mechanisch zu meiner Handtasche. Ich suchte nach meinen Schlüsseln, zuerst ganz ruhig, schließlich kippte ich den ganzen Inhalt auf den Tisch. Mein Schlüsselbund polterte auf den Boden, ich ergriff ihn und sah, dass der Autoschlüssel nicht wie sonst daran hing.

«Das versteh ich nicht ...» Mein Kopf war leer. Endlich dämmerte mir, was passiert sein musste. «Der Wagen war heute Nachmittag zur Inspektion», erklärte ich, «und dafür habe ich dem Kfz-Mechaniker den Schlüssel gegeben und ihn offensichtlich nicht wieder zurück an meinen Schlüsselbund gehängt, als ich den Wagen abgeholt habe ... Ich hatte die Hände voll ...»

«Und wo ist er jetzt?» Kommissarin Mann war an der Beschreibung meiner Alltagsproblemchen offenbar wenig interessiert.

«Wenn er nicht hier ist …» Angesichts des Inhalts aus meiner Tasche schüttelte ich den Kopf. «Manchmal lasse ich ihn im Zündschloss stecken, wenn ich die Hände voll habe. Normalerweise fällt es mir auf, wenn ich vor der Haustür stehe, und dann muss ich wieder zurück, aber heute Abend hatte ich meine Haustürschlüssel dabei, also kann es sein, dass ich nicht gemerkt habe, dass … Ist mein Wagen gestohlen worden?»

«Wo waren Sie heute Abend, Robin?», fragte Mann. Sie und ich hatten uns in der Nacht, in der Paula Carmichael starb, ein wenig angefreundet. Heute Abend trug sie eine eng anliegende braune Hose und einen orangefarbenen Pullover, der ihre im Fitness-Studio gestählte Figur gut zur Geltung brachte, doch bei aller Verbindlichkeit spürte ich ihre eiskalte Professionalität. Die Erde unter unseren Füßen hatte sich verschoben, und ich strauchelte.

«Ich war hier», antwortete ich. «Den ganzen Abend. Hannah und William schlafen oben.»

Kommissarin Mann warf Oberkommissar Finney einen Blick zu, worauf er ihr kurz zunickte. Sie drehte sich um, verließ den Raum, und ich starrte Finney an, während ich hörte, wie sie leichtfüßig die Treppe hinauflief, vor dem Kinderzimmer innehielt, die Tür öffnete und hineinging.

«Was, verdammt noch mal, geht hier vor?», verlangte ich zu wissen, indem ich mich an Finney wandte. Unsere Blicke trafen sich, und ich sah ihm an, dass etwas Furchtbares geschehen sein musste. Geschockt und schweigend wartete ich, bis Mann wieder auftauchte. Sie nickte Finney zu, sichtlich erleichtert. Er schien beruhigt.

«Was sollte das?», fragte ich abermals, doch sie ignorierte

meine Frage und bedeutete mir, mich hinzusetzen. Ich blieb stehen, während sie sich halb auf die Armlehne des Sofas setzte und ihre Befragung wieder aufnahm.

«Und Sie waren wirklich nicht draußen, auch nicht kurz?», fragte sie hartnäckig und mit einem kurzen Seitenblick auf Finney. «Nicht mal eben zum Eckladen oder so?»

«Ich sagte doch bereits», meine Stimme hob sich. «Ich war die ganze Zeit hier, bei den Kindern. Sie schlafen seit acht Uhr. Ich hätte nicht rausgehen können, selbst wenn ich gewollt hätte.»

«Und was haben Sie den ganzen Abend gemacht?», fragte sie im Plauderton.

«Nichts», erwiderte ich.

Mir war sofort klar, dass «Nichts» ihnen nicht genügte. Ich hatte gewartet, hätte ich sagen sollen, ich hatte auf Adam gewartet. Es wäre besser gewesen, wenn ich das sofort gesagt hätte, doch es ging sie nichts an, und so klammerte ich mich an die irrige Vorstellung, dass sie mich in Ruhe lassen würden, wenn ich starrköpfig bliebe.

«Haben Sie ferngesehen, Robin?», drängte Mann.

Finney ging vor mir in die Hocke und hob den Stapel Fotos auf. Er schaute zu mir herauf.

«Darf ich?», fragte er sanft.

«Hab ich eine Wahl?», fauchte ich ihn an.

Er richtete sich auf und ging zur Lampe, drehte mir den Rücken zu.

«Nein», sagte ich, den Blick auf Finney geheftet. Wenn ich lüge, würden sie es herausfinden, so viel stand fest. «Ich habe nicht ferngesehen.»

Er nahm das erste Foto vom Stapel, steckte es nach unten, arbeitete sich durch den Stapel, hielt gelegentlich inne, den Kopf gebeugt.

«Haben Sie zu Abend gegessen, Robin? Sie müssen doch

etwas gegessen haben.» Mann verlor allmählich die Geduld. «Sie können doch nicht einfach den ganzen Abend hier gesessen und nichts getan haben.»

Ich zuckte hilflos mit den Achseln. Ich fühlte mich beengt um die Brust, und was zuvor ein vages Unbehagen gewesen war, verwandelte sich in regelrechte Panik.

«Was ist los?»

Finney seufzte, reichte Mann den Fotostapel.

«Wo haben Sie Ihren Wagen geparkt?», fragte er müde.

«Hier in der Straße, aber weiter oben», antwortete ich. «Ich konnte keinen Parkplatz finden.»

«Wann sind Sie zuletzt mit dem Wagen gefahren?»

«Wie gesagt: heute Nachmittag. Hören Sie», sagte ich so ruhig wie möglich, «ich werde jetzt keine einzige Frage mehr beantworten, bis Sie mir sagen, was hier läuft.»

Finney sah mich abweisend an, und das machte mir mehr Angst als alles andere. Es war keine vierundzwanzig Stunden her, seit wir praktisch miteinander angebändelt hatten. Bei unserem letzten Gespräch meinte er noch, er würde sich in die Schlange der Verehrer einreihen. Was war bloß passiert?

«Es geht um einen Unfall», sagte er mit leiser, gnadenloser Stimme und Falkenblick. Aber das war doch vor Tagen, will ich einwenden. Paula Carmichael ist vor Tagen vom Balkon gefallen? Doch seine Stimme führte mich bereits weiter, seine Worte schlugen ein wie eine Abbruchkugel, die mein Leben zertrümmerte.

«Adam Wills ist hier in der Nähe von einem Wagen, der mit überhöhter Geschwindigkeit fuhr, überfahren worden», sagte er. «Der Wagen war ein roter BMW, Baujahr 1990, der auf Sie zugelassen ist.»

Ich starrte ihn an, und mir war gleichgültig, was er in meinen Augen sah. Dann gaben meine Knie nach, und ich sank aufs Sofa. Mein Magen schien sich zu verknoten.

«Was soll ich denn davon halten?» Er verteidigte sich, als hätte ich ihn beschuldigt. «Ihnen gehört der Wagen, mit dem ein Mann getötet wurde. Ich habe seine Leiche gesehen. Der Tote ist der Mann, den Sie, wie Sie mir gestern sagten, heute Abend treffen wollten, und überhaupt, was soll ich verdammt noch mal von diesem Scheiß hier halten?» Er schnappte sich die Fotos von Kommissarin Mann und hielt sie mir unter die Nase. Einige fielen dabei auf den Boden.

Kommissarin Mann war perplex. «Sir?», bemerkte sie unsicher, aber um mich aufzurütteln, war mehr nötig als ein fluchender Oberkommissar.

Übelkeit überkam mich. Eine Eiseskälte hatte mich an den Schultern gepackt und schüttelte mich. Mein Magen war ein brennender Knoten, der die Hitze aus meinem Körper saugte. Was ich an Kraft aufbringen konnte, benutzte ich, um unentwegt den Kopf zu schütteln. Kommissarin Mann kam zu mir herüber und kniete sich besorgt neben mich. Sie legte mir ihre Hand auf den Arm.

«Die Kinder sind von ihm», sagte ich. «Sie können doch unmöglich glauben, dass ich den Vater meiner Kinder ermordet habe.»

«Wie bitte?» Finney hatte nicht verstanden.

Mann blieb neben mir hocken, die Hand fest auf meinem Arm, und drehte ihm den Kopf zu.

«Sie sagt, die Kinder sind von ihm.»

Es überraschte ihn nicht, nicht nachdem er die Fotos gesehen hatte. Er nickte grimmig. «Sieh mal einer an, ein Tatmotiv», knurrte er in seiner sarkastischen Art.

Ich sah zu ihm auf, und wieder verhakten sich unsere Blicke. Die Enttäuschung, die ich in seinen Augen las, war größer, als ich begreifen konnte. Dort stand ein Mann, der mir Selbstzweifel aufgab, der mich schwach machte.

«Ich will meinen Anwalt», sagte ich.

Als meine Anwältin kam, war ihre Haut noch bettweich, ihr Haar fiel ihr offen auf die Schulter, ihre Augen waren geweitet vor Sorge und Liebe. Sie, meine Mutter, schlang ihre Arme um mich, gleich dort auf dem Sofa, wo ich noch saß, doch ich war wie abgestorben. Das Blut wurde meinen Gliedmaßen entzogen, um Vitalfunktionen aufrechtzuerhalten. Mir war kalt, ich zitterte. Wie aus großer Entfernung sah ich, wie sich Bestürzung auf dem Gesicht meiner Mutter ausbreitete, als Finney mit ihr redete. Sie schien mit ihm zu verhandeln, doch er schüttelte den Kopf und gab leise Auskunft. Sie wandten sich beide mir zu, worauf ich Worte hörte, die mir zu verstehen gaben, dass das Haus durchsucht werden sollte. Ma erklärte mir, sie habe die Hausdurchsuchung in meinem Namen genehmigt und Oberkommissar Finney gesagt, er brauche keinen Durchsuchungsbefehl. Ihr Blick suchte den meinen, und ich begriff, dass sie nach meiner Zustimmung fragte, dass sie wissen wollte, ob sie richtig handelte, indem sie uneingeschränkte Kooperation anbot. Doch ich war nicht in der Lage, mich an irgendwelchen Verhandlungen zu beteiligen. Ich zwang mich auf die Füße und in den Flur, erklomm die Treppe, ihre Blicke im Rücken. Ich öffnete die Tür zu dem Zimmer, in dem sich Kommissarin Mann, wie ich jetzt wusste, vergewissert hatte, dass ich meine schlafenden Kinder nicht ermordet hatte. In dem Raum war kein Platz für einen Stuhl, und so setzte ich mich im Schneidersitz zu Füßen ihrer Bettchen und wartete darauf, dass die Männer kommen und unser Zuhause um uns herum auseinander nehmen würden.

13

DIE DURCHSUCHUNG meines Hauses am Abend zuvor förderte nichts Verdächtigeres zutage als Staub und Wollmäuse, die sich besonders hinterm Sofa und unterm Kühlschrank angesammelt hatten. Die Polizei hatte das Haus zwar nicht gänzlich verwüstet, doch ordentlich durcheinander gebracht. Das Besteck entdeckte ich ausgekippt in der Küchenspüle, meine Kleidung hing teilweise nicht mehr auf Bügeln, und meine Papiere waren so lange sortiert und umsortiert worden, bis sie völlig in Unordnung waren. Auf meinen Pfauenfedern war jemand herumgetrampelt, und einer der von mir angemalten Spiegel war übersät mit fettigen Fingerabdrücken. Ich entsorgte die Federn und den Spiegel und warf die Mobiles gleich hinterher. Mir kamen die Sachen jetzt nur noch schäbig vor.

Das Einzige, was sie mitnahmen, waren die Fotos von Adam und mir sowie einige Briefe und Dokumente, die Adam gehörten und versehentlich zwischen meine Papiere geraten und dort geblieben waren, weil ich nichts von ihrer Existenz wusste. Ich unterschrieb eine Quittung für die Sachen und dachte mir nichts weiter dabei. Sie konnten nicht belastend sein, weil es nichts gab, was man mir hätte anlasten können. Ich hatte keine Eile, sie zurückzubekommen.

Im Grunde hatte ich fast damit gerechnet, wegen Mordverdachts verhaftet zu werden, aber nachdem Finney erneut mit meiner Mutter gesprochen hatte, durfte ich in meinem Haus bleiben. Als ich schließlich die Vorhänge zuzog, sah ich eine Streife vor dem Haus. Ich bezweifelte, dass sie zu meinem Schutz dort stand.

Nachdem Finney fort war, ging ich zu Bett. Kaum hatte ich die Augen geschlossen, öffnete ich in Gedanken die Tür zu meinem Wagen und schaute hinein. Ich sah den Schlüssel im Zündschloss. Ich sah eine schemenhafte Figur, weder männlich noch weiblich, die den Fuß fest auf dem Gaspedal hatte, schweigend, anonym, ein Produkt meiner Einbildungskraft, abgesehen von der Tatsache, dass Adam tatsächlich tot war.

In jener Nacht schlief ich kaum; erst gegen fünf Uhr morgens fiel ich in einen tiefen, totenähnlichen Schlaf. Im Morgengrauen weckte mich Williams Weinen. Der Vater meines Sohnes war tot. Dieses Wissen lähmte mich. Ich war unfähig aufzustehen und zu William zu gehen. Ich konnte kaum atmen, meine Brust war wie von einem Stahlkorsett zugeschnürt. Ich lag da, jeder Muskel angespannt. Ich hörte meine Mutter aufstehen und die Kinder aus ihren Bettchen holen; sie hieß sie leise sein, damit sie mich nicht störten. Ich sah zur Decke, ließ meinen Blick langsam zum abgedunkelten Fenster wandern und weiter zu dem Kleiderstapel auf dem Stuhl neben meinem Bett. Selbst dieser vertraute Raum kam mir fremd vor, als sei ich durch eine Art Pforte in eine andere Welt getreten. Die ganze Zeit hatte ich gedacht, Adam sei nicht an meiner Seite, und dabei war er die ganze Zeit bei allem dabei gewesen. Die Kinder würden noch nicht einmal wissen, dass es ihn nun nicht mehr gab. Sie würden aufwachsen mit einem Vater, der nicht nur abwesend, sondern tot, unwiderruflich fort war. Tränen stiegen mir in die Augen, rannen die Wangen hinunter, durchweichten das Kissen. Ich rollte mich zusammen, schloss die Augen und schlief ein. Als ich das nächste Mal erwachte, war ich gewappnet für die

Welle des Verlustgefühls, die mich überrollte. Ich setzte mich auf die Bettkante, biss die Zähne zusammen, ließ die Welle über mich ergehen. Dann stand ich auf.

Am Abend zuvor hatte Finney völlig erledigt ausgesehen. An diesem Morgen auf der Polizeiwache war er frisch rasiert und trug ein weißes Hemd, allerdings konnten sich seine Ringe unter den Augen durchaus mit den meinen messen. Er nickte mir zur Begrüßung zu und bedeutete Kommissarin Mann, das Aufnahmegerät anzustellen. Sein erster Blick war flüchtig, sein zweiter prüfend.

«Sie sehen mitgenommen aus», sagte er. Es war eine rein professionelle Feststellung, mehr nicht.

Ich hatte meine Augen zwar mit Eiswasser gekühlt, doch sie hatten nach wie vor rote Ränder und waren vom vielen Weinen und Schlafentzug ganz geschwollen.

«Ich *bin* auch mitgenommen», bestätigte ich. Ich setzte mich auf den Stuhl ihm gegenüber.

Er wandte den Blick ab, vermied es, mich anzuschauen. Kommissarin Mann begann die Befragung.

«Könnten Sie Ihren Zustand heute Morgen auch noch anders beschreiben?» Ihre Stimme war freundlich, geradezu mitfühlend, was meine Abwehrhaltung schwächte.

«Es …» Ich spürte, wie mir die Tränen kamen, und dann brachen die Worte aus mir hervor. «Es tut mir so schrecklich Leid …»

Finney riss den Kopf hoch. Ich rang um Fassung, spürte die Spannung in ihrem Schweigen.

«Es tut mir so schrecklich Leid, dass er nicht hier ist, ich meine, dass er nirgendwo mehr ist», versuchte ich, mit noch zittriger Stimme zu erklären. «Und es tut mir so unendlich Leid, dass meine Kinder ihn nie kennen lernen werden.»

Finney verzog den Mund. War er enttäuscht, dass er kein

Geständnis bekommen hatte? Er griff in seine Jacketttasche und zog einen zusammengefalteten Zeitungsartikel heraus. Ich wusste, was es war, noch ehe er es auseinander gefaltet, auf den Tisch gelegt und mir zugeschoben hatte. Er achtete darauf, dass seine Finger die meinen nicht berührten.

«Ich frage Sie jetzt noch einmal: Wie standen Sie zu Mr. Wills?», sagte Finney. «Ich gehe davon aus, Sie wissen, was in diesem Artikel hier steht.»

Ich schob ihm den Chronicle-Ausschnitt zurück.

«Sie sollten nicht alles glauben, was geschrieben wird.»

Kommissarin Mann schaltete sich ein.

«Robin, wollen Sie Ihre Anwältin dazubitten?»

Ich schüttelte den Kopf. Meine Mutter saß draußen; zuletzt hatte ich sie in eine Zeitung vertieft gesehen. Zuvor hatte ich ihr erklärt, ich wolle sie bei der Befragung nicht dabeihaben, denn ich hatte nicht vor, Schwäche zu zeigen, und wollte mich nur auf mich selbst verlassen. Ich hatte mich so entgegenkommend wie möglich verhalten, hatte freiwillig Fingerabdrücke und Blut abgegeben, und wenn Finney nur endlich aufhörte, mich so zu reizen, würde ich sogar meine Mitarbeit anbieten.

«Man hat Sie letzte Woche in der Öffentlichkeit streiten sehen», fuhr Finney sogleich kühl fort. «Mr. Wills hat Sie angefleht, seine Kinder besuchen zu dürfen.»

Ich brauchte einige Anläufe, bis ich eine Erklärung formulieren konnte, von der ich hoffte, dass sie den Sachverhalt richtig wiedergab.

«Es war das erste Mal überhaupt, dass er mich bat, sie sehen zu dürfen. Ich habe sie ihm nicht vorenthalten, es ist nur so, dass er lange vor ihrer Geburt weggegangen ist. Tatsächlich sehe ich nicht ganz ein», fügte ich der Vollständigkeit halber hinzu, «was ihm eigentlich das Recht geben sollte, sie zu sehen.»

Finneys Augenbrauen schossen wieder in die Höhe, und jener Zug von Arroganz huschte über sein Gesicht. Es machte mich wütend.

«Adam hat sich nie dafür interessiert, was aus seinem Sperma geworden ist», sagte ich, «erst, als er meinte, es würde seinem Ruf gut tun, wenn er sich als treu sorgender Vater gibt, hat er es sich anders überlegt.»

In Finneys Augen blitzte etwas auf, und seine Wangenmuskeln traten hervor. Er lehnte sich kippelnd in seinem Stuhl zurück und wartete darauf, dass ich weitersprach. Polizeibeamte, Journalisten, wir alle setzen auf dieselbe Strategie. Wir halten den Mund und warten, dass sich der andere um Kopf und Kragen redet.

«Hören Sie», begann ich mit zitternder Stimme. «Er hat mich am Sonntagabend angerufen. Wir haben nicht gestritten. Ich war damit einverstanden, dass er gestern Abend vorbeikommt, um alles zu besprechen. Dass er Kontakt zu den Kindern haben wollte, passte mir zwar nicht sonderlich, aber wir hätten irgendeine Lösung gefunden. Ich habe den ganzen Abend zu Hause gesessen und auf ihn gewartet ...»

Es gibt Momente, da verweigert einem das Gehirn den Dienst. Dies war solch ein Moment. Mein Kopf beschloss einfach ohne meine Genehmigung, eine kleine Auszeit zu nehmen, um sich auszumalen, wo Adam gewesen war, als ich auf ihn wartete. Bis zu diesem Moment hatte ich mich innerlich gesträubt, mir den Zusammenprall konkret vorzustellen, das Krachen der Knochen, das Blut, das durch zerquetschtes Muskelgewebe und zerfetzte Haut hervorsickert. Doch nun blitzten diese und andere Bilder in meinem Kopf auf, so unmittelbar, als geschähe alles direkt vor meinen Augen, nur etwas stilisierter und in Zeitlupe. Adams weit aufgerissener Mund, seine nach hinten geworfenen Arme, sein zu Boden gleitender Körper, der bewegungslos liegen blieb. Ich musste schlucken. Das Bild von Adam wollte nicht weichen. Er lag ebenso zerschellt wie Paula Carmichael; sie war auf den Bürgersteig gestürzt, er auf die Straße geschleudert worden, beide nur wenige Meter von meinem Haus entfernt. War dies ein Zufall?

Finney schaute mich erwartungsvoll an. Die Stille zog sich in die Länge. Ich war nicht in der Lage weiterzusprechen.

«Wir warten, Miss Ballantyne.» Finneys Stimme war rasiermesserscharf.

Es mussten Sirenen geheult haben, aber irgendwo heulten immerzu irgendwelche Sirenen. Es war nicht so, dass ich sie nicht gehört hatte. Ich hatte sie ganz sicher gehört, aber wohl keine Notiz von ihnen genommen.

«Ich bin nicht mehr wütend auf ihn», sagte ich schließlich, und mir wurde klar, dass es stimmte.

«Na, das freut mich ja außerordentlich», sagte Finney mit vor Sarkasmus triefender Stimme und setzte sich wieder richtig hin. Ich schaute ihn an und runzelte die Stirn. Ich hatte mehr von ihm erwartet. Wir hatten einander gemocht, zumindest hatten wir Spaß beim Klingenkreuzen gehabt. Und nun sah er mich an, als hasse er mich. Finney wandte den Blick ab, griff nach dem Zeitungsausschnitt und steckte ihn wieder in seine Tasche. Er wechselte das Thema.

«Sie haben doch Mr. Wills während Paula Carmichaels Trauerfeier aus der Kirche stürzen sehen, oder?», fragte er.

Ich nickte.

«Ich frage Sie jetzt noch mal, ob Sie wissen, warum er die Trauerfeier so plötzlich verlassen hat.»

Ich schüttelte den Kopf, fügte dann jedoch hinzu: «Suzette meinte, er hatte Kopfschmerzen.»

«Sie glauben, er würde bei einer Beerdigung so eine Szene machen, weil er ‹Kopfschmerzen› hat?» Finney wiederholte das Wort mit Hohn in der Stimme.

«Er leidet an Migräneanfällen.» Es klang wenig überzeugend, und noch ehe der Satz verklungen war, fiel mir auf, dass ich in all den Stunden, in denen ich am Abend zuvor auf Adam gewartet hatte, nicht ein einziges Mal angenommen hatte, er könne krank sein, obwohl dies die nächstliegende Erklärung gewesen wäre.

Finney ließ abermals zu, dass sich das Schweigen hinzog, doch ich reagierte nicht, sodass er schließlich selbst wieder anhub, dieses Mal in etwas einnehmenderem Ton.

«Miss Ballantyne, ich möchte mit Ihnen die letzten Monate durchgehen.» Er lehnte sich ein wenig vor, die Ellbogen auf den Schreibtisch gestützt, der uns trennte. «Ich verstehe, was Sie mir über Ihre Beziehung zu Mr. Wills gesagt haben. Sie haben es zweifellos sehr schwer gehabt. Zwischen Ihnen hat es Differenzen gegeben, und Sie meinen, er habe seine Pflicht vernachlässigt.»

Mir verschlug es den Atem, und ich warf Finney einen Blick zu, der ihn, wie ich meinte, mit Sicherheit verstummen lassen würde. Doch er schaute mich lediglich ausdruckslos an und machte einfach weiter.

«Deshalb möchte ich Ihnen versichern, dass Sie, wenn Sie die folgenden Fragen ehrlich beantworten, auf unser Verständnis bauen können. Miss Ballantyne, haben Sie Adam Wills in den letzten zwei Monaten angerufen?»

Ich runzelte die Stirn und erinnerte mich, dass er mir im Zusammenhang mit Paula Carmichael ähnliche Fragen gestellt hatte. Wieder stellte mein Kopf eine Verbindung zwischen den beiden Todesfällen her, und ich begann, das Problem kühl und sachlich zu überdenken in der Überzeugung, dass die beiden Todesfälle miteinander zu tun hatten. Paula und Adam hatten sich gekannt, so viel stand fest. Ebenso fest stand, dass mich beide gekannt hatten und ich in gewisser Weise in beide Todesfälle mit hineingezogen worden war. Dass beide innerhalb von wenigen Tagen auf gewaltsame Weise zu Tode gekommen waren, konnte kein Zufall sein.

«Ich habe Adam nicht angerufen.» Ich sprach langsam, versuchte, mich möglichst klar auszudrücken. «Abgesehen von dem Gespräch am Sonntag, von dem ich Ihnen erzählt habe, haben wir nie miteinander telefoniert. Und am Sonntag war er es, der angerufen hat.»

«Aber vielleicht haben Sie einmal seine Nummer gewählt und aufgehängt, wenn er sich gemeldet hat?», schlug er vor.

«Warum sollte ich das tun?»

Finneys Blick schweifte ab, und ich bemerkte, dass er ein kleines Notizbuch neben seinen Ellbogen gelegt hatte.

«Sind Sie jemals zu seiner Wohnung gefahren und haben dort gewartet, vielleicht in der Hoffnung, ihm über den Weg zu laufen?»

«Nein!» Ich begann, ärgerlich zu werden.

«Oder haben jemanden mit einer Nachricht zu ihm geschickt?»

«Was soll das? Glauben Sie, ich hätte ihn verfolgt? Halten Sie mich für eine Stalkerin?»

Ich musterte erst Finney und dann Mann. Sie hatten den Blick abgewandt, was mir Antwort genug war. Mein Gehirn arbeitete auf Hochtouren.

«Adam wurde verfolgt, er war ein Stalking-Opfer?», fragte ich ungläubig.

Finney schloss kurz die Augen, sodass Kommissarin Mann in die Bresche sprang.

«Miss Ballantyne, es wäre gut, wenn Sie nicht immer versuchen würden, unseren Ermittlungsstand zu erraten. Gut für Sie, und gut für uns.»

Ich ignorierte sie. Ich war bereits dabei, diese Neuigkeit zu verarbeiten.

«Hat er Anzeige erstattet? Er muss Anzeige erstattet haben.»

Finney überließ das Dementieren Kommissarin Mann, doch ich war mir sicher, dass ich Recht hatte, und fand allmählich Gefallen an der Befragung.

«Okay. Was genau wollen Sie von mir wissen?», fragte ich und lehnte mich zum ersten Mal an diesem Tag aufatmend zurück. Vielleicht würde ich noch mehr in Erfahrung bringen können.

Finney betrachtete mich mit zusammengekniffenen Augen und blies die Backen auf. Mann legte den Kopf schief und sah mich an wie ein ungezogenes Kind. Wir saßen eine Minute schweigend im Raum, die Fronten hatte sich verschoben. Im Flur vor dem Verhörraum unterhielten sich unüberhörbar einige Männer. Einer von ihnen fluchte, worauf er von den anderen angezischt wurde, er solle ruhig sein. Schließlich hörte man das Davonstapfen einer Horde Füße. Jetzt wusste ich, warum ich am Abend zuvor nicht kurzerhand verhaftet und in eine Zelle geworfen worden war. Es gab eine weitere Verdächtige. Zwar hätte die Polizei es gern gesehen, wenn die Stalkerin und ich ein und dieselbe Person gewesen wären, doch schien sie mittlerweile eher anzunehmen, dass sie es mit zwei Personen zu tun hatte. Die Erkenntnis erfüllte mich mit unbeschreiblicher Erleichterung, aber auch mit der Entrüstung der zu Unrecht Beschuldigten. Mit diesem Wissen konnte ich offensiv vorgehen, statt wie bisher auf Finneys Blindgänger warten zu müssen. Finney hatte wohl Gedanken gelesen, denn er überlegte offensichtlich, wie er weiter vorgehen sollte. Er wollte mir keine weiteren Informationen geben, wusste jedoch, dass er mir mit jeder Frage etwas über den Stand der Ermittlungen verriet.

Abgesehen von der Tatsache, dass Adam von einem Auto überfahren worden war, hatte ich von der Polizei bisher nichts über die Umstände seines Todes erfahren. Was ich wusste, stammte aus dem Radio. Demzufolge hatte Adam, der Autofahren hasste, die Northern Line zur U-Bahn-Station Tooting Bec genommen, um das letzte Stück zu uns anscheinend zu Fuß zu gehen. Als er die Fahrbahn überquerte, um in unsere Straße einzubiegen, hatte ihn ein Wagen – mein Wagen – überfahren und war in Richtung Stadtmitte davongebraust. Das Radio sprach zwar von Augenzeugen, erwähnte jedoch nicht, was diese Augenzeugen gesehen haben wollten. Mein Wagen war in der Nähe des Ovals gefunden worden.

«Falls Sie keine Fragen mehr haben, ich hätte da noch ein paar.»

Kommissarin Mann verdrehte die Augen, doch Finney ignorierte sie.

«Woher wussten Sie, wo Sie den Wagen finden würden?»

Ich erhielt keine Antwort.

«Was hat Sie veranlasst, ausgerechnet beim Oval danach zu suchen? Und warum haben Sie überhaupt nach meinem Wagen gesucht? Ich hatte ihn nicht als gestohlen gemeldet, und ich bezweifle sehr, dass Ihnen Ihre Augenzeugen mehr als die Marke und die Farbe haben verraten können. Sie haben doch Augenzeugen, nicht wahr?»

«Sie würden also das nächste Mal einen besseren Ort als das Oval wählen, ja?», entgegnete Mann in dem Versuch, das Verhör doch noch in ihrem Sinne zu gestalten. Ich würdigte sie keiner Antwort. Ich dachte nach, und dann fiel es mir ein.

«Sie haben einen Hinweis bekommen, nicht wahr?»

«Oder haben Sie uns den Hinweis gegeben?», feuerte Mann zurück, doch ein wenig zu schnell. Sie hatte mir meinen Verdacht bestätigt. Irgendjemand hatte der Polizei etwas von meinem Wagen erzählt. Ich verwahrte diese Information für später, wollte rasch die nächste Frage anschließen, solange ich noch im Vorteil war.

«Halten Sie es für möglich, dass Adams Tod etwas mit dem von Paula Carmichael zu tun hat?», fragte ich.

«Wollen Sie uns damit vorschlagen», sagte Finney betont langsam und deutlich, «den Tod von Paula Carmichael, wo Sie übrigens die Erste am Tatort waren, ebenfalls als Mordfall zu behandeln?»

«Sie behandeln den Fall doch ohnehin als potenziellen Mordfall», meinte ich.

Finney schüttelte den Kopf. «Die Ermittlungen im Fall Paula Carmichael sind eingestellt.» Er hielt inne und rang offenbar mit sich, wie viel er preisgeben sollte, entschied sich dann für Offenheit. «Wir haben uns überzeugen können, dass Paula Carmichaels Tod Selbstmord war. Wir haben die Unterlagen ihres Psychiaters erhalten. Die Frau war klinisch depressiv. Sie hatte ein Antidepressivum verordnet bekommen, das Mittel jedoch mehrere Tage vor ihrem Sprung abgesetzt. Sie hat sogar ihre Selbstmordgedanken aufgeschrieben.»

Sein Wohlwollen für Paula Carmichael schien sich in Luft aufgelöst zu haben. Zum ersten Mal hatte er von ihr als ‹der Frau› gesprochen. Hatte er das Gefühl, dass sie mit ihrem Selbstmord kostbare Polizeizeit verschwendete?

«Was war denn der Grund für ihre Depression?», verlangte ich zu wissen, doch Finney hatte allmählich genug und hielt eine Hand abwehrend hoch, womit er meinen Gedankenfluss unterbrach.

«Hätten Sie etwas dagegen, Miss Ballantyne», fragte er, «wenn *wir* jetzt wieder die Fragen stellen?»

14

ES WAR ETWA EIN DUTZEND, das es auf mich abgesehen hatte. Nicht alles Männer, doch insgesamt lockt dieser Job immer noch mehr Männer an als Frauen. Wie symbolträchtig in diesem Zusammenhang das Teleobjektiv und die Entblößung des Opfers sind, kümmert mich in der Regel wenig, doch an jenem Morgen kam es mir vor wie eine Vergewaltigung.

Sie standen im Rudel vor meiner Haustür, sodass ich den Taxifahrer bat, etwa fünfzig Meter entfernt anzuhalten, um Zeit zu gewinnen und mir zu überlegen, wie ich mich verhalten sollte. Ich bezahlte, stieg aus und stand ganze dreißig Sekunden auf dem Bürgersteig, ohne auch nur einen einzigen rettenden Gedanken. Sie werden dafür bezahlt, aufmerksam zu sein, doch in diesem Moment plauderten und scherzten sie miteinander, sodass ihr Blickfeld nicht weiter reichte als bis zu ihrer Zigarettenglut. Sie wussten, dass sie nur lange genug vor meiner Haustür ausharren mussten, um das zu bekommen, worauf sie warteten – meine lieben Kollegen von der Presse, von denen einige kaum besser waren als Aasgeier, allerdings mit weitaus ekelhafteren Angewohnheiten.

Am liebsten wäre ich davongelaufen oder, noch besser, hätte sie allesamt verprügelt, und letzteres Bedürfnis ließ mich schließlich direkt auf sie zusteuern. Ich trug eine Sonnenbrille, um meine geschwollenen Augen vor der frühmorgendlichen Helligkeit zu schützen, doch jetzt nahm ich sie ab und steckte sie in die Tasche. Wenn ich schon vor Kameras geriete – und es schien mir leider eher unwahrscheinlich, dass ich sie alle mit einem Streich würde erledigen können –, dann musste ich sie auch für mich einnehmen. Meine Augen zu verdecken bedeutete, mich abzuschirmen. Dagegen brachte es mir vielleicht einige Sympathiepunkte, wenn ich den Kameras die Möglichkeit gab, mir in die Augen zu schauen. Wenn man eine Zeit lang in den Medien gearbeitet hat, werden einem solche Überlegungen zur zweiten Natur. So war mir beispielsweise klar, dass sich mein ungeschminktes Gesicht zu meinen Gunsten auswirken konnte. Es würde aussehen, als habe mich die ganze Sache wie eine Bombe getroffen, als sei ich alles andere als eine manipulierende, berechnende Mörderin. Ob ich berechnend war? Selbstverständlich. Doch gerade deshalb konnte ich diesen Mord nicht geplant haben.

«Verzeihung, die Herren, dürfte ich vorbei?», sagte ich, als der Menschenwall vor mir aufragte. Einen Augenblick lang herrschte Chaos. Es war, als hätte ich die Herrschaften aufgefordert, über mich herzufallen. Dann explodierten die Kameras wie ein Feuerwerk, und ich bekam ein Mikrofon vors Gesicht gehalten.

«Haben Sie Adam Wills umgebracht?», rief jemand aus den hinteren Reihen des Pulks und erntete einen amüsierten Lacher von einem Mann, den ich flüchtig kannte. Weitere Fragen prasselten auf mich ein, alle in demselben Tenor, sodass mein Gehirn Zeit hatte, in rasender Eile seinen eigenen Kurs abzustecken. Ich drehte mich ein wenig, bis die Fernsehkameras mein Gesicht frontal einfangen konnten, und versuchte, beim Sprechen den Journalisten um mich herum in die Augen zu schauen, damit ich möglichst aufrichtig wirkte, wie jemand, der nicht das Geringste zu verbergen hat. Mir zitterten die Knie, nicht aus Nervosität, sondern vor Erschöpfung und Trauer. Schal gewordener Zigarettenqualm schlug mir aus dem Atem des mir am nächsten stehenden Aasgeiers entgegen, und mir wurde speiübel. Es hätte ein großartiges Fernsehbild abgegeben, und es wäre mein Ende gewesen. Gib du den Ton an, murmelte ich mir zu. Gib du den Ton an. Lass nicht zu, dass sie das Gespräch lenken.

«Wie Sie sicher wissen, war Adam Wills der Vater meiner Zwillinge», sagte ich und passte im Geiste meine Worte einem dreißig Sekunden langen Tonclip an. Für einen Tonclip ist das recht lang, aber dies war eine große Story, und ich stand ganz oben auf der Liste der Verdächtigen. Hätte ich diese Story gemacht, hätte ich mir dreißig Sekunden gegönnt. Außerdem versuchte ich, meine Erklärung so aufzubauen, dass ich, sollte sie geschnitten werden, nicht falsch zitiert werden konnte, ganz gleich, wo sie schneiden würden. Sätze wie «Ich wollte Adam Wills umbringen, habe es aber nicht getan» waren riskant, weil man die ersten fünf Wörter als erstklassige Schlagzeile verwenden konnte, wobei die restlichen fünf auf dem Fußboden des Schneideraums landen würden. So sagte ich: «Ganz gleich, was zwischen uns vorgefallen ist, nie hätte ich Adam Wills etwas Böses wünschen können. Ich bin davon überzeugt, dass mich die Polizei schon bald von der Liste der Tatverdächtigen streichen wird, und ich unterstütze sie bei ihrer Arbeit voll und ganz. Auch hoffe ich, dass sie die Stalkerin, die Adam Wills offenbar verfolgte, ausfindig macht, wenn auch nur, um sie ebenfalls aus dem Kreis der Verdächtigen auszuschließen. Die Polizei muss Adams Mörder finden, weil meine Kinder eines Tages werden wissen wollen, was ihrem Vater zugestoßen ist, und auch ich will es wissen. Und jetzt entschuldigen Sie mich bitte ...», und damit boxte ich mich durch den gebrüllten Fragenhagel zu meiner Haustür durch.

Schon da bereute ich, was ich gesagt hatte. Es klang zu

arrogant, zu geschliffen. Das Merkwürdige war, dass es mir, sosehr ich mir meine Worte und die Art, sie zu sprechen, überlegt hatte, doch schwer gefallen war, nicht zusammenzubrechen. Jedes meiner Worte hatte ich tatsächlich so gemeint. Denn mit zunehmendem Erwachen aus dem Schock der vorigen Nacht wuchs in mir das Bedürfnis, die Wahrheit herauszufinden. Dass ich dabei auch meinen Namen reinwaschen würde, war schon fast nebensächlich. Ich zitterte zu stark, um meinen Haustürschlüssel gleich zu fassen zu bekommen, und die Galle stieg mir hoch bei dem Gedanken, dass sie diese Szene würden fotografieren können: wie ich mit gesenktem Kopf in meiner Tasche wühle, ganz offensichtlich unfähig. Ein Typ versuchte sogar, mir ins Haus zu folgen, und ließ erst ab, als mein Fuß nach hinten ausschlug und ihn empfindlich am Knöchel traf. Während ich die Tür hinter mir schloss, hörte ich seine laute Beschwerde: «Die Zicke hat mich getreten.» Ich verriegelte die Haustür und sank auf die unterste Treppenstufe.

Erika tauchte aus dem Wohnzimmer auf, ihr Gesicht so bleich wie ihr Haar. Als sie am Morgen eingetroffen war, hatte ich sie weder über Adams Tod noch über die Rolle, die mein Auto dabei gespielt hatte, aufgeklärt; doch nun hörte ich den Fernseher im Hintergrund und Sky News, die uns live auf den neuesten Stand brachten. Die Kinder, die Erika um die Beine herumwuselten, trapsten mir entgegen. Ich nahm sie auf den Arm. Erika selbst blieb auf Distanz. Immerhin wurde ich des Mordes verdächtigt. Wer konnte schon wissen, welcher Scheußlichkeiten ich fähig war? Mit einem Baby auf jedem Arm war ich schließlich immer noch in der Lage zuzutreten.

«Ich habe meine Agentur gerufen», sagte sie und verschränkte die Arme vor ihrer Brust. «Sie wissen Bescheid. Ich habe ihnen gesagt, ich gehe, wenn Sie kommen zurück.»

Ich starrte sie an. Verschwinde, hätte ich am liebsten gebrüllt, raus aus meinem Haus. Stattdessen flehte ich sie an.

«Bitte bleiben Sie doch nur noch heute», sagte ich. «Bitte. Es handelt sich hier um einen furchtbaren Irrtum, und ich brauche etwas Zeit, um das richtig zu stellen.»

«Da ist kein Irrtum», meinte sie. «Der Vater der Kinder ist tot.»

Ihre Körpersprache, alles an ihr, bis hin zu ihrem sommersprossigen Gesicht, wirkte entschlossen und ablehnend. Ich warf einen Blick auf die Uhr. Es war schon fast zwei. Seit halb neun war ich auf der Polizeistation gewesen. Fünf Stunden Verhör, und das war noch nicht alles. Draußen lockte der Himmel hell und blau, die Temperatur entsprach der herben Frische des Herbstes. Die Kinder waren bereits ganz hibbelig vor unterdrücktem Bewegungsdrang, wanden sich in meinem Arm, wollten abgesetzt werden, greinten dann, weil sie wieder hochgehoben werden wollten. Wenn wir weiterhin im Haus aufeinander hocken blieben, würde man uns schon bald in Zwangsjacken hinaustragen müssen. Vielleicht hatte die Presse noch nicht mitbekommen, dass es einen alternativen Ausgang gab. Von vorne konnte man nichts sehen, aber tatsächlich lief hinter unserem Gärtchen eine schmale Gasse entlang. Zwar gab es von meinem Grundstück aus keinen direkten Zugang, doch hatte der Sturm eine Lücke in meinen Zaun gerissen und so einen passablen Fluchtweg geschaffen.

«Bleiben Sie doch bis fünf Uhr», bat ich Erika. «Ich bezahl Ihnen auch den doppelten Stundensatz.»

Sie schaute mich endlich an.

«Bar auf die Hand», legte ich nach.

Sie zuckte mit den Achseln und nickte. Sie tat es widerwillig, aber sie tat es. Ich hatte drei Stunden Zeit, um meine Haut zu retten.

Maeves Gesicht verdüsterte sich, als ich ihr Büro betrat.

«Robin, ich dachte, du bleibst zu Hause, bis Gras über die Sache gewachsen ist. Du siehst furchtbar aus.»

«Ich habe nichts verbrochen, Maeve.» Ich schaute ihr fest in die Augen. «Und dies ist immerhin mein erster Arbeitstag nach meinem Mutterschutz. Ich dachte, du würdest dich über mein Erscheinen freuen.» Sie warf mir ein verzerrtes Lächeln zu und wandte den Blick ab, zog – um sich abzulenken – einen Stapel Papiere zu sich, schob ihn wieder fort. Schließlich deutete sie auf einen der tiefen Sessel, in dem jeder Besucher von vornherein im Nachteil war. Sie trug ein schwarzes ärmelloses Kleid, das ihre braunen muskulösen Arme gut zur Geltung brachte. Bei Maeve gab es keine griffigen Rettungsringe, keine kuscheligen Fettpölsterchen. Sie bestand nur aus Knochen und gestählten Muskeln, die sie sich eisern im Fitnessstudio antrainierte, und zwar morgens, mittags und abends.

«Du siehst phantastisch aus.» Ich versuchte, unserem Gespräch so etwas wie Normalität zu verleihen. «Trägst du wegen Adam Schwarz?» Ich deutete auf das Kleid.

«Ja.» Sie bürstete ein unsichtbares Staubkörnchen von ihrem bescheidenen Busen. «Du dagegen trägst offensichtlich keine Trauer. Was willst du uns damit sagen?»

«Wie kannst du es wagen!» Meine Stimme war kaum mehr als ein Flüstern.

«Tut mir Leid», sagte sie nach einer Weile. «Das war ungerecht. Ich weiß, dass ihr beiden … euch einmal sehr nahe gestanden habt.»

Tatsächlich hatte ich mir an jenem Morgen keine Gedanken über angemessene Kleidung gemacht, war lediglich in meine Jeans geschlüpft und hatte mir die Lederjacke gegen die Morgenkühle übergeworfen. Dennoch war ich ebenso unleugbar in Trauer wie Maeve in Schwarz.

«Maeve», sagte ich ruhig. «Wir kennen uns schon sehr lange. Entweder du hältst mich für eine Mörderin – in welchem Fall du gar nicht erst mit mir reden solltest –, oder du bist nur sauer auf mich, weil mein Privatleben dein Berufsleben durcheinander bringt. Wenn du glaubst, dass ich Adam umgebracht habe, dann bitte mich doch gleich jetzt zu gehen. Wenn nicht, möchte ich dich bitten, mich mit dem Mist zu verschonen.»

Unser Schweigen zog sich in die Länge. Maeve begutachtete ihre Fingernägel mehrere Minuten lang, bevor sie sich in ihrem Sessel zurücklehnte.

«Robin, ich werde dich nicht bitten zu verschwinden», sagte sie, «aber unterschätze bloß nicht die Situation, in der wir uns befinden.»

Ich merkte, dass ich den Atem angehalten hatte. Als ich jetzt ausatmete, war ich dankbar für das ‹wir›. Meine Erleichterung war von kurzer Dauer.

«Du siehst aus wie 'ne Leiche, Robin», fuhr Maeve fort und lehnte sich wieder vor. «Seit Adams Tod sind nur wenige Stunden vergangen. Du lässt dir keine Zeit, dich zu fangen. Ich weiß es wirklich zu schätzen, dass du inmitten dieser ganzen Geschichte ins Büro kommst, natürlich tue ich das, aber ich möchte, dass du dir ein wenig Erholung gönnst.»

«Was meinst du damit?»

«Was meinst du mit ‹Was meinst du damit›, ich meine, gönn dir ein wenig Erholung.»

«Ich will keine Erholung.»

«Also, als deine Vorgesetzte», Maeve versuchte, ein verschmitztes Lächeln aufzusetzen, ließ es jedoch gleich wieder sein. «Lass dir gesagt sein: Du hast Erholung bitter nötig.»

«Du suspendierst mich.»

Maeve hob eine Hand und winkte ab. «Keineswegs», sagte sie. «Sei nicht so melodramatisch. Wir möchten nur warten, bis sich die Aufregung gelegt hat. Nennen wir es Urlaub aus Mitgefühl.»

«Ich will keinen Urlaub, ich will kein Mitgefühl.»

Maeve fuhr sich mit der Hand über die Stirn. «Robin, du kannst nicht einfach hier hereinspazieren und erwarten, dass … Hör zu, du bekommst volles Gehalt, und natürlich freuen wir uns alle riesig, dich wieder im Team zu haben, wenn diese Geschichte vorüber ist. Es ist nur momentan sehr schwierig für uns. Wir haben Adam verloren, was für diejenigen unter uns, die ihn persönlich gekannt haben, ein schwerer Schlag ist – und wie, in Gottes Namen, sollen wir über seinen Tod berichten, wenn er von jemandem aus den eigenen Reihen überfahren wurde … ich weiß, ich weiß, nicht von dir persönlich, sondern von deinem Auto. Ich wollte damit nicht andeuten, dass … Aber du musst doch begreifen, dass das Ganze sehr problematisch für uns ist. Sehr, sehr problematisch, in jeder Hinsicht. Für uns ebenso wie für dich. Ich weiß, dass du die Erste bist, die bereit ist, auf die Belange des Konzerns Rücksicht zu nehmen, und daher wirst du sicher verstehen …»

«Verstehen? Was verstehen?» Ich war so wütend, dass ich kaum in der Lage war, Sätze zu bilden. Also wiederholte ich lediglich einzelne Worte wie ein Papagei. «Du bist gerade dabei, mich für dumm zu verkaufen, das ist das Einzige, was es da zu verstehen gibt.»

Zornig verließ ich ihr Büro und marschierte durch Flure, die Büros, Aufnahmestudios und Kantinen miteinander verbanden wie Blutgefäße die lebenswichtigen Organe. Trotz aller Intrigen, kleinlichen Querelen und zahlreichen Unzulänglichkeiten hatte mir dieser Ort immer noch am Herzen gelegen, und auch Adam hatte diesen Ort gemocht. Ich traf niemanden, den ich kannte, und in meiner Vorstellung sah ich sie alle unter ihren Schreibtischen kauern, zu verängstigt, um mir zu begegnen. Ein schwarzes Loch tat sich auf: Der Konzern war nicht mehr mein Zuhause. Ich befand mich im Exil.

15

«**WAS UM ALLES IN DER WELT** hast du dir dabei gedacht, in einem solchen Augenblick ausgerechnet diese Frau aufzusuchen und mit ihr zu reden?»

Ich war bei meiner Mutter, wohin ich Erika mit den Kindern geschickt hatte, nachdem wir glücklich durch das Gärtchen entkommen waren. Erika hatte es geschafft, die Kinder in den Park von Streatham zu einem Spaziergang auszuführen, ohne erkannt oder behelligt zu werden. Wie sie mir erzählte, waren Hannah und William fröhlich und völlig sorglos herumgewackelt und -getollt. Mittlerweile war Badezeit, und meine Mutter half mir dabei. Mit anderen Worten: Ich saß auf dem Toilettensitz mit einem Glas Merlot in der Hand, während meine Mutter mit ihrem üblichen Glas Sherry auf dem Badewannenrand hockte. Wir hatten jeweils etwa ein viertel Auge auf die Kinder. Die Kleider der Kinder lagen auf dem Boden verstreut wie abgestreifte Schlangenhäute, zerknautscht und matschig, doch hausfrauliche Sorgen wie schmutzige Wäsche waren auf meiner Prioritätenliste in den letzten vierundzwanzig Stunden rapide nach unten gerutscht.

Mutters Frage war berechtigt: Warum nur hatte ich die wenigen Stunden, die mir zur Verfügung standen, mit einem Besuch bei Maeve vergeudet? Pflichtbewusstsein der neuen Stelle gegenüber, die ich nie gewollt hatte, war es ganz sicher nicht. Auch kein schwacher Versuch, so zu tun, als sei alles in Ordnung, was ganz eindeutig nicht der Fall war. Natürlich hatte ich versucht, mir Rückhalt zu verschaffen, da ich wusste, dass jenes nebulöse Gebilde namens Image besser dastände, wenn mein Arbeitgeber (der zugleich Adams Arbeitgeber gewesen war) mir das Vertrauen nicht entzog, doch ich war nicht so dumm zu glauben, der Konzern könne mich retten.

«Der Konzern war Adams Leben», antwortete ich meiner Mutter, als sei dies eine Erklärung.

«Das sagt mir immer noch nicht, warum du dahin gehen musstest», wandte sie sanft ein. Seit Adams Tod ging sie überhaupt sehr sanft mit mir um. Sie war meine Mutter und erkannte den Schmerz in mir, den andere nicht sahen. Dennoch spürte ich, dass sie innerlich über die jüngsten Ereignisse höchst beunruhigt war.

«Na ja, wenn ich herausfinden will, warum er umgebracht wurde und von wem, dann sind ein paar Antworten auf meine Fragen zweifellos dort zu finden.» Ich dachte, das sei ziemlich offensichtlich, und muss ihr wohl einen ungeduldigen Blick zugeworfen haben, als sei sie etwas beschränkt. Jedenfalls schaute sie mich im Gegenzug ganz ähnlich an, doch fuhr ich mit dem Gefühl plötzlicher Dringlichkeit fort: «Ich muss mit einigen Leuten reden, und die sitzen alle im Konzern … Was, verdammt noch mal, kann ich schon erreichen, wenn ich zu Hause sitze? Ich brauche einen Fuß in der Tür. Scheiß Maeve.»

Die letzten zwei Worte spie ich förmlich aus. Meine Mutter tat einen tiefen Seufzer.

«Ich will mich ja nicht einmischen», fing sie vorsichtig an, «und natürlich musst du tun, was du für richtig hältst, aber …»

«Ich weiß, ich weiß», unterbrach ich sie bissig. «Ich sollte es einfach vergessen, stimmst's? Von jeher sollen wir immer dasselbe: es einfach vergessen und so tun, als sei nichts geschehen.»

Der Seitenhieb verschlug ihr die Sprache. Mir war sofort klar, dass ich zu weit gegangen war. Meine Schwestern und ich hatten uns häufig hinter ihrem Rücken über ihr Lebensmotto lustig gemacht, doch sofern ich wusste, hatte keine von uns sie je damit verhöhnt.

«Es tut mir Leid», brummte ich. «Es tut mir wirklich Leid. Ich hätte so etwas nicht sagen sollen, aber irgendjemand hat Adam ermordet und versucht jetzt, mir die Sache anzuhängen, und um ehrlich zu sein, habe ich gar keine andere Wahl, wenn ich nicht im Gefängnis landen will.»

Sie biss sich auf die Unterlippe, blickte mich an und schüttelte traurig den Kopf.

«Die Kinder müssen aus der Wanne raus», sagte sie, und damit war das Thema, wenn nicht erledigt, so doch wenigstens vertagt.

Wir holten die Kinder aus der Badewanne, trockneten sie ab und machten sie bettfertig. Ich dimmte das Licht im Schlafzimmer, legte die Zwillinge ins Bett und beugte mich über sie, um ihnen einen Kuss zu geben und etwas Liebes ins Ohr zu flüstern. Es war ihr erster vaterloser Tag, und sie hatten keine Ahnung. Bestimmt würden sie mich später fragen, was passiert war. Ob sie sich dann an irgendetwas – den Schatten im Blick ihrer Mutter, das Echo der Sirenen, die Polizei, die das Haus auf den Kopf stellt – erinnern würden? Ich betete darum, dass zumindest das Rätsel um den Tod ihres Vaters bis dahin gelöst wäre. Ich wollte ihnen sagen können, was passiert war und wie es passiert war und wer es getan hatte und warum. Ich wollte ihnen sagen können: Es war furchtbar, aber es ist vorbei. Ich strich Hannah übers

Haar. Sie war schon so gut wie eingeschlafen, schaute mich bereits mit entrücktem Blick aus halb geschlossenen Augen an, während ihr Mund noch am Sauger der Milchflasche nuckelte. Ich beschloss, dafür zu sorgen, dass sich dieser Tod nicht nachteilig auf ihr Leben auswirkte. Sie sollten tanzen und singen. Sie sollten nicht als tragische Nachkommen eines ermordeten Elternteils groß werden. Nicht, soweit es in meiner Macht lag. Nicht, solange ich verhindern konnte, im Gefängnis zu landen. Was übrigens in jenem Moment, da ich mich über meine Kinder beugte, leichter schien als eine Stunde später.

Kurz nachdem die Kinder eingeschlafen waren, ging ich ebenfalls zu Bett. Ich hatte keinen Hunger und war so erschöpft, dass ich kaum einen Fuß vor den anderen setzen konnte und nicht in der Lage gewesen wäre, einen vernünftigen Satz zustande zu bringen, selbst wenn meine Mutter und ich etwas zu besprechen gehabt hätten. Ich fiel in einen tiefen Schlaf, aus dem ich jedoch halb aufwachte, als ich unten Stimmen hörte. Trotz meiner Erschöpfung war ich sofort alarmiert, ich konnte die Stimmen einfach nicht ignorieren und weiterschlafen. Ich setzte mich auf und lauschte, konnte aber kaum etwas verstehen, sodass ich zur Tür schlich und sie sachte öffnete.

Es war Kommissarin Mann: «Wir haben volles Verständnis, Mrs. Ballantyne, aber es handelt sich hier um Ermittlungen in einem Mordfall. Und es ist schließlich erst halb neun und nicht Mitternacht.»

«Lassen Sie sie doch in Gottes Namen schlafen. Warum können Sie nicht bis morgen warten? Das ist doch die reinste Schikane.» Nach den Worten meiner Mutter herrschte kurzes Schweigen. Wahrscheinlich hatte der Vorwurf der Schikane den Gang der Verhandlungen zu ihren Gunsten beeinflusst. Doch mit dem Wissen, dass es etwas Neues in dem Fall gab, konnte ich nicht wieder einschlafen. Ich musste Bescheid wissen, ganz gleich, ob mich gute oder schlechte Neuigkeiten erwarteten – wobei mein Instinkt auf Letzteres tippte. Ich zog mir Jeans und mein T-Shirt über und tapste barfuß die Treppe hinab. Finney war ebenfalls da, was mich aus irgendeinem Grund überraschte. Als ich das Ende der Treppe erreicht hatte, schauten mich alle drei auf eine Art an, dass ich wünschte, ich hätte mir vor meinem Auftritt die Zeit genommen, mir zumindest ein wenig Wasser ins Gesicht zu werfen und mir mit einem Kamm durchs Haar zu fahren. Vor allem wünschte ich, ich hätte mir einen Slip angezogen. Ich kam mir völlig schutzlos und ausgeliefert vor.

«Was gibt's?», fragte ich.

Finneys Blick glitt rasch von meinem schlaffaltigen Gesicht zu meinen nackten Füßen hinunter.

«Es tut uns Leid, Sie zu stören, aber wir müssen Ihnen noch ein paar Fragen stellen», sagte Kommissarin Mann.

«Sie hätten vorher anrufen können», beschwerte sich meine Mutter.

«Das haben wir versucht, aber wir haben immer nur den AB bekommen», erwiderte Mann. Ich warf meiner Mutter einen Blick zu, und sie nickte. Sowohl hier als auch in meiner Wohnung waren zahllose Anrufe eingegangen: Terry, Jane, Tanya, Suzette und ein Dutzend andere hatten mich zu erreichen versucht. Ich hatte keinen von ihnen zurückrufen wollen. Noch nicht. Nicht, solange ich diese Geschichte nicht in Ordnung gebracht hatte.

«Na gut», sagte ich und führte sie ins Wohnzimmer. Nebenbei erfuhr ich von meiner Mutter, dass die Presse bereits wieder vor der Tür herumlungerte. Lange hatte ich ihr nicht entkommen können.

Kommissarin Mann setzte sich neben mich auf das Sofa und ließ ihren Blick über den angehäuften Krimskrams meiner Mutter schweifen, während sich Hauptkommissar Finney einen Holzstuhl vom Esstisch heranzog. Meine Mutter blieb hinter mir stehen. In diesem Augenblick wünschte ich mir, sie würde sich entscheiden und entweder den Raum verlassen und die ganze Geschichte mir überlassen oder bei mir bleiben und sich professionell verhalten. Ihre besorgte, mitfühlende Präsenz irritierte mich, und das wiederum störte meine Konzentration. Ich konnte förmlich ihren Atem in meinem Nacken spüren.

«Wir hätten Ihnen gern ein paar Fragen zu Ihrem Haus gestellt», begann Kommissarin Mann. «Seit wann leben Sie dort?»

Hinter mir hörte ich meine Mutter schnauben, als sei diese Frage nun wirklich vollkommen irrelevant. Meine Reaktion war indes vorsichtiger. Warum wollten sie etwas über mein Haus wissen? Was wussten Finney und Mann, was ich nicht wusste?

«Seit etwas mehr als einem Jahr. Warum?»

«Sind Sie aus Mr. Wills' Wohnung in Upton Park direkt dorthin gezogen?»

«Ich habe übergangsweise hier bei meiner Mutter gewohnt, bis der Kauf meines Hauses über die Bühne war. Warum? Worum geht es hier?»

«Warum haben Sie ausgerechnet dieses Haus gekauft?» Die Frage kam von Finney. Allmählich ärgerte es mich, dass sie sich offenbar darauf verständigt hatten, mir keinerlei Auskünfte zu geben. Es wirkte auf mich, als hätten sie bereits beschlossen, mich für schuldig zu halten.

«Mir haben die Farben gefallen», antwortete ich bissig. Er verzog keine Miene.

«Die Farben haben Ihnen nicht gefallen», sagte er.

«Ja, was glauben Sie denn?», sagte ich. «Ich hatte nicht viel Geld. Und das Haus war bezahlbar.»

«Sie haben doch einen guten Job», warf Mann ein. «Und bestimmt auch Ersparnisse.»

«Der größte Teil meines Gehalts wird für Kinderbetreuung draufgehen», belehrte ich sie, ganz fassungslos, dass eine Frau so begriffsstutzig sein konnte.

«Und Ihre Ersparnisse?»

«Ich habe eine ziemlich hohe Anzahlung auf das Haus geleistet, damit ich mir die monatlichen Hypothekenraten leisten kann», erklärte ich widerstrebend und unwillig, meine ureigenen Privatangelegenheiten vor ihnen auszubreiten. Selbst meine Mutter kannte diese Details nicht. «Außerdem habe ich verlängerten Mutterschaftsurlaub genommen, der überwiegend unbezahlt war. Ab sofort habe ich weder Ersparnisse noch die Aussicht, sie in den nächsten achtzehn Jahren anzuhäufen, dafür aber zwei Kinder, die ernährt, gekleidet und auf Klassenfahrten geschickt werden wollen.»

«Also ist dieses kleine Häuschen Ihre Zukunft», stellte Finney fest. «Dazu zwei Teenager, die sich ein Etagenbett teilen und im Schichtdienst ihre Hausaufgaben am Küchentisch erledigen, und ansonsten kaum Platz zum Umdrehen.»

«Ja, genau, vielen Dank für die plastische Darstellung. Ob da allerdings noch Platz zum Umdrehen ist, bezweifle ich.»

In dem Schweigen, das folgte, wünschte ich, ich hätte den Hauch von Bitterkeit, der sich in meine Stimme geschlichen hatte, unterdrücken können. Ich wusste nicht einmal, woher diese Bitterkeit stammte. Dann brach Finney das Schweigen und ließ Worte wie Wasserbomben ins Meer fallen.

«Na, dann ist ja jetzt alles geritzt», sagte er, «nicht wahr?»

Ich runzelte die Stirn und wandte mich ihm zu. «Was meinen Sie damit?»

In Finneys Augen las ich Müdigkeit und Weltverdrossenheit, und seine nächsten Worte zeugten von Ungeduld. «Sie wissen sehr wohl, was ich damit meine.»

«Tut mir Leid», erwiderte ich in aller Deutlichkeit, «ich habe keine Ahnung.»

Ich spürte meine reglose Mutter hinter mir.

«Wer erbt Adams Wohnung?», fragte Finney leise.

Ich starrte ihn an, sprachlos, während die Alarmglocken in meinem Kopf immer lauter schrillten, bis ich kaum noch etwas anderes zu hören in der Lage war.

«Ich habe keine Ahnung», erwiderte ich schließlich, doch vor lauter Alarmsirenen in meinem Kopf konnte ich meine eigenen Worte kaum verstehen.

«Sie wissen ganz genau, dass Sie Alleinerbin sind», sagte er und bemühte sich noch nicht einmal, die Verachtung aus seiner Stimme zu halten.

«Das ist ja die Höhe.» Meine Mutter ersparte es mir, selbst etwas sagen zu müssen. Sie war hinter dem Sofa vorgetreten und hatte sich vor mich gestellt, als wolle sie mich vor Finney schützen. «Sie tauchen hier unangemeldet auf, wecken meine Tochter auf und erheben, während sie noch kaum wach ist, irgendwelche halb garen Anschuldigungen, um sie zu einer unbedachten Äußerung zu verleiten.»

Es war ein Auftritt, der jedem Strafverteidiger zur Ehre gereicht hätte; doch Finney scheuchte ihren Einspruch wie eine lästige Fliege fort.

«Wir haben es schwarz auf weiß», erklärte er ihr, «und die Papiere befinden sich seit über einem Jahr im Besitz Ihrer Tochter.»

Er zog einen langen braunen Umschlag aus der Innentasche seines Jacketts und reichte ihn mir. Im ersten Augenblick konnte ich den Umschlag nur auf meine Knie legen. Meine Hände zitterten zu sehr, als dass ich ihn hätte öffnen können. Zudem wusste ich, was er enthielt. Schließlich gab ich ihn meiner Mutter.

Sie nahm ihn mit großen Augen entgegen und öffnete

ihn. Der Umschlag war nicht versiegelt. Er war nie versiegelt gewesen. Sie starrte auf die Papiere, ihre Augen überflogen den Text.

«Adam Wills' letztwillige Verfügung», flüsterte sie und gab mir das Dokument zurück, als hätte sie sich die Finger verbrannt.

16

ICH WAR ALLEIN IM HAUS meiner Mutter. Allein, bis auf die Kinder, versteht sich. Meine Mutter war zur Arbeit gegangen.

«Ich habe einen Mords-Terminstau», hatte sie sich verteidigt. «In den letzten Tagen habe ich sämtliche Termine abgesagt, doch es gibt Klienten, die nicht länger warten können. Ich kann sie nicht einfach auf eine Kollegin abwälzen.»

Meine Mutter ist auf Flüchtlings- und Einwanderungsrecht spezialisiert. Sie zählte mir die Leute auf, die darauf warteten, von ihr betreut zu werden: eine Asylantin, die seit frühster Kindheit in England lebte und jetzt gegen ihre Zwangsabschiebung vorging; ein junger Mann, der sich in einer Untersuchungszelle Verletzungen zugezogen hatte und nun die Polizeibeamten des Rassismus beschuldigte; ein etwas älterer Mann, der gerade sämtliche Papiere zusammentrug, damit er seine kürzlich verwitwete Mutter aus Bangladesh nach Großbritannien holen konnte. All diese Menschen klangen ehrenwerter als ich.

Meine Mutter lief durchs Haus, suchte Papiere und Unterlagen zusammen, verlegte ihren Autoschlüssel, fand ihn wieder.

«Das Leben geht weiter», lautete ihr Abschiedsgruß, ehe sie die Tür hinter sich zufallen ließ. Doch mein Leben war in eine Sackgasse geraten. Meine Mutter schien sich von mir zu distanzieren, als bereite sie sich innerlich darauf vor, mich zu verlieren. Sie hatte Adams Testament mit keinem Wort mehr erwähnt. Nachdem sich Finney und Mann am Abend verabschiedet hatten, waren wir gleich zu Bett gegangen, ohne noch miteinander zu reden. Es war meine zweite schlaflose Nacht in Folge, und als ich gemeinsam mit den Kindern um Viertel vor sechs aufwachte, dröhnte mir bereits der Kopf.

Das Schweigen meiner Mutter beim Frühstück war beunruhigend, und der Gedanke, sie könne an meiner Unschuld zweifeln, ließ meinen Kopf noch heftiger pochen. Ich hätte meine Mutter gerne zur Rede gestellt, doch ich war zu wenig mehr in der Lage, als mir den Kopf zu halten. An Essen oder Koffein war nicht zu denken, und selbst als ich den Haferbrei für die Kinder zubereitete, war mir fast übel geworden. Als die Tür hinter meiner Mutter zufiel und ich sie Gas geben und davonfahren hörte, fühlte ich mich verlassen. Ich warf einen Blick durchs Fenster und sah, dass sich die Presseleute bereits wieder zusammengerottet hatten. Einige hielten Styroporbecher in der Hand, aus denen heißer Dampf in die kalte Luft aufstieg.

Hannah und William begriffen nicht, was vor sich ging, doch sie spürten die Anspannung um sie herum und reagierten gereizt und quengelig. Meine Nerven waren bis zum Zerreißen angespannt, sodass jedes Greinen der Zwillinge sich anhörte, als kratze jemand mit dem Fingernagel über eine Tafel. Obwohl die Kinder nicht wissen konnten, dass Finney jeden Moment beschließen mochte, genug Beweise beisammen zu haben, um mich wegen Mordes an ihrem Vater zu verhaften, klammerten sie sich an mich, doch ihre Berührung war mir unerträglich. So sanft wie möglich löste ich mich immer wieder aus ihrer Umklammerung, doch sie kletteten sich immer verzweifelter an mich.

Monatelang hatte ich diese Dinge mechanisch verrichtet:

Ich kniete auf dem Boden und wischte Essensreste auf, noch während weitere Essensreste neben mir landeten; ich zwängte Klamotten über sich windende Glieder; ich wehrte Fußtritte ab, während ich Windeln wechselte, aus denen die Kinderkacke quoll, überallhin gelangte, auf sämtliche Klamotten, auf strampelnde Fersen, die in Kacke und dann nach mir traten. Monatelang hatte ich diese Dinge einfach hingenommen. An jenem Morgen, zwei Tage nach Adams Tod und mit Kopfschmerzen, die mir fast den Schädel zu spalten drohten, trieben mich dieselben Dinge zur Weißglut. Tränen der Wut und der Verzweiflung liefen mir über die Wangen.

Etwa eine halbe Stunde, nachdem meine Mutter aus dem Haus gegangen war, passierten mehrere Dinge gleichzeitig.

Hannah schrie, weil ich ihr einen Milchkarton weggenommen hatte, den sie über dem Boden hatte ausschütten wollen. Um sie abzulenken, bot ich ihr ein Fläschchen an, was sie entschieden ablehnte und stattdessen fußstampfend auf mein Glas mit Apfelsaft zeigte. Ich war zu besorgt, zu erschöpft und deprimiert, um mich zu widersetzen, und reichte es ihr. Sie trank einen Schluck, einen zweiten und stellte dann das Glas vorsichtig auf dem Hocker ab, ehe sie es mit einem gezielten rechten Haken zu Boden fegte. Das Glas zerbarst in tausend Scherben, die mitsamt dem Apfelsaft vor Williams Füßen landeten.

Ich riss ihn hoch, doch zu spät: Er hatte bereits eine Scherbe aufgehoben und sich daran geschnitten. Blut quoll aus der Wunde an der Hand hervor, und er brüllte los. Da sah ich, wie sich Hannah nach einer Scherbe, groß wie ein Dolch, hinunterbeugte, mit der sie sich sofort eine Arterie aufgeschnitten hätte, wenn sie sie zu fassen bekommen hätte. Ich schrie auf und stürzte mit William auf dem Arm auf sie zu, drängte sie von ihrer Trophäe weg, wobei ich sie umstieß, und sie mit dem Kopf vors Tischbein knallte.

In diesem Moment klingelte es an der Haustür.

Ich ignorierte es.

Etwas anderes blieb mir auch nicht übrig. William schluchzte laut vor sich hin und hielt seine Hand, aus der das Blut auf uns beide tropfte, weit von sich gestreckt. Hannah lag in Tränen aufgelöst und mit dem Gesicht nach unten praktisch in einem Minenfeld, und als ich ihr aufhelfen wollte, stieß sie mich weg. In diesem Augenblick sah ich rot. Ich konnte nicht anders. Ich baute mich vor Hannah auf und brüllte auf sie hinab. Ich schrie meine ganze Angst hinaus, die sich in Wut auf die ganze Welt verwandelt hatte. Ich weiß nicht mehr genau, was ich dahinzeterte, und will es auch nicht unbedingt wissen. Während ich sie anschrie, packte ich ihren Arm und zerrte sie aus der Gefahrenzone. Bestimmt tat ihr Arm dabei weh, doch ihr Gebrüll klang, als würde ich ihn amputieren.

Als ich mich umdrehte, um Hannah hinter mir auf einem ungefährlichen Fleckchen Fußboden abzusetzen, bemerkte ich, dass sich noch jemand im Raum befand. Adams Mutter Norma stand hinter mir, leichenblass, mit vor Entsetzen herunterhängendem Unterkiefer angesichts der dramatischen Szene, deren Zeugin sie war. Hannah hing an einem Arm in der Luft, ließ sich aber nicht absetzen, hatte ihre Beine um die meinen geschlungen. Ich drohte, das Gleichgewicht zu verlieren.

«Die Tür stand auf.» Norma war schon immer ein Höflichkeitsfreak gewesen.

«Hilf mir», sagte ich, aber sie bewegte sich nicht. Stattdessen schien sie sich vor selbstgerechter Empörung aufzuplustern.

«Was um alles in der Welt geht hier vor?»

«Hilf mir schon», beharrte ich. «William hat sich die Hand geschnitten. Nimm ihn mir kurz ab.»

Sie starrte uns an und wurde, soweit dies überhaupt möglich war, noch ein wenig blasser, doch schließlich näherte sie sich und streckte uns ihre unwilligen Arme entgegen. Ich gab ihr William, bemerkte dabei, dass mein Bademantel aufgegangen war, doch Norma wäre noch nicht einmal aufgefallen, wenn ich nackt gewesen wäre. Sie war zu sehr damit beschäftigt, den schreienden, blutenden kleinen Jungen in ihrem Arm zu inspizieren. Sein Gesicht war vom Brüllen rot und fleckig geworden, und Norma betrachtete ihn, als sei er ein Marsmännchen.

Nachdem ich nun beide Hände frei hatte, packte ich Hannah sanft unter den Armen, hob sie hoch und löste ihre klammernden Beinchen von den meinen. Sie schluchzte, als sei ihr Herz gebrochen, was durchaus denkbar war. Noch nie hatte ich sie angebrüllt. Obwohl sie nun auf meinem Arm war, weigerte sie sich, mich anzuschauen, und ihre Unterlippe blieb heruntergezogen und zittrig, nachdem ihre Tränen längst getrocknet waren. Ich untersuchte sie rasch von oben bis unten, fand jedoch keine Schnittverletzungen. Dann ging ich mit ihr ins Badezimmer und schnappte mir Mulltücher und antiseptisches Spray für William. Als ich mit Hannah auf dem Arm ins Wohnzimmer zurückkehrte, saß Norma mit ihm auf dem Sofa meiner Mutter und hatte ihn so weit beruhigt, dass sie das Blut auf seiner Hand wegtupfen konnte.

«Was machst du hier?» Ich hatte mich nicht gesetzt und war auf der Hut.

«Das sind meine Enkelkinder», sagte sie in jenem pedantischen Tonfall, der mich schon immer verrückt gemacht hatte. Sie schaute mich beim Sprechen nicht an, wozu ihr das Säubern von Williams Hand ein willkommenes Alibi lieferte. Zwar erhob sie ihre Stimme nicht, doch sie spie ihre Worte förmlich aus.

«Du hast sie mir lang genug vorenthalten. Ich musste von ihrer Existenz aus der Zeitung erfahren.»

«Es tut mir Leid wegen Adam», sagte ich. Es musste irgendwann gesagt werden, und außerdem wollte ich von ihrem Vorwurf ablenken. Nicht ich, sondern Adam hatte ihr die Enkel vorenthalten, doch für derlei Haarspalterei war dies nicht der geeignete Augenblick. Die Frau sah vollkommen zerstört aus, etwa hundert Jahre älter als vor beinahe zwei Jahren, als ich sie zuletzt gesehen hatte. Natürlich war sie wie immer korrekt gekleidet: Sie trug einen Mantel von Country Casuals über einem Jaeger-Rock, dazu Bally-Stiefel. Ich mag mich irren, aber ich vermute, dass sie jemand ist, der an bewährten Marken festhält, ganz gleich, was geschieht. Ungewöhnlich war jedoch, wie sie die Sachen willkürlich zusammengeworfen hatte, wie nichts wirklich zusammenpasste und wie ihr weißes Haar, sonst so sorgfältig frisiert, lose und wild im Gesicht hing. Ihr Mund arbeitete unentwegt, als habe sie an etwas zu kauen, und sie hatte ein nervöses Zucken am Augenwinkel. Sie saß auf dem Sofa, hielt den Sohn ihres toten Sohns im Arm, und plötzlich wurde meine Abneigung gegen sie von einer Woge des Mitleids fortgespült. Wie ich erst später begriff, hatte sie vor Trauer fast den Verstand verloren.

«Erst ermordest du meinen Sohn, und dann hast du die Stirn, mir zu sagen, es täte dir Leid?» Sie holte empört Luft, die Schultern hochgezogen. William hatte sich auf ihrem Arm beruhigt. Er hatte aufgehört zu weinen und betrachtete voller Faszination das Gesicht seiner Großmutter. Es war ein neues Gesicht, und lauter interessante Dinge gingen darin vor sich.

«Ich habe deinen Sohn nicht umgebracht», sagte ich ruhig.

«Schau dich doch mal an, du Schlampe», zischte sie. «Noch nicht einmal angezogen bist du, der Boden ist übersät mit

Scherben, und du brüllst deine Kinder an. Du bist unfähig, für sie zu sorgen; was auch immer du für Rechte als Mutter gehabt haben magst, du hast sie verwirkt.»

Sie drehte sich auf dem Absatz um und marschierte mit William auf dem Arm in Richtung Tür. Einen Moment lang war ich wie gelähmt. Ich konnte nicht fassen, was vor sich ging, dass diese Frau einfach von der Straße hereinspaziert kam und allen Ernstes versuchte, mein Kind zu entführen. Heißer Zorn brodelte in mir auf.

«Was soll das?» Ich holte sie im Flur ein und baute mich vor der Tür auf, verstellte ihr den Weg. Sie versuchte, sich links an mir vorbeizudrängen, aber ich schnitt ihr den Weg ab, wodurch der Garderobenständer zu Boden ging und uns haarscharf verfehlte.

«Bei dir ist er doch in Gefahr; womöglich bringst du *ihn* dann als Nächsten um.» Sie zitterte vor Wut.

«Gib ihn her», befahl ich, aber sie ignorierte mich und versuchte abermals, an mir vorbeizukommen. Wieder konnte ich mich ihr in den Weg stellen, obwohl ich durch Hannah, die sich an mich klammerte und wegen unseres Streits loswimmerte, behindert wurde.

«Tut mir Leid», flüsterte ich Hannah zu und versuchte, sie abzusetzen. Doch sie krallte sich noch fester an mich, und diesen Moment nutzte Norma, um sich an mir vorbeizuschieben und die Tür zu öffnen. Ich packte ihren Arm, setzte einen Fuß vor, um die Tür zu blockieren, und ehe wir uns versahen, rangen wir miteinander, wobei sich Hannah an meinen Knöchel klammerte und William verzweifelt kreischte, die Arme nach mir ausstreckte und sich in meinem Bademantel verkrallte, der daraufhin aufging.

Norma riss die Tür auf, und wir fielen alle zu Boden, ein Knäuel wild rudernder Gliedmaßen. Im nächsten Augenblick beugten sich Leute über uns, Hände hoben William hoch, lösten ihn von meinem Hals, wo er wie eine Klette hing. Irgendetwas rann mir in die Augen. Ich wischte es weg und sah, dass es Blut war. Eine Hand packte die meine. Ich zog mich daran hoch auf die Knie und stand dann auf, plötzlich Aug in Aug mit dem Rudel überraschter Journalisten, das nicht erwartet hatte, dass ihnen ihre Story förmlich vor die Füße fallen würde.

«Los, rein mit Ihnen», knurrte Oberkommissar Finney und stieß mich zurück ins Haus, während hinter uns die Kameras losklickten. Voller Panik schaute ich mich nach den Kindern um, schnappte sie und klemmte sie mir unter die Arme. Kommissarin Mann, immer in Finneys Nähe, blieb bei Norma, die am Fuße der Treppe saß, den Kopf in die Hände vergraben, mit bebenden Schultern. Ich trug die schluchzenden, sich an mich klammernden Kinder ins Wohnzimmer. Finney folgte mir, sichtlich erregt.

«Was ist denn hier passiert?» Mit einem Blick erfasste er die ganze Bescherung: Die Scherben in einer Pfütze aus Apfelsaft, der Klumpen blutiger Mulltücher.

Ich schüttelte den Kopf, während ich mechanisch meine Kinder tätschelte, streichelte und sie tröstete. Zitternd vor Wut und Scham, vermochte ich kein Wort hervorzubringen.

«Sie taugt nicht als Mutter.» Normas Worte, selbst in ihrem Anfall von Hysterie noch pedantisch, drangen von der Straße zu uns. «Ich werde nicht zulassen, dass sie meine Enkel umbringt, nachdem sie schon meinen Sohn ermordet hat. Ich werde es nicht zulassen. Das Gericht wird mir Recht geben. Die Kinder werden bei mir leben, ich werde gut für sie sorgen …», und an dieser Stelle gingen ihre Worte im Schluchzen unter.

Finney blies die Backen auf.

«Hier», sagte er und reichte mir das Paket mit den Mulltüchern. «Damit können Sie Ihre Platzwunde säubern. Wir bringen Ihre Schwiegermama jetzt nach Hause. Dann kommen wir wieder.»

Als sie fort waren, säuberte ich zunächst den Boden, dann mich, derweil ich die Kinder, die sich ein wenig gefangen hatten, zur Beruhigung vor dem Fernseher ließ. Schließlich rief ich meine Mutter an und erzählte ihr, was vorgefallen war.

«Sie wird doch wohl nicht das Sorgerecht beantragen können, oder?»

«Ich bezweifle es», sagte sie, doch ich kannte ihre Stimme zu gut. Sie klang besorgt und konnte mir die felsenfeste Gewissheit, die ich brauchte, nicht geben.

17

WAS HATTE ICH MIR NUR dabei gedacht? Dass Richard Carmichael mir die Tür öffnen und sagen würde: «Ah, die junge Frau, die ihren Ex totgefahren hat, bitte, kommen Sie herein, was kann ich für Sie tun?» Offenbar wähnte ich mich immer noch in einem anderen Universum, wo man bis zum Beweis des Gegenteils unschuldig ist. Es ist schon erstaunlich, wie man so alt werden und dabei so naiv bleiben konnte.

Die Begegnung spielte sich in Wirklichkeit etwa folgendermaßen ab: Im Schutze der Dämmerung, nachdem sich die Reihen der Presseleute ein wenig gelichtet hatten, schlich sich die Mordverdächtige durch die Hintertür aus dem Haus und lief ums Karree, um an der Tür des Nachbarn zu klopfen, mit dem sie vor relativ kurzer Zeit, nach dem Tod der Ehefrau des besagten Nachbarn, eine recht zivilisierte Unterhaltung geführt hatte. Mordverdächtige hob Türklopfer, klopfte an. Nachbar öffnete und starrte sie ungläubig an, mit gerunzelter Stirn. Mordverdächtige, schon in der Defensive, ergriff das Wort. Vielmehr plapperte sie einfach drauf los.

Sie wollte fragen, ob ihr Nachbar vielleicht ein paar Minuten Zeit für sie habe, sie versuche den Tod ihres ehemaligen Geliebten und den Tod der Ehefrau des besagten Nachbarn aufzuklären. Nachbar, mehr Löwe denn je, die Augen zu Schlitzen verengt, die Zähne gebleckt, zog seinen Kopf zurück, als wolle er gleich nach diesem nervenden Wesen, das vor ihm stand, schnappen.

«Ich bin ungern unhöflich, aber Sie haben ja wohl nicht alle Tassen im Schrank», sagte er. «Auf Wiedersehen.»

Und damit schlug der Nachbar die Tür vor der Nase der Nachbarin zu.

Ich habe gelesen, was Paula Carmichael über den Selbstmord geschrieben hatte. Es stand nicht in ihrem Abschiedsbrief, sondern war ein Tagebucheintrag, geschrieben in der Woche vor ihrem Tod. Aus dem Tagebuch waren ihre sehr privaten Gedanken in die Zeitung gelangt und standen dort in unmittelbarer Nachbarschaft zu einem Inserat für Fitness-Ausrüstung. Darunter hatte ein Arzt, vermutlich in dem verzweifelten Versuch, die Veröffentlichung zu rechtfertigen, Platz für einen Artikel zugewiesen bekommen, in dem die Symptome der Depression beschrieben und die Leser aufgefordert wurden, ihren Arzt aufzusuchen, falls sie derartige Symptome bei sich feststellten. Für jedes Problem gäbe es eine Lösung, schloss der Arzt munter. Das Antidepressivum schien jedoch in Paula Carmichaels Fall die falsche Antwort auf ihre Seelenqual gewesen zu sein.

Wenn ich doch nur im Schlaf Trost fände, könnte ich vielleicht weitermachen, aber ich wache mitten in der Nacht auf und fange an zu grübeln, noch ehe mir klar ist, dass ich wach bin. Meine Gelenke schmerzen vor Schuldgefühl, mein Gehirn sucht verzweifelt nach einem Sinn. Es wird noch verrückt dabei. Es fängt an, sich gegen die Gitterstäbe zu werfen. Logisches Denken, Verhältnismäßigkeit, all dies ist mir mittlerweile fremd. Ich bin nackt und hässlich, ich bin aufgedunsen, beschwert von der Last all meiner Unterlassungen und all meiner Unterlassungssünden. Ich habe niemanden, dem ich mich in meiner Hässlichkeit offenbaren könnte, niemanden, der sie von mir nehmen könnte. Die schwarzen Schatten kriechen immer näher, und ich bin nicht in der Lage, auch nur einen Finger zu krümmen, um sie aufzuhalten.

Ich las den Auszug und versuchte, ihn nach allen denkbaren Richtungen auszulegen. Dass Paula Carmichael in Not war, war offensichtlich, doch schien mir ein Zustand, in dem man sich seiner Sterblichkeit bewusst wird und ihr aus Schwäche nichts entgegenzusetzen hat, nicht gerade identisch zu sein mit Todessehnsucht. Um von einem Balkon zu springen, muss man Muskeln in Bewegung setzen, muss abspringen, sich in die Leere werfen und in den eigenen Tod stürzen lassen. Ich war keineswegs überzeugt, dass dieser Tagebucheintrag eine Notiz über den Selbstmord war.

Seit Normas Entführungsversuch hatte meine Mutter ihre distanzierte Haltung aufgegeben. Sie stand nun wieder an meiner Seite und kämpfte mit mir, Schulter an Schulter. Sie versuchte, Finney dazu zu bewegen, eine öffentliche Erklärung des Inhalts abzugeben, dass es keinen Beweis für meine Schuld am Tod von Adam Wills gab, doch wie wir alle wissen, ließen sich keine Beweise schlecht beweisen. Sie würde diese Schlacht nicht gewinnen, da war ich mir sicher, und ich vermutete sogar, dass eine solche Erklärung letztlich mehr schaden als nützen könnte – sowohl ihm als auch mir. Finney schüttelte erwartungsgemäß den Kopf. Er konnte es nicht, er würde es nicht tun. Es überraschte mich, wie gesagt, nicht. Was mich hingegen überraschte, war das Bedauern in seinem Blick. Er sah mich an, als hätte er mir gern geholfen. Es war natürlich nichts Konkretes, dieses Aufblitzen von Mitgefühl in seinem Blick, das ich glaubte, wahrgenommen zu haben, doch es machte mir Mut. Ich musste mich mit den

Menschen umgeben, die an mich glaubten, die ich um Hilfe bitten konnte oder denen ich zumindest zutrauen konnte, dass sie mich nicht ans Messer lieferten. Ich erstellte eine Liste derer, die ich liebte. Die Liste war enttäuschend in puncto Länge, aber ermutigend in puncto Qualität.

Erika hatte es nicht auf die Liste geschafft; tatsächlich wäre sie auf einer gänzlich anderen Liste gelandet. Doch an dem Donnerstag nach Normas Besuch, als ich einen neuen Tiefpunkt erreicht hatte, rief sie mich überraschend an. Sie erzählte, sie sei am vorigen Abend im Pub gewesen, wo «meine Freunde sagen, ich bin vielleicht etwas taktlos gewesen, und fragen, was Sie sind für ein Mensch und ob Sie jemanden umbringen würden, und ich antworte, dass ich Sie nicht gut kenne, aber es nicht glaube». Von diesem Anflug von Selbstkritik ging sie nahtlos zu der Frage über, ob ich bereits jemanden für die Kinderbetreuung gefunden hätte.

Das hatte ich nicht, und es machte mich schier wahnsinnig. Meines Erachtens hatte ich folgende Wahl: Ich konnte mich entweder zurücklehnen, mich um meine Kinder kümmern und es Finney überlassen, die Sache zu klären – vielleicht würde ihm das irgendwann sogar gelingen –, oder ich machte mich selbst auf und versuchte, in Eigenregie Licht in die Angelegenheit zu bringen, wobei ich jedoch in der Lage sein musste, nach Belieben kommen und gehen zu können. Ich musste gehen können, wohin mich dieses furchtbare Durcheinander auch immer führen mochte, und vor allem musste ich die Gewissheit haben, dass die Kinder in Sicherheit waren. Normas Versuch, William zu entführen, war vielleicht halbherzig gewesen, doch ich wusste nicht, was sie sich in ihrem vor Schmerz kranken Hirn sonst noch würde einfallen lassen. Ich war mit den Kindern wieder zurück nach Hause gezogen. Nachdem die Presse meine Mutter ebenfalls ausfindig gemacht hatte, gab es keinen Grund mehr, noch länger bei ihr zu bleiben.

Meine überarbeitete Mutter hatte ich nicht bitten wollen, neben der Rolle als meine Anwältin auch die Kinderbetreuung zu übernehmen. Tanya und Patrick hatten ihre eigenen Probleme zu bewältigen, und Lorna war wahrlich nicht in der Lage, als Babysitter einzuspringen. Zwar hatte ich mich Hilfe suchend an eine Kinderbetreuungsagentur gewandt, doch nachdem sich die Frau am anderen Ende des Telefons meinen Namen und meine Wünsche notiert hatte, brauchte sie nicht lange, um eins und eins zusammenzuzählen. Kaum hatte ich erwähnt, dass ich von einem Kindermädchen auch erwartete, eine eventuelle Entführung zu vereiteln, hatte sie mich unterbrochen und mir sehr bestimmt mitgeteilt, dass sie nicht die richtige Agentur für mich seien. Ich schien keine andere Wahl zu haben, als Finney die ganze Sache zu überlassen. Und genau das konnte ich nicht.

«Denn, wissen Sie», meinte Erika gerade, «ich mag Ihre Kinder sehr gern, sie sind süß, und wenn Sie möchten, kann ich weiter für Sie arbeiten.»

Ich nahm sie sofort beim Wort. Zwar würde es mich ein Vermögen kosten, aber immerhin stand ich wieder auf der Gehaltsliste des Konzerns, auch wenn ich zwangsbeurlaubt war. Als Person konnte ich Erika nicht ausstehen, doch sie würde, da war ich mir sicher, gut für die Kinder sorgen, die sie im Übrigen zu mögen schienen. Was für mich jedoch in meiner momentanen Lage wohl noch wichtiger war, waren ihre Fertigkeiten im Kampfsport, die sie auf ihrem Lebenslauf erwähnt hatte. Ein gezielter Tritt gegen die Schulter, und Norma wäre kein Problem mehr. Ich wünschte nur, ich könnte diejenige sein, die ihr diesen Tritt verpasste. Insgesamt war Erika die Antwort auf meine Gebete. Selbst als sie fünfzig Prozent Gehaltserhöhung forderte, «weil, wissen Sie, ich fürchte schon, dass es recht stressig wird», zuckte ich nicht mit der Wimper. Ich nahm sie mit offenen Armen wieder auf. Sie sollte noch am gleichen Abend anfangen, damit ich Jane treffen konnte.

«Du siehst ja grauenhaft aus», begrüßte mich Jane. Sie war jedoch feinfühlig genug, dies leise festzustellen. Wir befanden uns an einem öffentlichen Ort, und das Letzte, was ich wollte, war, Aufsehen zu erregen. Als ich das Haus verlassen hatte, um Richard Carmichael aufzusuchen, konnte ich trotz der hereinbrechenden Dunkelheit vor meiner Tür einen hartnäckigen Kameramenschen ausmachen. Sehr lange würde ich meinen Fluchtweg über den Hinterhof nicht mehr geheim halten können. Um möglichst wenigen fremden Blicken in Bus und U-Bahn ausgesetzt zu sein, und da mein eigener Wagen noch von der Polizei beschlagnahmt war, hatte ich mir sogar ein Auto gemietet.

Jane pellte sich aus einem langen gestreiften Schal und ihrem Mantel, den sie mitsamt Schal über ihre Stuhllehne legte. Sie schaute stirnrunzelnd zu dem Lautsprecher über unserem Tisch auf, aus dem eine besonders frenetische Art des Jazz herabschallte.

«Gibt's hier nix Ruhigeres?»

Ich schüttelte den Kopf. Als ich angekommen war, hatte man Händel gespielt, das Bistro war menschenleer gewesen und hatte angenehm ruhig gewirkt, auch wenn das auf der Aldwych Street kaum denkbar ist. In den zwanzig Minuten, die ich auf Jane gewartet hatte, hatte sich das Lokal immer mehr gefüllt mit Leuten, die geradewegs von der Arbeit kamen. Vorsichtshalber hatte ich den Kragen meiner Jacke hochgeschlagen und mich in die Karte vertieft, doch ich spürte bereits Blicke auf mir.

Wir bestellten beide ein Glas Weißwein, doch als der

Wein schließlich vor mir stand, widerstand mir der saure Geschmack, sodass ich um ein Glas Leitungswasser bat, was der Kellner zu überhören beschloss. Ich bestellte eine Flasche Evian, die jedoch ebenfalls auf sich warten ließ. Nach einer Weile schaute ich mich suchend nach dem Kellner um und entdeckte ihn am anderen Ende des Raums, wo er hastig von einem Tisch zum anderen eilte und zunehmend gestresst aussah.

«Die haben ganz schön zu tun», bemerkte Jane.

«Das seh ich», erwiderte ich so schnippisch, dass ich mich sofort entschuldigte. «Tut mir Leid, aber ich habe überhaupt keine Lust, hier zu bleiben.»

«Dann lass uns gehen», sagte Jane. Sie holte Geld aus ihrer Tasche und legte es auf den Tisch. Wir warfen uns wieder in Mantel und Schal und traten hinaus an die frische Luft. Lange sprachen wir kein Wort, folgten einfach unserer Nase, die Surrey Street hinunter und in Richtung Themse. Als wir an einer geöffneten Imbissstube vorbeikamen, hielt Jane an.

«Ich sterbe vor Hunger», sagte sie. Ich folgte ihr, auch wenn ich keinen Hunger hatte, was Jane jedoch nicht abhielt, mir ein warmes Baguette mit gebratenem Speck, Salat und Tomaten sowie einen Kamillentee zu bestellen.

«Du musst was essen, Mädchen, sonst bist du zu nichts nutze», sagte sie. Ich nahm die braune Papiertüte widerstrebend entgegen, und dann gingen wir weiter zum Fluss. Es war eigentlich viel zu kalt, um abends draußen zu sitzen, aber wir entschieden uns für eine Bank unter einer Straßenlaterne, setzten uns und nippten an unserem heißen Tee. Von der Nachbarsbank beäugte uns ein Mann trübselig. Er hatte sich gegen die Kälte in Pappe und Zeitungspapier eingewickelt und schien sich durch unsere Stimmen gestört zu fühlen, weshalb wir leiser sprachen.

«Dir ist doch klar, dass ich es nicht war, oder?» Jane stand ganz oben auf meiner Liste der Menschen, denen ich vertrauen konnte, und dort musste sie auch unbedingt bleiben.

Sie zögerte nur einen Bruchteil einer Sekunde, doch sie zögerte, und was sie schließlich sagte, war nicht das, was ich hören wollte.

«Ich hätte gern mehr über das Testament erfahren», sagte sie. «Das ist es, was die Sache so schlimm aussehen lässt. Wie um alles in der Welt konntest du so etwas nur vergessen?»

Zunächst war ich sprachlos, und sie drang auch nicht in mich. Ich glaube, sie wusste, was in mir vorging. Ich hatte uneingeschränkte Loyalität erwartet, und sie konnte nicht damit dienen.

«Alles in mir sagt mir, dass du es nicht warst», meinte sie schließlich, während sie über das dunkle Wasser schaute. «Ich würde dir mein Leben anvertrauen, aber ich habe auch einen Verstand, und der stellt mir diese klitzekleinen unangenehmen Fragen, die ich nicht einfach zum Verstummen bringen kann. Alles, worum ich dich bitte, ist eine Erklärung.»

«Ich sollte mich nicht rechtfertigen müssen, wenn ich nichts verbrochen habe.» Meine Stimme war heiser vor Zorn. Das Schweigen zwischen uns zog sich in die Länge, doch nach einer Weile beruhigte ich mich ein wenig und versuchte, mir die Situation unter umgekehrten Vorzeichen vorzustellen: sie als die Mordverdächtige, ich als ihre Freundin. Wahrscheinlich hätte ich ebenfalls Fragen.

«Weißt du noch, als Adam die Sendung *Frontlinien* gedreht hat?»

«In Afghanistan?»

«In Afghanistan, genau. Über humanitäre Helfer, die in Krisengebieten ihr Leben riskieren.»

«Das war, als du gemerkt hast, dass du schwanger warst.»

Ich schüttelte den Kopf.

«Das war, als ich dir erzählt habe, dass ich schwanger bin.

Gemerkt habe ich es eine Woche vor seiner Abfahrt, und in dieser Woche war er der glücklichste Mann der Welt. Abgesehen von seiner Reise nach Afghanistan, die ihm plötzlich überhaupt nicht mehr geheuer war. Immer wieder fing er davon an, was wir denn nur ohne ihn machen würden, sollte er dort umkommen, ob er die Reise nicht lieber abblasen solle, und ich winkte jedes Mal ab und meinte einfach nur, ihm passiere schon nichts. Irgendwann erzählte er mir, er habe mit seinem Anwalt gesprochen und wolle ein Testament aufsetzen; ich hab ihn ausgelacht. Warum ich so herablassend war, versteh ich heute gar nicht mehr, schließlich sind 'ne ganze Reihe Journalisten umgekommen, muss was mit meinen Hormonen zu tun gehabt haben. Oder mit seiner fixen Idee, dass er uns den Unterhalt sichern musste, dass er die Brötchen würde verdienen müssen. Irgendwie hat mich das geärgert. Am Tag vor seiner Abreise sagte er mir dann, falls ihm etwas zustoßen sollte, fände ich eine Kopie seines Testaments in der Schreibtischschublade. Ich hab ihn überhaupt nicht ernst genommen. Ich hab die Augen verdreht und wie üblich gemeint, ja, ja, ja, wird schon nichts schief gehen. Keinen weiteren Gedanken habe ich daran verschwendet, und gesehen habe ich das Testament auch nie. Obenauf in der Schublade hat es jedenfalls nicht gelegen.»

«Aber die Polizei hat es doch unter deinen Papieren gefunden.»

Ich zuckte mit den Achseln.

«Als ich ausgezogen bin, habe ich einfach alle Papiere aus der Schreibtischschublade zusammengekramt – das meiste davon gehörte ohnehin mir, weil er diese Schublade nicht benutzte – und in einen Karton geworfen. Ich habe den ganzen Krempel nie durchgesehen, und bis jetzt, bis Finney alles mitgenommen hatte, gab es keinen Anlass, den Karton auch nur anzurühren. Aber sie hätten das Testament früher oder später sowieso gefunden. Sein Anwalt hat sicher eine Kopie.»

«Hast du das der Polizei so erzählt?»

«Natürlich.»

«Und sie glauben dir nicht? In meinen Ohren klingt das absolut plausibel.»

«Du bist mir ja auch wohlgesonnen. Was man von Oberkommissar Finney nicht behaupten kann. Für ihn klingt das nach einer Lüge, wenn auch nach einer plausiblen.»

Wir schwiegen eine Weile und beobachteten die Maserung des Wassers, im Hintergrund das unentwegte Summen des Verkehrs wie weißes Rauschen.

«Wie fühlst du dich jetzt, wo er nicht mehr da ist?»

Ich schüttelte den Kopf. «Das ist es, was ich nicht verstehe: Ich vermisse ihn schrecklich. Dabei haben wir uns vor über einem Jahr getrennt, und ich bin auch ohne ihn gut zurecht gekommen, aber plötzlich ist er tot, und das trifft mich, als seien wir nie getrennt gewesen.»

«Die meisten Leute glauben, du wärst froh, dass er tot ist.»

«Und dabei sitze ich hier mit gebrochenem Herzen.»

Jane legte den Arm um mich, und ich lehnte meinen Kopf an ihre Schulter und verharrte so einen Augenblick, rang mir dann ein Lachen ab und rieb mir die Augen.

«Ich hole mir hier den Tod», sagte ich. «Komm, lass uns in einen Pub gehen.»

Während wir zum Lions Crown marschierten, meinte Jane: «Vielleicht fühlst du jetzt so, weil du nie die Chance hattest, um ihn zu trauern, als ihr euch getrennt habt. Du warst zu beschäftigt mit den Kindern.»

«Vielleicht.»

Die Menge der zum Dämmerschoppen aufgelegten Berufstätigen hatte sich mittlerweile fast vollständig aufgelöst;

sie waren wahrscheinlich bereits auf der Heimfahrt zu ihrem Nachtlager, sodass wir einen leeren Tisch neben dem Kamin fanden. Ich ging zur Bar, wo ich Jane einen Rotwein und mir einen Whiskey bestellte. Ich brauchte jetzt etwas Sauberes, Starkes, Einfaches. Etwas, das auf dem Weg in den Magen brannte.

«Ich brauch deine Hilfe», sagte ich, als ich mit den Getränken an unseren Tisch zurückkehrte. Jane hatte sich in der Zwischenzeit ihren Mantel ausgezogen, und ich folgte ihrem Beispiel.

Sie schaute mich an, als sei ich verrückt.

«Was hast du vor? Willst du jetzt Meisterdetektivin spielen?»

Ich blieb ernst. «Ich sitze in der Tinte, Jane.»

«Ich weiß, aber …»

«Es fehlt nicht mehr viel, und sie nehmen mir die Kinder weg.»

Jane schüttelte den Kopf und vermied Blickkontakt, erwiderte jedoch nichts. Sie wollte es nicht glauben. Ich wollte es selbst nicht glauben, aber schließlich hatte ich mit eigenen Augen gesehen, wie Kommissarin Mann am Abend von Adams Tod ins Kinderzimmer gelaufen war, um sich zu vergewissern, dass ich nicht meine eigenen Kinder umgebracht hatte. Die meisten Mordfälle sind Familienangelegenheiten, und einige Mörder können, wenn sie erst einmal angefangen haben, nicht mehr aufhören.

«Wenn du glaubst, ich könnte etwas tun, dann sag Bescheid», meinte sie schließlich. Es klang widerstrebend, aber ich hatte nicht mit mehr gerechnet.

«Danke. Es ist so: Ich glaube, dass Adams Tod irgendwie mit dem von Paula Carmichael zusammenhängt», erklärte ich ihr. Sie wollte mich unterbrechen, doch ich bat sie zu schweigen. «Lass mich ausreden. Es ist einfach ein zu großer

Zufall. Sie kannten sich, sie haben miteinander gearbeitet. Wenn es stimmt, was Finney mir erzählt hat, dann hat die Polizei den Fall Paula Carmichael zu den Akten gelegt. Wenn es etwas gibt, was ich im Gegensatz zur Polizei weiterverfolgen kann, dann das. Und zwar an der Stelle, wo Paula Carmichael und Adam zusammenkamen, und diese Verbindung muss mit der Arbeit zu tun haben.»

Ich hielt inne und wartete auf Janes Einwände, doch sie schaute mich lediglich an, den Kopf zur Seite geneigt.

«Suzette weiß von keiner Freundschaft zwischen den beiden», fuhr ich fort, «also hat sich, was immer zwischen den beiden war, vielleicht erst entwickelt, nachdem die Sendung im Müll gelandet ist.»

«Vielleicht haben sie sich gehasst», schlug Jane vor. «Vielleicht hat Adam Paula ermordet. Hast du daran schon mal gedacht?»

Ich starrte sie an. «Ich glaube nicht, dass ich darüber nachdenken möchte», meinte ich langsam.

«Was bist du nur für eine lausige Detektivin», grummelte Jane. «Aber gut, wenn du darauf bestehst, tun wir einfach so, als hätten sie sich geliebt.»

Schweigend ließen wir uns die Tragweite dieser Annahme durch den Kopf gehen.

«Ich sprech mal mit Ray», sagte Jane.

«Ich hab ihm schon mehrere Nachrichten hinterlassen, aber er ruft mich nicht zurück.»

Raymond McLean war offiziell für die Berichterstattung über Adams Tod zuständig. Er hatte gute Kontakte zur Polizei, und es gab eine Zeit, da waren wir befreundet gewesen. Offensichtlich zählte das momentan nicht mehr.

«Ich kümmere mich um Maeve und Terry und versuche, ein wenig mehr über den Dokumentarfilm herauszufinden», meinte ich.

Sie nahm einen Schluck von ihrem Wein, nickte mir zu, und ich nickte zurück. Wir hatten einen Aktionsplan. Jedenfalls etwas in der Art. Es war besser als nichts.

18

ICH SETZTE GANZ auf Maeves Gnade, rechnete damit, dass sie keine kannte, und wurde nicht enttäuscht.

«Unmöglich», sagte sie und hob ihre perfekt manikürten Hände zu einer elegant abwehrenden Geste. «Wenn es nach mir ginge, könntest du deine Stelle natürlich sofort wieder haben, aber … es geht nun mal nicht nach mir.»

«Maeve, ich musste mich heute Morgen durch einen Pulk von Kameraleuten kämpfen – einer davon übrigens vom Konzern –, um überhaupt hierher zu gelangen. Wie, glaubst du, fühlt man sich dabei? Du hast heute doch bestimmt den Kommentar in der Zeitung gelesen, in dem meine Verhaftung gefordert wird.» Ich zitierte aus dem Artikel, den ich auswendig konnte: «‹Ballantynes Suspendierung zeigt deutlich, dass der Konzern ihr das Vertrauen entzieht. Weiß der Konzern mehr als die Polizei?› Ist es das, was du willst, Maeve? Willst du, dass der Konzern mich fallen lässt?»

Maeve schüttelte den Kopf, wobei sich ihr Helm aus dunklem Haar kaum bewegte. Ich spürte, dass sich die Lage seit unserem letzten Gespräch verschärft hatte. Auch wenn ich es nicht wahrhaben wollte, wusste ich, dass nun, da sich die Indizien gegen mich häuften, die Unentschlossenen Position beziehen mussten, und Maeve war offensichtlich im gegnerischen Lager gelandet. Und vermutlich leistete ihr das Management dort mehrheitlich Gesellschaft. Ich war ein zu heißes Eisen, ich hatte den Konzern hängen lassen, ich war nicht mehr aus ihrem Holz geschnitzt. So oder so ähnlich dürften wohl die Urteile aus den Sitzungsräumen lauten. Doch ob dies auch hieß, dass Maeve mir zutraute, Adam ermordet zu haben, ließ sich seltsamerweise nicht recht sagen. Sie hatte mich höflich, aber ohne alle Herzlichkeit begrüßt, womit sie entweder die Mörderin oder die Verursacherin ihrer Unannehmlichkeiten strafen wollte. Aus ihrem Blick sprach keine Angst, aber auch keine Freundschaft, noch nicht einmal die hauchdünne Freundschaft, auf die sie spezialisiert war.

«Wenn es dein Job wäre, Kaffee zu kochen oder Papiere zu sortieren, dann ließe es sich vielleicht machen», fuhr Maeve fort. «Aber als RUER für den Konzern muss dein Ruf makellos, musst du moralisch völlig integer sein. Außerdem», übertönte sie meine Einwände, «hättest du Zugang zu hoch vertraulichem Material und stündest unter enormem Stress. Daher lautet die Antwort ganz klar: Nein, du kannst deine Arbeit nicht aufnehmen.»

Frustriert stieß ich einen Seufzer aus, der keineswegs gespielt war. Zwar hatte ich diese Antwort erwartet, aber die Ungerechtigkeit war für mich schwer hinzunehmen.

«Okay, verstehe. Aber ich kann nicht den ganzen Tag zu Hause sitzen. Ich mach alles, ich mach, was immer du willst, ich koch gern den Kaffee. Wenigstens sähe man dann, dass der Konzern mir zumindest zutraut, euch nicht alle zu vergiften.»

Maeve meinte, nein, auch den Kaffeejob könnte ich nicht haben, worauf ich mich in meinem Sessel zurücklehnte und eine Reihe anderer subalterner Jobs vorschlug, zu denen sie, wie ich wusste, ebenfalls Nein sagen würde. Mein einziges Ziel war, sie zu zermürben, und tatsächlich versuchte sie, nachdem wir eine Zeit lang über eventuell frei werdende Stellen für Toilettenfrauen diskutiert hatten, mich loszuwerden.

«Hör zu, Robin», meinte sie mit Blick auf die Uhr. «Ich habe gleich eine Besprechung, und wir kommen hier wirklich nicht weiter.»

«Wird Terry dort sein?», fragte ich.

Sie nickte, wenn auch zurückhaltend, und ich war mir ziemlich sicher, dass sie diese Besprechung erfunden hatte.

«Na, dann komm ich mit, wenn's dir recht ist. Ich muss kurz mit ihm sprechen.»

Sie ließ ihren Kopf auf ihre Hände sinken und rieb sich die Stirn. «Robin …»

Ich unterbrach sie.

«Maeve, ich stehe zwar wieder auf eurer Gehaltsliste, aber ich habe noch nicht einmal einen Ausweis für das Konzerngebäude», beschwerte ich mich. «Ich muss mich wie jeder x-beliebige Besucher registrieren lassen. Das sieht so aus, als hättest du mich gefeuert, als hättest du Angst davor, mich in das Gebäude zu lassen. Lass mich doch wenigstens herkommen, mich in die Bibliothek setzen und ein wenig recherchieren, damit ich der Presse erzählen kann, ich würde an einer Sendung arbeiten, und ihnen dadurch zeigen kann, dass ich meine Zukunft im Konzern und nicht in irgendeinem Frauengefängnis sehe. Und dann lass ich dich auch in Ruhe. Versprochen.»

Maeve schaute mich einen Augenblick ausdruckslos an, bevor sie schwer seufzte. Sie drehte ihren Stuhl um und tippte etwas auf ihre Tastatur, druckte es aus, las es durch, unterschrieb es und reichte es mir. In meiner Hand hielt ich die schriftliche Anweisung an die Personalabteilung, mich mit einem Konzern-Ausweis auszustatten.

«Danke», sagte ich ohne Lächeln. Mehr hatte ich ohnehin nicht erwartet.

«Das ist das Mindeste, was ich tun kann», antwortete Maeve trocken.

Und sie hatte Recht.

Ich begab mich auf die Suche nach Terry. Im Zuge der letzten Umstrukturierung war er in einem großen Kubus aus Plexiglas gelandet, der wie ein Aquarium mitten in der Nachrichtenabteilung stand. Es sollte ein Muster an schalldichter Transparenz sein, doch die meisten Angestellten hatten einfach ihre Fähigkeiten perfektioniert, von den Lippen zu lesen. So wie die Leute längere Daumen zum Videospielen entwickeln, schien auch das eine Frage der Evolution zu sein. Terrys Augen glitten ständig an mir vorbei, um die Vorübergehenden beim Beobachten zu beobachten.

«Du verpasst gerade eine Besprechung mit Maeve», meinte ich zur Begrüßung.

«Ach ja?», sagte er. Er zog seinen Palm hervor und stach ein wenig darauf ein, bevor er das Gerät anzischte, es hinwarf und hastig durch seinen Tischkalender blätterte. «Ich glaube nicht … nein, nein, erst Montag.»

Er ließ sich wieder in seinen Stuhl fallen, wobei sein Wams ordentlich spannte. Seit dem Abend der Preisverleihung hatte ich Terry nicht mehr gesehen. Er schwitzte leicht. Trotz der Kälte draußen war es in dem Konzerngebäude sehr warm und in seinem kleinen Treibhaus umso wärmer.

«Robin, Robin, Robin, was sollen wir nur mit dir machen? Das ist ja ein ordentlicher Schlamassel, in den du dich da hineinmanövriert hast.»

Das nervöse Geplänkel irritierte mich fast ebenso wie die untergründige Beschuldigung.

«Jemand anderes hat mich da hineinmanövriert», erwiderte ich, während ich vor ihm Platz nahm. Er rollte mit seinem Stuhl ein wenig zurück, als wolle er vor mir zurückweichen.

«Jemand hat meinen Wagen gestohlen, um Adam zu überfahren, und hat dann die Polizei angerufen und ihr einen Tipp gegeben. Nun versucht dieser Jemand, mir die Sache in die Schuhe zu schieben.»

Terrys Augenbrauen zuckten leicht in die Höhe, aber er wich meinem Blick weiterhin aus.

«Wie du meinst, meine Liebe. Ich möchte dich wahrlich nicht reizen.»

Ich starrte ihn an, doch er hielt sein Gesicht weiterhin abgewandt. Er schien auf seinen linken Schuh zu starren, ein ziemlich ausgefallenes Modell. Wenn mich nicht alles täuschte, so hatten ihn Adams Tod und meine angebliche Verwicklung darin so verunsichert, dass er mir nicht mehr in die Augen schauen konnte. Terry stand ziemlich weit oben auf meiner Liste der vertrauenswürdigen Menschen, doch es sah fast so aus, als müsste ich ihn streichen.

«War Finney schon bei dir?», fragte ich.

«Finney?» Er schüttelte den Kopf, aufrichtig verwirrt.

«Die Polizei.»

«Ach so. Ja. Eine junge Schwarze hat meine Aussage aufgenommen, wegen meines Anrufs bei dir, du weißt schon.»

«Natürlich.» Mir war klar, dass die Polizei alle bei mir eingegangenen Anrufe überprüfen würde – sie hatte meine ausdrückliche Genehmigung dazu, wie auch zu hundert anderen Verletzungen meiner Privatsphäre –, doch mir stellten sich dennoch die Nackenhaare auf. «Was hast du gesagt?»

«Na ja», schnaubte Terry, «dass du mich abgewürgt hast und gesagt hast, du seiest in irgendeiner Krise. Dass du ganz offensichtlich verstört warst.» Terry schaute auf und sah meinen Gesichtsausdruck. «Was hätte ich denn sonst sagen sollen? So war's doch. Ich werd doch keinen Meineid leisten.»

Ich hatte ihn eigentlich aufgesucht, um Näheres über den

Dokumentarfilm zu erfahren, aber mittlerweile war mir die Lust vergangen.

«Na schön, also, ich wollte nur mal vorbeischauen, um Hallo zu sagen.» Damit erhob ich mich.

Terry sah zerknirscht aus. «Wohin geht's denn jetzt? Wir könnten ja vielleicht einen Kaffee trinken gehen.» Angesichts unserer Unterhaltung kam mir die Idee absurd vor.

«Nein, ich denke, das ist keine gute Idee, danke.» Ich öffnete die Tür, sodass die anderen meinen Abschied mitbekamen. «Ich bin echt froh, dass ich auf deine Rückendeckung zählen kann», sagte ich unüberhörbar und zwang mich, ihn auf seine unwilligen Wangen zu küssen. Dann wandte ich mich ab und ließ ihn hinter mir herstarren.

Auf Suzette stieß ich in der Kantine. Die Herbstsonne fiel durch hohe Fenster herein und kleckste große Lichtflecken auf Tische und Stühle, die überwiegend leer standen. Eine Gruppe Küchenangestellter stand plaudernd und lachend am Büffet. Jenseits der Fensterfront erstreckte sich die Skyline von London. Suzette hatte einen Tisch gewählt, der so weit wie möglich von der Sonne und von anderen Menschen entfernt stand. Sie war allein und saß, das Gesicht zur Wand gekehrt, grübelnd über einem Teller mit etwas Grünem darauf.

«Hi, Suze.» Meine Worte ließen sie hochfahren und herumwirbeln. Tee schwappte aus der weißen Tasse in ihrer Hand über den Tisch.

«Tut mir Leid.» Ich nahm eine Papierserviette und versuchte, die Überschwemmung einzudämmen. «Ich wollte dich nicht erschrecken. Was ist denn los?», fragte ich, als ich mir einen Stuhl heranzog, ihr leichenblasses Gesicht und ihre geschwollenen Augen sah. «Suze, du siehst ja mitgenommener aus als ich.»

Sie schaute mich an und schüttelte wortlos den Kopf. Sie

hatte ihr Essen nicht angerührt. Der Salat auf ihrem Teller welkte bereits vor sich hin, der Schinken auf dem Sandwich hatte sich hässlich verfärbt, und ich fragte mich, wie lange er und Suzette wohl schon hier beisammen hockten. Sie rang sichtlich um Fassung und schaffte es schließlich, das Schweigen zu brechen.

«Ich hab dich angerufen, aber du hast nicht zurückgerufen.»

«Verzeih, die letzten paar Tage waren ziemlich hart.»

«Ich bin hier, weil ich wegen eines Auftrags mit einem der Redakteure sprechen sollte, aber …» Sie schaute weg und sah so aus, als würde sie jeden Moment zusammenbrechen. «Adam und ich haben hier gelegentlich gemeinsam zu Mittag gegessen. Mein Gott, es ist so schrecklich …» Sie versuchte ein wässriges Lächeln.

Ich konnte sie nur anstarren. Etwas an ihrem Gesichtsausdruck schlug bei mir ein wie ein Blitz. Suzette und Adam hatten sich durch mich kennen gelernt, und ich wusste, dass sie ein paar Mal zusammengearbeitet hatten. Ich wusste auch, dass sie sich sympathisch gewesen waren. Jetzt schien Suzettes Gesichtsausdruck mir etwas anderes mitteilen zu wollen, ja, mich fast auffordern zu wollen, endlich zu begreifen. Im ersten Augenblick brachte ich es nicht über mich, etwas zu sagen, und sie saß ebenfalls schweigend da und starrte auf die Tischplatte. Ich glaube, wir beide spürten, dass uns der nächste Schritt, wer immer ihn täte, auf ein Minenfeld führen würde, doch schließlich konnte ich nicht mehr an mich halten und musste die Frage stellen:

«Hast du was mit Adam gehabt?»

Sie starrte mich mit großen tieftraurigen Augen an, antwortete jedoch nicht gleich, saß einfach da, die Hände auf ihrem Schoß um ein zerknülltes Papiertaschentuch geklammert.

«Es sollte keiner wissen», sagte sie schließlich. «Es tut mir so Leid.»

Ich hatte das Gefühl, als hätte sie mich gerade geohrfeigt. Einen Moment saßen wir schweigend beieinander, doch es gab noch mehr Fragen, die gestellt werden mussten.

«Seit wann?»

«Seit eurer Trennung», flüsterte sie.

«Das heißt, dass du damals, als du regelmäßig bei mir vorbeigeschaut hast, um mich moralisch zu stützen» – ich konnte nicht umhin, die drei letzten Worte in Sarkasmus zu tränken –, «mit ihm zusammen warst?»

Sie nickte, und dabei kamen ihr Tränen und rannen ihr die Wangen hinunter.

«Es tut mir Leid.» Ich musste mich näher zu ihr hinüberbeugen, um sie verstehen zu können. «Er wollte eigentlich gar nicht mich», sie fuhr sich mit der Zungenspitze über ihre trockenen Lippen, «er wollte Neuigkeiten über dich und die Kinder ...»

Ich starrte Suzette an, die leise zu schluchzen angefangen hatte und sich immer wieder Augen und Nase mit einer Papierserviette abtupfte. «Du hast mir so Leid getan.» Suzettes Stimme brach immer wieder. «Ich wollte Adam, aber ich habe ja gesehen, wie du gelitten hast, und da wollte ich auch dir eine Freundin sein. Es tut mir so Leid.»

«Hast du der Polizei von eurer Beziehung erzählt?» Meine Stimme klang anklagend, und Suzette schreckte erneut auf.

«Sie haben mich nicht danach gefragt.»

«Was habt ihr gemacht? Über Morsezeichen miteinander kommuniziert? Die Polizei wird doch wohl herausfinden, dass er eine Beziehung hatte.»

Es dauerte eine ganze Weile, bis ihr Weinen so weit nachgelassen hatte, dass sie wieder sprechen konnte.

«Wir haben uns vor Monaten getrennt, es gibt nichts, was

die Polizei über uns wissen müsste. Unsere Beziehung ist einfach, na ja, du weißt schon», sie warf mir einen Seitenblick zu, «im Sande verlaufen.»

Stirnrunzelnd sah ich in ihr aschfahles Gesicht. Etwas im Sande verlaufen zu lassen war meiner Erfahrung nach nicht Adams Stil. Nach einer Weile zuckte Suzette mit den Achseln.

«Wir haben uns einfach miteinander gelangweilt», sagte sie.

Ich schaute sie weiterhin an, und sie zuckte erneut mit den Achseln.

«Bei Adam gab es immer eine andere, nicht wahr?» Dann meinte sie: «Ich will wissen, wer es war.»

Ich musste noch einmal nachhaken: «Es war also aus zwischen euch, ja? Als du mir eine Stelle bei Paradigm angeboten hast, hattest du nicht vor, tagsüber an meiner Seite zu arbeiten und abends zu Adam nach Hause zu gehen?»

Suzette schaute mich nicht an, schüttelte jedoch den Kopf.

Wie ich sie so anstarrte, überkam mich mit einem Mal eine tiefe Müdigkeit, gepaart mit großer Enttäuschung. Ich hatte das Gefühl, mich einfach aufzulösen, sollte ich noch einen Freund oder eine Freundin verlieren. Zugleich verhärtete sich etwas in mir. Der Boden unter meinen Füßen mochte zwar ins Wanken geraten sein, doch auf seltsame Weise war ich gerade dabei, Fuß zu fassen. Mir stand in diesem Moment der Sinn nicht nach Vergeben und Vergessen; vielleicht würde die Zeit nie reif dafür sein, was ich unter den gegebenen Umständen nicht unbedingt bedauerte, doch ganz gleich, wie sich unsere Freundschaft langfristig entwickeln würde, kurzfristig brauchte ich Suzette.

«Ich werde dir jetzt nicht sagen, was ich von dir halte», meinte ich zu ihr. Sie hob den Blick, und ich sah Erleichterung über ihr Gesicht huschen. «Aber wenn du wissen willst, wer ihn ermordet hat, musst du mir helfen. Ich glaube, dass Adams Tod irgendwie mit dem von Paula Carmichael zusammenhängt.»

Ihre Tränen versiegten schlagartig.

«Wie kommst du darauf?» Sie wischte sich über die Augen.

Ich erzählte ihr dasselbe wie Jane und schaffte es abermals, die anfängliche Skepsis zu überwinden. Nachdem ich ihr sämtliche vermeintliche Zufälligkeiten aufgezählt hatte, hörte sie mir aufmerksam zu.

«Adam und ich waren zusammen, als wir an dem Dokumentarfilm arbeiteten», meinte sie nachdenklich. «Wir haben viel Zeit miteinander verbracht. Wie gesagt: Soviel ich weiß, hatte er nur vorübergehend und rein beruflich mit Paula zu tun.»

Ich verzog das Gesicht. Da musste doch etwas sein.

«Fliegen irgendwo noch Streifen von dem Dokumentarfilm herum?»

«Ich versteh wirklich nicht, was das … Ich müsste nachschauen, so aus dem Kopf kann ich das nicht sagen», meinte sie schließlich. «Aber ich versteh nicht, wonach du suchst.»

«Irgendetwas, das mir irgendetwas verrät. Ich will nichts unversucht lassen.»

«Na ja, ich kann ja mal nachschauen …», wiederholte sie. Ihre Stimme verlor sich, und wieder saßen wir schweigend, wobei es dieses Mal Suzette war, die mich eingehend musterte.

«Hast du vor, selbst zu ermitteln?», fragte sie zögernd.

Ich hob abwehrend die Hände. «Ich versuch nur, mich aus dem Schlamassel herauszuboxen», sagte ich.

Suzette nickte. «Das kann ich verstehen», meinte sie.

Schweigen machte sich zwischen uns breit. Suzette hatte

sich mittlerweile beruhigt, schien jedoch in Gedanken verloren, ihre Augenlider schwer. In der Kantine war es in dem Maße lauter geworden, in dem die Zeit fürs Abendessen nahte. Da ich keine Lust hatte, ehemaligen Kollegen in die Arme zu laufen, und wusste, dass Erika zu Hause ihre Minuten mit der Stoppuhr abrechnete, konnte ich es mir nicht leisten, weiter mit Suzette herumzuhängen, selbst wenn ich gewollt hätte, was, ehrlich gesagt, nicht der Fall war. Abgesehen davon, dass ihr Verrat mich wütend und traurig gemacht hatte, war sie mir als Trauerkloß zu deprimierend. In dem Moment konnte ich mir nicht vorstellen, sie jemals wieder zu meinen Freunden zu zählen. Als ich gerade aufstehen und mich entschuldigen wollte, klingelte das Handy in meiner Tasche. Es war meine Mutter. Sie befand sich mit Lorna in einem Krankenwagen auf dem Weg zur Notaufnahme des St.-Celia-Krankenhauses in Tooting. Den Rest würde sie mir erzählen, wenn ich käme.

19

DIE NOTAUFNAHME vom St. Celia bestand aus einer Baracke, die notdürftig neben einem Parkplatz errichtet worden war. Zwei Krankenschwestern saßen hinter einer Scheibe, die vielleicht, vielleicht aber auch nicht kugelsicher war. Den Schwestern wäre es zu wünschen gewesen. Sie reagierten auf meine flehentliche Bitte, mich zu meiner Schwester zu lassen, mit stoischer Gelassenheit und wiederholten, sie würden Lornas Aufenthaltsort ausfindig machen, wenn ich erst einmal im Wartebereich Platz genommen hätte.

Es dauerte eine ganze Weile, in der eine Prozession leicht verwundeter und krank aussehender Leute hereinströmte und sich in die traurige Schlange einreihte. Ab und an wurde jemand durch die abgesplitterte dunkelblaue Tür ins Allerheiligste des Krankenhauses geführt. Ich versuchte, meine Mutter auf dem Handy zu erreichen, doch sie hatte ihr Telefon ausgeschaltet.

Schließlich wurde ich zum Empfang gerufen, wo man mir mitteilte, Lorna sei tatsächlich aufgenommen worden. Wie es ihr ging, wollte ich wissen, doch das konnten sie mir nicht sagen, sie wussten nur, wie es zu ihr ging. Wenn ich aus dem Wartezimmer käme, sollte ich links über den Parkplatz gehen, am Haupteingang links abbiegen und dann den Schildern folgen. Als ich endlich die richtige Abteilung fand und dort zu einer Ecke geführt wurde, die mit einem Vorhang abgeschirmt war, war ich vor Anspannung und Sorge den Tränen nahe und empfand es beinahe als ein Wunder, als der blaue Stoff zur Seite gezogen wurde und meine Mutter und meine Schwester freigab.

«Was ist passiert?» Nachdem ich meine Mutter umarmt hatte, beugte ich mich über Lorna. Ihre roten Locken lagen ausgebreitet auf dem gestärkten Weiß des Kopfkissens. Um die Stirn trug sie einen Verband, ihre Augen waren geschlossen, und ihr Brustkorb schien sich beim Atmen kaum zu heben und zu senken. Alarmiert wandte ich mich meiner Mutter zu, die mir jedoch beruhigend zunickte.

«Sie schläft nur», sagte sie. «Es wird schon wieder. Sie behalten sie zur Beobachtung hier, weil sie ohnmächtig geworden ist.»

«Was ist denn passiert?»

Meine Mutter sah abgespannt aus. «Sie ist die Treppe runtergefallen.»

Ich schaute sie fragend an.

«Euer Vater ist bei ihr aufgetaucht», sagte meine Mutter mit einer Stimme, die vor Emotion nur so bebte. «Ich habe die Tür geöffnet und ihn gesehen, und dann weiß ich nicht mehr, was ich gesagt habe, aber Lorna muss mich gehört haben und hat vielleicht geglaubt, ich sei in Gefahr. Plötzlich stand sie jedenfalls oben am Treppenabsatz, und dann ist sie auch schon gestolpert und gefallen.»

Ich zuckte zusammen.

«Zwei Rippen und das rechte Handgelenk gebrochen», zählte meine Mutter auf. «Außerdem ist sie mit dem Kopf gegen die Heizung an der Tür geschlagen. Sie mussten sie über dem Auge nähen. Ihr Blut war überall, ich dachte, sie sei tot.»

Ich starrte auf Lornas regloses Gesicht hinab. Im Vergleich dazu konnte man ihre übliche Verfassung lebhaft nennen.

«Was wollte er nur?», murmelte ich vor mich hin, ohne eine Antwort zu erwarten. Ich wandte mich wieder meiner Mutter zu: «Hast du ihn angebrüllt oder so? Woher wusste Lorna, dass da unten etwas vor sich ging?»

«Ich weiß nicht … Ich glaube nicht, dass ich ihn angebrüllt habe.» Meine Mutter seufzte gequält auf.

«Glaub nicht, dass ich dir irgendeinen Vorwurf machen will», beruhigte ich sie. «Ich möchte nur verstehen, wie genau es passiert ist.»

«Ich weiß», nickte sie. «Wahrscheinlich bin ich doch laut geworden. Ich hab ihm gesagt, er solle verschwinden. Wenn ich mich recht erinnere, meinte er, er wolle Lorna sehen. Und vermutlich ist er ebenfalls laut geworden. Ich habe ihm gesagt, Lorna wolle ihn nicht sehen.»

«Und was hat er daraufhin gesagt?»

«Ach, … ‹Da irrst du dich›, oder so was in der Art.»

«Wäre es möglich, dass Lorna gesehen hat, wer an der Tür war?»

«Das bezweifle ich. Ich war gerade dabei, die Tür zu schließen.»

«Aber sie könnte seine Stimme gehört haben, nicht wahr?»

«Ja, schon, aber die würde sie nicht erkennen», erwiderte meine Mutter. «Sie hat seine Stimme seit dreißig Jahren nicht mehr gehört. Genauer gesagt hat sie ihn seither weder gehört noch gesehen.»

Ich blickte zu meiner Schwester. Mit ihren geschlossenen Augen und aufeinander gepressten Lippen schien sie die Undurchdringlichkeit in Person, doch das war sie im Grunde schon seit Jahren. Bereits vor Ausbruch ihrer Krankheit hatte es immer Bereiche in ihrem Leben gegeben, über die sie nicht hatte reden wollen, ihrer Lust an Gesprächen und Freundschaft zum Trotz. Vielleicht spielte mir mein gestresster Verstand einen Streich, aber ich hatte den Eindruck, als sei Lornas panische Reaktion auf den Mann an der Tür und seinen Zusammenprall mit unserer Mutter Hinweis genug, dass sie ganz genau wusste, wer dort war.

«Wie hat er auf ihren Sturz reagiert?»

«Wir waren beide … außer uns, weil Lorna bewusstlos blieb. Er fragte mich, wo das Telefon sei, und rief einen Krankenwagen. Danach sagte ich ihm, er solle verschwinden und sich nie wieder blicken lassen.»

Wir saßen gedankenverloren bei Lorna und betrachteten sie, meine Mutter im Besucherstuhl, ihre Hand auf Lornas versehrter Hand, und ich etwas unbequem an die Bettkante gelehnt. Durch das Fenster konnte ich das Elektrizitätswerk sehen. Doch ich war zu unruhig, um hier zu sitzen und den Schutzengel zu spielen.

«Ich hol dir 'ne Tasse Kaffee», meinte ich zu meiner Mutter und schlüpfte durch den Vorhang davon.

Eine Krankenschwester wies mich am Empfang vorbei einen farblosen Flur hinunter, an dessen Ende ich dann den Schildern zum Café folgte. Besser als so ein vorgepanschtes Zeugs aus dem Automaten, dachte ich. Allerdings hatte das Café geschlossen, sodass ich doch auf einen Kaffeeautomaten zusteuerte, den ich ein paar Meter weiter auf dem Flur gesichtet hatte. Ein grauhaariger Mann in einem Regenmantel stand davor und warf ein paar Münzen ein. Irgendein siebter Sinn hieß mich in einiger Entfernung stehen bleiben und ihn beobachten. Sein Gesicht kam mir irgendwie bekannt vor. Spielte mir mein Verstand einen Streich? Sein Blick streifte mich und glitt an mir vorbei. Also kannte er mich nicht. Oder glaubte, mich nicht zu kennen. Ich zog mich ein wenig zurück. Er wandte sich ab und ging zum Empfang. Ich hörte ihn fragen, ob er das Telefon für einen Hausanruf benutzen dürfe, worauf der Gefragte mit dem Daumen in Richtung

Apparat deutete, bevor er aufstand und davonschlenderte. Eilig näherte ich mich dem Tresen und stellte mich hinter den grauhaarigen Mann. Er wählte die Nummer der Zentrale und ließ sich mit der Station verbinden, auf der meine Schwester lag. Schließlich hatte er eine Krankenschwester am Apparat.

«Guten Tag, ich hätte gerne gewusst, wie es Lorna Ballantyne geht», sagte er. Er schwieg einen Augenblick und horchte. «Mein Name ist Ballantyne, Gilbert Ballantyne, ich bin ihr Vater», erwiderte er auf eine Frage, die ich nicht hören konnte.

Entsetzt trat ich zurück. All mein Misstrauen gegenüber diesem Mann war durch Lornas Unfall erneut geweckt.

«Ah, gut, das freut mich, vielen Dank», sagte er. «Wären Sie so nett, ihr in meinem Namen gute Besserung zu wünschen?» Seine Stimme war wie eine Offenbarung. Ich hatte mich noch nicht ganz zurückgezogen, da drangen schon Erinnerungsfetzen an die Oberfläche, Bruchstücke aus der Vergangenheit, gedämpfte Stimmen, Auseinandersetzungen, meine Mutter in Tränen. Sie drohten, mich zu überwältigen. Der Mann legte den Hörer auf und ging los, in Richtung Ausgang. Einen Augenblick stand ich da und starrte ihm hinterher, und dann, ohne nachzudenken, folgte ich ihm.

Natürlich hatte ich keinerlei Übung in so etwas. Mir blieb nichts anderes übrig, als ihm so nah auf den Fersen zu bleiben, wie mein Mut es erlaubte, und ansonsten zu hoffen, dass er sich nicht umdrehte. Am schlimmsten war es in den hallenden Krankenhausfluren und in der von Reihenhäusern gesäumten Wohnstraße, wo wir die einzigen Fußgänger waren. Er musste mit seinen Gedanken Meilen weit weg sein. Oder er war taub. Jeder andere hätte schon längst meine Schritte wahrgenommen, sich unruhig umgeschaut und auf jeden Fall gewusst, dass er oder sie nicht allein war. Nicht so mein Vater, aus welchem Grund auch immer.

Er bog links in die High Street ein und ging in Richtung U-Bahn. Froh, in der Menge der Einkaufslustigen untertauchen zu können, folgte ich ihm. Die Straße kannte ich noch aus einem anderen Leben, aus der Zeit vor den Kindern, vor Adam. Ich erinnerte mich an einen heißen Sommertag. Ich war an einem Schaufenster stehen geblieben und hatte einen kühlweißen Sari an einer kopflosen Schaufensterpuppe bewundert, dann hatte ich mir an einem Verkaufsstand eine Mango gekauft und sie im Park gegessen, ihr klebriges, aromatisches Fleisch so süß, dass ich noch durstiger wurde. Doch heute heftete ich meinen Blick fest an den Regenmantel vor mir.

Einmal dachte ich, ich hätte ihn verloren. Ich blieb stehen und schaute mich um, entdeckte ihn schließlich in einem Zeitungsladen. Ich beschloss, draußen auf ihn zu warten. Der Laden war voll, an der Kasse gab es eine Warteschlange. Durch das Fenster konnte ich beobachten, wie mein Vater auf den Zeitungsständer zuging, sich hinunterbeugte, eine Financial Times aufhob; ich sah zu, wie er die große rosafarbene Zeitung unter seinen Regenmantel schob, sich gemächlich umdrehte und auf die Tür zusteuerte. Als er auf die Straße trat, stand ich zunächst wie angewurzelt. Ich hatte meinen Vater gerade beim Ladendiebstahl beobachtet und rechnete fest damit, dass ihm zumindest jemand hinterherschrie, doch er zog völlig unbehelligt davon.

Ich folgte ihm vorbei an der U-Bahn-Station, wir bogen hinter Marks & Spencer rechts ab, dann links, gingen an einer Kirche und einem Wettbüro vorbei. Das Stadtviertel glich dem meinen; hier wie dort waren die Hauspreise in letzter Zeit in die Höhe geschnellt, nachdem die Arbeiter ihre Häuser für eine viertel Million Pfund verkauft hatten und an den Stadtrand gezogen waren. An ihre Stelle waren gut verdienende Yuppies getreten, hatten einen Heimwerkerboom in Gang gesetzt, Wände eingerissen, Holzböden abgezogen und Duschen installiert.

Mein Vater ging zu Nummer 62, einem bröckligen Reihenhaus, dessen vernachlässigtes Holz an Fenstern und Tür den frisch gestrichenen Nachbarn vermutlich ein Dorn im Auge war. Er zückte einen Schlüssel und verschwand im Innern des Hauses. Ich blieb draußen stehen. In den Fenstern hingen kaffeefarbene Netzvorhänge schief herab und nahmen mir jede Möglichkeit, meinen Vater noch einmal zu Gesicht zu bekommen. Ich zögerte keine Sekunde. Wenn ich ihm schon so weit gefolgt war, warum hatte ich ihn nicht einfach angesprochen? Denn das war es doch, was ich wollte, oder?

Ich rannte die Stufen zur Haustür hinauf und klingelte, doch ich konnte kein Klingeln im Haus hören. Also klopfte ich, und nach einigen Sekunden wurde die an einer Sicherheitskette hängende Tür einen Spalt geöffnet. Ich sah den Ausschnitt eines Gesichts, ein weibliches älteres Gesicht.

«Wer sind Sie, und was wollen Sie?», verlangte die Frau zu wissen.

«Ich bin mit Mr. Ballantyne verabredet.»

«Mit wem?» Ihr Gesicht wurde noch faltiger, sodass die Haut lose herabhing.

«Mr. Ballantyne. Ich habe ihn gerade zur Haustür hereingehen sehen. Sind Sie seine Frau?»

Sie reagierte mit schrillem Gelächter und öffnete zu meiner Überraschung die Tür so weit, dass ich ihre dürre, schiefe Gestalt in ihrem glänzenden Polyesterschlafanzug sehen konnte. Eine Mischung aus Kohlgeruch und Uringestank wehte mir entgegen.

«Hier gibt's keinen Mr. Ballantyne», sagte sie, «und einen Ehemann auch nicht.»

Nun, da die Tür offen stand, sah ich, dass das Haus eine Privatpension war. Ein vergilbtes Stück Papier, auf dem ‹Hausordnung› stand, war mit Tesafilm an der nächstbesten Wand befestigt worden. Die Anweisungen, von denen die letzte ‹Klospülung betätigen!› lautete, waren in runder Schrift mit der Hand geschrieben, und das Papier wellte sich bereits an den Ecken.

«Der Mann, der gerade zur Haustür reingekommen ist, der mit dem Regenmantel, wer ist das?»

«Das geht Sie doch nichts an, oder? Meine Gäste haben's gern ein wenig privat, wenn Sie mich also entschuldigen …» Resolut schlug sie mir die Tür vor der Nase zu.

Ich klopfte abermals und betätigte noch einmal die Klingel, aber ich war mir nicht sicher, ob ich gehört wurde. Nachdem ich die Straße auf und ab gegangen war, war ich immer noch gänzlich unentschlossen. Ich schaute auf die Uhr. Natürlich konnte ich das Haus belagern und darauf warten, dass der Mann, den ich für meinen Vater hielt, herauskam, doch zu Hause warteten meine Kinder auf mich, und Erikas Uhr tickte. Schließlich machte ich mich wieder auf in Richtung Krankenhaus, wo meine Mutter und Lorna ja auch noch auf mich warteten. Ich konnte nicht einmal sicher sein, dass der Mann, den ich beschattet hatte, wirklich mein Vater war. Zwar konnte ich beschwören, dass ich ihn am Haustelefon des Krankenhauses gesehen und ihn seinen Namen hatte nennen hören. Aber vielleicht hatte ich ihn in der Menschenmenge verloren und war dem falschen Mann gefolgt. Ich begann, in Gedanken unsere Route noch einmal abzugehen, um festzustellen, wie und wo ich ihn verloren haben mochte. Plötzlich kam ich mir albern vor. Ich beschleunigte meine Schritte und ließ die Pension schnell hinter mir.

20

AM SAMSTAG kamen ermutigende Nachrichten aus dem Krankenhaus: Lorna ging es sehr viel besser, sie konnte entlassen werden. Tanya würde sie auf dem Rückweg vom Dienst abholen. Meine Mutter hatte an diesem Nachmittag Termine und stöhnte mir am Telefon vor, sie sei schlecht vorbereitet und leide außerdem unter Verdauungsstörungen.

«Warum müssen die im Krankenhaus bloß so furchtbares Essen haben?», jammerte sie.

Diese Klage war so wohltuend normal, dass ich schon hoffte, der Tag würde zur Abwechslung einmal gewöhnlich ablaufen.

Ich war müder denn je. Gestern war ich so lange weg gewesen, dass Hannah gemeint hatte, die ganze Nacht bei mir bleiben zu müssen, was ebenso schmeichelhaft wie schlafraubend war. Sobald ich sie in ihr Bettchen legte, begann sie zu weinen, und irgendwann war ich mit ihr auf dem Bauch eingeschlafen, sodass ich mich im Bett nicht mehr rühren konnte. Mich hielt einzig die Ahnung aufrecht, dass der Tod von Paula Carmichael irgendwie mit Adams Tod zusammenhing. Doch mit der Erschöpfung kamen auch die Zweifel.

Dann rief Jane an.

«Ich habe heute Morgen mit dieser Rachel Colby gesprochen, Paula Carmichaels Stellvertreterin, und am Ende sagte ich ihr, wie du über Paulas Tod denkst. Sie würde gern mit dir reden, falls es dir recht ist.»

«Ich rede mit jedem, der mit mir reden möchte.»

«Sie hat alles über dich gelesen. Sagt, sie fände dich faszinierend.»

«Warum denn das?»

«Könnte damit zu tun haben, dass sie auch eine allein erziehende Zwillingsmutter ist.»

«Ich hab es doch immer gewusst, irgendwann wird es mir nützen. Gut, dass ich sie nicht abgetrieben habe, was?»

Schweigen, dann Janes verlegene Stimme: «Hör mal, soll ich dir nun helfen oder nicht?»

Ich entschuldigte mich und dankte ihr, worauf sie mir erklärte, dass ich Rachel Colby in einem Frauenhaus in einer Nebenstraße der Caledonian Road nahe King's Cross treffen könnte.

Ausnahmsweise warteten keine Fotografen vor der Tür. Vermutlich waren die Journalisten enttäuscht, weil man mich noch nicht verhaftet hatte. Oder sie waren von etwas Wichtigerem abgelenkt worden. Nachdem Erika gekommen war, konnte ich zwar problemlos das Haus verlassen, doch Hannah wollte mich nicht gehen lassen und weinte bitterlich.

Ich gelangte schließlich zu einem vierstöckigen georgianischen Reihenhaus, das in einer halbmondförmigen Straße stand. Nichts deutete darauf hin, dass das Haus ein Frauenhaus war. Nicht einmal ein Namensschild gab es, nur eine Klingel. Ich klingelte. Erst dann bemerkte ich die kleine Sicherheitskamera über der Tür. Ich sah hinauf, sofort summte der Türdrücker. Ich betrat einen kleinen Vorraum und stand vor einer zweiten Sicherheitstür, die von einer jungen Frau mit blondem Kurzhaarschnitt geöffnet wurde. Sie streckte die Hand aus. «Hi, Sie sind Robin, nicht wahr. Kommen Sie rein.»

Hätte ich wie üblich Radionachrichten gehört, hätte ich gewusst, dass Rachel Colby Australierin war. Sie führte mich durch ein minimalistisch eingerichtetes Wohnzimmer, dessen Sessel und Fernseher offenbar gestiftet worden waren. Eine Frau lümmelte vor der Oprah-Winfrey-Show, eine andere saß an einem Tischchen und schrieb einen Brief. Beide sahen flüchtig hoch, als wir vorbeigingen. Ich folgte Rachel in ein kleines Büro gegenüber der Küche. Sie deutete auf einen Stuhl und goss uns Kaffee ein. Irgendwo lief Radio One.

«Ich habe früher oft hier gearbeitet. Es ist mein Baby, mein Projekt», erklärte sie. «Ich habe das Haus gegründet und hänge sehr daran. Jetzt, wo ich eine langweilige Bürokratin bin, fehlt es mir ganz furchtbar. Heute bin ich nur hier, weil es Streit mit den Nachbarn gab und die Frauen ein bisschen nervös sind. Falls was schief läuft, haben wir die Medien auf dem Hals. Ich bin als Troubleshooter im Einsatz.»

«Die Nachbarn wollen Sie nicht hier haben?», fragte ich und nahm meinen Kaffeebecher entgegen.

«Ja und nein», meinte sie grinsend. «Es sind alles brave, tolerante Liberale, und sie hegen gerade jetzt große Sympathien für Paula Carmichael, aber vorletzte Nacht gab es Krach. Ein wütender Ehemann hat einen Ziegelstein durch ein Fenster geworfen. Leider hat er sich im Haus geirrt und ein Zimmer getroffen, in dem ein Kind schlief. Dem Mädchen ist nichts passiert, aber darum geht es nicht. Er fügte noch einige blumige Schimpfwörter hinzu und drohte mit Brandstiftung. Na ja, ich wäre auch nicht begeistert, wenn es meine Kinder wären. Heikle Situation, und das Blödeste ist, dass wir uns womöglich in Zukunft deutlicher zu erkennen geben müssen, damit Männer, die hinter ihren Frauen her sind, wenigstens das richtige Haus treffen. Im Grunde könnten wir gleich eine Zielscheibe auf unsere Haustür malen.»

Sie grinste, und ich wusste sofort, dass sie nicht nur dieses

Problem lösen würde, sondern noch viele weitere. Sie war jung und wirkte ungeheuer energisch, selbstsicher und kompetent.

«Jane sagte, Sie haben Zwillinge.»

«Von wegen.» Sie lachte. «Hat sie das wirklich erzählt? Ha! Ich und Zwillinge, das wär was.»

«Aber warum …?»

«Warum ich Sie sehen wollte, obwohl niemand sonst mit Ihnen reden möchte? Paula war von Ihnen besessen, sie hat mir alles über Sie erzählt. In ihren Augen waren Sie eine mythische Figur. Sie nannte Sie Erdmutter wider Willen. Wie sollte ich Sie nicht kennen lernen wollen?»

Ich lächelte höflich. Erdmutter wider Willen. Wie charmant.

«Schreckt es Sie nicht, dass ich Adam Wills umgebracht habe?»

«Das haben Sie ja nicht», versicherte sie. «Es passt einfach nicht zu Ihnen, und mit so etwas kenne ich mich aus, das können Sie mir glauben. Was Gattenmord angeht, bin ich Expertin.»

Sie schien nicht weiter darauf eingehen zu wollen, und ich beließ es dabei. Ich wusste selbst, dass ich Adam nicht getötet hatte. Außerdem wäre es mir lieber gewesen, wenn sie ihre Theorie nicht mir, sondern Finney darlegte.

«Paula und ich kannten uns nicht», sagte ich.

Rachel Colby grinste. «Das gehörte zu dem Zauber. Paula sagte immer, es wäre, als beobachte man ein Laborexperiment.»

«Ist ja toll, sie hat also hinter mir her spioniert», antwortete ich, bemüht, meinen Ärger zu unterdrücken. «Ich freue mich, dass ich zu ihrer Unterhaltung beitragen konnte. Warum ausgerechnet ich?»

«Sie wusste schon von Ihnen, bevor sie Sie auch nur gesehen hatte», antwortete Rachel. «Adam hat ihr eines Tages sein Herz ausgeschüttet, und sie fing sofort Feuer und wollte wissen, was aus Ihnen geworden sei. Dann mussten sie und Richard umziehen, und der Makler zeigte ihnen das Haus. Sie erzählte Adam davon, worauf er sagte, dass Sie in derselben Straße wohnten, und zwar genau gegenüber. Richard weiß nichts davon, aber sie hat das Haus wegen Ihnen gekauft.»

«Sie hat wegen mir ein Haus gekauft?»

Rachel lächelte über meinen fassungslosen Gesichtsausdruck, doch dann wurde sie wieder ernst.

«Ich weiß, es klingt gruselig, aber so war es nicht, es hatte nichts Bedrohliches. Richard wollte es ohnehin kaufen. Wenn ich sage, Paula war von Ihnen besessen, heißt das nicht, dass sie heimlich durchs Fenster geschaut hat. Sie wollte nur mütterlich über Sie wachen. Mag sein, dass es etwas verrückt klingt …»

«War es wegen Adam?» Es fiel mir schwer, Paulas Faszination sympathisch zu finden. «Hatten sie eine Affäre, wollte sie mich deswegen beobachten?»

«Nein», entgegnete Rachel, schränkte aber ihre Aussage sogleich ein. «Glaube ich jedenfalls nicht. Die ganze Sache hatte weniger mit Adam als mit Paula selbst zu tun. Sie war ungeheuer erfolgreich, hatte alles erreicht, wovon sie geträumt hatte, half vielen Menschen – aber für ihre eigenen Kinder hatte sie kaum Zeit. Sie war ständig auf Reisen oder hielt Reden im Parlament. Und in diesen Reden mahnte sie andere Leute, nicht nur besser auf ihre eigenen Kinder, sondern auf alle Kinder aufzupassen, weil sie unsere Zukunft sind, die Welt von morgen … Gleichzeitig war sie zerfressen von Schuldgefühlen wegen Kyle und George. Ich sagte ihr immer, die beiden sind doch schon Teenager, sie wollen gar nicht, dass ihre Mum ständig um sie herumtanzt, aber sie quälte sich damit – sobald etwas schief ging, meinte sie, es läge an ihr, weil sie zu wenig Zeit für sie habe. Wenn sie Sie beobachtete, fühlte sie sich zurückversetzt in die Zeit, als Kyle und George klein waren, als sie noch nicht für alle Welt da sein musste, als sie einfach nur eine junge Mutter war, die sich um ihre Kinder kümmerte. Babys haben keine Drogen- oder Schulprobleme und geraten nicht in falsche Gesellschaft. Wenn ich es recht verstanden habe, fühlte sie sich aus Nostalgie zu Ihnen hingezogen. Nostalgie und Reue. Tolle Mischung. Das verlorene Paradies.» Sie hielt inne und überlegte. «Zugegeben, Nostalgie, Reue und Adam Wills wären eine noch explosivere Mischung.»

«Sie sagen, sie hatten keine Affäre, standen sich aber nahe.»

«Sehr nahe.» Rachel war ein offener Mensch. Ihre Mimik unterstrich ihre Worte und war so ausdrucksvoll, dass man in ihrem Gesicht wie in einem aufgeschlagenen Buch lesen konnte.

«Aber sie waren kein Liebespaar?»

«Sie müssen wissen, dass Paula sehr depressiv war, bevor sie starb, womit Richard überhaupt nicht umgehen konnte. Sie fühlte sich von ihm nicht verstanden und versuchte alles Mögliche, um irgendwo ein Quäntchen Befriedigung zu finden. Soweit ich weiß, waren sie und Adam kein Liebespaar, aber ihre Beziehung war sehr eng. Selbst ich weiß nicht genau, was zwischen ihnen gelaufen ist.»

«War Paula immer depressiv?»

«Na ja.» Rachel überlegte. «Sie hatte Hochs und Tiefs, war insgesamt eher unbeständig. Ihre Hochs waren toll, allerdings konnte dann niemand mit ihr Schritt halten, und die Tiefs waren fürchterlich. Das letzte Tief war allerdings anders als sonst. Es kam ganz plötzlich und war …» Sie schüttelte den Kopf. «Für jemanden, der sie liebte, war es schrecklich mit anzusehen. Sie konnte es einfach nicht abschütteln. War plötzlich desillusioniert von der Carmichaeliter-Geschichte. Wollte sogar die ganze Sache hinschmeißen. Sie hat mir eigentlich nie einen wirklich guten Grund dafür genannt ...»

Rachels Stimme erstarb. Dann sprach sie zögernd weiter. «Wir hatten ein Problem ... Das bleibt aber unter uns, okay?» Ich nickte. «Schwören Sie bei Paulas Grab?» Ich nickte noch einmal. «Es ist nämlich nie an die Presse gelangt. Wir hatten ein Unterschlagungsproblem. Mehrere tausend Pfund sind abhanden gekommen. Wir haben nie herausgefunden, was aus dem Geld geworden ist. Diese Sache war anscheinend der Grund für Paulas Depression. Ich versuchte, ihr klarzumachen, dass es nur ein winziger Teilaspekt des Ganzen war, doch sie glaubte anscheinend, dass dadurch ihre ganze Organisation verdorben und korrupt geworden war. Es änderte ihre Einstellung gegenüber allem, was wir erreicht hatten. In den Monaten vor ihrem Tod habe ich die Organisation allein geleitet.»

Rachel seufzte tief, lehnte sich zurück und gab mir ein wenig Zeit, alles zu verdauen. Ich betrachtete sie nachdenklich. Sie hatte kein Problem damit, schaute auch nicht weg, saß einfach da und ließ sich mustern.

«Haben Sie eine Ahnung, wer das Geld genommen haben könnte?»

Rachel schüttelte den Kopf. «Es gab keine offenkundigen Verdächtigen. Es geschah durch eine Manipulation der Konten, die alle über Computer verwaltet wurden. Viele Leute hatten Zugang. Paula wollte auf keinen Fall die Polizei einschalten. Ich war anderer Meinung, wir bekamen sogar Streit deswegen. Ich sagte, wir müssten an die Öffentlichkeit gehen, um unsere Integrität zu wahren. Paula hingegen meinte, die Polizei würde im Privatleben unserer ehrenamtlichen Helfer herumschnüffeln, und am Ende würde ein armes Schwein verhaftet, das nicht genug Geld für die Miete hatte, und außerdem würden wir damit auch die Gunst der Spender verlieren. Sie erklärte, wir würden eigene Ermittlungen durchführen, aber sie war viel zu beschäftigt mit diesem Dokumentarfilm, und so hat es nie eine Ermittlung gegeben.»

«Aber die Konten von karitativen Organisationen werden doch auch von Steuerbeamten geprüft», sagte ich. «Man kann das Verschwinden mehrerer tausend Pfund doch nicht unter den Teppich kehren.»

«Und ob. Wenn man die Konten wie Paula aus eigener Tasche ausgleicht», korrigierte mich Rachel.

«Das hat sie gemacht?»

«Das hat sie allerdings gemacht, aber das wissen Sie nicht von mir. Paula hätte alles für ihre Organisation getan. Mit Vernunft hatte das nichts mehr zu tun. Ihr ging es um Instinkt und Inspiration, Hingabe und Loyalität. Sie erwartete viel von anderen, erwartete, dass man immer wieder das Richtige tat. Und wenn man es nicht tat, war sie richtig verletzt. Es löste einen körperlichen Schmerz in ihr aus. Verstehen Sie mich nicht falsch, ich bin erschüttert von ihrem Tod, aber Paula hätte diese Geschichte letztlich nicht aufrecht erhalten können. Sie war erschöpft, ausgelaugt. Die Bewegung ist etwas Großartiges, voller Energie, aber sie ist kein Märchen. Mittlerweile sind Tausende Menschen daran beteiligt, jeder hat eigene Vorstellungen, und dass die Organisation karitativ ist, heißt noch lange nicht, dass alle nett zueinander sind. Paula war eine große Anführerin, aber mit Kleinkrieg, Cliquenwirtschaft und den Egos anderer Menschen kam sie nicht klar. Sie hätte selbst ein Faultier motivieren können und wollte, dass Menschen die Initiative ergriffen, daran lag ihr am allermeisten. Leider wurde sie gereizt, sobald Leute Streit anfingen. Und das werden in spätestens sechs Monaten sämtliche Carmichaeliter in der

Stadt tun. Die Bewegung ist einfach zu groß und unübersichtlich. Bei dieser Größe kann man den Kuschelfaktor einfach nicht erhalten.»

«Wenn Sie das so sehen …»

«Oh, ich werde die Bewegung bis aufs Blut verteidigen … aber ich bin realistisch: Wir müssen die Ziele unserer Bewegung enger fassen, wenn wir nicht an Schwung verlieren wollen; wir müssen uns aus einigen Projekten zurückziehen, um uns auf andere besser konzentrieren zu können. Dabei werden wir einige Menschen sehr verletzen. Schön wird das nicht.»

«Sie haben lange darüber nachgedacht», sagte ich. «Was ohne Paula geschieht, meine ich.»

«Ich denke schon seit Längerem über all diese Dinge nach. Wir wären auf jeden Fall an diesen Punkt gelangt, mit Paula oder ohne Paula.»

«Der Presse haben Sie aber doch gesagt, dass die Bewegung mit voller Kraft weiterarbeiten wird.»

Sie zuckte die Achseln. «Es war nicht der richtige Zeitpunkt, um einschneidende Umstrukturierungen anzukündigen», sagte sie. «Außerdem müssen wir das Interesse nutzen, das Paulas Tod hervorgerufen hat. Ich habe nicht vor, es abzuwürgen.»

Es klopfte an der Tür, und Rachel verließ den Raum. Ihre Einschätzung von Paulas Vermächtnis war ernüchternd, brachte mich aber auch nicht weiter. Als sie zurückkam und erklärte, sie habe nicht mehr viel Zeit, erkundigte ich mich noch nach dem Paradigm-Dokumentarfilm.

«Paula hat ihn kaum noch erwähnt. Sie reagierte immer sehr abweisend, sobald ich das Thema anschnitt. Mit Adam hat sie vermutlich mehr darüber gesprochen. Sie lernten sich bei dem Dokumentarfilm kennen und wurden erst danach so enge Freunde. Jedenfalls hatte ich den Eindruck, dass sie und die Produzentin gewaltig aneinander geraten waren. So etwas kommt vor», fügte sie hinzu.

«Aber nicht zwischen Ihnen und Paula.»

Rachel lächelte, sie hatte Tränen in den Augen. «Nein, nicht zwischen mir und Paula.»

«Wie sieht es mit Richard aus? Sind Sie ihm oft begegnet?»

«Paula teilte ihr Leben in Schubladen ein. Nur so konnte sie die ganze Arbeit bewältigen. Richard gehörte in eine dieser Schubladen, ich in eine andere. Ich wusste, was mit ihm lief, aber nur von ihr. Am Ende hat er sie mit Argusaugen bewacht. Er wusste, dass etwas nicht stimmte, und es machte ihm Angst. Er hat einfach nicht begriffen, dass er besser mit ihr geredet hätte, statt zu brüllen oder ihre Telefongespräche zu belauschen.»

«Das hat er getan?»

Rachel nickte. «Nicht, dass er der erste Ehemann wäre, der so etwas tut, aber es war der falsche Zeitpunkt. Paula erklärte nämlich, sie fühle sich wie in einem Käfig, eingeengt, von aller Welt beobachtet, als wartete man nur darauf, sie scheitern zu sehen.»

Die Türklingel zerriss die Stille des Frauenhauses wie ein Alarmruf. Rachel warf einen Blick auf den Monitor neben dem Schreibtisch und verzog das Gesicht. «Und da rücken die Gesandten mit ihrer Petition an. Die Show kann losgehen.»

21

AUF DEM HEIMWEG kam ich von einem Stau in den nächsten. Als ich endlich zu Hause eintraf und Erika mir die Kinder gefüttert, gebadet und bettfertig in die Arme legte, hasste ich mich für Dinge, die sich völlig meiner Kontrolle entzogen.

«Alles okay?»

«Okay», erwiderte Erika papageienartig. «Keiner ist gekommen, aber da war ein Anruf. Von jemandem, der es gut mit Ihnen meint.»

«Wer war es denn?»

Erika starrte mich an. «Jemand, der es gut –», setzte sie an, doch ich unterbrach sie. Das war natürlich ziemlich unhöflich, aber ich wollte nur noch meine Kinder küssen und mit ihnen schmusen, bevor sie einschliefen.

«Ja, das hab ich schon kapiert», meinte ich spitz, «aber das ist noch kein Name.»

«Kein Name», sagte sie, «aber jemand, der Sie kennt, der hier war, weil sie wissen, wo Sie wohnen.»

Was sollte das werden? Ein Quiz? Ich verdrehte die Augen. Sicher, das hätte ich nicht tun sollen. Sie hatte auf meine Kinder aufgepasst, damit ich tun konnte, was ich tun musste. Ohne sie wäre mir das nicht möglich gewesen, aber konnte sie denn noch nicht einmal eine simple Nachricht entgegennehmen?

«Sie sagen, Sie tun zu viel.» Es klang wie eine Anschuldigung.

Ich zuckte die Achseln. Nett, aber es wäre noch netter, wenn nicht jeder seine Nase in meine Angelegenheiten stecken würde.

Da klingelte es. Ich hätte am liebsten gar nicht darauf geachtet, aber Erika stand genau vor der Tür und zog gerade ihren Mantel an. Also öffnete sie, übrigens ohne durch den Spion zu gucken. Vielleicht hatte uns ein Tag ohne Presse vor der Tür etwas entspannter werden lassen.

«Hallo», sagte Dan Stein, der mit gezwungenem Lächeln vor der Tür stand.

Ich muss ziemlich dumm geguckt haben. Also musste der arme Kerl was sagen.

«Wir waren doch verabredet. Samstag um acht. Heute ist Samstag, es ist acht Uhr, und ich habe einen Tisch im Padua bestellt …»

«Oh, Scheiße!», sagte ich.

Erika drehte sich entsetzt zu mir um. Dan wurde rot.

«Tut mir Leid, war nicht so gemeint. Scheiße. Was mache ich jetzt?» Ich war davon ausgegangen, dass unser Date zusammen mit meinem guten Ruf gestorben war. Doch da stand er nun, und ich brachte es nicht über mich, ihn wegzuschicken.

«Na gut, sagen Sie ruhig, wenn Sie nicht …» Er hatte die Nase voll, und das war auch kein Wunder.

Ich zögerte, war hin und her gerissen. Ich war mehrfach unhöflich zu Dan gewesen, und dabei hatte er Geduld und Verständnis für die Kinder gezeigt. Eigentlich wollte ich nicht ausgehen und war auch an einer Verabredung nicht im Geringsten interessiert, aber er war nett gewesen und verdiente es nicht, dass ich ihn so abservierte. Außerdem war ein Tisch im Padua nicht zu verachten.

«Für wie viel Uhr haben Sie reserviert?»

«Acht Uhr dreißig.»

«Kann ich die Kinder noch ins Bett bringen? Es dauert eine Viertelstunde, bis sie eingeschlafen sind, dann brauche ich noch fünf Minuten zum Umziehen. Können Sie anrufen, dass wir ein paar Minuten später kommen?» Ich wandte mich an Erika. «Könnten Sie noch bleiben, Erika?»

«Sie gehen jetzt nochmal weg?» Sie schaute mich missbilligend an. «Das haben Sie nicht gesagt.»

«Hatte ich vergessen.» Ich nickte Dan zu und hoffte, sie möge Mitleid mit ihm haben, doch sie wirkte ungerührt. «Es tut mir wirklich Leid, Erika. Ich kann Ihnen die Zeit doppelt bezahlen, mehr ist nicht drin. Die Kinder schlafen ja.»

Erika sah von ihm zu mir und wieder zu ihm. «Mir bleibt wohl keine Wahl», grummelte sie, «sonst sind die Kinder allein.»

Ich wollte protestieren, fing aber Dans Blick auf. Jetzt war keine Zeit für Diskussionen. Sollte sie doch grummeln, wenn sie wollte.

Zum Padua waren es fünfzehn Minuten Fußweg. Ich entschuldigte mich etwa zehnmal für meine Gedankenlosigkeit, dann ging mir der Gesprächsstoff aus. Jeglicher Smalltalk kam mir albern vor, vor allem angesichts der Frage, die mir auf der Zunge lag und die dann letztlich auch aus mir herausplatzte: «Was sagt denn Ihre Mutter dazu, dass Sie mit einer Mörderin essen gehen?»

Dan blieb stehen und schaute mich an. Natürlich hätte ich erst nachdenken und dann reden sollen. «Meine Mutter?», fragte er deutlich verärgert. «Für wie alt halten Sie mich eigentlich?»

Ich musterte sein Gesicht. Er hatte graue Augen, Kinn und Wangenknochen besaßen eine kantige männliche Schönheit.

Sein kurzes Haar betonte die Gesichtszüge. Er erinnerte mich ein bisschen an Adam, als wir uns gerade kennen gelernt hatten. Ich kam mir furchtbar alt vor.

«Na?»

«Weiß nicht.» Ich suchte nach einer diplomatischen Antwort. «Dreißig?», schlug ich vor, wobei ich ein gutes halbes Jahrzehnt zu meiner stillen Schätzung hinzufügte.

«Ich bin siebenundzwanzig. Und Sie?»

«Fünfunddreißig. Einhalb.»

Er schwieg einen Moment. «Wow, älter als ich dachte», meinte er dann ernst. Unsere Blicke trafen sich, und dann brachen wir beide in Gelächter aus. Doch schon im nächsten Augenblick dachte ich bei mir, dass er mein Alter wissen müsste, immerhin hatten die Zeitungen mein ganzes Leben durchgekaut. Ich verdrängte den Gedanken. Allmählich reagierte ich paranoid.

Den restlichen Abend lachten wir viel miteinander. Vielleicht stand ich kurz vor dem Zusammenbruch, bewegte mich am Rande der Hysterie, doch ich hätte ihn auch unter normalen Umständen als anregenden Begleiter empfunden. Als ich mich im Spiegel sah, mit breitem Grinsen und zurückgeworfenem Kopf, wurde mir bewusst, dass ich schon vor Adams Tod lange nicht mehr so gelacht hatte. Der Gedanke ernüchterte mich, aber dann kamen wir wieder auf Paulas Tod zu sprechen.

«Ich muss noch immer an die Stimmen denken», sagte ich, als der Kaffee kam. «Es war ein furchtbarer Streit, richtig bösartig.»

«Sie haben sich übrigens getrennt», meinte Dan. «Der Mann ist ausgezogen, Frau und Tochter wohnen jetzt allein.»

«Kannten Sie Paula Carmichael?»

Dan schaute mich an, als hätte ich sie nicht mehr alle. «Haben Sie Grund zu der Annahme?»

Ich schüttelte den Kopf. Hatte ich nicht, nur schien mein Verstand ständig Dinge miteinander zu verbinden und eine Welt zu erschaffen, in der jeder mit jedem auf der Straße plauderte, sich über den Gartenzaun hinweg unterhielt oder an die Tür klopfte und sich etwas Zucker borgte. Unsere Welt war eindeutig anders, wir lebten mitten in London, und doch konnte ich mich des Eindrucks nicht erwehren, dass wir alle auf unergründliche Weise miteinander verbunden waren.

«Ich dachte, ich hätte an dem Abend auch später noch Stimmen gehört», vertraute ich Dan an. «Unmittelbar vor ihrem Sturz. Hat man Sie überhaupt danach gefragt, oder meinen die, ich hätte mir alles ausgedacht?»

Dan zuckte mit den Achseln. «Ich habe Kommissarin Mann gesagt, dass ich in der halben Stunde, bevor Paula Carmichael stürzte, telefoniert habe. Von Stimmen war nicht die Rede.»

Eine halbe Stunde. Also mehr als ein kurzes männliches Grunzen ins Telefon. Ich wagte nicht, seine Mutter noch einmal zu erwähnen. Vielleicht hatte er mit seiner Schwester oder Freundin gesprochen. Bestimmt mit seiner Freundin. Ich merkte, dass es mir egal war.

«Vor ein paar Tagen war Kommissarin Mann noch einmal da.» Dan fuhr mit den Fingern am Stiel des Weinglases auf und ab. «Sie fragte mich nach dem Abend, an dem Adam Wills starb. Ich habe ihr gesagt, Sie seien zu Hause gewesen, als ich vorbeikam.»

Er trank einen Schluck Wein.

«Und?»

«Nichts und. Ich habe ihr erklärt, Sie hätten nicht wie eine Frau ausgesehen, die soeben einen Mord begangen hat.»

«Wie wahr.»

Er hielt meinem Blick stand. «Deshalb sitze ich hier», sagte er und berührte meine Hand, jedoch nur kurz, weil er irgendetwas in meinem Gesicht gelesen hatte. «Sie wirkten unglücklich und sehr müde, völlig fertig, um genau zu sein, dabei aber ganz entspannt. Ich glaube nicht, dass jemand, der gerade einen Menschen kaltblütig überfahren hat, so gelassen aussehen kann», sagte er kopfschüttelnd, als wollte er mich von meiner eigenen Unschuld überzeugen.

Ich versuchte, dankbar zu lächeln, doch beim Gedanken an die Tat wurde mir ein wenig übel. Sollte er doch glauben, was er wollte. Wie Rachel Colby war er zu dem Schluss gelangt, dass ich keine Mörderin war. Wofür ich ihm im Geiste dankte. Natürlich freute es mich, dass mich nicht alle verurteilten, ihre Logik konnte ich jedoch nicht nachvollziehen. Für Rachel war ich nur deshalb keine Mörderin, weil ich nicht in ihr Muster von Frauen passte, die ihre Männer töten: Ich war nicht jahrelang Misshandlungen ausgesetzt gewesen, die mich nach und nach den Verstand gekostet hatten. Andererseits wusste Rachel nicht, wie zornig ich gewesen war. Es hatte Tage gegeben, an denen ich, wenn Adam durch die Tür gekommen wäre, sofort zugeschlagen hätte, ohne mich darum zu scheren, was ich gerade in der Hand hielt. Dan wiederum hielt mich für unschuldig, weil er sich nicht vorstellen konnte, dass jemand nach einem Verbrechen aus Leidenschaft so ruhig und gelassen wirken konnte. Doch wenn man lang und gezielt genug gereizt wurde, bis man einen solchen Zorn, eine solche enttäuschte Leidenschaft empfand, dass man zu morden in der Lage war, konnte es doch durchaus befreiend und entspannend sein, den Stachel, der einen quälte, zu zerstören.

«Außerdem hätte ich kaum um sieben Uhr fünfzehn vom Oval zurück sein können, wenn ich Adam um sechs Uhr fünfundvierzig getötet hätte», erklärte ich.

«Da hätten Sie schon mit Inlineskates fahren müssen»,

meinte Dan, «aber möglich ist es. Übrigens habe ich gehört, er sei eher gegen sechs Uhr dreißig getötet worden.»

«Sie verfügen wohl über Insiderwissen, was?» Plötzlich war ich müde und klang hörbar gereizt.

Dan sah mich seltsam an. «Ich mache nur Konversation.»

Ich nickte. Mein Kopf war schwer, ich konnte ihn kaum aufrecht halten. Dan hatte eine Flasche Prosecco bestellt, und ich hatte einen scheußlichen Geschmack im Mund.

«Ich muss nach Hause.» Dan gab dem Kellner ein Zeichen.

«Sie müssen nicht für mich zahlen», sagte ich müde, als er seine Kreditkarte zückte: American Express.

«Schon gut, es geht aufs Konto meiner Mutter.»

Ich runzelte die Stirn.

«Nur ein Witz.» Er unterzeichnete schwungvoll und folgte mir nach draußen. Die Kälte fraß sich bis in meine Knochen. Dan nahm meine Hand und zog meinen Arm unter den seinen. Ich fühlte mich ein bisschen unbehaglich, sagte mir aber, dass ich einfach aus der Übung war.

Sein Haus war näher als das meine, und als wir davor standen, fragte er: «Wollen Sie mit reinkommen? Mal sehen, wie die kinderlose Hälfte der Menschheit so lebt?»

Ich schüttelte den Kopf und machte mich los.

«Ihre Kinder schlafen, die Babysitterin bekommt doppelten Lohn. Meinen Sie etwa, sie freut sich, wenn Sie so bald zurückkommen? Nur auf einen Drink, sonst nichts.»

Ich sah auf die Uhr. Es war kurz vor zehn, und obwohl ich erschöpft war, genoss ich den freien Abend.

«Nur kurz», stimmte ich zu.

Als ich in den Flur trat, fiel mir ein, wie die Tür schon einmal aufgegangen war und Dan dort im Mantel gestanden hatte, weil er gerade wegwollte. Ich erinnerte mich, wie er mir beim Telefonieren zugehört hatte und dann hinaus in den Sturm gelaufen war. Es schien ewig her. Vom Flur aus, in dem jetzt das Tischchen fehlte, gingen wir die Treppe hinauf in den zweiten Stock. Ich wünschte, er wohnte im Erdgeschoss. Die Tatsache, dass ich mit ihm nach oben ging, war für meinen Geschmack ein wenig zu bedeutungsvoll. Seine Wohnung war sauber, ordentlich, aufgeräumt. Ich finde, Männer fallen entweder in die Kategorie klinisch sauber oder total chaotisch, und er gehörte eindeutig in erstere. Das Wohnzimmer war ganz einfach, mit IKEA-Möbeln eingerichtet, doch die Architekturfotos an den Wänden waren echte Kunstwerke. Man glaubt immer, Beton und Stein im Bild einzufangen sei leicht, da sie sich nicht bewegen, doch die Gebäude auf Dans Schwarzweißfotos schienen förmlich zu leben.

«Sie sind Fotograf», sagte ich erfreut und sah mir die Fotos nacheinander aus der Nähe an.

Dan schüttelte den Kopf. «Ich sagte doch, ich arbeite im Personalwesen.»

«Und Sie reisen.» Ich ging an London und Chicago vorbei und trat vor ein Foto des Potala-Palastes, das neben einer Straßenszene aus Jaipur hing.

Dan nickte. «Jung und ungebunden, eben», sagte er. Da fiel mir auf, dass wir den ganzen Abend kaum von ihm gesprochen hatten, dafür umso mehr von mir.

«Keine Menschen», bemerkte ich und deutete auf ein Bild von Angkor Wat. «Nur Steine und Mörtel.»

«O doch», konterte er, «ich hänge sie bloß nicht an die Wand.»

Ich folgte Dan neugierig in die Küche, doch meine Beine trugen mich kaum, weil ich so müde war. Also zog ich mich aufs Sofa zurück. Es war ein tolles Sofa, eher gemütlich als chic. Ich sank in die Kissen, und als ich den Kopf nach hinten legte, fielen mir sofort die Augen zu. Ich hörte Kaffeekanne und Tassen klappern. Dan kam ins Zimmer und lachte leise, als er mich in einem nahezu komatösen Zustand vorfand.

«Du brauchst eine Kopfmassage», sagte er leichthin. Halb verschlafen schüttelte ich den Kopf. Als ich seine Finger in meinem Haar spürte, setzte ich mich abrupt auf, beugte mich vor, rieb mir die Augen. Dan stand hinter dem Sofa. Er griff nach meinen Schultern und zog mich wieder nach hinten. Ich machte mich los.

«Ich muss gehen.» Ich stand auf, getrieben von einer Vorahnung, dem Gefühl, dass zu Hause etwas nicht stimmte.

«Wie bitte?», fragte er verärgert.

«Ich muss nach Hause.»

Er sah zu, wie ich mir den Mantel anzog. «Was ist denn los?»

«Ich muss jetzt sofort nach Hause», wiederholte ich nachdrücklich. Ich war verlegen, weil ich ihn so nah hatte kommen lassen, und außerdem aus unerfindlichen Gründen sauer auf ihn und auf mich selbst.

«Sie kommen auch noch eine Stunde ohne dich zurecht», sagte er mit bittendem Lächeln. «Sie schlafen schon. Ich hingegen bin hellwach und weiß nicht, ob ich es ohne dich aushalten kann.»

«Ich stehe nicht … zur Verfügung», versuchte ich zu erklären und griff nach meiner Tasche.

«Verdammt, warum denn nicht?» Er war gereizt und belustigt zugleich. «Du bist keine fünfzehn mehr, du darfst allein ausgehen.»

«Du hast Recht, ich bin keine fünfzehn mehr.» Ich hielt mich an dem Gedanken fest. «Ich bin fünfunddreißig, erwachsen und zu alt für so was.»

Er schüttelte grinsend den Kopf, hob dann aber die Hände, als wollte er seine Niederlage eingestehen. «Für Mädchen wie dich gibt's ein Wort», murmelte er, als ich mich zur Tür wandte.

Verblüfft drehte ich mich wieder zu ihm um, worauf er mir wohl ansehen konnte, dass ich gekränkt war.

«Sorry, es tut mir Leid.» Jetzt grinste er nicht mehr. «Ich bin nur, weißt du … Entschuldige, das war dumm von mir … ein blöder Witz …»

«Eins möchte ich klarstellen», sagte ich leise und sah ihm fest ins Gesicht, «das eben war kein Coitus interruptus.»

«Natürlich nicht.» Sein Grinsen war wieder da, leicht süffisant. «Auf den kann ich mich noch freuen.»

«In deinen Träumen», murmelte ich und hörte ihn hinter mir lachen.

Ich rannte die Treppe hinunter, nahm zwei Stufen auf einmal, riss die Haustür auf. Und fand meine Ahnung bestätigt: eine Sirene, die ich bewusst nicht wahrgenommen hatte und die zu dem Streifenwagen gehörte, der vor meinem Haus parkte. Als ich hinüberlief, fuhr ein weiterer Wagen vor, und Finney stieg aus.

22

WIE ICH EINEN KIDNAPPER IN DIE FLUCHT SCHLUG

Kampfsportexpertin Erika Schlim spricht mit Bill Tanning exklusiv über ihr Leben als Kindermädchen bei den Zwillingen des ermordeten Journalisten Adam Wills und enthüllt, wie sie einen schrecklichen Entführungsversuch vereitelte, während die Mutter der Zwillinge ein heißes Date hatte.

Die blonde lebhafte Erika, 23, hat die dramatischen Vorkommnisse in dem Haus enthüllt, in dem die Kinder des ermordeten Journalisten Adam Wills mit ihrer Mutter Robin Ballantyne, 35, der Ex-Geliebten von Wills, wohnen.
Gestern Abend, so Erika, musste sie voller Entsetzen miterleben, wie jemand versuchte, die einjährigen Zwillinge Hannah und William zu entführen, während Ballantyne ein heißes Date hatte. Der Versuch konnte nur vereitelt werden, weil sich Erika wie eine Löwin vor die Kinder stellte und den Entführer mit ihren Judokünsten in die Knie zwang.
Der erste verdächtige Zwischenfall ereignete sich

bereits am Nachmittag, als Erika ans Telefon ging. «Ich wusste nicht, ob es ein Mann oder eine Frau war, aber es hörte sich an, als wäre derjenige stark erkältet», sagte sie. «Der Anrufer wollte nicht Robin sprechen, wollte nur, dass ich eine Nachricht entgegennehme.

Da ich nichts zu schreiben hatte, merkte ich es mir so. Er sagte: ‹Robin geht zu weit. Wir wissen, wo sie wohnt, falls sie so weitermacht. Wir wissen, wo die Kinder sind. Sagen Sie ihr, wir meinen es gut mit ihr.›»

Als Robin Ballantyne nach Hause kam, blieb sie nur ein paar Minuten, und als Erika ihr von dem Anruf berichten wollte, tat Ballantyne es einfach ab und erklärte, sie habe eine Verabredung.

«Ich wollte gar nicht weiter babysitten», sagte uns Erika, «aber wer hätte sich sonst um die Kinder gekümmert, während Robin mit ihrem Freund Dan ausging? Sie sagte, sie wollten essen gehen, aber später fand ich heraus, dass er sie mit in seine Wohnung genommen hatte. Sie tauchte auf, als alles vorbei war. Sie sah aus, als wäre sie gerade aus dem Bett gekommen. Ihr Haar war ganz durcheinander.»

Der Mann, den Erika als Ballantynes Freund bezeichnet, ist von der Polizei verhört worden. Es heißt, er habe Ballantyne ein Alibi für den Zeitpunkt des Mordes an Adam Wills geliefert.

Erika beschrieb, wie gestern Abend kurz nach zehn ein Mann an der Haustür klingelte. Als sie ihn fragte, wer er sei, gab er vor, der Großvater der Zwillinge zu sein, und behauptete, Robin habe ihn gebeten, im Haus auf sie zu warten. Kaum hatte er sich Zutritt zum Haus verschafft, stieß er Erika beiseite und ging zu der Treppe, die zum Kinderzimmer führt. Erika befahl ihm, das Haus zu verlassen, doch er beachtete sie nicht. Sie schoss hinter ihm her und griff ihn oben an der Treppe an, wobei sie ihre Judokünste einsetzte, um ihn in die Knie zu zwingen.

«Ich wusste, ich musste die Kinder um jeden Preis schützen. Ich habe alle Griffe benutzt, die ich für meinen schwarzen Gürtel geübt habe», sagte Erika. «Es war sehr befriedigend, sie endlich einmal einsetzen zu können. Meistens kämpfe ich nur gegen meinen Trainer, und er gibt nach, damit er nicht verletzt wird, aber dieser Mann hatte wirklich Angst vor mir und fiel die Treppe hinunter, als ich den Ko Uchi Gari anwendete. Dabei zieht man dem Gegner mit dem eigenen Fuß die Beine weg. Ich glaube, er hat sich bei dem Sturz am Arm verletzt, denn er hielt sich das Handgelenk, als er ging. Er brüllte, er werde zurückkommen. Ich hatte Angst, dass er noch mehr Leute mitbringen könnte, und gegen alle konnte ich ja nicht kämpfen. Also versuchte ich, Robin über Handy anzurufen, aber sie hatte es wohl abgestellt. Dann rief ich die Polizei, die sehr schnell kam. Sie haben auf der Straße nach dem Mann gesucht, aber er war schon weg.»

Ballantyne tauchte wenige Minuten später auf, nicht wissend, dass ihre Kinder um ein Haar von einem Verrückten entführt worden wären. «Sie war völlig fassungslos», sagte Erika, «hat sich aber nicht mal bedankt. Das kränkt mich ein bisschen, denn was wäre ohne mich wohl aus den Kindern geworden? Und ich habe einen blauen Fleck am Bein, wo mich der Mann getreten hat.»

Erika ist letztes Jahr aus Schweden nach London gekommen, um hier als Kindermädchen zu arbeiten und sich bei den besten britischen Judotrainern ausbilden zu lassen. Sie hat selbst viele jüngere Geschwister und liebt Kinder, träumt aber davon, sich ganz dem Kampfsport zu widmen.

«Der Unterricht hier ist hervorragend», schwärmt sie. «Wenn ich die volle Lehrerlaubnis für Judo habe, werde ich nicht mehr als Kindermädchen arbeiten.»

Ihr Judotrainer Chaz Johns, ein ehemaliger Landesmeister, beschreibt sie als «Naturtalent». Erika habe «jede Menge Mumm». «Es überrascht mich nicht, dass sie einen Angreifer überwältigt hat.»

Die Polizei bestätigte, dass es vergangenen Abend einen Zwischenfall im Hause Ballantyne gegeben habe, wollte aber keine Details nennen, da die Ermittlungen noch andauern. Erika beschreibt den mutmaßlichen Kidnapper als weiß, mittleren Alters, blond, groß und sehr kräftig. Verhaftet wurde bisher niemand. Robin Ballantyne stand für einen Kommentar nicht zur Verfügung.

«Robin ist oft mit Freunden unterwegs», erzählt Erika. «Ich kümmere mich den ganzen Tag um die Kinder. Sie vermissen ihre Mutter sehr und weinen viel. Sie stellt sich ein wenig an, was meinen Lohn angeht, aber das tun Arbeitgeber ja häufiger. Das Haus ist billig, viele Sachen darin sind alt (s. rechts: Die Kinder im Haus, fotografiert von Erika Schlim). Letzte Woche war einmal gar nichts zu essen im Haus, und sie hatte mir auch kein Geld zum Einkaufen dagelassen. Ich mache es nur wegen der Kinder. Egal, was die Mutter für ein Mensch ist, die Kinder brauchen auf jeden Fall Liebe und Aufmerksamkeit.»

Robin Ballantyne wurde von ihrer Arbeit beim Konzern freigestellt, bis die Ermittlungen zum Tod ihres Ex-Liebhabers abgeschlossen sind. Der Kidnappingversuch ist das letzte in einer Reihe dramatischer Ereignisse, die die Ballantynes heimgesucht haben. Vor nur zwei Wochen sprang Paula Carmichael aus einem Fenster im Haus gegenüber und starb vor Miss Ballantynes Haus, wo die ehemalige Fernsehproduzentin die Leiche fand. Ballantyne wurde im Zusammenhang mit dem Mord an ihrem Ex-Liebhaber Adam Wills mehrfach von der Polizei verhört. Offenbar wurde Mr. Wills von Miss Ballantynes Auto getötet, als er in der Nähe ihres Hauses die Straße überquerte.

23

ALS SICH MEIN ZORN über Erikas Verrat gelegt hatte, blieben nur die Schuldgefühle. Ich allein trug die Verantwortung für meine Kinder. Und obwohl ich wusste, dass die Kinder gefährdet waren, hatte ich sie mit einer bezahlten Kraft allein zu Hause gelassen. Ich hatte sie im Stich gelassen.

Nachts quälten mich Albträume. Ich träumte, dass Adam und ich uns liebten und dann Arm in Arm einschliefen. Doch als ich im Traum erwachte, lag er tot und kalt in einer Blutlache neben mir. Ich flüchtete mich ins Kinderzimmer und fand noch mehr Blut und zwei kleine leblose Körper, die Augen weit aufgerissen, die Mündchen reglos und still. Ich nahm die schlaffen Körper und versuchte sie wieder zu beleben, doch es war zu spät, und ich schrie meine Verzweiflung hinaus … Da wachte ich endlich richtig auf, mit Herzrasen, von Entsetzen erfüllt. Ich machte Licht und starrte an die Decke, versuchte, den Albtraum abzuschütteln, aber ich musste einfach aufstehen und zu den Kindern gehen. Natürlich lagen sie unter ihren Decken, klein und kompakt, im Tiefschlaf, Arme und Beine weit von sich gestreckt, ihre Brust hob und senkte sich, alles war gut, kein Blut in Sicht. Dennoch war ich erschüttert. Ich saß lange im Schneidersitz in ihrem Zimmer auf dem Boden, den Rücken an der kühlen Wand, und hörte ihnen beim Atmen zu. Allmählich beruhigte sich auch mein eigener Atem, mein Herz schlug wieder normal, doch die Angst wollte nicht weichen. Sie waren das Beste, was mir je widerfahren war. Nun hatte ich im Traum erlebt, wie es wäre, sie zu verlieren, und selbst das Traumgefühl war mehr, als ich ertragen konnte.

Bei Tageslicht versuchte ich es mit Vernunft. Meine Kinder waren schon im Mutterleib gefährdet gewesen. Zwillinge sind immer kleiner, werden häufig zu früh geboren, das schwächere Kind leidet unter den Bedürfnissen des stärkeren. Als sie zu früh, aber äußerst lebendig zur Welt kamen, hatten sie dem Tod zum ersten Mal getrotzt, doch er würde sie verfolgen, wie er uns alle verfolgt: wenn man in Eile eine Straße überquert, bei schlechtem Wetter ins Flugzeug steigt, raucht, Chemikalien einatmet oder durch die Haut aufnimmt, krank wird oder einfach Pech hat. Vom Augenblick ihrer Geburt an konnte ich sie nicht mehr vor allen Gefahren schützen, selbst wenn ich jede Sekunde bei ihnen war.

Erika war nur zu uns zurückgekehrt, um ihre Story an die Boulevardblätter zu verkaufen, dessen war ich mir sicher. Sie hatte eine Kamera mitgebracht und das winzige Kinderzimmer, mein ungemachtes Bett, unseren fast – aber nicht völlig – leeren Vorratsschrank und meine müden, weinenden Kinder fotografiert, und die Zeitung hatte all das zur Schau gestellt. Der Kidnappingversuch, falls es denn einer gewesen war, hatte ihr nur als Vorwand gedient. Es war alles zu schnell gegangen. Ich vermutete, dass sie Bill Tanning schon vor der versuchten Entführung kontaktiert und mit ihm einen Deal ausgehandelt hatte. Sie musste ihm die fertige Story gegeben haben, kaum, dass sie ihre Aussage bei der Polizei gemacht hatte, sonst hätte sie nicht in der Frühausgabe erscheinen können. Am folgenden Morgen war Erika nicht zur Arbeit gekommen, und ich hatte nicht einmal versucht, sie anzurufen. Ich war mir nicht sicher, was ich ihr antun würde.

Dennoch, das Versagen lag ganz bei mir. Ich hatte nicht

verstanden, dass der Anruf, von dem sie mir erzählte, eine Drohung enthielt, und ich hatte als Mutter versagt. Das war es, was ich an dem Abend in den Augen von Finney, meiner Mutter, Kommissarin Mann und denen der Streifenbeamten gelesen hatte. Ich hatte Mist gebaut.

«Sie können sich sicher denken, wer es war, oder?» Finney saß bei mir auf dem Sofa. Wider besseres Wissen und entgegen aller Logik freute ich mich, ihn zu sehen. Als er unangekündigt aufgetaucht war, hatte ich zunächst nicht gewusst, was er von mir wollte oder weshalb er mir höflicher als sonst begegnete. Dann begriff ich, dass er jetzt diplomatisch vorging.

«Es war tatsächlich der Großvater, es war Adams Vater.» Ich hatte es mir gedacht. Hätte Erika ihn so beschrieben, wie er war – groß, weißhaarig statt blond, eher älter als in mittleren Jahren, ein wenig gebrechlich, zwar ein ehemaliger Armeeangehöriger, nun aber seit langem pensioniert und etwas behäbig geworden –, hätte ihr Kampfeinsatz wohl etwas übereifrig gewirkt. Um Harold Wills zu bremsen, hätte es sicher nicht mehr als einen festen Blick und eine energische Hand auf der Schulter bedurft.

«Morgen wird Adam beerdigt», sagte Finney sanft. «Ein Mann darf wohl ein bisschen durchdrehen, bevor er seinen Sohn beerdigt.»

«Aber er kann nicht einfach versuchen, mir den meinen zu entführen.» Meine Stimme klang dünn vor Wut, und ich baute mich vor Finney auf. «Und ich erwarte, dass Sie ihn wegen versuchter Entführung vor Gericht bringen.»

«Vielleicht wollte er die Kinder nur besuchen», sagte er beschwichtigend. «Versetzen Sie sich mal in seine Lage. Er hat seine Enkel noch nie gesehen. Seine Frau erzählt ihm von Vernachlässigung und Misshandlungen. Morgen wird sein Sohn beerdigt.»

«Er hat sich mit einer Lüge Zutritt verschafft. Entweder Sie verhaften ihn, oder ich verklage die Polizei wegen Schikane.» Ich wurde wieder laut.

Finney fuhr sich mit der Zunge über die Lippen.

«Haben Sie mich gehört?», brüllte ich ihn an.

«Natürlich. Die halbe Straße hat Sie gehört.»

Ich ließ mich wieder in den Sessel fallen, schob mir das Haar, das mich plötzlich maßlos störte, unwirsch aus dem Gesicht. Wollte ich wirklich einen trauernden alten Mann hinter Gitter bringen? Was geschah nur mit mir? Ich nippte an dem kalten Kaffee, doch meine Hand zitterte. Finney sagte etwas, ich versuchte, mich zu konzentrieren. Fixierte ihn.

«Wir haben mit Erika gesprochen. Sie wollte wissen, ob Sie wütend auf sie seien. Was ich bejahte. Erika begriff erst, dass der Anruf bedrohlicher Natur gewesen war, als sie mit Tanning beim Chronicle saß und er sie bat, den Tag noch einmal im Geiste durchzugehen und in allen Einzelheiten davon zu berichten. Ein mieser Typ, aber nicht dumm. Als er sie dazu brachte, das Gesagte genau zu wiederholen, besser gesagt das, woran sie sich erinnerte, erkannte Tanning, dass der Anrufer keineswegs um Ihr Wohl besorgt war.»

«Oder er hat seiner Phantasie freien Lauf gelassen.»

«Ich bin mit Erika die ganze Geschichte mehrmals durchgegangen und halte Tannings Interpretation für zutreffend, obwohl sie die Nachricht nicht wortgetreu wiedergeben konnte.»

«Ich glaube, vieles in dem Artikel ist auf Tannings Mist gewachsen», sagte ich müde. «Erika redet ganz anders.»

Finney nickte und fuhr fort: «Allerdings glaube ich nicht, dass Harold Wills hier angerufen hat. Er streitet es ab, und es ergibt auch keinen Sinn. Adams Eltern geht es nur um die Kinder. Warum sollten sie Sie bedrohen?»

«Natürlich hat er nicht angerufen, das habe ich auch nie

geglaubt», fauchte ich. Dann kam mir ein Gedanke. «Außer die Wills glauben, Drohanrufe könnten einen Richter dazu veranlassen, mir die Kinder wegzunehmen, um sie an einen sichereren Ort zu bringen.»

Finney schüttelte den Kopf. «Auf ein Komplott sind sie nicht aus. Der andere Sohn ist bei Ihnen ...»

«David.»

«Genau. Er versucht, ihnen beizustehen, aber die Eltern sind in einem furchtbaren Zustand.»

David. Adams sympathischer Bruder. Das gleiche Talent, aber weniger Selbstvertrauen, weil sein Vater ihn ständig niedergemacht hatte. Er hatte Zuflucht in einem Beruf gefunden, den er liebte, und musste nun aus Pflichtgefühl zur Totenwache wieder antreten. Ich fragte mich, wie er mit seiner Trauer um den bevorzugten Bruder umging.

«Natürlich könnten Sie auch selbst angerufen haben», sagte Finney leise. Ich überhörte seine Bemerkung fast, weil ich in Gedanken bei David war.

«Wie bitte?» Ich musste beinahe lachen, weil es so absurd klang.

«Sie waren nicht zu Hause. Sie wussten, dass Erika die Nachricht entgegennehmen würde. Wenn Sie Drohungen erhalten, sind Sie automatisch ein unschuldiges Opfer und kein Täter.»

Ich sah ihn fast neugierig an; mir fehlte die Kraft, noch einmal aufzubrausen. «Das meinen Sie doch nicht ernst, oder?»

Sein Gesicht war undurchdringlich. Er zuckte mit den Achseln.

«Warum hätte ich ihn denn töten sollen?», fragte ich tonlos.

«Warum nicht? Er hat Sie mit zwei kleinen Kindern sitzen lassen.»

«Na und? Weil ich ohne ihn nicht klarkomme? Sicher, hier

herrscht Chaos.» Ich deutete auf das Wohnzimmer. Überall lag Spielzeug herum, ein Haufen Wäsche war irgendwie auf dem Couchtisch gelandet. «Aber mit Adam wäre es genauso chaotisch gewesen. Glauben Sie etwa, er hätte hier aufgeräumt?»

«Zumindest wären Sie nicht so müde.»

«Das möchte ich bezweifeln.»

«Immerhin hätte er Sie finanziell unterstützen können.»

«Ich bin nicht gehirnamputiert. Ich kann arbeiten. Wir sind bisher ganz gut allein zurechtgekommen, auch ohne Adams Vermächtnis. Natürlich bestreite ich nicht, dass eine andere Wohnung toll wäre, aber …» Meine Stimme erstarb.

«Sie haben ihn also getötet, weil Sie ohne ihn prima zurechtkamen und er sich plötzlich wieder in Ihr Leben drängen wollte.» Finney klang alles andere als überzeugt, und mir kam es so vor, als sei das alles nur ein Spiel, ein ermüdendes Spiel, das wir aus Pflichtgefühl spielten.

«Sie müssen sich schon entscheiden, Finney …» Ich blickte zu ihm hinüber und erntete erneutes Achselzucken, als wollte er sagen, was soll ich machen. «Okay, es hat mir nicht gepasst, dass er die Zwillinge besuchen wollte, aber ich hatte mich schon fast an den Gedanken gewöhnt. Und ich sag Ihnen noch etwas», das Thema brachte mich in Schwung: «Er hätte es auf Dauer ohnehin nicht durchgehalten. Wir hätten ihn einmal im Jahr gesehen, wenn überhaupt.»

«Das lässt sich im Nachhinein leicht sagen», meinte Finney.

«Herrgott noch mal.» Entnervt beugte ich mich vor, schaute ihn fest an und sagte bestimmt: «Erzählen Sie mir mal, weshalb ich den Vater meiner Kinder töten sollte. Jetzt bekommen sie noch nichts mit, aber irgendwann werden sie es erfahren. Sie werden älter, stellen Fragen und hören, was die Leute erzählen. Jemand hat Adam so sehr gehasst, dass er ihn überfahren hat. Wie muss das für seine Kinder sein? Also, ich werde es herausfinden. Ich bin nämlich diejenige, die für den Rest meines Lebens mit seinem Tod und meinen dadurch womöglich verkorksten Kindern klarkommen muss.»

Finney saß mit hängendem Kopf da und machte eine Geste, als wollte er sich ergeben.

«Wenn Sie mich für schuldig halten, dann verhaften Sie mich.»

Er hob die Hand. «Fangen Sie bitte nicht wieder an zu schreien, ich hab schon Kopfschmerzen.»

«Wenn Sie mich für schuldig halten, dann verhaften Sie mich.» Ich kniete mich vor ihn. Sah ihm fest in die Augen. Ich sprach sanfter, als ich je gesprochen hatte, doch meine Worte klangen so eindringlich wie selten. «Aber das können Sie nicht, weil Sie keine Beweise haben. Oder weil Ihre Beweise auf einen anderen Täter hindeuten, eins von beiden. Aber Sie wissen, dass ich es nicht war, und ich hätte gerne, dass Sie das der Öffentlichkeit klarmachen. Sie lassen mich nämlich einfach hängen. Sorgen Sie dafür, dass ich meinen Job wiederkriege. Sagen Sie Adams Eltern, sie sollen mich in Ruhe lassen. Und konzentrieren Sie sich verdammt noch mal auf die Suche nach Adams Mörder, damit sich meine Kinder nicht ihr Leben lang fragen müssen, ob es vielleicht doch ihre Mutter war.»

Finney schob mir eine Haarsträhne hinters Ohr, meine Haut brannte bei der Berührung. Sein Blick war verhalten.

«Ich muss mich gegenüber meinen Vorgesetzten verantworten.»

Enttäuscht wich ich zurück. «Kann denn niemand mehr einfach zu seiner Meinung stehen?», murmelte ich wütend. «Sie haben doch ein Herz, Sie haben Verstand, dürfen Sie die etwa nicht ohne Erlaubnis gebrauchen?»

Er seufzte und vergrub den Kopf in den Händen. Ich blieb

auf den Knien, nicht um zu betteln, sondern weil ich die Verbindung zwischen ihm und mir nicht unterbrechen wollte. Wenn ich mich zurück in den Sessel setzte, würde wieder Sarkasmus gegen Gebrüll stehen. Endlich hob er den Kopf und sah mich an.

«In der Nacht, in der Wills getötet wurde, rief jemand die Wache an. Wir haben die Aufzeichnung. Die Stimme klang verzerrt. Sie nannte Ihr Autokennzeichen und sagte, wo wir danach suchen mussten. Wir haben Ihren Festnetzanschluss und das Handy überprüft. Der Anruf kam von woanders.»

«Das ist noch kein Beweis.»

«Wer immer mit Ihrem Wagen gefahren ist, hat nicht nur seine Fingerabdrücke, sondern den ganzen Wagen sorgfältig abgewischt. Das ganze Auto ist wie frisch gewienert. Sie hätten keinen Grund, so etwas zu tun. Immerhin ist es Ihr Auto.»

«Hätte man nur meine Fingerabdrücke gefunden, wäre dies der Beweis dafür gewesen, dass niemand außer mir den Wagen gefahren hat.»

«Stimmt.» Er senkte den Kopf. «Auch hat jemand ein Taschentuch neben dem Fahrersitz fallen lassen.»

«Könnte von mir sein.»

«Ist es aber nicht. Wir fanden einige Tropfen Blut darauf, als hätte jemand eine Rasierwunde, einen Kratzer oder Nasenbluten gestillt. Wir haben die DNA, nur konnten wir sie bisher nicht zuordnen. Vom Mechaniker stammt das Blut nicht. Wüssten Sie, wer sonst noch den Wagen benutzt haben könnte?»

Ich überlegte.

«Nein. Und die Kinder haben nicht im Auto geblutet. Ich meine, sie kotzen zwar ständig, aber …»

«Unser Labor kann ganz gut zwischen Blut und Kotze unterscheiden.»

Dann kam mir eine Idee. «Ich weiß, wie es passiert sein könnte», sagte ich aufgeregt. «Ganz unten am Türrahmen auf der Fahrerseite ist ein loses Metallstück. Ich bin schon ewig nicht mehr dran hängen geblieben. Man kommt nämlich nur dran, wenn man den Sitz verstellt.»

«Es müsste so scharf sein, dass es durch Handschuhe schneidet», gab Finney zu bedenken.

«Dünne Handschuhe? Überprüfen Sie es einfach, Sie haben doch den Wagen. Sie müssen sich nur reinsetzen und unten nach dem Hebel greifen.»

Finney wirkte jetzt entspannter. Ich merkte, dass ich sein Knie umklammert hielt, und zog die Hand weg. Noch immer wagte ich nicht, mich zu rühren, weil ich den Bann nicht brechen wollte. Mir kam es vor, als hätte ich einen Zauber entdeckt, mit dem ich Finney zum Sprechen bringen konnte.

«Dieser Stalker …», sagte ich. «Es gibt doch einen, oder?»

«In den beiden Wochen vor seinem Tod meldete Adam anonyme Anrufe. Nur wenige Tage, bevor er starb, trieb sich angeblich jemand vor seiner Wohnung herum.»

«Was haben Sie deswegen unternommen?»

Finney sah ziemlich verlegen drein. «Wir haben ihm geraten, seine Telefonanrufe über den Anrufbeantworter laufen zu lassen und uns anzurufen, wenn ihn jemand belästigte. Offen gestanden hätten wir mehr auch nicht tun können. An jedem Promi hängen ein paar Freaks. Die meisten sind ungefährlich, haben keine Waffe.»

«Und manche haben nicht mal ein Auto», sagte ich grimmig.

Nach einem Moment des Schweigens fragte ich: «Bin ich wirklich die Einzige, die auch nur ansatzweise ein Motiv hat?»

«Es gibt Kollegen, die er gegen sich aufgebracht hatte. Er war ehrgeizig, aber das muss ich Ihnen ja nicht sagen.»

«Richard Carmichael fürchtete, seine Frau zu verlieren, und zwar an Adam. Wie wäre das als Motiv?»

«Nur war Paula bereits tot, als Wills ermordet wurde. Damit ist das Motiv hinfällig.»

«Vielleicht hat er Adam die Schuld an ihrem Tod gegeben?» Mehr fiel mir nicht ein, und Finney schüttelte den Kopf. Ich stand auf und lief umher, um meinen Kreislauf wieder in Schwung zu bringen. Finneys Gesicht verriet mir, dass ich nicht mehr erfahren würde. Auch er war aufgestanden und wirkte jetzt verlegen, wahrscheinlich, weil er zu redselig gewesen war. Er ging zum Kamin und schaute sich die Fotos an, wie Richard Carmichael es am Morgen, nachdem seine Frau gestorben war, getan hatte. Finney nahm ein gerahmtes Bild von mir, Jane und Suzette in die Hand. Ein Rotschopf, ein schwarzer Schopf, eine Blondine, Arm in Arm, in schicken Kleidern, Champagnergläser in der Hand. Wir sahen aus, als stammten wir aus einer Shampoowerbung.

«Gute Zeiten», sagte er. Der trockene Tonfall hatte sich wieder in seine Stimme geschlichen.

«Gute Freundinnen», korrigierte ich ihn. «Das war bei Suzettes Hochzeit vor drei Jahren.»

«Ich sehe keinen Bräutigam.»

«Er war aber da. Sie haben sich getrennt. Ich glaube, er wohnt jetzt in Australien.»

Finney stellte das Foto zurück. «Ich muss los. War schon zu lange hier.»

24

DER REGEN FIEL HERAB wie Eisensplitter, hart, schnell, gemein. Der Himmel über mir war dunkel. Es war erst zehn Uhr morgens, aber es kam mir vor wie zur Abenddämmerung. Mein Mietwagen parkte vor einem zerfallenden Herrenhaus am Hill Rise, eingeklemmt zwischen einem Mini und einem Van mit übermalten Scheiben. Ich hatte den Zwillingsbuggy aus dem Kofferraum gehievt und abgestellt, wo eigentlich ein Gehweg sein sollte. Mein Haar war klatschnass, das Wasser tropfte mir auf die Schultern, aber der Buggy hatte immerhin einen Regenschutz. Ich holte die Kinder nacheinander aus dem Auto, versuchte vergeblich, sie vor den Wassermassen zu schützen, schnallte sie mit glitschigen Fingern im Buggy fest. Als sie saßen, waren Kinder und Buggy feucht. Hannah und William blieben trotzdem bei Laune. Wir waren in letzter Zeit selten unterwegs gewesen, und sie ließen sich gerne nass machen, wenn ich es für eine gute Idee hielt. Ich manövrierte den Buggy zwischen den Autos hindurch und den Hügel hinunter, bog rechts ins Wood Vale ab, das steil anstieg. Ich ging vorgebeugt, konnte Hannah durch das Fenster im Regenschutz erkennen. Sie sah nach oben, zeigte mit dem Finger, gluckste vor Freude, wenn die Tropfen auf das Plastik klatschten. Wir waren unterwegs zu David, Adams Bruder. Früher waren wir befreundet, jetzt sollte er mir helfen.

Vierundzwanzig Stunden lang war ich wie gelähmt gewesen. Hannah und William kletterten auf mir herum und forderten Aufmerksamkeit, während ich mir im Fernsehen die Beerdigung ihres Vaters ansah. Sie wurde zwar nicht live übertragen, hatte wegen der Umstände seines Todes aber Schlagzeilen gemacht, und man sendete in den Nachrichten längere Ausschnitte und ausführliche Berichte über den Stand der polizeilichen Ermittlungen. Ich zappte hin und her, war auf perverse Art fasziniert. Ein Vermögen würde ich mit Verleumdungsklagen nicht verdienen. Die Anwälte mussten die Scripte zuvor sorgfältig geprüft haben. Was konnte man gefahrlos sagen? Wie viel durfte man andeuten? Kein Journalist erklärte mich direkt für schuldig, doch es gab keine anderen Verdächtigen, keine Spuren, die in eine andere Richtung deuteten. Adam wurde mit meinem Wagen getötet. Mir kam es so vor, als bliebe als einziges Spannungsmoment nur noch die Frage, wann man endlich den Beweis für meine Schuld finden würde. Die Kommentare zum Begräbnis verrieten mühsam zurückgehaltene Empörung, es schien ein Wunder, dass noch niemand öffentlich meinen Kopf gefordert hatte. Was nützte mir Finneys schönes Lächeln, wenn er nicht genügend Rückgrat hatte, um sich gegen die ansteigende Flutwelle zu stemmen, die mich hinweg zu spülen drohte?

Wie gebannt betrachtete ich meine Freunde und Kollegen, durch die Fernsehkameras zu Karikaturen ihrer selbst reduziert. Die Trauerkleidung verlieh ihnen etwas Kränkliches, ihre Gestalten wirkten zweidimensional, ihre Gesten theatralisch. Da war Jane, die ihr Haar mit zwei silbernen Nadeln hoch gesteckt hatte, den schwarzen Cheongsam züchtig geschlossen, aber schenkelhoch geschlitzt trug und so dem Tod Paroli bot. Suzettes Tänzerinnenkörper schien vor Traurigkeit dahinzuwelken. Schwarze Hose, schwarzer Pulli, in denen ihre Gliedmaßen wie Zweige wirkten. Ihre kleine Brust hob und senkte sich rasch wie die eines verängstigten Vogels, das Haar fiel ihr lose über Schultern und Rücken. Ich hatte sie noch nie so gebrochen erlebt und dachte widerwillig, dass sie ihn wirklich geliebt haben musste. Maeve, die sich sichtlich unwohl fühlte, wandte sich nach hinten, um mit Jane, die in der Reihe hinter ihr saß, zu sprechen, und drehte sich dann mit unglücklicher Miene wieder nach vorn. Uns trennte eine Kluft. Ich wusste, dass jeder, der an Adams Tod dachte, auch an mich dachte.

Ich hatte mit dem Gedanken gespielt, zur Beerdigung zu gehen. Zwar hätte ich gern persönlich von Adam Abschied genommen, doch hätten die Medien sofort auf meine Anwesenheit reagiert und das Begräbnis in eine Zirkusvorstellung verwandelt. Und so blieb ich bei diesem Fest ein Geist, mein Platz war gedeckt, das Essen unberührt. Ich verabschiedete mich vom Sofa aus, das Gesicht nass von Tränen. Meine Kinder waren enttäuscht, weil ich mich nicht mit ihnen beschäftigte. Ich hatte die Vorhänge geschlossen, weil draußen schon wieder die Pressefotografen lauerten.

In der ersten Reihe saßen David, Harold und zwischen ihnen Norma, die die Hände von Sohn und Ehemann hielt. Beide waren so weit von ihr entfernt, dass sie die Arme dabei ausstrecken musste. Ich wünschte, David würde an seine Mutter heranrücken, sie anlächeln, ihre Hand drücken, sie irgendwie trösten. Wenn er ihr doch nur die Zuneigung gäbe, nach der sie sich sehnte, würde sie nicht meine Kinder brauchen. Meine Kinder, die anderen Geister bei diesem Fest. Sie schienen den Priester, der seiner Aufgabe nicht gewachsen war, förmlich zu verfolgen, denn er stolperte bei seiner Trauerrede von einem Fettnäpfchen ins nächste. Offenbar hatte sich der Mann keinerlei Gedanken darüber gemacht, was er sagen und wie er es sagen wollte.

«Adam hat uns allen so viel gegeben», verkündete er, die

Augen ernst hinter den Brillengläsern, die Stimme seltsam schrill. «Er hat uns geholfen zu verstehen, wie die Welt funktioniert. Er war in jeder Hinsicht ein Mann von Welt, einer, der sich auskannte und uns sagen konnte, was auf der anderen Seite des Globus geschah, sodass es auch uns dorthin zog. Adams Mutter trauert um ihn, sein Vater trauert um ihn», offenbar hatte er vor, die ganze traurige Liste der Hinterbliebenen durchzugehen, «sein Bruder trauert um ihn, seine Freunde und Kollegen trauern um ihn. Wir, die wir zurückbleiben, seine Angehörigen und Freunde, trauern um den Mann, der hätte leben können, um den Mann, der seinen Kindern ein Vater hätte sein können … um den Mann, der einer Frau eine Stütze hätte sein können, einer Frau, die seine Ehefrau hätte sein können. Seinen Eltern ein treuer Sohn, wie der Sohn, den er nie hatte … nie kannte …»

Es war ein so armseliger Nachruf auf einen Mann des Worts, dass ich unwillkürlich lächeln musste. Maeves Gesicht verriet Ungeduld. Wäre sie Gott gewesen, hätte sie den Kerl gefeuert. Vielleicht war es ja seine Unfähigkeit, die Norma und Harold zu dem trieb, was danach geschah. Sie verließen die Kirche, doch anstatt dem Weg zu den wartenden Limousinen zu folgen, marschierte Norma mit plötzlicher Entschlossenheit schnurstracks auf die Presseleute zu. Der überraschte Harold hechtete hinter ihr her.

«Ich möchte eine Erklärung abgeben», sagte Norma ins nächstbeste Mikrofon. Ihre Stimme klang nervös und gehetzt. «Niemand traut sich, es auszusprechen, aber mir ist jetzt alles egal. Wir wissen alle, wer meinen Sohn getötet hat. Meine Enkelkinder sind in Gefahr. Ich bitte …» Doch da hatte Harold sie eingeholt, packte sie am Arm und zog sie fort.

«Mach dich nicht lächerlich», knurrte er. Er schob sie von den Reportern weg, worauf ihr Gesicht in sich zusammenfiel, doch die Aufnahmegeräte liefen noch, und man konnte hören, wie er sie in zischendem Ton herunterputzte.

All das warf ein schlechtes Licht auf die Wills, ein noch schlechteres indes auf mich. Am nächsten Morgen waren die Zeitungen einer Meinung. «Das Testament, ihr Trottel!», blökte ein Boulevardblatt auf der Titelseite. Die seriösen Zeitungen waren derselben Meinung, wenn sie sie auch anders ausdrückten. «Niemand sollte erdulden müssen, was Norma und Harold Wills in der vergangenen Woche durchgemacht haben. Sie haben einen Sohn verloren, und man verweigert ihnen den Kontakt zu ihren Enkeln», schrieb ein Kolumnist. «Gestern haben uns die Kameras etwas gezeigt, was eigentlich nicht für unsere Augen bestimmt war, nämlich die Niederung, wo sich Trauer und Zorn begegnen, und es hat uns erschüttert, weil es hässlich dort ist und die menschliche Würde mit Füßen getreten wird. Doch sollten wir bei aller Erschütterung nicht auch Verständnis für Harold Wills aufbringen, der seine Verzweiflung an seiner Frau ausließ. Wer von uns wollte behaupten, sein Zorn sei grundlos gewesen? Jemand muss für den Verlust von Talent und Menschlichkeit zur Rechenschaft gezogen werden, und wir dürfen nicht zögern, nur weil es um die Unantastbarkeit der Mutterschaft geht.»

Und so kam es, dass ich mit David sprechen musste. Ich hatte ihn seit der Trennung von Adam nicht mehr gesehen. Seine private Nummer stimmte nicht mehr, aber ein mitfühlender gemeinsamer Freund schickte mich zum Horniman-Museum, wo David offenbar seit drei Monaten an einem befristeten Projekt arbeitete. Mein Instinkt sagte mir, dass er am Tag nach der Beerdigung seines Bruders wieder bei der Arbeit wäre, bei ihr Zuflucht suchen würde. Ich hatte ihn nicht vorgewarnt, weil ich befürchtete, er wolle mich nicht sehen. Dennoch verlor ich beinahe die Nerven. Schon aus dem Haus zu gelangen war ein Albtraum, die Kinder waren in Tränen, als ich sie endlich durch die Pressemeute manövriert hatte.

Im Regen machte die Fassade des Museums einen traurigen Eindruck. Das Mosaik, das sie ziert, zeigt in der Mitte die Gestalt der Menschheit im Haus der Umstände, rechts und links die Tore von Leben und Tod, wobei letzteres von einer düsteren Gestalt bewacht wird, die den Verzicht symbolisiert. Ich kämpfte mich mit dem Buggy die Stufen zum Eingang hinauf.

Vom Empfang schaute mir ein hübsches Mädchen entgeistert entgegen.

«Warum haben Sie denn keinen Schirm?», fragte sie.

«Ich kann keinen Schirm halten und dabei den Buggy schieben», stieß ich atemlos hervor. «Eine der bitteren Wahrheiten des Mutterlebens.»

Ich zog den Regenschutz weg, wobei Rinnsale auf die Kinder tropften. Sie blinzelten und schauten sich erwartungsvoll um.

«Wo bitte finde ich David Wills?», fragte ich mit einem strahlenden Lächeln. «Wir wollen ihn überraschen.»

Sie starrte mich an, und prompt verließ mich der Mut. Man würde mich überall erkennen. Selbst wer nicht die Zeitung las, kannte mich inzwischen aus dem Fernsehen. Dabei sahen wir nun alles andere als bedrohlich aus. Was tun? Sie einfach nass spritzen? Das Mädchen blieb skeptisch.

«Ich rufe ihn kurz an.»

«Bitte nicht», wollte ich sagen, doch sie war schneller, als ich gedacht hatte, und hatte bereits die Nummer gewählt.

«David.» Sie zog die zweite Silbe in die Länge und trommelte mit den Fingernägeln auf ihr Pult. «Hier ist eine Dame namens Robin Ballantyne mit ihren Kindern. Sie sagt, sie will Sie überraschen.» Dann wandte sie sich ab und flüsterte etwas in den Hörer. Als sie auflegte und mich wieder ansah, wirkte sie noch nervöser als zuvor.

«Okay, aber den Buggy müssen Sie hier lassen.» Sie erklärte mir den Weg, und ich zog los, auf jedem Arm ein Bleigewicht. Technisch gesehen konnte Hannah zwar mittlerweile laufen, aber es dauerte ganz schön lange.

Ich hätte mir gerne Zeit gelassen. Die Kinder quiekten vor Aufregung, als sie die Vitrinen mit den ausgestopften Gorillas und Emus sahen, und betrachteten ehrfürchtig die drei Meter hohen afrikanischen Masken. Es heißt, der Teehändler und Reisende Frederick John Horniman habe im neunzehnten Jahrhundert eine so große Sammlung von Artefakten und naturgeschichtlichen Stücken in seinem Haus zusammengetragen, dass seiner Frau irgendwann der Kragen platzte.

David erwartete uns an der Bürotür. Er war schüchterner und schlanker als Adam, Haar und Haut waren heller, und viele (nicht zuletzt seine Eltern) hatten ihn als blasse Imitation seines Bruders abgetan. Seine stille Gelehrsamkeit war weder beachtet noch gewürdigt worden. Doch war ihm keine Verbitterung anzumerken. Er sah besorgt aus, aber als wir näher kamen, zuckte ein unfreiwilliges Lächeln um seinen Mund.

«Hallo, Robin», sagte er, schaute Hannah ins Gesicht und meinte sanft: «Mein Gott, sein Ebenbild. Kein Wunder …» Er sprach nicht weiter, sondern musterte William.

«Hallo, kleiner Mann», sagte er leise, «du bist ganz der Sohn deiner Mutter.»

«David, ich habe Adam nicht getötet», platzte ich heraus, bewegt von seiner Herzlichkeit.

Einen Moment lang betrachtete er mich mit dem gleichen Maß an Aufmerksamkeit, das er zuvor den Kindern geschenkt hatte.

«Komm rein.»

Sein Büro sah aus wie das Arbeitszimmer jedes beliebigen Akademikers. Nur stand bei ihm auf einem Tisch in der Mitte des Raums eine offene Holzkiste mit einer ägyptischen Mumie, die eher an einen Kokon als an einen Menschen erinnerte, da ihre vergilbten Stoffschichten die brutale Wechselwirkung von Zeit und Leib verbargen.

«Normalerweise muss ich mein Büro mit niemandem teilen. Eigentlich sollte er ausgeliehen werden, aber dann ist er irgendwie hier gelandet.» Er sah liebevoll auf den Leichnam hinunter. «Allmählich gewöhne ich mich an seine Gesellschaft. Er ist schon den ganzen Morgen hier und weiß sicher mehr über meine Familie, als mir lieb ist.»

Ich setzte die Kinder auf den Boden, und sie huschten wie Insekten unter den Tisch. David bot mir den einzigen Stuhl an, während er sich an den Schreibtisch lehnte, wobei ein Bücherstapel bedenklich ins Wanken geriet. Er suchte etwas, womit er die Kinder unterhalten konnte, und legte ihnen einen Stapel Fachzeitschriften auf den Boden.

«Die können sie für mich zerreißen. Spart mir die Zeit am Shredder.»

Einen Augenblick lang sahen wir zu, wie zuerst William und dann Hannah kapierte, worum es ging, und bald war der Boden übersät mit Fetzen ethnografischer Abhandlungen. Fußnoten und Bibliographien wurden zu Konfetti.

«Meiner Mutter geht es gar nicht gut», sagte er. Und mit einem Seufzer: «Meinem Vater auch nicht.»

«Das verstehe ich schon», sagte ich ungeduldig. «Natürlich tun sie mir Leid. Ich wünschte, ich könnte ihnen begreiflich machen, dass ich ihren Sohn nicht getötet habe. Wenn ich doch nur mit ihnen über den Abend reden könnte. Die Polizei hat Beweise, über die sie noch nicht gesprochen hat …»

«Eigentlich geht es doch gar nicht um Beweise, oder?», fragte David sanft. «Du sagst, du hast Adam nicht getötet, und ich bin bereit, dir zu glauben, aber ich wäge nur Wahrscheinlichkeiten ab, und die richten sich wiederum nach dem subjektiven Eindruck, den ich von dir habe … Je länger ich als Wissenschaftler arbeite, desto mehr begreife ich, dass es so etwas wie objektive Wissenschaft gar nicht gibt. Wir entscheiden uns, etwas zu glauben, und sammeln genügend Beweise, um unsere Überzeugungen zu untermauern. Ich entscheide mich, dir zu glauben, dass du Adam nicht getötet hast, und bin daher bereit, dir nach Kräften zu helfen. Meine Eltern haben sich anders entschieden und werden bei diesem Glauben bleiben, bis es einen anderen Namen und ein anderes Gesicht gibt, dem sie die Schuld geben können.»

Ich schaute zu den Kindern hinunter. Für sie wäre es entsetzlich, in der Welt aufzuwachsen, die David schilderte, mit einer Mutter, die eine Mörderin war oder auch nicht. In einer solchen Welt könnte ich nicht von ihnen erwarten, mich zu verteidigen. Wenn sie an mir zweifeln wollten, wäre ich machtlos.

«Wie wäre es mit einer Geste des guten Willens?», schlug ich schließlich vor. «Ich werde nicht versuchen, sie von meiner Unschuld zu überzeugen, und sie dürfen die Zwillinge besuchen. Ich werde nicht dabei sein. Sie können sich bei meiner Mutter treffen, ihr beiden bleibt dabei, und du gibst mir dein Wort, dass du sie nichts Unvernünftiges tun lässt.»

David überlegte und schüttelte den Kopf. «Wozu?», fragte er.

«Um Zeit zu gewinnen. Um die Situation ein bisschen zu entschärfen.»

David benetzte seine Lippen. «Eigentlich möchte ich mich nicht einmischen», sagte er und wich meinem Blick aus.

Wie Frederick John Horniman war auch David Wills ein großer Reisender. Seine Eltern hatten sich nicht an ihn geklammert und er sich nicht an sie. Jeder lebte sein eigenes Leben.

«Ich hänge dazwischen», sagte er. «Eine schwierige Position …»

«Versuch's mal mit meiner», fuhr ich ihn an.

Er sah mich an, seufzte schwer. «Na gut, ich werde es ihnen vorschlagen.» Dann wandte er sich wieder den Kindern zu. Er wirkte fasziniert und traurig. Immer wieder sah er Hannah an, die ihrem Vater so ähnlich war.

«Er fehlt dir», sagte ich.

Er konnte nichts sagen. Schluckte hart.

«Er war ein guter Bruder, oder?» Ich wusste nicht genau, warum mir diese Frage in den Sinn kam, aber ich hatte so selten Gelegenheit, mit jemandem zu sprechen, der Adam ebenfalls geliebt hatte. Mit Suzette nostalgische Erinnerungen an Adam, den Liebhaber, austauschen wollte ich nicht.

David seufzte wieder und legte sich die Hand auf den Mund. Sein Kopf bebte, er hob die Hand, nahm die Brille ab und fuhr sich über die Augen, die voll Tränen standen. Er schüttelte sich und hatte sich bald wieder in der Gewalt.

«Er hat mir seinen alten Laptop geschenkt», sagte er noch ein wenig zitterig. Ich runzelte die Stirn, verstand nicht, was daran so bedeutungsvoll war. Vielleicht galt in Davids Elfenbeinturm ein geschenkter Laptop als größter Beweis brüderlicher Liebe.

«Er wusste, dass meiner total hinüber war, und er selbst wollte einen besseren.» David räusperte sich. «Da ich mir keinen neuen leisten konnte, hab ich ihn gern genommen. Er hat nicht mal die Festplatte gelöscht, sondern einfach den Stecker rausgezogen und mir das Ding gegeben.»

Allmählich verstand ich, worauf er hinauswollte.

«Als Adam starb, hab ich ein paar alte Dateien geöffnet, konnte mir aber keinen Reim drauf machen. Es ist so viel, und ich weiß gar nicht, wer die Leute sind, die er erwähnt.»

«Hast du den Laptop der Polizei gezeigt?»

David schüttelte müde den Kopf. «Manches davon ist sehr privat», sagte er. «Ich konnte die Vorstellung nicht ertragen, dass sie es auf irgendeiner Polizeiwache lesen. Wozu sollte es auch gut sein?»

«Wozu es gut sein sollte?», wiederholte ich entnervt. «Es könnte uns verraten, wer ihn getötet hat.»

«Ist das wirklich wichtig? Adam ist tot. Ein Hinweis hier, ein Hinweis da. Wie soll die Polizei damit der Wahrheit näher kommen? Wir werden nie verstehen, warum es passiert ist. Jeder Versuch, die Vergangenheit zu rekonstruieren, ist zum Scheitern verurteilt, und alles Fragmentarische ist fehlerbehaftet.»

Ich starrte ihn an, hatte genug von Davids Theorien zum Thema Schuld und Unschuld.

«Kann ich mir den Laptop ausleihen?», fragte ich deshalb nur.

Er nickte. Dann kniete er sich hin und fing an, mit den Kindern zu spielen.

25

KAUM WAR ICH ZU HAUSE, fuhr ich den Laptop hoch. Orientierte mich. David hatte Recht, die Fülle an Informationen war überwältigend. Außerdem war alles ungeordnet und chaotisch. In Word waren sämtliche Dokumente unter ‹Eigene Dateien› abgelegt: Briefe an die Bank, Nachrichten für den Milchmann, ganze Manuskripte für Fernsehserien, sogar eine Art Entwurf für einen Roman. Ich öffnete das Dokument, wohl wissend, dass Adam nicht gewollt hätte, dass ich seinen Entwurf lese. Die verwegene Geschichte spielte in Afghanistan und handelte von einem attraktiven Journalisten, der durch die vom Krieg zerrissene Wüste reist und sich zwischen seiner Story und dem Schutz seiner Informantin, einer jungen, atemberaubend schönen Afghanin mit ebenholzschwarzem Haar und seidiger Haut, entscheiden muss. Sie haben ständig Sex, manches kommt mir irgendwie bekannt vor.

Ich öffnete Outlook und tippte das Passwort ein, das David mir genannt hatte. Der Bildschirm füllte sich mit einer Eingangsbox voller alter Mails. Darunter eine von Maeve, in der sie seinen Dokumentarfilm über die königliche Familie lobte. «Du hast genau den richtigen Ton getroffen. Keine Schmeicheleien, offene Worte, aber auch echte Bewunderung. Unsere Zuschauer haben den ganzen Zynismus satt, sie wollen lieber etwas Positives. Weiter so, dann wird dein Gesicht bald gar nicht mehr vom Bildschirm weg zu denken sein.» Ich verzog das Gesicht. Vielleicht möchte ich doch keine Dokumentarfilme mehr machen. Vielleicht war ich abgestumpft.

Geheul. Ich drehte mich zu den Kindern um. Sie hatten ihren Platz vor dem Fernseher verlassen. Ich rannte in die Küche. Hannah hatte einen Schrank aufgemacht und eine schwere Pfanne herausgezogen, die ihr prompt auf den Fuß gefallen war. Es tat nicht weh, aber der Fuß war eingeklemmt. Ich tröstete Hannah und stellte die Pfanne zurück in den Schrank. Als ich, gefolgt von Hannah, in die Diele kam, entdeckte ich, dass ich das Treppengitter offen gelassen hatte und William schon auf halber Höhe war. Sein Po wackelte bedenklich, er sah aus wie ein Bergsteiger auf einem schmalen Grat. Ich rettete ihn, doch die Botschaft war eindeutig. Wir mussten raus, und diesmal gelang es uns, ohne von den Pressefritzen bedrängt zu werden.

Wir gingen zur Kirmes. Für das Riesenrad waren die Kinder noch zu klein (und ich zu alt), aber sie schauten es sich gern von unten an. Mühsam schob ich den Buggy über Schlammhügel und über den Kies auf dem Parkplatz, den man für die Kirmes umfunktioniert hatte. Wir wanderten ziellos umher, betrachteten bunt blitzende Lichter und Wunderwerke der Ingenieurskunst, riesige Metallarme, die zielbewusst durch die Luft schwangen, als hämmerten sie ein wichtiges Maschinenteil zurecht. Der Nachmittag war kalt und feucht, es waren nur wenige Leute unterwegs. Auf dem Hammer hing ein einsamer Mann mit bleichem Gesicht häufiger kopfüber in den Gurten, als dass er aufrecht saß.

Die Sonne tauchte nur sporadisch auf, doch wie durch eine Zeituhr gezündet schien sie sich pünktlich um vier selbst auszulöschen. Erst als Hannah zu weinen begann, merkte ich, wie kalt es geworden war. Wir machten uns auf den Heimweg. Wir kamen am Fahrkartenschalter für den Hammer vorbei, wo gerade ein paar Kinder Karten kauften. Ich achtete zunächst nicht auf sie. Dann sah ich aus dem Augenwinkel eine plötzliche Bewegung, einen Tritt, Fuß traf hart auf Magen, jemand schluchzte. Ich blieb stehen.

«Angsthase», sagte ein Junge zum anderen. «Blödes Mamasöhnchen.»

Das Gesicht des Mamasöhnchens verzog sich zum Weinen. Mit gutem Grund. Denn es war Kyle, der jüngere Sohn von Richard Carmichael, ein Mamasöhnchen, dessen Mama es nicht mehr gab.

Der ältere Junge, den ich etwa auf dreizehn schätzte, packte Kyle, der sich noch immer den Magen hielt, am Kragen. Er zerrte ihn zum Hammer, und die anderen Kinder gingen mit, bildeten einen Kreis um die beiden. Die Frau am Schalter sah ungerührt zu. Für sie war das nichts Neues.

«He», rief ich und kam mir vor wie ein Idiot, nicht eben Erfurcht gebietend mit meinem Buggy voller Babys. «Lasst ihn in Ruhe. Er muss nicht, wenn er nicht will.»

Der ältere Junge drehte sich um, die übrigen Kinder scharrten verlegen mit den Füßen.

«Verpiss dich, Lady», sagte er nicht unfreundlich. «Es wird ihm gut tun.»

«Lass ihn los», wiederholte ich. Der Carmichael-Junge wollte sich dem Griff des Älteren entwinden. Ein dritter Junge schien ihm zu Hilfe zu kommen. Vielleicht hatte er mich erkannt – dann wäre es das erste Mal, dass mir mein Ruf als Mordverdächtige nützte. Jedenfalls ließ der Ältere Kyle laufen, versetzte ihm aber noch einen Tritt. Kyle stolperte in meine Richtung, ich fing ihn auf. Einen Moment lang schien er mich nicht loslassen zu wollen, und ich war ein bisschen ratlos. Mit Babys kannte ich mich aus, aber was sollte ich mit diesem großen Jungen anfangen?

«Ich bringe dich nach Hause», bot ich an, nahm ihn bei den Schultern und sah ihm ins Gesicht. Ich war entsetzt. Er war weiß wie ein Laken, zitterte, die Angst in seinen Augen war nicht mit seinen Peinigern gewichen. Doch er erkannte mich, so wie ich ihn erkannt hatte.

«Alles in Ordnung?» Vielleicht war noch etwas anderes vorgefallen, etwas, das ich nicht mitbekommen hatte, doch er nickte unwillig und drehte sich weg, die Hände in den Taschen.

«Wohin willst du?» Dieser trübselige Ort war nichts für Kinder, schon gar nicht nach Einbruch der Dunkelheit. Er zuckte mit den Schultern, blieb aber stehen, wollte offenkundig nicht alleine weiter.

«Komm, ich bring dich nach Hause.»

«Ich geh nicht nach Hause.»

War es reine Menschenfreundlichkeit oder pure Neugier, die mich zu meinen nächsten Worten trieb?

«Dann komm mit zu uns, du kriegst etwas zu essen. Und eine heiße Schokolade.»

Er sah mich misstrauisch an.

«Ich werde dich nicht umbringen», sagte ich sanft. «Ich habe noch nie jemanden umgebracht.»

Er antwortete nicht, trottete einfach hinter mir her, als ich schließlich das Warten leid war und mich auf den Weg machte. Als wir vor der Haustür standen, tat er, als wäre er gar nicht da, zog den Kopf ein, drückte sich an die Wand, als sollte sein Vater ihn nicht sehen.

Den Zwillingen schenkte er keinerlei Beachtung. Die frische Luft und das Gejuckel im Buggy hatten Hannah und William einschlafen lassen. Normalerweise hätte ich sie geweckt, weil sie sonst bis Mitternacht wach blieben, doch ich wollte mit dem Jungen reden, und zwar in Ruhe, und so ließ ich sie im Buggy liegen. Ich versuchte, ihn nicht zu bedrängen. Er folgte mir in die Küche und sah zu, wie ich Milch auf dem Herd wärmte und Kakaopulver in den Topf rührte. Dann durchsuchte ich die Schränke nach etwas Essbarem. Als er mir die Chipstüte grunzend aus den Händen riss, wusste ich, dass ich richtig lag. Wir saßen uns gegenüber. Er mampfte die Chips, während ich den warmen Kakao trank und fürchtete, dass dieses geräuschvolle Schweigen andauern würde.

«Warum willst du nicht nach Hause?», fragte ich schließlich.

Er schniefte, schüttelte den Kopf. Würde ich keine Antwort bekommen? «Warum wohl?»

Der Punkt ging an ihn. Dumme Frage.

«Weil deine Mum nicht mehr da ist», beantwortete ich meine Frage.

Er zuckte mit den Schultern, und als sein Mund ihn zu verraten drohte, verzog er ihn zu einem höhnischen Grinsen.

«Du hast noch deinen Dad», drängte ich weiter, «du bist nicht allein.»

Schweigen. Er hatte die Chips aufgegessen, rollte die Tüte zu einer fettigen Kugel und schob sie mir hin, wobei er großzügig Krümel auf dem Tisch verstreute. Etwas an dieser Geste verriet mir, dass er eigentlich nicht so erzogen war. Dieser Junge wusste, dass er sich nicht auf der Kirmes herumtreiben sollte und dass Müll in den Abfalleimer gehörte. Womöglich verhielt er sich so, um Aufmerksamkeit zu erregen. Vielleicht wollte er eine Reaktion provozieren, selbst wenn die Reaktion Ärger war.

«Macht sich dein Dad keine Sorgen, will er nicht wissen, wo du bist?»

«Ich bin okay.»

«Das sehe ich. Ich habe nach deinem Dad gefragt.»

«Er soll sich ins Knie ficken.»

Auf dem Papier sieht es hässlich aus, aber als er es sagte, klangen die Worte so verletzt, dass es mir in der Seele wehtat. Ich seufzte. Kyle nahm die Chipstüte zurück und zerpflückte sie, wobei er sich das Salz von den Fingern leckte.

«Er wird jetzt, wo deine Mum nicht mehr da ist, auf dich aufpassen. Er ist ein guter Mensch.»

«Auf mich aufpassen?», schnaubte er. «Meine Mum hat nicht auf mich aufgepasst, sie war nur damit beschäftigt, die Welt zu retten.»

«Sie hat viel Gutes bewirkt.»

«Nicht für mich», versetzte er.

«Sie hat dich geliebt.»

«Klar.» Er war so bewegt, dass er kaum sprechen konnte.

«Dein Dad scheint zu glauben, jemand könnte an dem Abend bei deiner Mum gewesen sein.»

«Er will, dass ich das sage», murmelte Kyle.

«Also war keiner da?»

«Weiß ich nicht. Ich weiß nur, dass es gegen halb sieben geklingelt hat, aber ich hab keine Ahnung, wer das war.» Sein bisher längster Satz, und jetzt hörte ich den amerikanischen Akzent heraus, überlagert vom feinen Schulenglisch und der bemühten Kirmes-Coolness. «Ich hatte Kopfhörer auf. Wenn ich Musik höre, merke ich nie, was im Haus abgeht. Ich glaube, später wurde die Tür zugeschlagen, aber das war mir egal. Nach acht hat's noch mal geklingelt, hat mich nicht interessiert. Ich dachte, Mum macht auf. Dann hab ich erst wieder die Sirenen gehört.»

Sein Gesicht fiel in sich zusammen. Ich wollte nicht, dass er länger bei dieser Erinnerung verweilte.

«Also könnte deine Mum an diesem Abend Besuch gehabt haben?»

Achselzucken. «Es hat geklingelt. Sie hat wohl aufgemacht.»

«Und wann, meinst du, wurde die Tür zugeschlagen?»

«Sie sind genauso wie die Polizei.» Er stand wütend auf, schob den Stuhl nach hinten. «Ich wollte denen sagen, woran ich mich erinnere, aber mein Dad drängt mich ständig, ich soll sagen, ich hätte jemanden gesehen. Aber das stimmt nicht, und die Polizei stellt lauter Fragen, und wenn ich sage, ich weiß nicht genau, ob ich die Tür hab zuschlagen hören oder wann das war, tun sie, als würde ich lügen. Begreifen die denn nicht, dass ich nicht jedes Mal auf die Uhr sehe, wenn die Tür zuschlägt? Ist mir doch egal, wer zu Mum und Dad kommt. Geht mich sowieso nichts an.»

Kyle lief wütend auf und ab. Er erinnerte mich an seinen Stiefvater am Morgen, nachdem Paula gestorben war.

«Ich habe das gleiche Problem», erklärte ich. «Ich habe nämlich den Fehler begangen zu sagen, ich hätte Stimmen gehört, bevor deine Mum starb. Seitdem wollen sie, dass ich mich festlege, aber es war nur so ein Eindruck, nichts Greifbares.»

Kyle setzte sich wieder.

«So ganz daneben kann Dad aber nicht liegen», sagte er ruhiger. «Da war ein Mann, der Mum dauernd angerufen hat, und sie war ganz durcheinander deswegen. Und einmal war ein Mann bei ihr, als Dad und ich nicht da waren. Ich hab ihn weggehen sehen, als ich zu Fuß nach Hause kam. Ich hab sie gefragt, wer das war, und sie wurde wütend, einfach so, ohne Grund. Kein Wunder, dass Dad misstrauisch wurde.»

«Warum sollte er darauf bestehen, jemand sei an dem Abend da gewesen, wenn es nicht stimmt?»

Kyle fixierte mich mit wütendem Blick.

«Wegen der Versicherung.» Wieder beantwortete ich meine Frage selbst. «Bei Selbstmord zahlt sie nicht.»

«Versicherung? Meinen Sie etwa, meinem Dad geht es ums Geld?» In seiner Stimme schwang die Verachtung eines jungen Menschen mit, für den Geldsorgen ein Fremdwort waren.

Ich starrte ihn an. Was sonst, wenn nicht Geld? Dann fiel mir ein, was ich von Rachel erfahren hatte. Dass Paula eine Suchende war, verloren und haltlos, und dass Richard ahnte, dass er sie verlieren würde, und deswegen in Panik geriet. Meine Gedanken rasten. Vielleicht verdächtigte Kyle seinen Stiefvater des Mordes.

«Hast du Angst vor ihm?»

Er wandte sich ab. «Er hat mal eine Kaffeetasse nach ihr geworfen, als der Mann anrief», flüsterte er. «Dad ist rangegangen und dann völlig ausgeflippt.»

«Das ist nicht dasselbe, als würde man jemanden töten.» Ich wollte ihn beruhigen, ihn in die Gegenwart holen. «Außerdem hat dein Vater ein Alibi.»

Aber Kyle wollte sich nicht trösten lassen. «Er ist ja nicht blöd», knurrte er.

Ich holte noch eine Tüte Chips aus dem Schrank, weil ich nicht mit ansehen konnte, was er mit der leeren Tüte anstellte. Er riss sie auf und verschlang sie ebenfalls, als hätte er seit Tagen nichts gegessen.

«Hör mal.» Kyle schaute zu Boden, stopfte sich voll, der Geruch von saurer Sahne und Frühlingszwiebeln hing wie eine Wolke über uns. «Hör mir bitte zu. Dein Dad ist traurig, weil deine Mutter sich umgebracht hat. Er sucht einfach nach einer anderen Erklärung. Diese Sache nimmt ihn ganz schön mit, und vielleicht kann er nicht so klar urteilen wie sonst. Er will nicht wahrhaben, dass seine Frau sich umgebracht hat.»

Aber ich war diejenige, die die Situation falsch eingeschätzt hatte. Kyles Gesicht verzog sich vor Schmerz, halb gekaute Chips fielen ihm aus dem Mund.

«Sie hat sich nicht umgebracht», heulte er auf. «Nie im Leben.»

Dann sank sein Kopf auf den Tisch, seine Schultern bebten, Schluchzen erfüllte den Raum. Seine Mutter konnte sich nicht umgebracht haben, weil er doch Grund genug war weiterzuleben. Kyle wollte lieber glauben, sein Stiefvater habe seine Mutter ermordet, als hinzunehmen, dass sie ihn im Stich gelassen hatte.

26

WILLIAM WACHTE AUF, und Kyle ging nach Hause. Den Rest des Abends erledigte ich mechanisch die Aufgaben einer Mutter, während ich mir Kyles Worte noch einmal durch den Kopf gehen ließ. Nur ein Anruf unterbrach meine Überlegungen: Jane meldete sich zurück, sie klang müde und gereizt.

«Robin, der ganze Papierkram, der mit dem Dokumentarfilm zu tun hat, wurde Maeve übergeben, nachdem Richard Carmichael die Vorwürfe geäußert hat. Ich komme da nicht ran.»

«Du meinst, die Sachen befinden sich tatsächlich in ihrem Büro?»

«In einem Aktenschrank. Hinter Schloss und Riegel.»

«Kannst du nicht ihre Sekretärin weich klopfen?»

«Hab ich versucht. Gayle hält Maeve für den einen wahrhaftigen Gott, und du sollst keinen anderen haben. Ich wollte sie sogar mit Karten für ein Celine-Dion-Konzert bestechen. Keine Chance, aber ich hab sie ihr trotzdem geschenkt. Ich kann die Frau nicht ausstehen.»

«Danke jedenfalls.» Ich bemühte mich, munter zu klingen, aber mein Kopf tat allmählich weh, weil ich dauernd gegen Wände lief.

«Robin, ich habe sogar gewartet und bin in der Mittagspause, als beide weg waren, reingegangen. Ich habe die Schubladen durchsucht, weiß der Himmel, wo sie den Schlüssel aufbewahrt. Vermutlich in ihrem Schlüpfer. Wenn wir den Safe nicht in die Luft jagen wollen, können wir nichts tun.»

«Okay, vergiss die Memos. Hast du etwas von Ray gehört?»

«Wir sind gestern Abend einen trinken gegangen. Er ist sauer auf dich. Sagt, du würdest nicht verstehen, dass es ihn seinen Job kosten kann, wenn er etwas durchsickern lässt. Außerdem glaubt er, dass du es gewesen bist. Er meint, Finney würde wahnsinnig unter Druck gesetzt, damit er dich endlich verhaftet, und er begreift nicht, warum das nicht schon längst geschehen ist.»

«Und das hat er dir alles erzählt? Obwohl du meine Freundin bist?»

«Du hast mich ja nicht reden hören», erwiderte Jane etwas verlegen. «Ich musste natürlich ein bisschen über dich herziehen, um ihn zum Reden zu bringen. Du hättest rote Ohren bekommen.»

«Oh.» Ich zwang mich, nicht verletzt zu klingen, aber es kostete ganz schön Überwindung. «Trotzdem danke.»

Als ich einhängte, war es schon nach Mitternacht. Ich kehrte an Adams Computer zurück. Ich kam mir seltsam vor, so ganz allein mitten in der Nacht, die Finger auf seiner Tastatur, als würde ein guter Geist erscheinen, wenn ich die Tasten berührte. Ein Computer ist ein unvollkommenes Spiegelbild seines Besitzers. Natürlich verrät er nicht, was ein Mensch gesagt oder getan hat, aber man sieht, welche Gedanken verfolgt und verworfen, welche Richtungen eingeschlagen und aufgegeben wurden. All das war hier drin, zusammen mit einer Menge Müll. Es war, als würde man den Inhalt eines fremden Mülleimers sortieren, um anhand der Verpackungen die letzte Mahlzeit zu rekonstruieren. In Adams Fall kam es mir vor, als fände ich einen Pizzakarton, während ich sicher war, dass er zuletzt einen Burger gegessen hatte. Nichts passte wirklich zusammen. Was ich brauchte, war ein Tagebuch, in dem er sein Leben täglich dokumentierte. Und seinen Tod, wenn möglich. Mir blieb nichts anderes übrig, als seine E-Mails und Worddateien zu einem Bild zusammenzufügen.

Ich versuchte, den Müll zu eliminieren, wollte aber keine Beweise vernichten. Ich klickte auf die History, die mir anzeigte, welche Internetseiten Adam besucht hatte. Viele hatten mit Drogen zu tun. Ich folgte seiner Spur, betrachtete entsetzt und fasziniert zugleich das Material, das er sich angesehen hatte. Ich erfuhr alles über den Tod durch Heroin, dass eine echte Überdosis selten vorkommt, dass Heroin dabei eher langsam seine Wirkung entfaltet, sie daher behandelbar ist. Dass eine Mischung aus verunreinigtem Heroin und Alkohol dagegen weitaus schneller zum Tod führt. Adam hatte eindeutig für ein bestimmtes Projekt recherchiert, doch es verriet mir nichts über sein Leben oder seinen Tod.

Dann dämmerte mir, dass ich den Computer eigentlich gar nicht bei mir haben dürfte, da ich die Gelegenheit nutzen könnte, falsche Fährten zu legen. Nachdem ich mir jedoch klar gemacht hatte, dass es nun zu spät war, sich wegen der Manipulation von Beweismitteln Sorgen zu machen, konnte ich ungehindert weitermachen und die Dateien sortieren. Ich legte neue Ordner an und verschob Dateien, bis allmählich Muster erkennbar wurden, eine Art Symmetrie entstand. Die meisten Informationen stammten aus E-Mails, aber es gab auch Worddateien, die für sich selbst sprachen. Beispielsweise ein Lebenslauf, der erst vor wenigen Wochen aktualisiert worden war. Er fängt ganz normal an: Geburtsdatum, Ausbildung. Bei der beruflichen Entwicklung schien Adam das Interesse an seiner Karriere verloren zu haben. Seine Berufsbeschreibung versickerte in einer Reihe von Fragezeichen und dann im Leeren. Vermutlich hatte er diese Version nie ausgedruckt, doch wozu war sie überhaupt gut? Er musste sich irgendwo beworben haben. Ich kehrte zu Outlook zurück. Seine E-Mails bestätigten meine Vermutung, aber er hatte sich nicht als Journalist beworben. Nein, Adam hatte Bewerbungsformulare für die Lehrerausbildung angefordert. Und noch etwas verblüffte mich: ein E-Mail-Austausch mit einem katholischen Priester namens Pater Joe Riberra. Wenn ich mich recht entsann, war es derselbe Priester, der Paulas Grabrede hielt. Die E-Mails waren nicht persönlicher Natur. Riberra schien Adam auf dessen Wunsch hin mit einer theologisch-philosophischen Literaturliste versorgt zu haben. Für mich war diese Entdeckung einerseits verblüffend, da der Adam, den ich kannte, für spirituelle Dinge wenig übrig hatte, andererseits wusste ich nun wenig mehr, als dass er sich offenbar geändert hatte.

Ich suchte nach E-Mails an seine Eltern und David. Es gab eine Hand voll, allesamt knapp und unergiebig – die Bestätigung eines Sonntagsessens, eine Entschuldigung für einen vergessenen Geburtstag. Vermutlich hatten sie meistens telefoniert. Dann suchte ich nach Paula und Suzette. Es gab unzählige E-Mails an Suzette, in denen es um den Dokumentarfilm über die *Mission der Carmichaeliter* ging. Alle waren kurz und professionell, nichts deutete auf eine leidenschaftliche Affäre hin. Auch mit Jane hatte er beruflich korrespondiert. Sie hatte Adam nie getraut, und er hatte sich in ihrer Gegenwart nie wohl gefühlt. Dennoch waren ihre Mails kumpelhaft, grenzten beinahe an einen Flirt. Janes Nachrichten waren mit Küsschen unterzeichnet. Ich verdrehte die Augen. Typisch Konzern.

Schließlich wandte ich mich den gelöschten Objekten in Outlook zu und ging die Liste durch: viele Werbemails, Angebote zur Penisvergrößerung, freier Zugang zu Pornoseiten,

Verbesserung der Kreditwürdigkeit, Heimarbeit, eine Nachricht von einem gewissen Paul:

> Mein Lieber, hier ist er nicht aufgetaucht. Jedenfalls nicht, dass ich wüsste. Ich weiß nicht, was ich dir raten soll. Ich bin nicht in der Lage, dir einen Rat zu erteilen, weil ich meinem eigenen Instinkt misstraue, ihn gar verabscheue. Ich bin mittlerweile so selbstbezogen, dass ich niemandem mehr nützen kann. Was soll ich sagen? Glaubst du wirklich, sie wird dir dafür dankbar sein? Ohne meinen Zynismus bist du besser dran. Du hast ein gutes Herz, auf das solltest du hören. Die Kinder werden es dir danken. Sie werden es dir immer danken, wenn du nicht grausam zu ihnen bist und sie nicht misshandelst. Ich kann diese Gedankengänge nicht ertragen, ich mache Schluss. Können wir uns treffen? Unsere Treffen sind das Einzige, was mich aufrechterhält. Immer die Deine, Paula.

Ich runzelte die Stirn. Was war das nun wieder? Warum verbarg sich Paula hinter Paul? Warum löschte er ihre Nachrichten? Ich klickte auf den Ordner Gesendete Objekte und suchte nach dem Tag, an dem Paula ihre letzte Nachricht geschickt hatte. Am selben Tag ging eine Nachricht von Adam an Paul. Beide an ihrem Todestag.

> Paula, wir haben gesagt, keine E-Mails, aber das hier ist anders. Ich glaube, ich habe meinen Stalker gefunden. Er hat schließlich allen Mut zusammengenommen, angeklopft und sich vorgestellt. Robins Vater. Der alte Schweinehund. Sucht nach seiner Tochter. Er hatte diese Adresse, wusste nicht, dass sie umgezogen ist. Er hat das Haus beobachtet und auch angerufen, hat erwartet, dass sie rangeht. Er will wissen, wo Robin ist. Will mit ihr Kontakt aufnehmen. Mein Instinkt sagt mir, wenn jemand Hilfe sucht, gib sie ihm.

Das sagt auch unser guter Freund, der Pater, und falls ich eine Chance habe, in den Himmel zu kommen – und die ist ziemlich gering –, muss ich seinem Rat folgen. Andererseits sagt mir mein Verstand, dass sie ja vielleicht nichts mit ihm zu tun haben will. Ich meine, es hätte damals Gerüchte über eine ganze Reihe von Verfehlungen gegeben. Vielleicht muss ich doch endlich persönlich mit ihr sprechen. Vor ihr laufe ich ebenfalls weg. Und habe guten Grund dazu. Wie immer brauche ich deine wunderbare Weisheit, Adam.

Ich las noch einmal Paulas letzte Sätze: «Können wir uns treffen? Unsere Treffen sind das Einzige, das mich aufrecht hält.» Meine Augen wanderten zu Adams Satz: «Paula, wir haben gesagt, keine E-Mails, aber das hier ist anders», klang wie eine geheime Affäre, aber Rachel Colby hatte bestritten, dass es so etwas je gab.

Ich rieb mir über die Stirn. Fühlte mich taub, als hätte man mich in ein Paralleluniversum versetzt, aus dem ich noch nicht ganz nach Hause zurückgekehrt war. Diese Stimmen aus dem Grab waren mehr, als ich ertragen konnte. Dennoch hatten sie mir geholfen. Ich wusste jetzt Dinge, die ich vorher nicht wusste. Beispielsweise, wer Adam beobachtet hatte. Entweder hatte mein Vater einen Grund, Adam zu töten, oder ich musste den Stalker als Verdächtigen von meiner Liste streichen. Auch hatte ich weitere Anhaltspunkte für Paulas Depression und Grund zu der Annahme, dass irgendetwas Adam dazu gebracht hatte, sein Leben zu überdenken. Auf dieser Ebene war die Überprüfung des Computers nützlich und informativ gewesen, aber nun saß ich um zwei Uhr morgens hier, der Atem der Kinder nebenan wie ein Flüstern, von draußen das Summen der Stadt, die niemals richtig schlief. Ein kalter Luftzug drang durch die Vorhänge. Paula und Adam im Gespräch zu erleben war, als wäre ich selbst bereits tot.

27

AM NÄCHSTEN MORGEN ging ich Lorna besuchen und fand sie im sonnendurchfluteten Wohnzimmer vor dem Computer. Da ihr Handgelenk noch bandagiert war, tippte sie mit schmerzhafter Langsamkeit. Ich zog mir einen Stuhl heran, sagte aber nichts, weil ich wusste, dass sie mir erst Aufmerksamkeit schenken würde, wenn sie fertig war. Schließlich klickte sie auf Abschicken, seufzte und drehte sich lächelnd zu mir. Ihr rotes Haar, das immer glanzvoller gewesen war als das meine, sah überall da, wo die Sonne ihre Locken berührte, wie ein Heiligenschein aus. Das Pflaster auf der Stirn war so weiß wie ihre Haut.

«Lorna.» Ich machte keine Umschweife, wenn ich zögerte, würde ich den Mut verlieren. «Ich möchte mit dir über unseren Vater sprechen. Ich glaube, du hast dich mit ihm getroffen.»

Lorna zog überrascht die Augenbrauen hoch, ihr Lächeln verschwand, doch das war die einzige Reaktion. Mein Herz hämmerte. Indem ich andeutete, dass Lorna sich unserer Mutter widersetzt, sie gar hintergangen hatte, begab ich mich auf gefährliches Terrain. Das Schweigen zwischen uns war wie ein angespannter Draht, und ich redete drauflos.

«Es ist kein Vorwurf, vermutlich kannst du dich besser an ihn erinnern als Tanya oder ich. Wenn er dich also sehen wollte …»

«Ich hatte immer Kontakt zu ihm», sagte Lorna ruhig. «Jedenfalls, wenn er in der Gegend war. Wenn er im Gefängnis saß, war der Kontakt unterbrochen.»

Ich starrte sie an, sie blickte herausfordernd zurück.

Seit sie krank ist, hat sie gelernt, selbst in Gesprächen Energie zu sparen. Sie verschwendete keine Worte.

«Er ist ein Betrüger und Dieb», erklärte sie unverblümt, «genau wie Ma immer gesagt hat. Er war Arzt. Hat seine Praxis betrogen. Ist abgehauen. Hat so etwas seither immer wieder getan. Er kann nicht anders.»

Meine Brust wurde eng, aber ich zwang mich weiterzureden. Verdauen konnte ich es später. Das Wichtigste war, dass Lorna nicht aufhörte zu sprechen, dass sie mir alles erzählte, was ich wissen musste.

«Du hast ihm gesagt, wo wir wohnen. Nur hast du ihm meine alte Adresse gegeben. Was sollte das?»

Lorna seufzte, wandte sich ab, zum ersten Mal wirkte sie ein wenig schuldbewusst.

«Vor ein paar Jahren wollte er Kontakt zu dir und Tanya aufnehmen, und ich hab ihm, ohne weiter darüber nachzudenken, eure Adressen gegeben. Er ist sehr charmant. Ihr seid euch ziemlich ähnlich ...» Sie verstummte, setzte erneut an: «Dann wurdest du schwanger, Adam verließ dich, Tanya und Patrick hatten finanzielle Probleme, und mir dämmerte, dass es nicht der richtige Zeitpunkt war. Ihr hattet auch ohne Gilbert genug am Hals. Wir stritten furchtbar, als ich es ihm sagte. Er war gekränkt und wütend, weil ich dachte, du wolltest ihn nicht sehen. Ein paar Wochen später war er wieder im Untersuchungsgefängnis und wartete auf seinen Prozess ...» Sie sah mich an, und ich schüttelte ungläubig und vorwurfsvoll den Kopf. «Dann wurde ich krank, und er war im Gefängnis. Seit dem Streit habe ich nicht mehr mit ihm gesprochen. Vermutlich hat er seine Strafe inzwischen abgesessen.»

«Okay», sagte ich sanft, «nur eins noch, dann bin ich weg. Könnte er gewalttätig werden? Ich meine, falls Adam sich geweigert hat, ihm meine Adresse zu verraten?»

Die Frage schien Lorna nicht zu schockieren. Sie wischte sich lediglich eine Träne weg und überlegte kurz.

«Ich glaube nicht. Als wir stritten, war er nur verletzt und launisch. Er ist leicht erregbar, aber ... aber auch sanft, körperlich zurückhaltend. Ich kann nicht ...» Sie streckte mir bittend die Handflächen entgegen.

Ich nickte, als verstünde ich sie.

Meine Mutter erwartete mich mit rotem Gesicht, sie hatte mit Hannah und William, die unter dem Tisch saßen, Verstecken gespielt.

«Du warst ganz schön lange bei ihr», bemerkte sie, als ich in die Küche kam. Sie stellte eine Tasse Kaffee auf den Tisch, daneben lag ein Karamellteilchen. Ich wunderte mich, dass mir mein neues Wissen nicht ins Gesicht geschrieben stand. Über dreißig Jahre Geheimniskrämerei, und dennoch konnte die Scharade weiterlaufen, wenn ich nur mitspielte. Ich zog mir die Tasse heran. Meine Mutter schob mir einen Stapel Zeitungen hin.

«Heute solltest du sie lesen», meinte sie, und ich sah verblüfft, dass sie lächelte, zum ersten Mal seit Wochen richtig lächelte. Ich schlug die Zeitung auf, da Adams Tod nicht mehr auf der Titelseite verhandelt wurde. Doch alle Klatschblätter und die seriösen Zeitungen brachten mehr oder weniger ausführlich dieselbe Story.

> Der Polizei scheint ein echter Durchbruch im Mordfall Adam Wills gelungen zu sein. Sie überprüft erstmals die Möglichkeit, dass jemand anders als Wills' ehemalige Geliebte Robin Ballantyne

den Wagen steuerte, mit dem Wills überfahren wurde.

Aus Polizeiquellen verlautete, dass die Blutprobe, die Ballantyne freiwillig zur Verfügung stellte, mit einem Blutfleck verglichen wurde, der sich in ihrem Wagen fand. Dabei stellte sich heraus, dass die DNA der beiden Blutproben nicht übereinstimmte. Möglicherweise stammt das Blut im Wagen aus einem Schnitt, den sich der Fahrer an einem losen Metallstück zugezogen hat, das sich neben dem Verstellhebel für den Fahrersitz befindet. Spuren desselben noch nicht identifizierten Blutes fand man auch an dem Metallstück.

Ein Polizeisprecher warnte, diese Entdeckung bedeute noch nicht, dass eine andere Person den Wagen in der Mordnacht gefahren habe, sondern nur, dass zu irgendeinem Zeitpunkt eine andere Person auf dem Fahrersitz gesessen habe. Allerdings wecke die neue Beweislage beträchtliche Zweifel an den Vorwürfen gegen Ballantyne.

Ich blickte grinsend hoch und sah, dass meine Mutter Gläser mit etwas füllte, das verdächtig nach Champagner aussah. Sie hielt mir eins hin.

Ich schüttelte den Kopf. «Ich will das Schicksal nicht herausfordern.»

Meine Mutter zuckte die Achseln. «Na ja, ich bin zuversichtlich.» Sie hob das Glas und trank auf mein Wohl.

Ich reckte die Arme in die Höhe. Zum ersten Mal seit Wochen fühlte ich mich unbeschwert. Ich prostete meiner Mutter mit dem Kaffee zu. Mehr noch als die Geschichte mit der DNA freute mich der veränderte Tonfall, der aus den Artikeln sprach. Sicher, es war nicht der Chronicle, aber immerhin.

«Sieh mal.» Sie schob mir ein Boulevardblatt hin. «In dem kleinen Artikel steht sogar, dass Harold Wills mal wegen Alkohol am Steuer verurteilt wurde.»

Ich las ihn durch. Er war kurz und völlig irrelevant, doch wenn Adams trauernde Eltern in ein schlechtes Licht gerückt wurden, stand ich umso besser da. Ein hässlicher Wettstreit. Vermutlich war all dies Finneys Werk. Er besaß wohl doch mehr Rückgrat, als ich angenommen hatte. Ich hätte ihn auch ungern abgeschrieben.

Meine Mutter und ich aßen unbeschwert zu Mittag, dann machte ich mich auf die Suche nach Pater Joe Riberra. Ich rief in der Kirche an, in der Paulas Beerdigung stattgefunden hatte. Man sagte mir, er arbeite gar nicht dort, sondern an der theologischen Fakultät der London University. Dort erfuhr ich, dass Pater Joe Riberra Gastprofessor sei und sich seit einigen Tagen in den USA aufhalte. Die Nummer dort kenne man nicht, da es sich um eine Privatreise handle. Er werde in wenigen Tagen zurückerwartet und würde mich anrufen, wenn ich meine Nummer hinterließ. Ich schickte ihm auch eine E-Mail, da mein Glaube an die Zuverlässigkeit der Menschen, Anrufe zu erwidern, zu wünschen übrig lässt.

Ich versuchte, Suzette anzurufen, konnte sie aber weder zu Hause noch über Handy oder im Büro erreichen. Ihre Assistentin sagte mir, Suzette sei verreist, aber sie wisse weder wohin noch bis wann. Mir war nicht klar, ob sie inkompetent war oder einfach nichts sagen durfte. Dann rief ich Rachel Colby an und fragte sie, was ich auch Suzette hatte fragen wollen. Was hatten sie für den Dokumentarfilm zuletzt gefilmt, bevor das ganze Projekt abgebrochen wurde?

«Ich weiß, wo sie waren», sagte sie bedächtig, «geographisch gesehen, meine ich, aber ich kann Ihnen nicht sagen, wen genau sie zuletzt interviewt haben.»

«Die Geographie hilft mir schon weiter.»

«Sie waren in Penzance. Drehten in einem Rehazentrum für Drogensüchtige, das teilweise von uns finanziert wird. Ich musste letztens dort etwas nachfragen, aber der Typ hat nicht zurückgerufen. Ich gebe Ihnen den Namen, vielleicht haben Sie ja mehr Glück.»

Kurz darauf, als Hannah und William gerade aus ihrem Schläfchen erwachten, kam ein Anruf, der mir wie ein Geschenk des Himmels erschien. Tanya hatte eine Freundin, die ausgebildete Kinderkrankenschwester war und gerade ohne eigenes Verschulden ihre Stelle verloren hatte. Tanya hatte ihr meine Lage geschildert, und sie war bereit, auf die Kinder aufzupassen, wann immer ich weg musste, und das zu einem fairen Stundenlohn. Der Nachteil war, dass sie zugreifen und mich sitzen lassen würde, sobald sich etwas Besseres böte. Dennoch, mehr konnte ich momentan nicht verlangen, und ich mochte sie schon jetzt, weil sie so ehrlich war.

«Und du meinst, ich kann ihr vertrauen?», fragte ich Tanya wohl zum hundertsten Mal. Was sie zum hundertsten Mal bejahte.

«Sie wird meine Kinder nicht fotografieren und die Bilder an die Zeitung verkaufen?»

«Nein, das schwöre ich», erwiderte Tanya.

Ich hörte Hannah oben nach mir rufen, sie wollte aus dem Bett. Folglich musste William ebenfalls wach sein. Ich konnte einfach nicht hinaufgehen. Mir taten alle Knochen weh vor Müdigkeit, in meiner linken Schädelhälfte braute sich ein gewaltiger Kopfschmerz zusammen.

«Wo ist sie?»

«Jetzt im Moment? In meiner Küche, bei einer Tasse Kaffee.»

«Okay, sag ihr, sie hat den Job.» Sie könnte mit den Kindern in den Park gehen, während ich das Drogenzentrum in Penzance anrief, schoss es mir durch den Kopf.

«Häng nicht ein, Tanya, ich möchte dich etwas fragen. Hältst du mich für leicht erregbar?»

Mir ging noch immer durch den Kopf, was Lorna über Gilbert gesagt hatte.

«Erregbar? Was zum Teufel soll denn das nun wieder? Wenn es heißen soll, dass du aufbrausend bist, ja, das trifft zu.»

«Oh. Okay, danke.»

Wenig später tauchte Tanyas Freundin Carol auf. Sie wirkte mütterlich und selbstsicher, ganz anders als Erika, und die Kinder ließen sich von ihrer warmen, zupackenden Art mitreißen. Bevor sie wussten, wie ihnen geschah, waren sie gewaschen, hatten frische Windeln und warme Sachen an. Als es in Richtung Tür ging, sahen sie ein wenig überrascht aus, beklagten sich aber nicht, sondern schauten neugierig empor zu der hoch gewachsenen Frau, die sie anstrahlte, das Lied «The Grand Old Duke of York» anstimmte und sie nach draußen lotste.

«Schlafen Sie ein bisschen», zischte sie mir zu und salutierte zum Abschied.

Ich ging in Jeans zu Bett. Schlief ein und wachte wieder auf, als es an der Tür klingelte. Ich sah auf die Uhr. Sie waren erst zwanzig Minuten weg. Anscheinend hatten es sich die Kinder anders überlegt. Oder einen Unfall gehabt. Ich hastete nach unten und stolperte beinahe über meine eigenen Füße, doch vor der Tür stand Finney.

«Oh.» Mehr fiel mir nicht ein. Es regnete wieder, große Regenbomben zerplatzten auf dem Boden. Die Straße lag verlassen da. Wo waren die Kinder?

Er schaute mich seltsam an. «Sie haben geschlafen.»

«Das ist nicht verboten», fauchte ich. Finney brachte mich immer aus der Fassung.

Er ignorierte meine schlechte Laune und sagte, er wolle mit mir reden. Mir fielen die Zeitungsartikel ein. Finney stand auf meiner Seite.

«Natürlich.» Ich ließ ihn eintreten, schloss die Tür und wartete, bis er den Regenmantel ausgezogen hatte. Dabei erblickte ich mich im Garderobenspiegel. Gerötetes verschlafenes Gesicht und große müde Augen. Zerzaustes Haar. Na ja, das ließ sich jetzt nicht ändern. Ich hängte Finneys Regenmantel über die Heizung. Er schaute mir verwundert zu, aber ich tat es aus reiner Gewohnheit. Wenn ich mit den Kindern durchnässt nach Hause kam, hängte ich die Sachen immer über die Heizung, doch ich war zu müde, ihm das zu erklären. Ich ging ins Wohnzimmer – Finney kannte ja den Weg –, hockte mich auf die Sofakante, vornübergebeugt, die Ellbogen auf den Knien, die Stirn auf die Hände gestützt. Mein Körper gierte förmlich nach dem Schlaf, aus dem ich noch gar nicht richtig aufgetaucht war.

Finney baute sich vor mir auf. «Alles in Ordnung?»

Ich sah zu ihm hoch. «Danke, dass Sie das alles an die Presse gegeben haben.»

Er nickte. «War mir ein Vergnügen.»

«Ich dachte, Sie hätten Angst, gegen die Vorschriften zu verstoßen», sagte ich.

«Das habe ich schon zu oft getan.» Er setzte sich neben mich, beugte sich ebenfalls vor.

«Hinweise sind Hinweise», sagte ich und versuchte, Leben in meinen Kopf zu kriegen. «Ich verstehe bloß nicht, warum Sie Fakten zurückgehalten haben, nur weil sie auf einen anderen Täter als mich hindeuteten. Sollte es der Polizei nicht egal sein, wer der Täter ist?»

Finney rieb sich das Kinn. «Wills' Tod hat großes Aufsehen erregt», meinte er bedächtig. «Das heißt, die Polizei ist sich der öffentlichen Aufmerksamkeit nur allzu bewusst. Mein Vorgesetzter hängt einer bestimmten Theorie an, die besagt, dass wir unentschlossen wirken, wenn wir mit widersprüchlichen Fakten an die Öffentlichkeit gehen. Dann ist die Öffentlichkeit verunsichert und schreit nach dem Blut des verantwortlichen Ermittlers – wobei er sich natürlich anders ausdrückt. Die Öffentlichkeit erwartet Fortschritte, also soll sie sie bekommen. Selbstverständlich gehen wir jedem Hinweis und jeder Spur nach, doch wenn wir zu mindestens sechzig Prozent sicher sind, den Richtigen im Visier zu haben, sollte die Öffentlichkeit erfahren, wohin die Reise geht.»

«Ich reiß dem Kerl die Eier ab …», murmelte ich.

«Er hat keine.»

Wir sahen uns an, ich halb lachend, halb weinend. Unsere Gesichter waren einander sehr nahe, und es kam mir völlig natürlich vor, als Finney sich vorbeugte und mich auf den Mund küsste. Er wich rasch zurück, um meine Reaktion zu testen. Ich lächelte, und wir küssten uns, als wollten wir einander verschlingen. Ich spürte seine Finger in meinem Haar, in meinem Nacken, an meiner Kehle. Wir sanken in die Kissen, unsere Hände suchten und verflochten sich ganz eng. Mein Körper drängte sich an den seinen, Hitze wallte zwischen uns auf, und ich dachte nur noch, dass ich noch nie so viel Sex in einem Kuss gespürt hatte.

Als sein Handy zum ersten Mal klingelte, ließen wir es klingeln, bis der Anrufer aufgab. Beim zweiten Mal wirkte das Klingeln drängender. Wir rückten auseinander. Er rieb sich das Gesicht und räusperte sich. Starrte auf sein Telefon. Es klingelte weiter, und er meldete sich knurrend.

«Ich komme.» Er stopfte das Gerät in die Hosentasche und stand auf. «Das müssen wir bei Gelegenheit wiederholen», sagte er mit bemühter Leichtigkeit.

Ich antwortete nicht, sondern sah zu, wie er seinen Anzug notdürftig glatt strich. Dann erhob ich mich ebenfalls und reichte ihm in der Diele wortlos den dampfenden Regenmantel. Er zog ihn an, dann küssten wir uns noch einmal.

«Ich komme wieder.»

28

AM FOLGENDEN TAG wurde ich durch einen Anruf von Pater Joe Riberra geweckt. Ich hatte schlaftrunken abgenommen und brauchte eine Weile, bis ich begriff, wer am Apparat war.

«Tut mir Leid, dass ich so früh anrufe», meinte er, als wir endlich geklärt hatten, mit wem ich sprach und dass dies ein Rückruf war. «Ich bin erst gestern nach Hause gekommen, und meine innere Uhr ist vollkommen durcheinander und auf frühes Aufstehen programmiert. Eigentlich soll es ja andersherum sein. Ich habe wohl zu viel im Flugzeug geschlafen.»

«Ist schon gut», sagte ich, während ich mich aufsetzte, mir die Augen rieb und auf die Uhr schaute. Überrascht sah ich, dass es bereits acht war. Vielleicht musste ich die Kinder nur jeden Tag bei Gewitter in den Park jagen, damit sie bis um acht Uhr schliefen.

«Außerdem ist es doch dringend, oder?», fügte er hinzu.

«Es ist dringend», bestätigte ich.

«Ich könnte Sie zum Frühstück in, sagen wir, einer Stunde treffen?»

Wir verabredeten uns in einem Café in einer Seitenstraße der King's Road, das wir beide kannten. Carol sollte erst um neun Uhr eintreffen, und so rief ich sie auf ihrem Handy an, um sie zu Tanya zu schicken, damit sie die Kinder dort abholte. Dann packte ich die Kinder und meinen Zweitschlüssel und brachte sie ein wenig verlegen zu Patrick. Da Tanya bei der Arbeit war und er seine drei Mädchen soeben zur Schule gebracht hatte, war er allein zu Hause und hatte sich eigentlich auf einen kinderfreien Vormittag gefreut. Er sah mich säuerlich an.

«Es tut mir schrecklich Leid», aus lauter Verlegenheit wurde ich melodramatisch, «aber es geht um Leben oder Tod.»

«Darum scheint es neuerdings immer zu gehen», brummelte er.

In meiner Eile hatte ich sämtliche Babyutensilien vergessen. Keine Flaschen, keine Windeln, nichts hatte ich dabei.

«Dann trinken sie eben nichts und werden sich hüten zu pinkeln», meinte er grimmig und scheuchte mich davon.

Köpfe drehten sich nach Pater Joe Riberra um. In Zivil war er auf amerikanische Weise auffallend gut aussehend. Zudem strahlte er die Bedienung dankbar und voller Freundlichkeit an, kaum dass sie ihm auch nur das Wasserglas füllte. Er stand auf, reichte mir zur Begrüßung die Hand und kam gleich zur Sache, noch ehe wir uns gesetzt hatten.

«Adam hat mir viel von Ihnen erzählt», sagte er.

«Ich eröffne demnächst einen Fanclub», grummelte ich.

Er lächelte und zeigte gepflegte weiße Zähne. Nachdem wir Frühstück bestellt hatten, griff er den Faden wieder auf: «Adam war Ihr größter Fan», sagte er.

«Adam war in vielerlei Hinsicht ein wunderbarer Mann», sagte ich, «aber lassen Sie uns doch bitte nicht die Vergangenheit schön reden.»

Riberra nickte und musterte mich, die Hände im Schoß gefaltet, so eingehend, dass es mir fast unerträglich war.

«Sie untersuchen seinen Tod», sagte er.

«Und den von Paula Carmichael. Ich bin mir sicher, dass

die beiden Todesfälle zusammenhängen. Sie kannten beide, und vermutlich haben Sie beiden Beistand geleistet. Wissen Sie etwas, das Sie mir erzählen dürfen? Irgendetwas?»

«Sie fürchten, ich könnte mich auf das Beichtgeheimnis berufen», sagte er, offenbar belustigt.

Ich nickte und trank einen Schluck Kaffee.

«Keine Sorge, das werde ich nicht. Paula war das, was man eine abtrünnige Katholikin nennt, auch wenn ich mir kaum einen Menschen vorstellen kann, auf den das Wort ‹abtrünnig› weniger zutrifft. Sie hatte sich ihre eigene Glaubenslehre zurechtgelegt, eine Glaubenslehre, die meines Erachtens parallel zum Christentum stand. Gott und Christus hatten darin zwar keinen Platz, aber ihre Sorge um die Mitmenschen war, wie ich finde, tief religiös. Sie meinte, mit meinem Glauben an die Existenz Gottes sei ich auf dem Holzweg. Sie kaufte mir nicht ab, dass ich Zwiesprache mit Ihm halte, aber wir verstanden uns dennoch so gut, dass sie sich in spirituellen und moralischen Fragen oft an mich wandte. Adam habe ich durch Paula kennen gelernt. Die beiden waren eng befreundet, und er befand sich an einem Punkt in seinem Leben, an dem er nach einer Art spirituellem Bezugssystem suchte. Wie Sie wissen, gehörte er der Anglikanischen Kirche an, aber dass er an einen Gott glaubt, hätte auch er nicht behauptet. Weder Paula noch er hatten das Bedürfnis, mich – oder Gott – zu bitten, ihre Beichte zu hören.

Der Kellner brachte unser Frühstück, und wir strichen erst einmal Butter auf unser heißes Toastbrot.

Der Priester sagte: «Wenn Sie nichts dagegen haben, werde ich einfach weitererzählen, dann können Sie essen und zuhören. Ich habe mich mit Ihnen getroffen aufgrund dessen, was Adam von Ihnen erzählt hat. Ich verstehe, was Sie meinen, wenn Sie sagen, ich sollte die Vergangenheit nicht schön reden, und ich respektiere Ihre Einstellung, aber Sie sollten wissen, dass Adam das Ende Ihrer Beziehung nicht leicht genommen hat. Ich bin überzeugt davon, dass Sie ihn nicht umgebracht haben, sonst wäre ich jetzt nicht hier.»

Höflich nickend, aß ich meine Spiegeleier mit Speck. Ich wusste, dass er es gut meinte, aber ich war höchst irritiert zu erfahren, dass Adam mit meiner Lebensgeschichte in der ganzen Stadt hausieren gegangen war. Auch war ich ungeduldig. Denn mich interessierten Paulas und Adams spirituelle Nöte nur insofern, als sie etwas mit ihrem Tod zu tun hatten, und mir schien, dass es möglich sein sollte, schneller zum Punkt zu kommen, als es Pater Joe gerade tat.

«Und, was war ihr Problem?» Es klang abwertend, doch ich wollte Pater Joe ein wenig anstacheln.

«Ich wünschte, ich wüsste es», sagte er und öffnete die Hände, als wolle er sagen: Das ist alles, was ich weiß.

«Sie wünschten, Sie wüssten es?» Meine Stimme klang deutlich entnervt.

«Ich habe noch selten zwei derartig umsichtige Menschen getroffen», sagte er. «Ich weiß nur, dass Paula besessen war von etwas, das man Unterlassungs- oder Hochmutssünde nennen könnte, und dass sie vollkommen überwältigt war von Schuldgefühlen – sich zugleich aber über die Tatsache ärgerte, dass sie überhaupt Schuld empfand, wenn sie doch nicht an eine höhere Instanz glaubte, die über sie richten würde. Auch weiß ich, dass es Adam urplötzlich nach dem Sinn des Lebens dürstete und er sein gegenwärtiges Leben in jeder Hinsicht für korrekturbedürftig hielt. Ich bin mir sicher, dass die beiden in Schwierigkeiten steckten, doch unsere Unterhaltungen blieben abstrakt, theoretisch, weil beide, sowie ich versuchte, Konkretes zu erfahren, dicht machten wie zwei Schülerinnen, die beim Rauchen erwischt worden sind.»

Ich seufzte. Unsere Blicke trafen sich. In meinem lag Enttäuschung, in seinem ungebrochenes Interesse.

«Ich muss jetzt etwas essen», sagte er, «also sind Sie dran mit Erzählen. Ich möchte mehr über die Kinder erfahren. Hannah und William heißen sie, nicht wahr?»

Ich hatte keine Lust auf nettes Geplauder. Wenn ich schon mit leeren Händen abziehen musste, dann lieber gleich, doch da mein Teller leer, der seine jedoch voll war, gebot es die Höflichkeit, dass ich ihm Gesellschaft leistete und ihn unterhielt. Ich begann widerwillig und wohl wissend, dass er vieles davon bereits von Adam erfahren hatte. Doch er erwies sich als guter Zuhörer, sodass ich mich schnell entspannte. Er aß gleichmäßig, hielt nur gelegentlich inne, um die Augenbrauen hochzuziehen, aufzustöhnen oder aufzulachen. Er hatte ein ausdrucksvolles Gesicht, was mir das Gefühl gab, eine richtige Unterhaltung zu führen, statt einen Monolog zu halten. Ich fragte mich, ob das eine Kunst war, die er perfektioniert hatte, etwas, das er im Umgang mit Menschen einsetzte. Irgendwie kam meine Geschichte zu einem natürlichen Ende, als er gerade das Eigelb auf seinem Teller mit etwas Brot aufsaugte. Er leckte sich die Lippen, tupfte sie mit seiner Serviette ab und schaute mich an.

«Adam suchte mich am Abend nach Paulas Beerdigung auf», sagte er. «Ich war schon auf dem Weg zum Flughafen und habe ihn daher verpasst.»

Ich starrte ihn an. Er fuhr fort:

«Doch er hat mir ein Päckchen dagelassen, das ich bei meiner Rückkehr gestern vorfand. Er hat es in meinem Büro abgegeben mit der Anweisung, es bis zu meiner Rückkehr unter Verschluss zu halten, und das ist auch passiert.»

Er bückte sich, hob seinen Aktenkoffer hoch und zog einen großen wattierten braunen Umschlag daraus hervor, den er auf den Tisch zwischen uns legte. Er nickte mir sein Einverständnis zu, worauf ich nach dem Umschlag griff. Er war offen. In ihm befanden sich drei Videokassetten und eine wesentlich kleinere Kassette, eine 60-Minuten-MiniDV-Kassette, wie ich auf den ersten Blick erkannte. Die Videokassetten waren nummeriert von eins bis drei und trugen die Initialen MC. Die MiniDV hatte keinerlei Beschriftung. Auch ein zusammengefalteter Brief lag darin. Ich schaute auf zu Pater Joe Riberra, der mir abermals sein Einverständnis signalisierte, worauf ich das Papier auseinander faltete.

Adam hatte Papier der Londoner Universität für seinen hastig dahingekritzelten Brief benutzt, den er wahrscheinlich in aller Eile am Nachmittag vor seinem Tod geschrieben hatte, als er feststellen musste, dass er den Priester verpasst hatte.

Lieber Joe,

ich suche einen sicheren Ort für diese Kassette, und ich hoffe, ihn bei dir zu finden. Du kannst sie dir gerne anschauen – es ist keine Pornographie, die ich dir da unterschiebe –, aber es wird dir nichts sagen. Auch wird dich diese Kassette nicht in Gefahr bringen, weil keiner, der etwas damit zu tun hat, weiß, dass du sie hast.

Es ist nur so, dass ich befürchte, die Kassette könnte mir, wenn sie weiter bei mir bleibt, von jemandem entwendet oder zerstört werden. Und da ich mir nun schon seit Monaten den Kopf zerbreche, was ich mit ihr anfangen soll, wäre es doch schade, wenn mir die Entscheidung abgenommen würde. Paulas Tod macht diese Entscheidung dringlich, und so hoffe ich, dass es nach deiner Rückkehr zu unserem ersten richtigen Gespräch über meine Situation kommen kann.

Bitte verzeih dieses James-Bond-Getue.

Mit herzlichen Grüßen
Adam

Ich schaute auf und sah, dass Pater Joe mich beobachtete.

«In seinem Brief redet er immer nur von einer Kassette», sagte ich, «aber es sind vier.»

«Vielleicht ist nur die eine wichtig», schlug er vor.

«Haben Sie sich die Kassetten angesehen?» Er nickte. «Diese auch?» Ich hielt die kleine MiniDV-Kassette hoch.

«Ich habe mir gestern Nacht die Kamera eines Freundes geborgt», sagte er. «Nehmen Sie die Kassette mit, nehmen Sie alle mit, und schauen Sie sie sich an. Sie macht mir höllische Angst.»

29

ICH FING MIT DEM ANFANG AN, weil ich nicht wusste, wo ich sonst beginnen sollte. Ich legte die Videokassette mit der Nummer eins in das Videogerät, drückte auf ‹Play› und sah Adams Gesicht, das ähnlich wie seine E-Mails wie ein Geist auf meinem Bildschirm erstand. Ich biss mir auf die Lippen. Nachdem ich erst in das Reich des Todes hinabgestiegen war, um ihren Unterhaltungen im Cyberspace zu lauschen, erweckte ich nun Adam und Paula von den Toten.

Mir war sofort klar, dass die Bilder, die ich sah, Teil der ersten Kopie des unedierten Films über die *Mission der Carmichaeliter* waren, des Dokumentarfilms, der nie ausgestrahlt wurde. In diesem Stadium der Produktion gab es noch keinen Filmkommentar. Hinter der Kamera stand wahrscheinlich Suzette. Traditionellerweise gab es einen Produzenten und einen Kameramenschen, aber als freiberufliche Produzentin hatte Suzette in zahlreichen Projekten beide Rollen übernommen und dafür eine kleine, aber hochwertige Digitalkamera verwendet, mit der sich sendefertiges Bildmaterial einfangen ließ. Der Grund dafür war einerseits ein finanzieller – ein Gehalt weniger zu zahlen –, andererseits war es aber auch eine Stilfrage. Die Filme, die sie drehte, waren sehr persönlich, ließen die Zuschauer unmittelbar am Geschehen teilnehmen, Gespräche belauschen, in Situationen eintauchen, für die große Kameras zu aufdringlich waren. Ihre Kamera lebte in einer großen braunen Umhängetasche aus Leder, die darüber hinaus noch mehrere benutzte und unbenutzte Kassetten enthielt sowie ihr Schminktäschchen, ihre Kreditkarten und ihren Taschencomputer. Offensichtlich hatte sie beschlossen, Adam in einigen Szenen dabei zu haben, um seine Unterhaltung mit Paula filmen zu können. Adam bei der Arbeit zuzuschauen machte mir so viel Freude, dass ich vorübergehend vergaß, dass Pater Joe etwas Beängstigendes gesehen hatte. Ich machte es mir in meinem Stuhl gemütlich und dachte, wie stolz meine Kinder auf ihren Vater sein können. Ich hoffte, sie hatten sein Talent geerbt.

Der Dokumentarfilm zeigte alte Bilder von Paula Carmichael als Kind – hübsch, talentiert, viel versprechend. Sie kicherte, als sie an ihrem zwölften Geburtstag vor der Kamera tanzte. Adam unterhielt sich mit ihr über ihre Kindheit. Dass Adam mal den falschen Ton traf, hatte ich selten erlebt, doch das merklich gute Einvernehmen, das zwischen den beiden auf Anhieb sichtbar wurde, war außergewöhnlich. Sie fühlten sich wohl in der Gegenwart des anderen. Flirterei war dabei nicht mit im Spiel, man hatte eher den Eindruck, als wären sie schon seit Jahren befreundet. So kam es, dass Adam, als sie über Paulas Vergangenheit sprachen, fast ebenso viel erzählte wie sie. Zum Teil war es ein Trick, der sie dazu bringen sollte, aus sich herauszugehen, aber ich hatte diesen Trick schon häufig gesehen, und dies hier war weit mehr als das. Und so konnte ich zu meiner Freude und Beglückung Szenen sehen – Adams liebevolle Anekdoten über seine Eltern –, die vermutlich niemals die Endredaktion überlebt hätten.

Beide, Paula wie Adam, hatten eine glückliche Kindheit, und das tröstete mich. Es war ein kleiner Ausgleich zu ihrem Ende. An einer Stelle sagte Adam etwas Lustiges über seine Mutter, was bei Paula einen Nerv zu treffen schien, jedenfalls wälzten sie sich schließlich fast auf dem Boden vor Lachen.

Selbst ich fing an, mit zu kichern, doch dann verging mir das Lachen plötzlich. Was war mit Paulas sagenumwobener Depression? Ich hatte eine ernste, pflichtschuldige Paula erwartet, die Mühe hatte, ein fröhliches Gesicht aufzusetzen. Doch die Paula auf dem Bildschirm schüttete sich derartig aus vor Lachen, dass sie kaum noch reden konnte.

Ich sah genauer hin und machte mir meine Gedanken. Was war mit Suzette, die hinter der Kamera stand und sah, was ich gerade sah? Doch das war normal, ich kannte so etwas: Drei Leute, von denen zwei vor deinen Augen irgendeine chemische Reaktion erlebten. Als ich noch hinter der Kamera stand, hatte ich mich in solchen Fällen immer aus der Reaktionsgleichung herausgekürzt. Ich hatte dann alles nur noch durch eine Linse wahrgenommen. Außerdem würde Suzette, selbst wenn sie in Adam verliebt war, gemerkt haben, dass diese Sache mit Paula nichts Sexuelles an sich hatte. Paula hatte sich nicht eigens für die Kamera schön gemacht. Sie sah großartig aus, sie sah glücklich aus, aber man sah ihr auch ihr Alter an.

Wir gingen mit Paula zum Parlament. Sie gab am laufenden Band Kommentare ab, während ihr die Kamera durch die Flure der Macht folgte. Sie war witzig, sie war schlagfertig.

«Eigentlich brauch ich nichts anderes als das hier», meinte sie über die Schulter. «Es ist wie eine Droge. Hier kann man so gehässig sein, wie man will, und wenn ich hier bin, bin ich gehässig, das können Sie mir glauben. Selbst die Herren der Schöpfung sind gehässig hier. Es gibt kaum etwas, das mir einen größeren Kick gibt, als während einer Debatte so einem armseligen Faschisten auf der anderen Seite des Parlaments den verbalen Todesstoß zu versetzen.»

«Warum widmen Sie sich dann nicht ganz ihrer Arbeit hier? Warum halsen Sie sich all die anderen Dinge zusätzlich auf?», fragte Adam.

«Weil ich hier nachsichtig mit mir selbst wäre», erwiderte Paula. «Ich habe nur ein begrenztes Maß an Energie und Zeit, und das verwende ich lieber darauf, woanders ein besserer Mensch zu werden, als ich es hier je sein kann.»

«Bist du denn gar nicht deprimiert?», hörte ich mich murmeln. «Noch nicht einmal ein klitzekleines bisschen?»

Sie war es eindeutig nicht. Im Gegenteil, sie schien ihr Leben zu genießen, und zwar eindeutig.

Zu Hause kochte Paula das Abendessen für Richard, Kyle und George. Obwohl ich den Eindruck hatte, als hantiere sie mit zwei linken Händen in ihrer Küche, schien ihre Familie positiv überrascht zu sein, als Paula einen Lammbraten auftischte. Richard holte eine Flasche Sekt hervor – es war offenbar eine besondere Gelegenheit – und witzelte, während er das Lamm anschnitt, dass ihm jetzt wieder eingefallen sei, warum er Paula geheiratet habe. Nach dem Essen stand Kyle auf, ging zu seiner Mutter und gab ihr sehr liebevoll einen Kuss auf die Wange. Paula schaute ihm hinterher, Staunen im Blick, als er aus dem Zimmer schlurfte, Hände tief in den Hosentaschen vergraben.

Wir folgten Paula von Projekt zu Projekt und bekamen mit, wie Menschen über sie dachten, mit denen sie zusammenarbeitete. Rachel Colby sprach von Paulas Fähigkeit, sich «die Hände schmutzig zu machen und das Risiko eines gebrochenen Herzens nicht zu scheuen». Ein Obdachlosenheim, ein Jugendtreff mitten in der Stadt, ein Hospiz – all diese Einrichtungen wurden von Carmichaelitern mitfinanziert und zum Teil auch von ihren ehrenamtlichen Helfern betrieben. Endlich spiegelte sich auf Paulas Miene Betroffenheit, Schmerz, sogar Trauer.

«Ich könnte nichts von alldem machen, wenn ich mich nicht persönlich engagieren würde», sagte sie Adam. «Ich weiß, dass viele Leute in Sozialberufen davon abraten, weil sie meinen, zu wenig Abstand könne einen ins Grab bringen. Aber um ehrlich zu sein: Wie will man wissen, was Not tut, wenn man auf Distanz geht? Ich sage all unseren Ehrenamtlichen, sie sollen ruhig weinen, schreien, sich die Haare raufen. Schlaflose Nächte haben. So zu reagieren auf Zustände, die zum Himmel schreien, ist vollkommen in Ordnung.»

«Deprimiert Sie Ihre Arbeit manchmal?», fragt Adam.

«Ich leide regelmäßig an ganz, ganz grässlichen Anfällen von Depression», erwiderte Paula mit einem schiefen Lächeln. «Es gibt Tage, da scheint mir das Leben grau und trist von dem Moment, da ich aufstehe, bis zu dem Moment, da ich ins Bett gehe. Die Menschen um mich kennen das an mir. Wenn ich so ein Tief habe, bin ich eine Zumutung für meine Umwelt, wie man mir schon oft genug versichert hat. Und dann passiert irgendetwas Positives, und schon schwebe ich auf Wolke sieben. Ich habe gesehen, wie Kinder fixen, und ich muss sagen, wenn bei mir die Dinge gut laufen, habe ich ein größeres High als sie. Manche Leute nennen mich manisch-depressiv, ich weiß, und ich schwanke tatsächlich zwischen extremen Hochs und Tiefs hin und her, aber diese Schwankungen sind der Antrieb meines Lebens. Es ist die Schönheit von Berg und Tal. Ich würde mein Haus nie im Flachland bauen.»

Mittlerweile hatte ich die nummerierten Videokassetten gesehen. Die Bilder hatten mich berührt, mir jedoch keine Angst eingejagt. Ich kramte meine 3-Chip-Kamera hervor, legte die MiniDV-Kassette ein und ließ den Film über meinen Fernsehbildschirm laufen. Obwohl ich fasziniert war, beschloss ich, dass es höchste Zeit für eine Pinkel- und Kaffeepause war. Ich wollte gerade den Film anhalten, da sah ich etwas, das dazu führte, dass ich meine Blase und meinen Kaffeeschmacht schlagartig vergaß.

Wir befanden uns auf der Eröffnungsfeier eines Drogenzentrums in Cornwall, das von den Carmichaelitern finanziert wurde. Rachel Colby war dort, um die Pressearbeit zu machen, und im Hintergrund sah ich einen Mann herumlungern, der Dan Stein ganz erstaunlich ähnelte. Er war nur für den Bruchteil einer Sekunde im Bild und dann gleich wieder weg. Ich spulte die Kassette zurück, ließ sie abermals laufen. Ich war mir zu neunzig Prozent sicher, dass ich in dem Mann Dan Stein erkannt hatte, doch ich räumte ein, dass ich gestresst und müde war und es mir vielleicht nur einbildete. Der Mann trug eine Kamera um den Hals. Dan, der Fotograf, der keine Menschen an den Wänden hängen hatte. Hieß aber noch lange nicht, dass er sie nicht fotografierte. Ich hoffte, ich irrte mich. Wenn es Dan war, den man auf dem Film sah, dann hatte er nicht nur mich, sondern auch Finney angelogen. Warum sollte er das tun? Zufall konnte es nicht sein. Wenn Dan auf dem Film war, dann fiel mir keine harmlose Erklärung ein.

Schließlich ließ ich die Kassette weiterlaufen, neugierig, ob der Mann noch einmal auftaucht, doch der Film schlug plötzlich einen anderen Ton an. Wir befanden uns in irgendeiner Absteige, an einer Wand mit herabbröckelndem Putz lehnte eine fleckige Matratze, vor den Fenstern hingen Laken als provisorische Vorhänge. Ein Junge, ein Teenager, saß auf der Matratze, rote Flecken im Gesicht. Er war dünn und blass, seine schäbigen Kleider hingen an ihm hinab. Man sah weder, wer außer ihm im Raum war, noch, wer filmte.

Der Junge sah krank aus. Seine Haut hatte eine kränkliche Farbe. Er machte ein Alufolienpäckchen auf, kippte das Heroin darin auf einen Löffel und erhitzte es über der Flamme seines Feuerzeugs. Er hielt eine Spritze im Mund, während er den Riemen um seinen Arm festzog und auf die Vene wartete. Doch da durchfuhr ihn ein Beben, und er begann zu würgen. Er lehnte sich zur Seite, als müsse er sich übergeben.

Die Kamera schwenkte fort vom Jungen, zum Boden. Der Ton war nach wie vor gut.

«Was ist denn los?» Die ärgerliche, harte Stimme im Hintergrund kam mir bekannt vor.

«Ich muss kotzen», stöhnte der Junge.

«Na, großartig», hörte ich die Stimme, die wie Dan klang, sagen, bevor der Film abbrach. Vermutlich durfte der Junge kotzen, ohne dass es für die Nachwelt aufgezeichnet wurde. Schließlich hatte die Toleranz auch des liberalen Zuschauers ihre Grenzen. Als ich wieder ein Bild bekam, saß der Junge wieder auf der Matratze, noch blasser als zuvor, wenn überhaupt möglich, und mit deutlichen Schweißperlen auf der Stirn.

«Bist du sicher, dass du das hier machen willst?» Paulas Stimme klang besorgt und zweifelnd. «Du weißt, du musst das nicht machen.»

«Herrgott noch mal, lass ihn doch endlich zum Zuge kommen», knurrte der Mann, der wie Dan klang.

Der Junge schaute auf und blickte in die Richtung, aus der Paulas Stimme stammte, dann in die Richtung, aus der die andere, vermutlich Dans Stimme, kam. Er hob die Spritze und stach sie sich mit einem Ruck durch die Haut und in die Vene. Die Kamera ruhte für einen Moment auf seinem Gesicht, als die Droge zu wirken begann und sich seine Gesichtszüge entspannten. Dann stand dem Jungen plötzlich, für einen Augenblick, blanke Panik im Gesicht. Er fing an zu zucken. Jemand im Hintergrund murmelte: «Oh, Scheiße.» Der Film wurde erneut unterbrochen, und dieses Mal blieb der Bildschirm leer, ganz leer, wie bei einem Filmriss.

30

ES GAB TAGE IM LEBEN, die sollten einfach ausgeschnitten und unmittelbar in der Hölle eingefügt werden. Der folgende Tag war von solcher Art. Nachdem ich mir das Band immer wieder bis spät in die Nacht angeschaut hatte, konnte ich vor lauter Sorge kaum schlafen. Als gegen sechs Uhr morgens jemand an meine Haustür hämmerte, quälte ich mich aus dem Bett, um die Tür zu öffnen. Dass dies ein Fehler war, merkte ich erst, als es zu spät war, als ein Blitzlicht direkt vor meinem Gesicht explodierte. Reflexartig schlug ich die Tür wieder zu, jedoch nicht so schnell, dass mir nicht ein Mann eine zusammengerollte Zeitung ins Haus werfen konnte. Zitternd hob ich sie auf und nahm sie mit in die Küche. Ich rollte sie auseinander und strich sie glatt.

Es war eine Ausgabe des Chronicle, auf deren erster Seite mir die Verfasserzeile mit dem Namen Bill Tanning sofort ins Auge sprang und mich mit echter Angst erfüllte. Was hatte ich Bill Tanning getan, dass er mich so hasste? Oder war ich einfach nur Freiwild? Ein großes Schwarzweißfoto nahm fast die halbe Seite ein. Zuerst dachte ich, es sei eine Annonce: ein Bild von einem küssenden Paar, seine Hände in ihrem Haar. Die Überschrift lautete: «Verhältnis mit der Verdächtigen». Ich fiel auf den nächstbesten Stuhl und zwang mich, den Artikel zu lesen.

Hauptkommissar Tom Finney, der die Ermittlungen im Mordfall von Adam Wills leitet, wird heute voraussichtlich von dem Fall abgezogen und vom Dienst suspendiert, angesichts der anstehenden umfassenden Untersuchung seiner leidenschaftlichen Affäre mit Robin Ballantyne. Die rothaarige Ballantyne, 35, war Adam Wills' ehemalige Liebhaberin und steht nach wie vor unter Verdacht, den beliebten Fernsehsprecher vorsätzlich überfahren und dann Fahrerflucht begangen zu haben. Ballantynes Auto wurde für den Mord verwendet.
Vor zwei Tagen erhielt unsere Zeitung durch Hauptkommissar Finney den Hinweis, dass neu entdeckte Hinweise die Ermittlungen von Ballentyne weg- und zu einem anderen, bislang unbekannten Mordverdächtigen hinführten. Finneys Beweggründe schienen unseren Journalisten jedoch suspekt. Wenn die für die Aufrechterhaltung von Recht und Ordnung Verantwortlichen ihren Pflichten nicht nachkommen, müssen andere in die Bresche springen.
In diesem Sinne handelten unsere Journalisten, als sie beschlossen, Tom Finney unter Beobachtung zu stellen. Gestern wurde ihre Geduld belohnt, als sie Tom Finney, 39, in einer leidenschaftlichen Umarmung mit der vermutlich Hauptverdächtigen erspähten.
Tom Finney, der sich kürzlich nach nur fünfjähriger Ehe von seiner Frau getrennt hat, suchte gestern mitten am Nachmittag Ballantynes Haus auf. Barfuß, in Jeans und eng anliegendem T-Shirt öffnete Robin Ballantyne die Tür und begrüßte ihn mit großer Herzlichkeit. Er trat ein und zog seinen

Mantel aus. Robin Ballantyne ist die Mutter von Adam Wills' Zwillingen, Hannah und William, die jedoch nirgends zu sehen waren.
Wenig später sah man Finney und Ballantyne auf einem Sofa niedersinken, sich mehrfach küssen und sich auf deutlich sexuelle Weise umarmen.
Auf Anfrage unserer Zeitung meinte Commander Perry von der Metropolitan-Polizei, dass Hauptkommissar Finney unbegrenzte Suspendierung drohe, sollten sich die Anschuldigungen als fundiert herausstellen. Unsere Zeitung übermittelte daraufhin Commander Perry die Fotos, die wir im Zuge unserer Ermittlung erstellen konnten. Finney war letztes Jahr bereits für zwei Monate suspendiert, nachdem er beschuldigt worden war, sich einer Verdächtigen gegenüber unprofessionell verhalten zu haben. Finney wurde freigesprochen, doch wie aus zuverlässigen Polizeikreisen verlautete, verfolgt der Vorgang Finney bis auf den heutigen Tag: «Er sollte sich lieber den Rücken frei halten, als anderen Teilen seiner Anatomie zu folgen.»
Um einen Kommentar gebeten, meinten Adam Wills' Eltern, sie seien schockiert über Ballantynes neues Verhältnis. «Unser Sohn ist kaum unter der Erde», sagte Norma Wills, «und dann so etwas. Aber Robin hatte schon immer ein Herz aus Stein. Es überrascht mich gar nicht, dass die Kinder nirgends zu sehen waren. Sie gibt sie fort, wann immer möglich, damit sie ihr Leben so führen kann, wie es ihr beliebt, nämlich frei und sorglos.»
Robin Ballantyne und Hauptkommissar Tom Finney standen gestern für einen Kommentar nicht zur Verfügung.

31

JANE WAR DIE EINZIGE, die es wagte, sich durch das Hyänenpack zu meiner Haustür durchzukämpfen. Sie rief mich von ihrem Handy aus an.

«Ich komme jetzt, mach dich bereit und öffne die Tür, wenn ich da bin.»

Also ging ich zu meiner Haustür und wartete, bis ich von draußen ihre Stimme hörte.

«Aus dem Weg», hörte ich sie brüllen, und sie müssen ihr tatsächlich Platz gemacht haben, denn im nächsten Moment klopfte sie an die Tür, ich öffnete sie einen Spalt, damit sie hineinschlüpfen konnte, und schloss sie sofort wieder, bevor mir die ganze Meute ins Haus fiel.

Ich setzte mich auf die Treppenstufe, während sie ihren Mantel auszog und ihn über das Treppengeländer warf.

«Du bist ja noch nicht einmal angezogen», meinte sie vorwurfsvoll. «Wie siehst du überhaupt aus: Hockst herum in deinem Nachthemd und lässt den Kopf hängen.»

«Es ist noch früh, erst halb sieben, und außerdem stehe ich unter Schock», erklärte ich ihr.

«Nein, das tust du nicht, du Nuss. Was hast du dir eigentlich dabei gedacht: mit dem Hauptkommissar zu knutschen? Hast du Todessehnsucht, oder was?»

Ich schüttelte den Kopf. Wollte nicht darüber reden. Schaute sie an. Sie antwortete mit einer Grimasse.

«Du musst dich schon am Riemen reißen, wenn du willst, dass ich dir helfe.»

Ich ließ den Kopf wieder in die Hände sinken, doch nur kurz. Dann stand ich auf, wandte mich um und ging hinauf mich anziehen.

Während ich die Kinder fertig machte und fütterte, schaute sich Jane im Wohnzimmer den Film an. Ich zeigte ihn ihr nicht ganz, lediglich die letzte Szene mit dem Jungen. Aschfahl kam sie danach zu mir in die Küche und ließ sich schwer und wortlos auf einen Stuhl fallen. Ich setzte mich ihr gegenüber und goss uns beiden eine Tasse Kaffee ein.

«Ich glaube, der Mann, den man im Hintergrund hört, während der Junge fixt, wohnt genau gegenüber», erzählte ich ihr gelassen. «Ich habe ihn am Abend von Paulas Tod kennen gelernt. Seitdem versucht er, mich zu verführen.»

Jane verzog das Gesicht. «Was zum Teufel geht hier vor?» Sie seufzte, schaute mich an und fragte schließlich: «Hast du schon mit Suzette darüber gesprochen?»

«Ich kann sie nicht erreichen.»

«Lass es uns noch mal versuchen», erwiderte sie energisch.

Wir versuchten es etliche Male. Während ich mich um die Kinder kümmerte, rief Jane sämtliche Kontaktadressen an, die wir von Suzette hatten, und da wir nur Nieten gezogen hatten, probierte sie es auch unter all den Nummern, die wir von anderen bekommen hatten. Sie rief sogar Suzettes Mutter an, machte es jedoch kurz, als klar wurde, dass Suzette nicht bei ihr war. Ihre Mutter war, wie wir wussten, etwas gebrechlich und neigte dazu, sich schreckliche Sorgen zu machen. Suzette war jedenfalls nirgends aufzutreiben. Wir versuchten es sogar bei ihrem Ex-Mann in Australien. Keine Ahnung, wie spät es dort war. Jane musste all ihre Überredungskünste aufbieten, damit er nicht gleich wieder aufhängte. Aber auch er wusste nicht, wo Suzette war, und schien an ihrem Verbleib auch nicht sonderlich interessiert.

«Okay», sagte Jane. «Dann hat sich Suzette also in Luft aufgelöst. Wird Zeit, dass wir zu Plan B schreiten.»

Plan B sah vor, Dan Stein zur Rede zu stellen. Ich konnte mich auf der Straße nicht sehen lassen, da die Pressemeute über mich herfallen würde, also musste Jane die Sache allein in die Hand nehmen. Sie schlich sich durch die Hintertür hinaus und lief einmal ums Eck; die Hyänen vor meiner Tür achteten nicht auf die Frau, die auf der anderen Straßenseite vor einem Haus anhielt, das nicht das meine war. Ich sah vom Fenster aus zu, wie sie bei Dan klingelte. Keine Reaktion. Sie drückte auf eine andere Klingel, worauf eine Frau an die Tür kam, in der ich die Frau mit dem kranken Kind aus dem obersten Stock erkannte. Jane und die Frau tauschten ein paar Worte, und kurz darauf war Jane wieder da.

«Sie wohnt im obersten Stock», berichtete sie, «und hat ihn in den letzten paar Tagen nicht gesehen, meint jedoch, das habe nichts zu sagen. Hast du seine Privatnummer?»

Wir versuchten es, doch bekamen keine Antwort.

«Oder die Nummer vom Büro?»

«Er arbeitet im Personalwesen …» Aber er hatte mir keinen Firmennamen genannt. «Nein, habe ich nicht.»

Schweigend mussten wir einsehen, dass wir in einer Sackgasse gelandet waren. Die nächste Stunde verbrachten wir damit, mögliche Schritte zu diskutieren. Sprich mit Finney, redete sie mir zu, aber ich brachte es nicht über mich. Der hatte im Moment bestimmt ein paar andere Sorgen.

«Also gut», sagte sie. Ich schaute sie erwartungsvoll an. «Dann sprichst du eben nicht mit Finney», fuhr sie fort. Wir lächelten einander müde an.

An ein Gespräch mit Maeve war ebenfalls nicht zu denken. Ihre einzige Sorge wäre, ihren Arsch zu retten, und außerdem fühlte ich mich Suzette gegenüber verpflichtet. Ich musste ihr die Chance geben, ihre Version der Dinge zu erzählen. Ich musste herausfinden, was in Cornwall geschehen war, wer worüber und zu welchem Zeitpunkt im Bilde war.

«Okay, fahr nach Cornwall», meinte Jane schließlich, «und finde heraus, was dort vorgefallen ist.»

«Okay.» Ich nickte.

«Jetzt. Sofort.»

«Aber die Kinder …», sagte ich. «Ich weiß nicht, wie lange ich brauche, ich weiß nicht …»

«Die Kinder werden's überleben», versicherte sie mir. «Carol kommt gleich. Ich ruf sie an und sag ihr, sie soll über den Hinterhof kommen, und dann ruf ich deine Mutter an und drück ein bisschen auf die Tränendrüse, und dann hilft sie uns auch. Wir schaffen das schon, bis du wieder da bist.»

Ich starrte sie an.

«Carol wird mir schon zeigen, was ich machen muss.»

Ich konnte nicht aufhören zu starren.

«Wir werden dafür sorgen, dass ihnen nichts geschieht, ich verspreche es dir.»

Ich nagte an meiner Unterlippe.

«Der Anruf, du weißt schon, der mit Erika. Als sie eine Nachricht entgegengenommen hat, von jemandem, der es gut mit mir meint. Was ist, wenn das Dan war, der mich einschüchtern wollte?»

«Wir wissen doch noch nicht einmal, ob er etwas damit zu tun hat. Wir wissen gar nichts. Nur, dass dieser Film uns Angst macht.»

«Ich trau ihm nicht. Er weiß, wo die Kinder sind, er weiß …» Meine Stimme erstarb. Ich war noch nicht bereit, die Ängste, die mich in dem Moment überfluteten, auszusprechen.

Jane erwiderte meinen Blick mit der gleichen Intensität.

«Wir werden dafür sorgen, dass ihnen nichts geschieht, ich versprech es dir», wiederholte sie.

Zunächst fuhr ich verbissen, als hinge mein Leben davon ab, erst nach Süden, dann gen Westen. Nach einer Weile fand ich die Autobahn jedoch beruhigend, was auf einen ziemlich erbärmlichen Zustand meinerseits schließen ließ.

Mit dem Chronicle eine haarspalterische Diskussion über den Artikel anzufangen war zwecklos. Ich hatte keine Affäre mit Finney, doch das war im Grunde irrelevant. Ich hatte mich an meinen Vorsatz gehalten und ihn nicht angerufen. Was hätte ich auch sagen sollen? Gemeinsam hatten wir seine Karriere zerstört. Musste ich mich dafür entschuldigen? Ich hätte ihn gerne nach seiner Ehe gefragt und natürlich nach der Frau, deretwegen er im Jahr zuvor suspendiert worden war, aber ich wusste auch ganz genau, dass ich auf keinen Fall die Antworten auf diese Fragen wissen wollte. Meiner Erfahrung nach ist das, was die Boulevardzeitungen bringen, nie nett und gelegentlich sogar vollkommen aus der Luft gegriffen, doch in der Regel spinnen sie ihr Garn um ein Körnchen Wahrheit. Finney und ich waren erledigt, noch ehe wir begonnen hatten.

Ich hätte auch gerne noch etwas anderes gewusst: Warum hatte Finney mich aufgesucht? Hatte er vorgehabt, mich zu verführen? Und wenn ja: warum? Oder eher: warum ausgerechnet in diesem Moment? Während der Asphalt unter mir dahin sauste, versackte mein Verstand allmählich in Paranoia. Ich malte mir ein Szenario aus, in dem Finney aus irgendeinem Grund mit den Boulevardzeitungen unter einer Decke steckte und sich mit ihnen verschworen hatte, mich zu Grunde zu richten. Zugegeben, er selbst hatte, soweit ich sehen konnte, nichts davon, doch ganz gleich, welche Beweggründe er gehabt haben mochte, Tatsache war, dass wir uns beide gewaltige Probleme aufgehalst hatten. Ich war jenseits von Wut, ja, sogar jenseits von Verletztheit.

Ich brauchte sechs Stunden, bis ich Penzance erreichte. Als ich von Devon aus den Tamar nach Cornwall überquerte, dachte ich, ich hätte es fast geschafft, doch die Halbinsel zog sich endlos hin. Auf der A30 kam ich an Feldern mit New-Age-Windturbinen vorbei, deren Propeller sich entschlossen drehten, als gelte es, gleich abzuheben und sich in den Himmel zu schwingen. Die Landschaft um mich stieg an und neigte sich wieder, derweil die Vegetation dichter wurde, als wachse sie auf fruchtbarerem Boden. Je südlicher ich kam, desto wärmer und feuchter wurde die fast schon salzhaltige Luft, die in das Auto drang. Als ich schließlich das Meer sah und St. Michael's Mount mit seiner Burg, die sich aus dem Wasser der Bucht erhob wie der Kerker einer gefangenen Prinzessin, war der Himmel bereits dunkel. Die Straßen mit den Reihenhäusern aus Granitstein, die sich an den steilen, vom Hafen aufragenden Hügel schmiegten, waren verlassen. Einige Pubs hatten noch auf, doch ansonsten war alles zu, und nur wenige Menschen waren unterwegs. Ein feiner Nieselregen vervollständigte den überwältigenden Eindruck von Wasser und Nässe: Surfer-Shops, in den Schaufenstern Bikinis und Badeanzüge, Regen, der die Rinnsteine entlang und meine Windschutzscheibe hinunterfloss, Boote, die im Hafen vor sich hin schaukelten, Wellen, die gegen die Uferpromenade schlugen. Ich saß im Wagen, trocken vom Scheitel bis zur Sohle, und doch hatte ich das Gefühl, als sei ich unter Wasser geraten. Schließlich fuhr ich vom Meer ins Stadtzentrum, zur Alexandra Road, wo die streng wirkenden Häuser miteinander im Wettstreit lagen um Kunden für ihr Bed&Breakfast-Geschäft.

Ich fuhr die Straße auf und ab und entschied mich für ein Haus, zu dessen Haupteingang Steintreppen führten und in dessen Vorgarten eine Palme stand. Ich hoffte, das Geschäft gehe so schleppend, dass man einen potenziellen Gast nicht aus dem Grund verschmähen würde, dass es sich bei ihm um eine Mordverdächtige, eine Rabenmutter und insgesamt eine Schlampe auf ganzer Linie handelte. Trotz dieser Hoffnung näherte ich mich der Rezeption recht nervös. Hinter dem Tresen stand eine Frau, deren breite Schultern über eine Zeitung gebeugt waren. Sie trug eine blumig bedruckte Strickjacke über einem Wollkleid, das sich über einem beachtlichen Busen spannte und über einem ebenso beachtlichen Bauch wölbte. Sie trug ein Namensschildchen auf ihrer Strickjacke, auf dem «Betty» stand.

«Hätten Sie ein Zimmer für eine Nacht?», fragte ich. Plötzlich kam ich mir schrecklich weit weg von Hannah und William vor. Wie konnte ich eine Nacht in derartiger Entfernung von ihnen verbringen? Eigentlich sollte ich sofort umdrehen und nach Hause fahren.

Beim Klang meiner Stimme zuckte Betty zusammen, sah auf und schaute gleich noch einmal genauer hin. Ihr Blick ging zurück zur Zeitung und dann wieder zu mir.

«Sie sehen fast aus wie diese Frau hier», meinte sie.

Darauf war ich nicht gefasst. «Ach ja?» Ich betrachtete die Zeitung. Ich hatte nicht daran gedacht, mich zu maskieren, was im Übrigen leichter gesagt ist als getan. Im Winter mit Sonnenbrille herumzulaufen schien mir eher kontraproduktiv. Ich sah mein Abbild verkehrt herum.

«Er ist aber auch ein gut aussehender Mann», meinte sie. «Wer will ihr das schon verübeln?»

Unsere Blicke trafen sich, und ich wusste sofort, dass sie mich erkannt hatte. Dennoch schien es, als wolle Betty es dabei belassen. Ich sei, erklärte sie mir, der einzige Gast, so dass sie mir ihr bestes Zimmer gebe und ich es schön ruhig hätte. Ich schrieb mich als Joanna Smith ein.

«Außerordentlich originell, meine Liebe», sagte Betty, jedoch mit solchem Wohlwollen und so wenig Herablassung in der Stimme, dass ich mich fast geschmeichelt fühlte. Zu essen gab es in der Pension nichts, und so ging ich in ein Café an der Promenade und aß Fish & Chips. Der Ladeninhaber, der auch Zeitungen verkaufte, warf mir ebenfalls einen neugierigen Blick zu. Ich senkte den Kopf und hinterließ ein dickes Trinkgeld.

Danach kehrte ich kalt, aber nicht mehr hungrig in das Bed & Breakfast zurück und ging durch die stillen Flure zu meinem Zimmer. Es war in rosa Chintz gehalten und ruhiger, als ich ertragen konnte. Ich wollte nicht mit meinen Gedanken allein sein und sehnte mich nach Hannah und William. Ich schaute auf die Uhr. Sie wurden jetzt gerade aus der Badewanne geholt, warm, weich und duftend. In diesem ordentlichen und adretten Zimmer, in dieser klaren Stille und sauberen Luft sehnte ich mich sogar nach der Unordnung und dem Chaos. Ich rief von meinem Handy aus zu Hause an und sprach mit meiner Mutter. Alles war in Ordnung. Als ich auflegte, fühlte ich mich keinen Deut besser: Ich war entbehrlich. Ich hatte meine Kinder in fremder Obhut zurückgelassen. Obwohl ich einen ganzen Tag lang Benzin für eine sinnlose Aktion vergeudet hatte, war ich von der Aufklärung der Todesfälle, die mich verfolgten, genauso weit entfernt wie eh und je. Mein Liebesleben war von der Kategorie inexistent in die Kategorie demütigend abgerutscht. Meine Karriere war ein Scherbenhaufen, meine Ehre eine Farce, selbst meine Zukunft als Mutter meiner Kinder war ungewiss. Ach ja, und mein Vater war ein Gauner. Der Abend war nicht geeignet für friedliche Gedanken.

Ich schaltete Adams Computer an und las eher desinteressiert ein oder zwei E-Mails durch, doch da mich Adams Stimme aus dem Cyberspace, das tote Echo seiner Vitalität, nur noch weiter deprimierte, nahm ich schließlich eine Schlaftablette und spürte erleichtert, wie ich in Bewusstlosigkeit versank. Mein letzter Gedanke galt Hannah und William und ihren schlafenden Gesichtern.

Am nächsten Morgen öffnete ich das Fenster und atmete tief ein, die Luft wie Frühlingswasser. Ich duschte und schaffte mir mit Rührei, Speck und Toast ein kleines Polster, während ich die Versuche des Gastwirts, sich mit mir zu unterhalten, abblockte. Zweifellos hatte Betty ihrem Mann ihre Vermutungen mitgeteilt, denn er fragte mich, woher ich käme und was ich in Penzance wollte. Mir war nicht nach einer Unterhaltung zumute, mochte er mich doch für schuldig halten. Nach dem Frühstück fuhr ich zu der Adresse, die Jane mir gegeben hatte. Market Jew Street war eine Haupteinkaufsstraße wie jede andere, mit Läden wie Boots, Woolworths und WH Smith. Ältere Frauen zogen Einkaufstrolleys hinter sich her, jüngere Frauen schoben Kinderwagen. Männer gab es nur wenige, und diese wenigen hatten nichts zu ziehen oder zu schieben. Auch Strandbesucher fehlten um diese Jahreszeit, unterwegs waren lediglich ein paar tapfere Spaziergänger, eingepackt in wetterfeste Spezialkleidung.

Von der Hauptstraße wand sich ein Labyrinth von Gassen den Hügel hinauf, und hier fand ich schließlich in einer Seitengasse der Causewayhead ein bescheidenes Häuschen in schwindelerregender Lage, dessen handgemaltes Schild neben der Haustür mir bestätigte, dass es sich um das Büro des Penzance-Clear-Water-Rehabilitationszentrums handelte. Ich klingelte, erhielt jedoch keine Antwort und merkte erst dann, dass die Räume noch dunkel waren. Als ich mich zum Gehen wandte – mein morgendlicher Optimismus verraucht –, sah ich einen Mann, der mir etwas zurief und auf mich zukam. Ich ging ihm entgegen.

«Guten Tag, suchen Sie jemand Bestimmtes?», fragte er.

«Sie sind Michael Amey», sagte ich, da ich ihn aus dem Dokumentarfilm wieder erkannte.

«Zu Ihren Diensten.»

«Robin Ballantyne», sagte ich und streckte ihm meine Hand entgegen. Er schaute mich prüfend an, schüttelte jedoch meine Hand und führte mich zurück zu seinem Büro, wo er die Tür aufschloss und mich hereinwinkte.

«Wir fangen morgens eigentlich erst gegen 10 Uhr an», sagte er in geschäftsmäßigem Ton. «Sind abends oft lange da, manchmal bis in den Morgen hinein. So, was kann ich für Sie tun?»

Amey war etwa Anfang fünfzig, mit etwas hohem, aber deutlichem Haaransatz. Er trug ein Tweed-Jackett und wirkte geradlinig und freundlich und wie jemand, der für Firlefanz keine Zeit hatte. Sein Gebaren hatte etwas Militärisches. Ich warf einen Blick auf seine Schuhe. Braunes Leder, schon länger in Gebrauch, aber blank poliert. In dem Häuschen hatte man die ursprüngliche Raumaufteilung beibehalten: ein schmaler Flur, kleine Zimmer und dicke Granitwände, die mehr Platz einnahmen, als moderne Architekten zugelassen hätten. Wir saßen in einem winzigen Büro, das bis auf die Briefe, die sich auf der mit ‹Eingehende Post› markierten Ablage stapelten, sehr ordentlich war.

«Ich war ein paar Tage nicht da», erklärte Amey, der meinem Blick gefolgt war. «Da sammelt sich immer ein bisschen was an. Ich weiß nicht, ob Sie im Bilde sind, was wir hier tun, aber wir versuchen, die Leute vor dem Gefängnis zu bewahren, selbst Wiederholungstäter. Wir versuchen, sie in einem Entzugsprogramm unterzubringen und ihr Leben zu verändern. Es ist ein ständiger Kampf. Wie irgendjemand angesichts einer solchen Mammutaufgabe auf den Gedanken kommen kann, wir hätten Zeit für die Feinheiten der Verwaltung, ist mir ein Rätsel, aber ...» Er brach ab und holte tief Luft. «Aber ich bin sicher, das ist nicht der Grund für Ihren Besuch.»

Ich legte los, erzählte ihm meine Geschichte und achtete darauf, Blickkontakt zu behalten. Dass er mich bloß nicht für zwielichtig oder gar verrückt hielt. Ich erzählte ihm, wie ich Paula Carmichaels Sturz mit angesehen hatte, von Adams Tod und meiner Überzeugung, dass die beiden Fälle zusammenhingen. Ich erzählte ihm, dass die Polizei meine Überzeugung nicht teilte, und auch, dass ich verdächtigt wurde, Adam umgebracht zu haben. Ich sagte, ich glaubte, er könne mir helfen, indem er mir Näheres über Paula Carmichaels Besuch während der Dreharbeiten zu ihrem Dokumentarfilm erzählte. Die Stimmung im Raum hatte sich im Laufe meiner Geschichte verändert. Amey sah jetzt grimmig aus, die Zähne zusammengebissen, der Mund schmal.

«Das meiste davon wusste ich bereits», sagte er, als ich schwieg. «Aber danke für Ihre Offenheit. Was genau möchten Sie wissen?»

«Ich glaube, dass hier etwas vorgefallen ist, das zum Abbruch der Dreharbeiten geführt hat», erwiderte ich. «Ich weiß, dass es irgendeine Art Zusammenstoß zwischen Suzette und Paula gab und dass Adam womöglich auch in irgendetwas verwickelt war.»

«Ich fürchte, ich kann Ihnen nicht mit diesen Interna dienen», sagte er. «Wenn es unter den dreien zu Auseinandersetzungen gekommen ist, dann hat das nichts mit unserer Arbeit hier zu tun.»

Ich nickte langsam und fragte mich, wie ich die Sache sonst angehen konnte. «Das ist mir klar», sagte ich behutsam, «aber es könnte doch sein, dass sich der Streit auf die Arbeit hier ausgewirkt hatte. Wie würden Sie Ihre Beziehung zu Suzette, Paula und Adam beschreiben?»

«Meine Beziehung zu ihnen beschreiben?» Amey lachte nervös auf, sah dann jedoch meinen Gesichtsausdruck, und das Lachen verschwand. «Was tut das denn zur Sache?»

«Nun ja», meinte ich leise, «zwei von ihnen sind jetzt tot.»

Amey zog die Augenbrauen hoch, nickte mir jedoch etwas steif zu und begann zu erzählen: «Unsere Arbeit hier ist von Grund auf delikat. Es ist ein ständiger Drahtseilakt, und ich glaube, das haben sie nicht verstanden.» Er hielt inne und ließ seine Worte einsinken. «Wir standen mit der Produktionsfirma in Kontakt und wussten, dass die Dreharbeiten hier nur einen kleinen Teil des Dokumentarfilms über Paula und ihre Organisation darstellten und wir nur als Beispiel dienten für die Arbeit eben dieser Organisation. Zunächst lief alles wunderbar. Ich mochte Paula Carmichael, und wir gaben ihrem Dokumentarfilm jede erdenkliche Unterstützung. Wir alle, einschließlich der Vorstandsmitglieder, waren der Meinung, dass mit Paulas Publicity auch die Zahl der Menschen zunahm, die zu helfen bereit sind. Organisationen wie den unseren ist diese Extraunterstützung sehr viel wert. Sicher, das Geld floss nicht in Strömen, aber seit Paula Carmichael mit von der Partie war, immerhin in Rinnsalen. Daher waren wir sofort bereit, etwas zu dem Film beizutragen. Zunächst.» Amey beugte sich auf seinem Stuhl nach vorn, stützte seine Ellbogen auf seinen Knien ab und presste die Fingerspitzen aneinander. «Es wurde viel gefilmt, viel geredet, viel interviewt. Paula war großartig, sodass es auf unserer Seite keinerlei Vorbehalte oder gar Animositäten gab. Dann wollte sie Interviews mit unseren Patienten machen. Wir fanden ein paar, die bereit waren, vor laufender Kamera über sich zu reden, und das lief meiner Meinung nach auch gut. Und dann ...» Er verzog das Gesicht und schaute weg. «Sosehr ich Ihnen helfen möchte, muss ich Sie jedoch bitten, das Nächste absolut vertraulich zu behandeln. Sie werden verstehen, warum. Ich komme Ihnen entgegen unter der Bedingung, dass Sie mir ebenfalls entgegenkommen.»

«Ich werde es versuchen, aber wenn es für einen Todesfall von Relevanz ist, dann ist es meine wie Ihre Pflicht, die Polizei zu informieren.»

Er starrte mich eine Minute lang an und dachte nach.

«Ich glaube wirklich nicht, dass es von Belang ist, also riskier ich es. Die Sache ist die: Paula kam zu mir und erklärte mir, sie müsse, um das Entsetzliche am Drogenmissbrauch rüberzubringen, jemanden beim eigentlichen Konsumieren der Droge filmen. Am besten jemanden, der jung und verletzlich ist, meinte sie. Ha!» Amey lehnte sich in seinem Stuhl zurück. «Ich war völlig fassungslos. Sie wusste genau, dass es Sozialarbeiter gibt, die zu Gefängnisstrafen verurteilt wurden, weil sie auf ihrem Gelände Drogenkonsum erlaubt hatten. Sie sagte, es müsse ja nicht auf unserem Gelände sein, aber wenn auch nur der Schimmer eines Verdachts aufgekommen wäre, dass wir an so etwas beteiligt waren, würde das unser Aus bedeuten. Ich weigerte mich also strikt. Ein solcher Skandal und alles, wofür wir gearbeitet haben, wäre ... Selbst meine Ehrenamtlichen wissen nicht genau, was vorgefallen ist. Sie wissen, dass Paula und ich ein Zerwürfnis hatten, und einige mögen eins und eins zusammengezählt haben. Aber was mich betrifft, so habe ich mich zumindest bemüht, diese Geschichte zwischen Paula und mir zu halten.»

Amey verstummte, doch ich ahnte, dass die Geschichte noch nicht zu Ende war.

«Aber schließlich haben Sie ihr doch geholfen, jemanden zu finden», versuchte ich, es aus ihm herauszukitzeln.

«Keineswegs», protestierte Amey. «Ich habe Ihnen doch gesagt: Ich habe mich strikt geweigert, irgendetwas damit zu tun zu haben, worauf Paula das Thema fallen ließ. Sie ist nie wieder darauf zu sprechen gekommen, aber die Atmosphäre war vergiftet, und, ehrlich gesagt, war ich froh, als sie abfuhren.»

Schweigend dachte ich über seine Worte nach. Offensichtlich hatte ich ihn beleidigt, offensichtlich bedauerte er, sich mir anvertraut zu haben, und konnte es kaum erwarten, dass ich mich verabschiedete. Doch ich mochte nicht akzeptieren, dass die Fährte hier endete.

«Würden Sie mir noch einen Gefallen tun?», bat ich ihn.

«Zuerst will ich wissen, ob Sie mir glauben», forderte er.

«Das tue ich», antwortete ich. «Aber es gibt etwas, was ich an der Sache nicht verstehe. Darf ich Ihnen etwas zeigen?»

Er nickte, blieb jedoch argwöhnisch.

«Gut.» Ich öffnete meine Tasche, holte meinen Laptop hervor, stellte ihn auf den Schreibtisch und schaltete ihn an. Ich klickte auf den entsprechenden Ordner und erklärte Amey, dass ich ihm jetzt Bildmaterial für den Dokumentarfilm zeigen würde. Er nickte. Ich hatte den Film auf ein Minimum geschnitten. Zunächst sah man die Szene mit dem Mann, den ich für Dan Stein hielt.

«Erkennen Sie diesen Mann?», fragte ich Amey.

«Ja, sicher», sagte er. Er sah angespannt aus.

«Wer ist das?»

Amey zuckte mit den Achseln, als wolle er sagen, das sei doch nicht wichtig, und machte dann ein undurchdringliches Gesicht. «Er ist ein freiwilliger Helfer. Vielmehr, er war es. Ned Sennet. Hat uns mit Publicity geholfen. Er ist ein phantastischer Fotograf, hat mehrfach Artikel über uns in der hiesigen Presse untergebracht und hatte gute Kontakte; wenn man also jemanden zur Eröffnung einer Benefizveranstaltung brauchte oder einen Redner nach einem Sponsorenessen, wandte man sich an Ned … Er war immer sehr hilfreich.»

Es klang wie ein Lob, doch Ameys Tonfall war missbilligend.

«Wo ist er jetzt?»

«Er hat uns vor ein paar Monaten verlassen, kurz nach dem Ende der Dreharbeiten. Ich weiß nicht, wohin er gegangen ist. Neulich hat mich schon mal jemand nach ihm gefragt …» Wieder verlor sich seine Stimme, und er schien abgelenkt.

«Okay, zurück zum Film.» Ich war ungeduldig. «Die nächste Szene folgt auf das ganze Material, das hier in Penzance gefilmt wurde. Im Film deutet nichts auf einen Ortswechsel hin, also gehe ich davon aus, dass sie sich hier abspielt.» Dieses Mal zeigte ich ihm die Sequenz, wo der Junge sich Heroin spritzt. Ich hatte sie so belassen, wie sie war, einschließlich des Fehlversuchs, der Kotzpause, des Fixens, des erschreckenden Krampfes und des plötzlich leeren Bildschirms. Während ich sie abspielte, hielt ich meinen Blick auf Ameys Gesicht gerichtet und beobachtete, wie er blass wurde und ihm der Unterkiefer heruntersackte. Solche Bestürzung hätte man nicht vortäuschen können.

«Sie kennen ihn», schlug ich vor.

«Wo kommt dieser Film her?», zischte Amey. «Was ist das?»

«Es ist der Dokumentarfilm, den Paula gedreht hat. Sie kennen den Jungen, nicht wahr?»

«Ich erinnere mich nicht an seinen Namen …» Amey brach ab, die Fäuste in seinem Schoß so fest geballt, dass die Knöchel weiß hervorstachen, und ich ließ ihm Zeit, seine Gedanken zu ordnen. «Aber ich bin mir fast sicher, dass es ein Junge ist, der vor etwa einem Jahr einmal zu uns gekommen ist. Vielmehr sein Freund hat ihn zu uns gebracht. Er war heroinsüchtig – wenn ich mich recht entsinne, war er gerade vom Schnupfen zum Spritzen übergegangen – und war wegen Einbruchs bei der Polizei aktenkundig geworden. Sein Freund brachte ihn hierher, weil er hoffte, wir könnten ihn von der Sucht abbringen. Ich habe mit ihm über seine Möglichkeiten gesprochen. Ein trauriger Fall. Es war offensichtlich, dass er seinem Freund gefallen wollte und mit seinem derzeitigen Leben nicht glücklich war. Er tat mir Leid, aber ich wusste, dass er noch lange nicht an dem Punkt war, wirklich etwas ändern zu wollen. Es hat mich nicht verwundert, als ich ihn nicht wiedersah, und ...», Ameys Stimme war ernst, «es hat mich auch nicht weiter verwundert, als ich einige Monate später sein Bild in der Zeitung sah und las, er sei an einer Überdosis Heroin gestorben.»

32

AM NACHMITTAG machte ich mich in der Bibliothek neben Morrab Gardens an die Arbeit. Michael Amey und ich waren bereits seine Akten durchgegangen. Er war sich sicher, den Artikel ausgeschnitten und abgeheftet zu haben: Zum einen betraf der Tod des Jungen die Arbeit des Zentrums, zum anderen war er besonders bestürzend, weil der Tote so jung gewesen war. Zuerst wollte Amey nicht glauben, dass sein Ablagesystem nicht perfekt war, doch als er den Ausschnitt nirgends finden konnte, musste er sich schließlich irritiert und besorgt geschlagen geben. Mir kam die Frage etwas dumm vor, aber ich stellte sie trotzdem:

«Hatte Ned Sennet je Zugang zu Ihren Akten?»

Amey kratzte sich am Kopf. «Kann sein, dass er ein- oder zweimal irgendwas am Computer erledigen musste», antwortete er. Ich ahnte, wie sehr ihn diese unpräzise Antwort wurmen musste. Es war ein Hohnlachen auf seine Kontrollsucht.

Er wirkte tief besorgt, als ich mich verabschiedete. Amey meinte, der Junge sei etwa zur selben Zeit gestorben wie der Dokumentarfilm, doch da er die beiden Ereignisse nie miteinander in Verbindung gebracht hatte, war er sich nicht ganz sicher. Auch war er sich nicht hundertprozentig sicher, dass es derselbe Junge war. Schließlich war es nur ein Foto aus einer Zeitung, das er gesehen hatte, grobkörnig, zweidimensional und höchstwahrscheinlich veraltet. Dennoch traute ich seinem Instinkt ebenso, wie ich dem meinen im Falle von Dan Stein alias Ned Sennet traute.

Als ich den Jungen entdeckte, in einer Ausgabe des West Penwith Herald, die zwei Tage nach Paula Carmichaels vorzeitiger Abreise von Penzance erschienen war, wusste ich, dass Amey richtig gelegen hatte. Aus der Zeitung erfuhr man nicht, woher das Foto stammte, aber ich vermutete, dass es das Sozialamt oder die Polizei zur Verfügung gestellt hatten. Das Bild zeigte einen mürrisch dreinschauenden Teenager, dem der Kragen um seinen dürren Hals welk hinunterhing, mit abstehenden Ohren und eingesunkenen Wangen. Kein Zweifel, es war derselbe Junge. Der Bericht zu dem Foto war kurz und prägnant.

> Der achtzehnjährige Sean Morris starb gestern an einer tödlichen Dosis Heroin. Gegen drei Uhr nachmittags reagierte der Notdienst auf den anonymen Notruf einer Frau und fuhr zu einem leer stehenden Gebäude in Newlyn, wo sie Sean Morris jedoch bereits tot vorfanden. Sean Morris war wegen Diebstahls und Drogenmissbrauchs vorbestraft. Er ist der achte Drogentote unserer Grafschaft in diesem Jahr und der jüngste.

Ich durchsuchte die Ausgaben der folgenden Tage und Wochen, bis ich auf einen kurzen Untersuchungsbericht des Gerichtsmediziners stieß. Sean Morris, so der Bericht, starb an einem plötzlichen Krampfanfall und einem Lungenödem, verursacht durch Spritzen unreinen Heroins nach Alkoholexzess. Als man ihn fand, saß die Nadel noch in der Vene. Er wies einen sehr hohen Alkoholspiegel auf. Er war untergewichtig und litt außerdem an den Nachwehen einer heftigen

Grippe. Der Gerichtsmediziner empfahl eine Untersuchung durch die entsprechenden Behörden. Das war der letzte Hinweis zum Tod des Jungen, den ich fand.

Die Entdeckung erfüllte mich mit rastloser Energie. Ich kopierte die beiden kurzen Artikel und verließ dann die Bücherei. Draußen hatte sich die Brise zu einem Sturm ausgewachsen. Der Himmel war dunkel, Regen peitschte herab. Ich stieg ins Auto und fuhr die Küste entlang, doch mich hielt es nicht lange im Wagen, trotz des Unwetters. Ich musste mich bewegen, musste nachdenken. Ich parkte gegenüber einem Busbahnhof, stemmte mich gegen den Wind, um über eine Holzbrücke auf die andere Seite der Bahngleise zu gelangen, und erreichte einen Pfad, der oberhalb des Strandes entlangführte. Zu meiner Rechten erstreckte sich die Bucht des Burgfelsen, bis hin zu den niedrigen Dächern, Kuppeln und Türmen von Penzance. Zu meiner Linken lag die winzige Ortschaft Marazion. In der Bucht selbst ragte die Burg mittelalterlich aus den Wellen empor. Es herrschte Ebbe, die weite Sandebene erstreckte sich, nass und glänzend, bis zum schieferfarbenen Wasser, der Horizont markierte den Übergang zu einem bedrohlichen Himmel. Ich atmete tief ein, füllte meine Lungen mit der guten feuchten Luft, schloss die Augen und überließ mich ganz dem Wind, der an mir zerrte, mir das Haar ins Gesicht peitschte, während ich über meine neuesten Erkenntnisse nachdachte. Ich hatte Recht gehabt. Zwischen Paulas und Adams Tod gab es einen Zusammenhang, und den hatte ich entdeckt. Ich marschierte los, den Pfad entlang, ich musste mich bewegen, musste das Adrenalin, das durch meine Adern strömte, abarbeiten.

Langsam konnte ich rekonstruieren, was passiert war. Suzette hatte Angst, dass ihr Dokumentarfilm ein Reinfall würde. Bisher hatte sie lauter nette Freiwillige und willige Einrichtungen gefilmt, ganz viel Schulterklopfen für Paula

Carmichael, deren Heiligenschein sie misstraute. Suzette wollte etwas Handfestes, ein Abbild der hässlichen Wirklichkeit.

«Paula», hörte ich sie sagen, «auf dich hören die Leute. Du bist diejenige, die die Dinge möglich machen kann. Ich brauche mehr als das. Ich brauche etwas visuell so Schockierendes, dass unsere Zuschauer wirklich auffahren und richtig hinsehen und sich sagen: ‹Mein Gott, das ist ja grauenhaft, da muss ich etwas tun.›»

Und Paula wollte den Dokumentarfilm, natürlich wollte sie ihn, er war unendlich wichtig für ihre Bewegung. Sie hatte Berge versetzt, jetzt brauchte sie Publicity. Und sie hatte schon viel Zeit in das Projekt gesteckt. Vielleicht war ihr nicht ganz wohl bei der Sache, aber Suzette war vom Fach. Wenn Suzette meinte, es sei notwendig, dann war es notwendig.

Dann wird mein Bild ein wenig verschwommener. Amey sagte, er wollte damit nichts zu tun haben. Vermutlich hatte sich Sennet/Dan in diesem Stadium eingeschaltet und seine Hilfe angeboten. Ich kenn einen Typen, der einen Typen kennt ... Er benötigte etwas Cash, um die nötige Überzeugungsarbeit leisten zu können. Suzette war darüber nicht gerade glücklich, aber wenn sie nur so an ihr Filmmaterial kam ... Vielleicht brauchte er auch Geld für Drogen ... Suzette wollte gar nicht erst wissen, wo das Heroin herkam. Wahrscheinlich wollte sie noch nicht einmal dabei sein, wenn sie den Jungen filmten. Vielleicht machte Sennet die ganze Sache allein. Er wusste, dass der Junge ein Grünschnabel ist, dass der Junge getrunken hatte, dass er krank war; er wusste, dass er das Geld nötig hatte und ihn nach der Droge gierte. Suzette glaubte, sie kaufte sich einen alten Hasen, einen hart gesottenen Fixer. Wenn sie vor Ort gewesen wäre, wenn sie ihn gesehen hätte, bestimmt hätte sie Einhalt geboten. Aber warum hatte Paula das, was dann passierte, nicht verhindert?

Und inwieweit war Adam eingeweiht? Vier Menschen, durch Schuld geeint. Zwei von ihnen tot, eine vermisst.

Tief in Gedanken versunken, verlor ich jedes Zeitgefühl. Am Strand war keine Menschenseele zu sehen, ich war ganz allein. Der Himmel wurde düster, aber der Wind hatte nichts an Kraft eingebüßt. Allmählich drangen Nässe und Kälte, der Strand und die Eisenbahnschienen wieder in mein Bewusstsein. Dann, plötzlich, eine Stimme von hinten:

«Na, wie klein doch die Welt ist.»

Ich schreckte zusammen, drehte mich um, wusste bereits, wer mir da gefolgt war.

Dan Stein alias Ned Sennet stand unmittelbar hinter mir.

Einen Augenblick lang rang ich nach Worten. Ich wollte ihn zur Rede stellen, die Wahrheit von ihm wissen, aber ihm stand der Sinn nicht nach Worten. Er nutzte mein kurzes Zögern, um direkt auf mich zuzugehen, sodass mir nichts anderes übrig blieb als zurückzuweichen, den Pfad zu verlassen.

Er grinste mich an, leckte sich den Regen von den Lippen. Er trug eine Jogginghose und eine schwarze Regenjacke, deren Kapuze er über seinen Bürstenschnitt gezogen hatte. Bisher hatte ich ihn nur in dem Einheitslook mit Stoffhose und Hemd gesehen, der jeden Mann gleich aussehen ließ. Jetzt erst fiel mir auf, wie groß und athletisch er war. Wir waren beide bis auf die Haut durchnässt.

«Was für ein Zufall, dass ich dich hier treffe», brüllte er gegen den Sturm an. Er kam immer näher, und als ich noch einen Schritt zurückwich, stieß ich mit den Waden an den niedrigen Drahtzaun hinter mir. Ich schwankte und spürte, wie der Drahtzaun nachgab. Hinter mir fiel die Böschung schroff ab bis zu den Bahngleisen.

«Bist du sicher, dass du nichts mit mir anfangen willst?», brüllte er grinsend. Über dem Tosen des Sturms bemerkte ich plötzlich noch ein anderes Geräusch, das Rattern eines herankommenden Zuges. Dan beugte sich vor, sodass ich mich noch weiter zurücklehnen musste, um eine Berührung mit seinem Körper zu vermeiden, er schürzte die Lippen und lachte, als ich den Kopf wegdrehte. Der Zug kam immer näher, ich zog mein Knie hoch, wollte es ihm in die Eier rammen, doch er sprang zurück, bevor es ihn traf, und ich verlor das Gleichgewicht. Ich rutschte. Das Donnern des Zuges war jetzt ganz nah, das Entsetzen auf dem Gesicht des Fahrers deutlich erkennbar. Ich warf mich nach vorn, weg von den Gleisen. Der Zug raste vorbei.

«Ich weiß, was mit dem Jungen passiert ist», schrie ich Dan durch den Regen an. Meine Wut war stärker als meine Angst.

Er sah kurz weg, brüllte dann zurück: «Das mit dem Jungen war ein Fehler, vergiss ihn. Aber vergiss nicht, was mit Paula passiert ist.» Er kam mir wieder näher, doch dieses Mal wich ich nicht zurück. Er trat ganz nah an mich heran, doch ich wankte nicht. Ich hatte mich entschlossen. Nicht wegrennen wollte ich, sondern kämpfen.

«Du wirst mich nie finden», sagte er, sein Mund ganz nah an meinem Ohr, «aber ich, ich werde dich immer finden.»

Ich spürte seine Zunge in meinem Ohr und schlug ihm fest ins Gesicht. Er lachte, trat einen Schritt zurück.

«Was machst du eigentlich hier?», brüllte ich.

«Denk an Paula», las ich von seinen Lippen. Er wandte sich grinsend ab und ging davon. Ich folgte ihm, fing an zu rennen, als er davon joggen wollte. Wir rannten Richtung Burgfelsen, doch der Regen wurde dichter, der Himmel fast schwarz, Dan gewann an Vorsprung, zog an, war kaum noch zu erkennen in dem Sturzregen. Plötzlich gabelte sich der Pfad, und er war verschwunden. Ich beugte mich vor, stützte mich auf den Knien ab, keuchte. Mir zitterten die Beine, mir hämmerte das Herz, ich war durch und durch nass.

Oben in der Stadt, fern vom Ufer, fand ich ein offenes Café. Ich war der einzige Gast. Die Kellnerin, eine junge Frau mit blonden Strähnchen und einem engen rosafarbenen, bauchfreien T-Shirt, schaute mich entsetzt an, als ich triefnass zwischen ihren weiß gedeckten Tischen stand.

«Sind Sie vom Regen überrascht worden?», fragte sie voller Mitgefühl.

Ich nickte. Dass ich nicht nur vom Regen, sondern auch von einem vermutlichen Mörder überrascht worden war, wollte ich zunächst für mich behalten.

«Das Wetter ist aber auch wirklich grässlich, ich hol Ihnen ein Handtuch», sagte sie und verschwand, während ich stehen blieb, nicht wagte, mich auf die hell bezogenen Stühle zu setzen. Ich kramte mein Handy hervor, doch die Batterie war leer.

Nachdem die Kellnerin mir ein Handtuch gegeben, ich mich, so gut es ging, abgetrocknet und ihr ausgiebig gedankt hatte, bestellte ich einen Kaffee und bat sie, ihr Telefon benutzen zu dürfen.

Ich rief zu Hause an, Carol hob ab. Sie berichtete mir, den Kindern gehe es gut, Jane ebenfalls, obwohl sie am Tag zuvor Hannah die frische Windel falsch herum angezogen und sich den Inhalt der alten Windel an ihren Rock geschmiert hatte. Jane, Carol und meine Mutter schienen die Kinderbetreuung gut zwischen sich aufgeteilt zu haben. Carol übernahm die Tagesschicht, meine Mutter die Nachtschicht, und Jane war als Springer und eher für logistische Dinge wie Einkaufen zuständig. «Sie muss das Gefühl haben, gebraucht zu werden», vertraute mir Carol an. Die Kinder waren auch ohne mich fröhlich, und als ich kurz mit ihnen sprach, brachen sie nicht in Tränen aus. Bevor ich aufhängte, schärfte ich Carol ein, wie wichtig es sei, keinem Fremden die Tür zu öffnen.

Zu wissen, dass zu Hause alles in Ordnung war, gab mir

neue Kraft. Ich rief Amey an, um ihm mitzuteilen, dass er Recht gehabt hatte, dass der Junge auf dem Video identisch war mit dem aus der Zeitung. Doch davon war er ohnehin ausgegangen.

«Sie müssen sofort vorbeikommen», sagte er mit gepresster Stimme. «Hier ist jemand, mit dem Sie reden müssen.»

Amey wartete in seinem Büro auf mich; bei ihm war eine junge Frau, schlank und attraktiv, mit schwarzem Haar, das sie in einem Pferdeschwanz trug, und mit schwerem Silber an Ohren und Fingern. Sie saß vor Ameys Schreibtisch und sah angespannt aus. Amey selbst stand versteinert daneben.

«Becky ist meine Assistentin», sagte er kurz. Ich nickte ihr zu, sie erwiderte den Gruß, doch Amey war nicht nach Höflichkeitsfloskeln zumute. «Ich habe sie schon vor Tagen gefragt, ob sie Ned gesehen habe, und sie verneinte es. Jetzt erzählt sie mir, sie habe mit ihm fast täglich ...»

«Mike, du hast mir erzählt, dass jemand nach ihm sucht, und mich dann gefragt, ob ich ihn gesehen habe», wehrte sich Becky. «Ich habe dir gesagt, ich hätte ihn nicht gesehen, weil ich ihn tatsächlich nicht gesehen *habe*. Ich habe nur mit ihm telefoniert. Ich wusste nicht, wo er war.»

«Warum um alles in der Welt hast du mir nicht einfach seine Nummer gegeben?»

«Das weiß ich nicht, ich hab nicht nachgedacht ... Erst heute, als du erzählt hast, es gibt da eine Verbindung zu dem toten Jungen, ist mir klar geworden, wie wichtig es ist. Ich dachte, du seiest nur sauer, weil er einfach abgehauen ist.»

Ameys Gesicht färbte sich daraufhin lila. Er war entsetzt über ihre Dummheit. Doch ich kaufte ihr die Story nicht ganz ab. Amey wollte sie schon mit Vorwürfen überschütten, als ich ihm bedeutete, sie mir zu überlassen, worauf er schwieg. Ich wandte mich an Becky.

«Ned hat dir doch sicher gesagt, dass du niemandem seine Telefonnummer geben sollst, oder?»

Becky schaute mich durchdringend an und antwortete nicht.

«Wart ihr zwei ein Paar?», fragte ich sie.

Ihr kurzes Nicken war kaum wahrnehmbar.

«Und er hat dir gesagt, er wolle weiter mit dir zusammen sein?»

Wieder nickte sie.

«Aber er wollte sonst von niemandem hören, nur von dir?»

«Er fühlte sich hier ausgenutzt.» Becky starrte Amey vorwurfsvoll an. «Alle wollten immerzu etwas von ihm, weil er so gut war. Er wollte keinen Kontakt mehr mit den Leuten hier, nur mit mir.»

«Und deshalb hast du gelogen, als Mike dir erzählte, jemand suche nach Ned.»

«Ich habe Mike gesagt, ich wisse nicht, wo er ist», sagte Becky. «Und das war keine Lüge. Aber ich habe Ned davon erzählt. Ich habe ihm genau gesagt, was Mike mir mitgeteilt hatte, dass ein Journalist vom West Penwith Herald ihn wegen irgendeines Jungen ausfindig machen wollte. Ned sagte, er wolle mit Journalisten nichts zu tun haben und ich solle niemandem verraten, wie er zu erreichen sei.»

Ich wandte mich an Amey.

«Ein Journalist hat ihn gesucht?», verlangte ich zu wissen. «Vom West Penwith Herald?»

«Ein Neil Bovin. Ich habe mir nichts weiter dabei gedacht», verteidigte sich Amey.

«Hat er gesagt, was er von Ned wollte?»

Amey seufzte. Seit dem Morgen war er um gut zehn Jahre gealtert. «Also gut: Als ich ihm sagte, dass Ned nicht mehr für uns arbeitet, wollte er wissen, ob es irgendein Problem mit ihm gegeben habe, und fragte, ob Ned mit Drogen gedealt hätte. Da es in der Richtung niemals auch nur den leisesten Hinweis gegeben hatte, habe ich ihm, fürchte ich, relativ unverblümt meine Meinung gesagt. Allerdings habe ich versucht, die Produzentin anzurufen, diese Milner, weil ich dachte, sie wisse vielleicht, wo Ned zu erreichen sei. Es mag sein, dass ich ihr von den Vorwürfen des Journalisten erzählt habe, ich fand die Anschuldigung einfach sehr beunruhigend, aber sie wusste auch nicht, wo er war. Dann beschloss ich, dass ich genug getan hatte.»

Ameys Gesicht hatte sich gerötet, als finde er, er hätte mehr tun sollen, um Ned ausfindig zu machen, oder hätte mir gegenüber zugeben sollen, auf Neds Umtriebe aufmerksam gemacht worden zu sein. Doch so oder so änderte das nichts an dem, was geschehen war. Sean Morris war bereits tot.

«Dieser Journalist hat mich ebenfalls angerufen», meldete sich Becky leise zu Wort. «Ich habe ihm gesagt, ich wisse nicht, wo Ned sei, aber er hat mir auch nichts vom Dealen erzählt, sonst hätte ich etwas gesagt.»

«Himmel noch mal», explodierte Amey, «ist da vielleicht noch jemand, von dem wir wissen sollten?»

«Die Frau vom Fernsehen», sagte Becky, «die Blonde. Sie hat mich auch angerufen und nach Ned gefragt. Ich habe ihr das Gleiche wie dem Journalisten gesagt.»

«Aber Sie haben Ned von dem Anruf erzählt», soufflierte ich.

«Ich habe Ned davon erzählt», gab sie zu. «Er hat gesagt, er würde sich drum kümmern.»

Amey fuhr mit mir zu einem Pub in Newlyn, wo wir uns mit dem Journalisten vom West Penwith Herald verabredet hatten. Ich war noch nass vom Regen. Vor allem meine Füße in den durchweichten Stiefeln waren eiskalt. Ameys zunehmende Verärgerung hing in der Luft.

«Arbeiten Sie immer so?», zischte er mich schließlich an, unfähig, sich länger zurückzuhalten.

«Ich habe keine Ahnung, wovon Sie reden.» Wir hielten an einer Ampel an, und er funkelte mich kurz an.

«Ich meine Sie Journalisten. Gehört das zu Ihrem Geschäft, einen Jungen dazu zu bringen, sich vor der Kamera umzubringen? Mit anderer Leute Leben zu spielen?»

«Natürlich nicht. Irgendwas ist da schief gelaufen.»

Ich starrte aus dem Fenster.

«Schief gelaufen?» Er war wütender denn je. «Sean war ein netter Junge mit einem furchtbaren Leben. Leute wie Sean nehmen Heroin, weil es ein Schmerzmittel ist. Da ist nichts Verwerfliches dran, das ist einfach ihre Art, ihrem Elend kurzfristig zu entkommen. Die Dealer, die fahren ordentlich Gewinn ein, indem sie das Zeug mit Rohrfrei oder Zementstaub oder Saucenpulver strecken. Und dieses Gift spritzen sich die Kinder dann in die Adern. Die Regierung will damit nichts zu tun haben und kriminalisiert jeden in der Szene, einschließlich Kinder wie Sean. Und dann kommt so eine arrogante Wohltätigskeitstusse daher und sagt, spritz dir doch bitte noch ein bisschen was, ich hätte gern ein schönes Bild. Und Sie wollen mir erzählen, dass etwas schief gelaufen ist? Wenn Sie mich fragen, ist das praktisch Mord.»

Ich schaute schweigend hinaus auf das wütende Meer. Wenn Paula oder Adam die Sache doch nur angezeigt hätten. Wenn sie doch nur gestanden hätten, was passiert war. Aber Sean war tot. Ihre Karrieren wären ruiniert gewesen. Ich wollte so gerne eine Entschuldigung für sie finden, aber es gab keine.

«Sie haben Recht», sagte ich schließlich.

Neil Bovin wartete bereits mit einem Bier in der Hand im Pub auf uns. Es war noch früh am Abend, sodass der Laden leer war. Als er uns sah, trank er sein Glas aus, drückte die Zigarette aus und stand auf.

Händeschüttelnd stellten wir uns vor. Bovin sah aus wie ein Surfer: braun gebrannt, schulterlanges blondes Haar. Er hatte haselnussfarbene Augen und schien für Ameys offensichtliche Beunruhigung nichts als Verachtung zu empfinden. Aber er war Journalist genug, es nicht allzu deutlich werden zu lassen. Er hatte eine Story gewittert und wusste, wie man sie bekommt.

Ich wäre vorsichtiger gewesen in dem, was ich gesagt hätte, doch Amey platzte einfach mit der ganzen Geschichte heraus. Während er erzählte, was wir wussten oder zu wissen meinten, saß ich schweigend dabei und hörte zu. Meine Loyalität gegenüber Suzette oder Paula hatte sich in Abscheu verwandelt.

«Was wir von Ihnen wissen müssen», schloss Amey, «ist, wie Sie auf Ned Sennet gekommen sind.»

Bovin spitzte die Lippen und warf mir ein schmales Lächeln zu.

«Ich würde Ihnen gerne jemanden vorstellen», sagte er, «aber erst brauche ich von Ihnen, Robin, die Zusage, dass ich die Story zuerst bringen kann. Denn ohne das, was ich Ihnen zeigen werde, haben Sie keine Story.»

Ich starrte ihn an.

«Ich habe kein Interesse daran, diese Geschichte für wen auch immer zu Papier zu bringen. Darum geht es hier nicht.»

Er zog die Augenbrauen hoch. «Ich dachte, Sie wären Journalistin», sagte er und erhob sich, «aber mir soll's recht sein. Sie übernehmen die Ermittlungen, ich die Berichterstattung. Das kommt bestimmt in die überregionale Presse. Auf geht's.»

Bovin führte uns an den Rand der Kleinstadt, zu einer Straße von betonverkleideten Reihenhäusern.

Im Gänsemarsch marschierten wir drei zur Haustür eines dieser Häuser, dem einzigen, dessen Vorgarten wild wuchernden Pflanzen überlassen worden war. Dank eines nahrhaften Bodens und ausreichender Sonne und Regens hatte sich diese winzige Fläche in einen Dschungel verwandelt. Die Fenster des Hauses waren zugebrettert, die Klingel hing lose aus der Wand, die Drähte lagen frei. Von drinnen drangen Stimmen einer Radioshow heraus. Bovin hämmerte gegen die Tür und rief:

«Kenny, ich bin's, Neil.»

Das Radio verstummte, und wenig später ging die Tür auf. Auf der Schwelle stand ein Junge, das Gesicht von Akne gezeichnet, mit nackten Füßen.

«Komm rein», nuschelte er.

Amey flüsterte mir ins Ohr: «Das ist der andere Junge, der Freund.»

Wir gingen an dem Jungen vorbei in einen Raum, in dem nur ein Sessel und ein Fernseher standen. Ihr Zustand verriet, dass sie vom Sperrmüll stammten. Es roch nach Zigaretten, Schweißfüßen und Pommes.

Da es keine Sitzgelegenheit für uns alle gab, blieben wir stehen, auch Kenny stellte sich zu uns, vervollständigte den Kreis. Er schien unbeeindruckt von seinen Besuchern und langte in seine Hosentasche, um eine Packung Zigaretten und Streichhölzer hervorzuholen.

«Es geht um Sean …», erklärte Neil ihm. Kenny unterbrach ihn. «Ich weiß», sagte er.

«Ich möchte, dass du ihnen erzählst, was du mir erzählt hast», sagte Neil.

Während Kenny sich gemächlich eine Zigarette anzündete, studierte er Amey von oben bis unten. Es war eine eingehende Begutachtung: Gesicht, Kleidung, allgemeine Haltung, nichts wurde ausgelassen.

«Hallo, so trifft man sich wieder», sagte er schließlich. Amey nickte.

«Sean war ein Schulfreund von mir», fing Kenny an zu erzählen, und dabei fiel auf, dass er eine angenehme Stimme hatte, der man gerne zuhörte, tief und bedächtig, mit der gleichen Betonung der Vokale, wie ich sie bei meiner Wirtin Becky schon wahrgenommen hatte. «Er steckte immer in Schwierigkeiten, musste immer mal wieder eine Jugendstrafe absitzen, und als er das letzte Mal entlassen wurde, ist er bei mir eingezogen. Sein Vater wollte nichts mit ihm zu tun haben. Sowie er draußen war, fing er an zu trinken und jede Menge Drogen zu nehmen, was immer er in die Finger bekam. Als er mit dem Fixen anfing, habe ich ihn zu dir gebracht», Kenny nickte in Ameys Richtung, «aber er hat nicht auf mich gehört. Dann ist er auch noch krank geworden. Ich bin mit ihm zum Arzt gegangen, und der hat gesagt, dass es ein Virus war, so was wie Drüsenfieber, aber Sean fand's langweilig zu Hause im Bett. Ich hatte etwas Geld von einem Job, und so sind wir eines Abends in den Pub gegangen. Sean jammerte rum, dass er so gerne einen Fix hätte, und ich bat ihn, leiser zu sprechen, aber dann kam dieser Typ und hat uns angequatscht. Mir war er nicht ganz geheuer, aber Sean hat er erzählt, dass er in einem Drogenzentrum arbeitet und beschaffen kann, was auch immer Sean will. Er nannte sich Ned. Sean war super happy. Die beiden fingen an, miteinander zu flüstern, und ich wusste, dass sie sich gerade verabredeten, aber ich wollte nichts davon wissen. Am nächsten Tag ging Sean aus dem Haus, wollte mir aber nicht sagen, wo er hinging. Als er zurückkam, war er high und kränker denn je. Am nächsten Tag zog er wieder los, aber dieses Mal kam er nicht zurück. Kurz darauf haben sie ihn gefunden.»

«Warum hast du nicht die Polizei eingeschaltet?», wollte ich wissen.

«Mit denen will ich nichts zu tun haben», erwiderte er mit derselben Offenheit, mit der er seine Geschichte erzählt hatte.

«Dafür hat er versucht, mich zu erreichen», schaltete sich Neil Bovin ein. «Er hat bei der Zeitung angerufen und wollte mit jemandem über einen Drogentod reden. Er wurde zu mir durchgestellt, aber ich war gerade beschäftigt und hatte das Gefühl, dass er nur ein Drogi war mit irgendeiner Herzschmerzgeschichte. Als ich mich schließlich doch mit Kenny traf und die Geschichte erzählt bekam, hörte sie sich ziemlich plausibel an, also habe ich versucht, sie zu überprüfen. Ich habe Sie angerufen», er deutete auf Amey, «weil dieser Ned behauptet hatte, in einer Drogenreha zu arbeiten. Und Sie wussten ja offensichtlich auch, wer er war. Nachdem Sie mich jedoch abserviert hatten, wollte ich über Becky Näheres erfahren, aber sie hat total dichtgemacht.»

Für einen Augenblick schwiegen wir.

«Na ja, dafür hat Ned mich jetzt ausfindig gemacht», meinte Kenny in die Stille hinein. «Gestern Abend. Er hat mir Geld gegeben.» Aus der Tasche seiner Jeans fischte er fünf Zwanzigpfundnoten heraus. «Sagte mir, dass er Sean seit dem Abend im Pub nicht mehr gesehen habe. Täte ihm leid, dass er tot ist, und übrigens, hier hast du ein bisschen Cash. Er wollte bald mal wieder vorbeikommen, und wenn ich Glück hätte, käme er dann wieder mit etwas Cash. Aber er hätte gehört, dass ich mit einem Journalisten geredet hätte, das sollte ich doch besser bleiben lassen, man könnte mich missverstehen. Und ich wüsste ja auch, was mit Sean passiert ist, als er sich mit Journalisten eingelassen hatte.»

«Er hat dich bedroht?»

«Nicht direkt. Er hat nur immer wieder gemeint, wie schade es doch sei, wenn sich junge Menschen auf die Medien einlassen würden und dann an einer Überdosis sterben und es die Polizei total kalt lässt.»

«Der Typ hat dich also bedroht, und dann hast du sein Geld genommen?» Bovin wollte die Fakten für seine Story.

«Ich bin schlauer als Sean», sagte Kenny. «Ich hab ihm sogar gedankt.»

33

ES WAR NACH NEUN, als ich Bettys Pension erreichte. Sie begrüßte mich wie eine alte Bekannte, sah mir jedoch an, dass ich keine Lust auf eine Unterhaltung hatte. Mein einziger Gedanke galt Finney. Das Bedürfnis, ihn anzurufen, war so dringend, dass mich auch die Vorstellung unseres letzten Zusammentreffens nicht mehr davon abhielt. In meinem Zimmer angekommen, leerte ich den Inhalt meiner Reisetasche auf dem Bett aus und fluchte, als ich merkte, dass ich das Aufladegerät für mein Handy vergessen hatte.

Ein Telefon gab es in dem Zimmer nicht, und so lief ich die Treppe hinunter und entdeckte schließlich eins im Aufenthaltsraum. Von Betty erstand ich die nötige Telefonkarte. Sie ließ meine zitternde Hand, die ihr das Geld reichte, unkommentiert, fragte lediglich, ob ich schon etwas gegessen hätte. Ich schüttelte den Kopf. Zwar war ich schrecklich hungrig, doch vor allem war mir fast übel vor Sorge. Mir war schwindlig und zitterig zumute, Essen schien mir in dem Moment nicht so wichtig.

Ich kehrte in den Aufenthaltsraum zurück und wählte. Ich würde Finney anrufen, doch zunächst musste ich Suzette noch eine letzte Chance geben. Nacheinander probierte ich es unter sämtlichen Telefonnummern, unter denen Jane und ich schon einmal versucht hatten, Suzette zu erreichen, einschließlich der ihres zunehmend verärgerten Ex-Mannes in Australien, doch ich hatte Pech. Selbst Maeve rief ich zu Hause an. Sie hatte gerade Besuch zum Abendessen und war kurz angebunden. Nein, sie wisse nicht, wo Suzette sei, habe sie seit Wochen nicht mehr gesehen. Was, konnte ich sie förmlich denken hören, musste sie mich mit so etwas behelligen? Auch Jane versuchte ich zu erreichen, doch bei ihr war besetzt. Bei Terry hatte ich mehr Glück. Er klang sogar freudig überrascht, von mir zu hören, doch auch er hatte Suzette nicht gesehen.

«Ist alles okay?», fragte er. «Du klingst ein wenig außer dir.»

Ich atmete tief durch. Jetzt war nicht der geeignete Zeitpunkt, blanke Nerven zu zeigen.

«Alles in Ordnung, Terry.»

«Dürfte ich dich irgendwann zum Essen einladen? Ich muss mich, glaube ich, bei dir entschuldigen … Jane hat mir ordentlich die Leviten gelesen, und zwar zu Recht. Ich fürchte, meine Reaktion auf die Situation war etwas daneben.»

«Natürlich kannst du mich zum Essen einladen, Terry», sagte ich und spürte, dass es mir schon besser ging, trotz allem.

Zuletzt rief ich Suzettes Mutter an. Ich hatte sie nicht unnötig beunruhigen wollen, doch jetzt blieb mir nichts anderes übrig. Sie klang abwesend, und ich war mir nicht sicher, wie viel von dem, was ich sagte, zu ihr durchdrang. Sie schien auch nicht genau zu wissen, wo Suzette steckte, war jedoch nicht besorgt.

«Suzette ruft mich jede Woche an», erklärte sie mir. «Ich bin sicher, sie würde mir sagen, wenn etwas nicht stimmt.»

Ich fragte, wann sie zuletzt mit Suzette gesprochen hatte, doch obgleich sie mir keinen Tag nennen konnte, hörte ich heraus, dass ihr letztes Gespräch mindestens eine Woche zurück lag, wenn nicht noch länger.

«Möchten Sie eine Nachricht hinterlassen? Dann kann sie Sie zurückrufen», sagte sie.

Ich schloss die Augen. «Das wäre nett.» Ich hinterließ meinen Namen und die Nummer des Hotels, jedoch ohne große Hoffnung.

Nachdem ich aufgelegt hatte, drehte ich mich um und entdeckte, dass Betty mir eine Schüssel dampfende Suppe mit einem Brötchen auf den Tisch gestellt hatte. Betty saß in einem bequemen Sessel, hatte die Füße hochgelegt und die Fernbedienung in der Hand. Sie schaute Nachrichten, hatte den Apparat jedoch leise gestellt.

Dankbar lächelte ich ihr zu und machte mich über die Suppe her. Es war eine Champignoncremesuppe aus der Dose, jedoch eine von der besseren Sorte. Das Brot war frisch und warm, die Butter zerschmolz sofort auf dem weichen Teig. Schweigend widmete ich mich dem Essen, sorgte dafür, dass mein Kreislauf ein paar Nährstoffe erhielt.

«Danke», sagte ich schließlich und wischte mir den Mund mit der Serviette ab. «Das war bitter nötig.»

«Das habe ich mir gedacht.» Sie nickte zufrieden.

Ich wandte mich wieder zum Telefon, zögerte, doch Betty machte keine Anstalten, den Raum zu verlassen. Ich rief zu Hause an, doch es war besetzt. Aus irgendeinem Grund wollte ich mich Betty gegenüber erklären.

«Ich wollte hören, wie es den Kindern geht», erzählte ich ihr. «Aber ich komme nicht durch.»

«Die armen Würmchen. Sie müssen sie ganz schön vermissen.»

Ich nickte. Zögerte. Die Frage platzte aus mir heraus.

«Sie wissen, dass ich die Frau aus der Zeitung bin, nicht wahr?»

«Natürlich weiß ich das, Liebes.» Es klang seltsam beruhigend. Das Kosewort mochte sie aus Gewohnheit einflechten, doch ließ es sich auch als freundschaftliche Geste verstehen.

«Und das stört Sie nicht?»

«Ich glaube nicht alles, was ich in der Zeitung lese, Liebchen. Außerdem», sie deutete auf den leeren Aufenthaltsraum, «Geschäft ist Geschäft, und im Übrigen hat mein Mann der nächsten Wache mitgeteilt, dass Sie hier sind.»

Ich nickte.

«Sollten Sie nicht jetzt mal Ihren Kripofreund anrufen?», fragte sie.

«Ja», sagte ich, «das sollte ich.»

Ich wollte gerade die Nummer von Finneys Handy wählen, als das Telefon klingelte. Erschreckt fuhr ich zusammen, nahm dann ab.

«Robin?»

«Suze! Wo steckst du? Ich dachte, du seist tot.»

«Sag das nicht!» Ihre Stimme klang hoch, am Rande der Hysterie. «Robin, er hat meinen Wagen gestohlen. Ich sitze hier fest, mitten in der Pampas, ganz allein …»

«Suze», unterbrach ich sie, «wo bist du?»

«Ich habe ein Cottage auf dem Weg nach Mousehole gemietet», jammerte sie, als sei es das Selbstverständlichste der Welt, «aber ich kann nirgends hin, weil ich kein Auto habe, und er kommt bestimmt wieder und …»

«Suze», ich versuchte, ruhig zu bleiben, «wer kommt bestimmt wieder?»

«Ein Typ namens Ned.» Suzettes Stimme war ein Falsett. «Und er ist verrückt.»

Ich hielt einen Moment inne. Sean Morris' Tod stand mir plötzlich so drastisch vor Augen, dass es mich selbst überraschte.

«Warst du dabei, als der Junge starb?», wollte ich wissen.

«Wie bitte?» Für einen Augenblick hatte ich Suzette zurück in die Normalität katapultiert. Schließlich konnte sie nicht ahnen, dass ich Bescheid wusste. Ihre Stimmlage war um eine ganze Oktave gesunken.

«Ob du dabei warst, als er starb. Amey weiß, dass er gestorben ist. Hast du gesehen, was du angerichtet hast?»

Am anderen Ende der Leitung hörte ich Suzette wimmern, und dann erlitt sie einen Zusammenbruch. Ich verstand kein Wort mehr: Sie kreischte in den Hörer, dann wieder in den Raum hinein, schluchzend, schrill, vollkommen außer sich. Irgendwann konnte ich schließlich einige Worte ausmachen und begriff, dass sie alles abstritt und dass sie wütend war.

«Wie kannst du nur glauben, dass ich so etwas tun würde?», bekam ich zu hören. «Du bist meine Freundin, du solltest an mich glauben. Habe ich dir je unterstellt, Adam umgebracht zu haben? Jemals?»

Ich schwieg, und sie feuerte weiter, schnell und wütend.

«Selbst als alle Welt dachte, du hättest es getan, habe ich an dich geglaubt. Habe ich dich je in Frage gestellt? Habe ich je an dir gezweifelt?»

Ich dachte zurück an unsere Begegnung in der Kantine des Konzerns nach Adams Tod. Nein, Suzette hatte nicht an mir gezweifelt. Alle anderen hatten irgendetwas von mir hören wollen, entweder ein Dementi oder eine Erklärung, selbst Jane.

Suzette redete immer noch.

«Du glaubst wohl, du bist besser als ich, ja? Dass du irgendwie moralisch überlegen bist? Du glaubst wohl, ich bin irgendein Abschaum, des Mordes fähig, im Gegensatz zu dir?»

«Suzette, wo bist du?», warf ich dazwischen. Sie hatte Recht. Ich schuldete ihr mehr als das.

«Das ist dir doch sowieso egal.» Sie steigerte sich in ihren Zorn hinein.

«Wir müssen miteinander reden», sagte ich. «Du hast Recht. Ich würde gerne zu dir kommen.»

Das versöhnte sie zwar nicht gleich, besänftigte sie jedoch soweit, dass sie mir eine Adresse geben konnte. Nachdem ich aufgehängt hatte, ging Betty mit mir Suzettes Wegbeschreibung durch und zeichnete mir eine Karte auf. Ich musste zur Esplanade, von dort in Richtung Newlyn. Dort sollte ich mich nicht landwärts, sondern längs der Küste halten und von Fore Street zu Cliff Road fahren. Irgendwo auf dieser Straße fände ich laut Suzette ein Hinweisschild auf das Haus. Finney musste wohl oder übel warten.

34

ICH WEISS NICHT, WIE, aber ich fand sie trotz der Dunkelheit. Es war ein winziges Häuschen, eine frei stehende, umgebaute Scheune, etwa fünfzig Meter von der Küstenstraße entfernt. Als ich aus dem Auto stieg, holte ich tief Luft und sog die Nachtluft ein. Es hatte aufgehört zu regnen, doch der Wind hatte noch keineswegs nachgelassen und ließ mich erschaudern. Über mir schienen die Sterne, landeinwärts konnte ich eine Hügelsilhouette ausmachen, und hinter mir lag das Meer. Ein Auto war nirgends zu sehen. Ich klopfte an die Tür mit ihren zwei Flügeln, die einst in einen Stall geführt hatte, Suzette ließ mich ein und umarmte mich. Der Flur wurde durch eine Glaslampe erleuchtet, die ein geisterhaft blasses Licht auf ihr Gesicht warf. Ihre Augen hatten rote Ränder, ihre Hände zitterten. Selbst bei schmeichelhafterer Beleuchtung hätte sie furchtbar ausgesehen.

«Mein Gott, wie wohltuend, ein freundliches Gesicht zu sehen», sagte sie und war wieder kurz davor, in Tränen auszubrechen. Sie führte mich durch eine Tür zu einer tiefer gelegenen Küche, einem gemütlichen Raum mit einer Anrichte aus Pinienholz, in der handbemalte Teller aufbewahrt wurden, und einem Tisch, an dem sicher sechs Leute Platz gehabt hätten und den ein rotes Tischtuch zierte. Neben dem Kamin lagen Stapel von Holzscheiten.

Ich hockte mich auf einen Holzstuhl, während Suzette stehen blieb. Sie war zu nervös, sich hinzusetzen, musste sich bewegen.

«Was machst du hier?», fragte ich sie.

«Die Sache mit dem Jungen war so fürchterlich», sagte sie und setzte sich doch für einen Augenblick, um sogleich wieder aufzuspringen und weiter zu tigern. «Ich bin zurückgekommen, weil ich versuchen wollte, es wieder gut zu machen. Ich wollte seine Familie ausfindig machen, ich wollte ihnen helfen.»

«Er hat keine, jedenfalls niemanden, der etwas von ihm wissen wollte.»

«Das weiß ich jetzt auch», jammerte sie. «Und dann habe ich gestern in der Stadt Ned gesehen. Er beschattete mich, ich hab's mit der Angst bekommen.

Ich bin hierher zurückgefahren und seitdem nicht mehr aus dem Haus gegangen. Als ich deine Nachricht von meiner Mutter bekam, dachte ich, ich fahre nach Penzance und treffe dich. Also geh ich raus, und der Wagen ist weg. Ich hab überall geguckt, er ist einfach verschwunden. Scheiß Sennet mit seinen Scheißstreichen … Robbie ich habe solche Angst. Ich muss heute noch hier verschwinden. Kannst du mich mitnehmen? Du weißt, was Paula passiert ist. Ich werde nicht hier herumsitzen und darauf warten, dass er mich von einer Klippe stößt.»

Eine große Tasche stand fertig gepackt neben der Tür. Suzettes Angst war ansteckend, und für einen Augenblick überkam auch mich das Bedürfnis zu fliehen.

«Erst musst du mir sagen, was passiert ist.»

«Ich will hier nicht bleiben. Hast du keine Angst vor ihm?» Sie war ungläubig. «Wenn du über den Jungen Bescheid weißt, dann stehst auch du auf seiner Liste.»

Ich dachte kurz darüber nach, tat es jedoch sogleich wieder ab. Ich weiß nicht, warum ich keine Angst hatte. Wenn

Ned mich hätte umbringen wollen, hätte er es am Strand tun können.

«Erzähl mir, was passiert ist», wiederholte ich.

Sie schüttelte verzweifelt den Kopf, doch ich hatte den Wagen, und sie wollte so schnell wie möglich weg.

«Ich hatte keine Ahnung.» Sie holte zitternd Luft. «Das musst du mir glauben. Ich hatte keine Ahnung, was Sennet vorhatte. Er machte immer irgendwelchen Scheiß, aber er war witzig, weißt du, blieb immer im Rahmen des Witzigen. Er hörte auf, bevor es einem zu viel wurde. Und man hatte das Gefühl, dass er wusste, was er tat. Er wollte ins Filmgeschäft, und ich habe ihn ermutigt. Ich habe ihm ein paar Tipps gegeben, er hat mir einige seiner Arbeiten gezeigt. Seine Sachen waren sehr gut. Na ja, jedenfalls hat er eines Tages einfach gefragt, ob er meine Kamera ausleihen könnte, er hätte da so eine Idee, und das Ergebnis würde mir sicher gefallen. Also habe ich eingewilligt. Ich weiß, dass das dumm von mir war, aber ich habe eingewilligt. Auch wusste ich nicht, dass er Paula mitnahm. Er hat ihr offenbar erzählt, es sei etwas, das zu filmen ich ihn gebeten hätte. An dem Abend kamen sie zurück ins Hotel und sahen aus wie Leichen. Ich hab sie gefragt, was denn passiert sei, und er versuchte, Paula den Mund zu verbieten, aber sie hat gleich erzählt, dass dieser Junge gestorben war. Ich konnte es einfach nicht glauben. Ich meine, ich konnte einfach nicht glauben, dass sie so dumm sein konnten – und dass jemand so schnell sterben konnte. Paula wurde übel. Und ich meine wirklich übel. Sie hing nur noch über der Kloschüssel. Im Zimmer waren dann nur noch Ned und ich. Ich hab gemeint, los, komm, wir müssen die Polizei holen, und da hat er's gesagt.» Suzette schien kurzfristig kaum Luft zu bekommen. Ich sprang zur Spüle, holte ihr ein Glas Wasser. Sie kippte es hinunter und fuhr fort: «Er hat gesagt, er würde mich umbringen, wenn ich zur Polizei ginge.

Ich habe gelacht, weil ich dachte, das sei irgend so ein fauler Witz, aber er hat mich so merkwürdig angesehen … und da wusste ich, dass es kein Witz war.»

Sie nahm noch einen Schluck Wasser und starrte mich an, als suche sie nach Bestätigung.

«Ich weiß, dass es nicht richtig war, niemandem etwas zu sagen. Es hat mich vor mir selbst geekelt, aber ich wusste, er bringt mich um.»

«Und was habt ihr dann gemacht?»

Sie zuckte mit den Achseln, als sei es offensichtlich.

«Nichts. Wir sind gegangen. Haben vereinbart, den Film zu vergessen.»

«Und Ned?»

«Er hat Paula umgebracht. Sie hat wegen des Jungen derartige Depressionen bekommen, dass er glaubte, sie würde es einfach irgendwann nicht mehr für sich behalten können. Dann hat er Adam umgebracht, weil Paula ihm erzählt hatte, was mit dem Jungen passiert ist, und er nach Paulas Tod Ned gesagt hatte, er wolle zur Polizei gehen.»

Allmählich begann ich klarer zu sehen, fügten sich die Ausschnitte zu einem Bild, das Knäuel des Horrors im Zentrum des Geschehens und nun dessen Entwirrung. Suzette schien getröstet, nachdem sie ihre Geschichte losgeworden war, sie hatte aufgehört zu zittern. Ich betrachtete sie. Ihr Gesicht schien zusammengefallen und nur noch aus Augenhöhlen und Wangenknochen zu bestehen, ihre Haut so durchsichtig, dass die Äderchen darin durchschienen. In der seltsamen Beleuchtung wirkte ihr Haar hell und brüchig wie Stroh. Sie sah winzig aus, winzig und verletzlich, ihre staksigen Gliedmaßen ineinander verschlungen, die Schultern völlig krumm in dem Bemühen, sich selbst fest im Arm zu halten.

«Woher wusstest du über den Jungen Bescheid?», fragte sie.

«Adam», sagte ich. «Er hat mir eine Nachricht hinterlassen.»

Sie runzelte die Stirn und wollte etwas sagen, aber ich kam ihr zuvor: «Los, lass uns gehen.»

Sie nickte langsam und erhob sich.

«Hast du alles?»

Sie rieb sich mit der Hand übers Gesicht.

«Ich schließ nur noch ab.»

Ich nahm ihre Tasche und ging hinaus zum Auto. Ohne das Licht von der Scheune war es draußen stockfinster. Ich war noch dabei, den Kofferraum aufzuschließen, als ich Suzette näher kommen hörte. Ich schaute auf. Gegen die weiß verputzte Mauer der Scheune sah ich lediglich den Umriss ihrer Gestalt. Sie hatte sich warm angezogen, und ich wünschte, ich hätte es ebenfalls getan.

Endlich fand ich das Schloss und wandte mich ihr zu. Meine Gedanken kreisten um ihre Geschichte, doch irgendwo blieben sie immer hängen, wie an einem Kratzer auf einer Schallplatte.

«Was habt ihr mit dem Film gemacht?», fragte ich.

«Ned hat ihn zerstört», sagte sie. «Ich hab ihm zugesehen. Paula schrie ihn an, er solle das Ganze loswerden, und keiner von beiden wollte irgendwelche Beweise. Er hat die Filmrolle ins Feuer geworfen. Ich hab sie brennen sehen.»

Einen Herzschlag lang hörte ich nur den Wind in den Bäumen.

Dann übertönten die Fahrgeräusche eines Wagens, der sich über die Küstenstraße näherte, ihre Worte. Ich schaute auf und sah Scheinwerferlicht von der Straße heraufkommen.

«Nun komm schon», drängte Suzette, «das ist er vielleicht.»

Sie trat an den Wagen, ich bückte mich, um ihre Tasche aufzuheben, mein Verstand mit Zurückspulen und erneutem

Abspulen beschäftigt. Suzettes Geschichte, Suzettes Gesicht, ihre Stimme. Was war der Unterschied zwischen Angst und dem Aussetzen der Vernunft? Ihre Geschichte war schön in ihrer Simplizität. Ihre Logik und Symmetrie waren anziehend. Sie war gut durchdacht. Was sie gesagt hatte, stimmte: Sie hatte nie daran gezweifelt, dass ich Adam nicht umgebracht hatte. Sie war meine einzige wahre Freundin.

Ich hörte das Schäumen der Gischt, die auf den Wellen zum Strand ritt. Ich hörte das Motorgeräusch des herannahenden Wagens. Suzette verlagerte ihr Gewicht von einem Fuß auf den anderen, sichtlich nervös. Meine Augen hatten sich an die Dunkelheit gewöhnt. Als ich mich aufrichtete und umdrehte, um die Tasche in den Kofferraum zu werfen, sah ich die Konturen des Hauses gegen den schwarzen Himmel, und daneben zeichnete sich deutlich der Umriss einer küstenwärts gebauten Garage ab. Irgendwo schrie eine Möwe. Wenn ich ihr nicht glaubte, dann war jetzt der Zeitpunkt für eine Konfrontation, jetzt, ehe sie in meinen Wagen stieg, ehe ich mit ihr an meiner Seite durch die Nacht fuhr. Vielleicht hatte Suzette guten Grund, mich für unschuldig zu halten: nicht, weil sie an meinen untadeligen Charakter glaubte, sondern weil sie um etwas Böses wusste. Ich merkte, dass sich das Geräusch des Wagens entfernte. Er blieb auf der Küstenstraße, bog nicht zum Haus ab. Seine Rücklichter verschwanden in der Ferne. Ich hörte Schritte. Ich drehte mich zu Suzette um, wollte ihr sagen, dass der Wagen nichts mit uns zu tun hatte, dass wir, wenn überhaupt irgendwohin, dann direkt zur Polizei fahren würden. Ich sah, dass der staksige Arm erhoben war, sah in seiner Kralle ein Beil, dessen glänzende Schneide das Mondlicht reflektierte. Der Mond fiel herab, versetzte meinem Schädel einen Hieb, der mich zu Boden streckte, und mein schwindender Verstand versuchte zu verstehen, wie der Mond ein ums andere Mal herabfallen konnte.

35

ICH LAG AUF EINEM Operationstisch, mit blank geschorenem Schädel, abgehacktem und rasiertem Haar, inmitten von Blut und loser Haut, teils glatt durchschnitten, teils zerfetzt, umgeben von einem Team von Chirurgen, die in Masken atmeten und sich besorgt über mich beugten, Knoten machten, mit Fäden Wunden nähten, aus denen noch Stunden nach Beginn der Operation Blut sickerte und dabei doch nicht sickern sollte. Als sie anfingen zu operieren, hatten sie eine CD mit Jazz aufgelegt. Es entspannte sie, machte sie geschmeidiger. Jetzt operierten sie in völliger Stille. Ich spürte nichts und würde noch Tage danach schlafen. Sie würden sich Sorgen machen, ob ich überhaupt aufwachte und ob, wenn ich aufwachte, ich noch ich selbst sein würde. Vor dem Operationssaal, in dem Flur, der als Wartezimmer herhalten musste, sah Kommissarin Mann zu, wie Hauptkommissar Finney hin und her tigerte und seine Dummheit verfluchte.

Noch kurz zuvor saß Finney bei sich, suspendiert und in einem Zuhause, das zu groß und zu fremd war, seit seine Frau ihn verlassen hatte. Er trank Bier und ackerte sich durch die Tagebuchwälzer von Paula Carmichael, jene Tagebücher, die mitsamt den Ermittlungen zu Paulas Tod ad acta gelegt worden waren. Er las die Einträge über mich, über mein Leben, zumindest über das, was Paula beobachtet und von Adam erfahren hatte. Er wusste mittlerweile mehr über mich als ich über ihn.

Dabei fiel Finney auf, was eigentlich vor Wochen hätte auffallen müssen. Es fehlte ein Tagebuch. Die Daten wiesen eine Lücke auf. Er verließ das Haus, suchte Richard Carmichael auf. Sie redeten, sie stritten, schließlich gab Richard Carmichael heraus, was er seit dem Tod seiner Frau versteckt gehalten hatte: das fehlende Tagebuch und damit den Bericht über Sean Morris' Tod; das eine Exemplar, das Paula von den anderen getrennt aufgehoben hatte, hinter Schloss und Riegel im Safe; das Exemplar, das Richard Carmichael nach dem Tod seiner Frau, nach seinen Vorwürfen wegen des Dokumentarfilms hervorgeholt hatte. Als er las, was dort stand, beschloss er, den Mund zu halten. An das Thema Dokumentarfilm rührte man besser nicht. In dem Tagebuch legte Paula erschöpfend und ungeschönt nieder, was sich zugetragen hatte, und geißelte sich mit ihrer Schuld und deren Schrecklichkeit.

Paula war dabei wie auch Ned Sennet, der das Heroin beschafft hatte, damit Sean Morris seinen Beitrag zum Film leisten konnte. Ned hatte auch die verlassene Hütte gefunden als angemessenen schäbigen Drehort. Suzette war dabei, bediente die Kamera. Nachdem sich der Junge übergeben hatte, schien er kurzfristig das Interesse an der Droge zu verlieren. Darauf setzte Ned ihm zu, erinnerte den Jungen an ihre Absprache. Auch Suzette fuhr Sean an. Die Sache drohte außer Kontrolle zu geraten, und sie geriet in Panik. Paula wollte die Wogen glätten. Sie hieß Ned und Suzette, den Mund zu halten. Sie ging zu dem Jungen und redete mit ihm.

«Wenn du es nicht tun willst, lass es sein», sagte ich ihm. «Hör nicht auf sie. Du kannst nach Hause gehen.» Der Junge schaute zu Ned auf, und ich sah, dass er wollte, natürlich wollte er, mit

Brechen oder ohne. Erst später ging mir auf, dass auch Geld im Spiel war. Was habe ich mir bloß dabei gedacht? Geh einfach nach Hause, habe ich gesagt, aber das war nur für die Akten, das war meine Rückversicherung, um mir weismachen zu können, dass ich ihm die Wahl gelassen hatte. Dieser Junge, der kaum älter war als Kyle, hatte keine Familie, zu der er hätte gehen können, hatte keinen Pfennig in der Tasche, und sein Körper schrie nach dem Heroin. Ich bin diese Szene in Gedanken millionenfach durchgegangen und habe nach einer Entschuldigung für mich gesucht, aber an meiner Schuld ist nicht zu rütteln. Mord? Totschlag? Bestenfalls war ich von einer kriminellen Naivität. Aber das ist noch nicht alles. Ich habe mit ihm gesprochen, wie ich mit Kyle spreche, wenn ich ihn dazu bewegen will, etwas zu tun, was er nicht tun möchte. Ich habe gelernt, dass Kyle umso unwilliger ist, je mehr Druck ich ausübe. Also sage ich ihm, ist schon gut, du musst es nicht tun. Ich tue so, als sei es mir gleichgültig. Und dann zuckt Kyle mit den Schultern und tut, was immer es ist. Ich versuche, mir einzureden, dass es keinen Unterschied gemacht hätte, was auch immer ich gesagt hätte, dass Sean das Heroin so oder so genommen hätte. Aber warum empfinde ich dann Tag für Tag, Stunde um Stunde, Minute für Minute solchen Abscheu vor mir?

Sean spritzte sich die Droge, und Paula sah mit an, wie er starb, und spielte diese Szene fortan für die restlichen Monate, die ihr noch blieben, immer wieder in ihrem Kopf ab. Mit jeder Wiederholung verdammte ihr Gewissen sie aufs Neue. Doch Paula schwieg. Ausdruckslos hörte sie sich Suzettes Argumente an: Wenn Paula enthüllte, was passiert war, würde alles, was sie aufgebaut hatte, zunichte gemacht, würden die Hilfsprojekte eingestellt, würden die Freiwilligen zu ihrem Zynismus zurückkehren. Der Junge war ein Drogensüchtiger, sagte Suzette, er wäre ohnehin gestorben. Sie seien zum falschen Zeitpunkt am falschen Ort gewesen, unglückselige Zuschauer, mehr nicht. Paula, gelähmt durch das Geschehene, wusste etwas, was Suzette nicht wusste. Sie hatte bereits einen Vorfall vertuscht, die Unterschlagung der Carmichaeliter-Gelder. Einen Skandal mochte der Verein überstehen, doch bei zweien würde das Ganze wie ein Kartenhaus in sich zusammenfallen. Wenn sie öffentlich ihre Verwicklung in den Tod des Jungen bekannte, würden die Medien die Carmichaeliter-Organisation in der Luft zerreißen. Sie würden herausfinden, dass Geld unterschlagen wurde, dass Paula es vertuscht hatte. Die Organisation würde es nicht überleben. Paula hörte sich an, was Suzette zu sagen hatte, und schwieg, erst einen Tag, dann eine Woche, bis Ned wie ein Geier sein Opfer erspähte. Du hast geschwiegen, sagte er ihr, damit bist du geliefert. Jetzt will ich Geld. So kam es, dass sie nicht nur schwieg, sondern auch Schweigegeld zahlte. Erst fünfhundert Pfund im Monat, dann tausend. Paula hatte bereits Tausende aufgebracht, um die Unterschlagung zu vertuschen. Die zusätzliche Belastung ihrer Finanzen machte sich derart bemerkbar, dass selbst Richard Carmichael die Krise registrierte.

Hier nun, zwischen den Papieren, die Richard Carmichael zurückgehalten hatte, war der eigentliche Abschiedsbrief.

Ich habe versucht, in dem Wissen weiterzumachen, dass ich nicht unfehlbar bin, dass niemand unfehlbar ist. Ich habe sogar versucht, mir einzureden, dass mich dieses Geschehen zu einem besseren, einem toleranteren Menschen macht. Doch Ned, wie der Teufel persönlich, ist jetzt in die unmittelbare Nachbarschaft gezogen, und er kommt ab und an vorbei, klopft, wenn er denkt, dass ich allein zu Hause bin, und lässt sich von mir ein paar Scheine in die Hand drücken. Ich habe meinen Glauben an Worte wie ‹besser› und ‹toleranter› verloren. Ausgerechnet ich. Ausgerechnet ICH. AUSGERECHNET ICH! Ich bin ein erbärmliches Stück Dreck. Ich habe meine Seele verkauft. Ich kann meinem eigenen Spiegelbild nicht mehr ins Auge sehen. Heute Abend war er hier. Ich sagte ihm, jetzt sei Schluss. Ich weigerte mich, ihm auch nur einen Penny zu geben. Er wurde wütend. Eine ganze Stunde lang machte er mich fertig, während Kyle nebenan war. Wenn ich die Zahlungen einstellte, würde er mich anprangern. Ich zitterte. Ich weinte, aber ich werde es nicht noch einmal an Rückgrat fehlen lassen. Ich habe meinen Schwur gehalten. Von mir bekommst du nichts mehr, sagte ich ihm. Lieber sterbe ich. Er ging, und mir wurde klar, dass mir jetzt tatsächlich keine andere Wahl bleibt als der Tod. Er wird mich anprangern. Meine Kinder werden mich verachten. Ich habe keine Wahl.

Finney erkannte, was er in Händen hielt. Er kratzte sich am Kopf, machte sich ein paar Notizen, runzelte die Stirn. Das Telefon klingelte, Kommissarin Mann war am Apparat. Ob alles okay sei bei ihm? Natürlich, knurrte er, was denn nicht okay sein sollte. Sie war an sein Knurren gewöhnt und redete einfach weiter. Sie glaubte, es könnte ihn interessieren zu erfahren, dass die Polizei in Penzance angerufen hatte, um ihnen mitzuteilen, dass Ballantyne dort unten sei, in einem Bed and Breakfast. Finney grunzte, hängte auf, kratzte sich abermals am Kopf. Er überlegte, wo und wer dieser Sennet war und ob die Polizei Suzette Milner überhaupt je vernommen hatte. Er kramte einen Straßenatlas hervor. Der Gedanke, dass ich irgendwo am Ende der Welt allein hockte, behagte ihm nicht.

Finney fand mich, nicht lang nach dem Überfall, schätzten sie. Früh genug, um mich zu retten, hofften sie. Er raste in südwestlicher Richtung durch die Nacht, holte Betty aus ihrem Bett, löcherte sie so lange mit seiner Bitte um eine Wegbeschreibung, bis sie die Augen verdrehte, beschloss mitzufahren und ihren blumigen Morgenmantel auf den Beifahrersitz hievte, weil er sich so begriffsstutzig anstellte. Ohne Betty wäre er an dem Pfad, der zu Suzettes Cottage führte, vorbeigefahren und hätte seinen Bleifuß bis Land's End auf dem Gaspedal gelassen. Sie entdeckten ein verlassenes Haus, meinen verlassenen Wagen, eine Garage, die Türen weit offen, und dann meinen Körper, nahezu leblos, blutig, mit schrecklich zugerichtetem Schädel, zum Ufer geschleift und dort tot geglaubt liegen gelassen, meine Füße bereits von der herankommenden Flut erfasst.

Kommissarin Mann folgte Stunden später, von einem beschämten Vorgesetzten entsandt. Hauptverdächtige fast zu Tode geschlagen, und von wem? Von einer Verdächtigen, die bisher nicht verdächtigt wurde. Der demütige und gedemütigte Verdächtigenliebhaber Finney wurde stillschweigend wieder in sein Amt eingesetzt, Kommissarin Mann wurde zu seiner Rettung geschickt. Sie konnte mit der Presse reden. Sie machte eine gute Figur vor der Kamera und würde nicht zusammenbrechen, falls die frühere Hauptverdächtige starb, womit man schon fast rechnete. Dasselbe ließ sich von Finney keineswegs sagen.

Betty hatte genau zugehört. Sie war in der Lage, Kommissarin Mann zu berichten, mit wem ich gesprochen und was ich gesagt hatte. Kommissarin Mann war durchaus in der Lage, eins und eins zusammenzuzählen. Sie raunte Finney diese Informationshäppchen im Warteraum zu, doch er zeigte keinerlei Interesse, sodass Mann das Krankenhaus verließ, um Amey aufzusuchen. Amey konnte nicht schlafen, hatte nicht geschlafen, seit ich am Tag zuvor an seine Tür geklopft hatte. Er wusste, dass er der Wahrheit verpflichtet war – auch wenn es das Ende für seine Projekte bedeutete und für diejenigen, die er zu retten versuchte. Er erzählte Mann, was sie wissen musste, führte sie zu Bovin und zu Kenny. Sie verständigte ihre Vorgesetzten in London, die wiederum Maeve Bescheid gaben, worauf Maeve fast einen Herzstillstand erlitt. Die Polizei durchsuchte mein Haus und stellte die Kassetten sicher. Kopien wurden angefertigt.

Suzette befand sich auf der Flucht. Sie stand vor einem völligen Zusammenbruch. Sie war einfach nicht gemacht für so etwas. Seit Sean Morris' Tod hatte sie den Zusammenbruch nur mühsam verhindern können. Als Paula starb, glaubte sie, sie müsse vor Angst vergehen. Als sie Adam tötete, glaubte sie, sie würde sich auflösen. Nach dem mörderischen Angriff auf mich gab es kein Selbst mehr, das es zusammenzuhalten galt. Wo auch immer sie hinfloh, schauten die Menschen sie an. Sie lasen ihr vom Gesicht ab, was sie getan hatte. Wo immer sie hinfloh, sah sie Ned. Er hatte ihren Wagen keineswegs gestohlen, sie hatte ihn selbst in der Garage versteckt, doch ihre Angst vor ihm war echt, da sie glaubte, er hätte Paula umgebracht. Sie ließ ihr Auto stehen. Sie ging zu einem Bahnhof und stand eine Ewigkeit vor der Anzeige abfahrender Züge. Den Ort, an dem sie nicht gefunden wird, gab es nicht. Sie nahm einen Zug, dann einen anderen, der sie nach Heathrow brachte. Abermals starrte sie auf eine Anzeigentafel. Sie zitterte und weinte, und alle Welt glotzte.

Ned Sennert erfuhr unterwegs aus den Radionachrichten, was geschehen war. Sein Mund formte ein tonloses ‹Oh›, dann ein tadelndes ‹Suzette›. Er fuhr nach Plymouth, parkte seinen Mietwagen, schnappte sich sein Gepäck und ging fort. Er würde weiterhin seinen Standort wechseln und eine neue Identität annehmen. Er hatte niemanden getötet und im Übrigen auch kein nennenswertes Gewissen, doch er wusste, dass Leute nun nach ihm suchen würden.

Meine Mutter drückte meine Kinder an ihre Brust und schluchzte, erleichtert einzig darüber, dass sie nicht nach Worten suchen musste, um ihnen zu erklären, was geschehen war. Die Kinder waren doch noch so klein. Sie würden mich vergessen. Meine Mutter blieb in London, eng aneinander gekauert mit meinen Schwestern und Kindern, bis die Operation vorüber war und die Nachricht eintraf, dass ich zumindest noch atmete. Mitten in der Nacht dann lud Tanya sie alle in ihren Wagen und fuhr sie nach Südwesten, damit sie sich zu den anderen Menschen im Wartezimmer gesellen konnten. Lorna saß in ihrem Stuhl und schaute aus dem Fenster. Sie wusste Bescheid. Sie war bei mir. Ich konnte sie spüren.

36

MONATE SIND VERGANGEN, Monate der Rekonvaleszenz, zunächst im Krankenhaus, dann zu Hause. Monate des Loslassens meiner Kinder, damit sich andere um sie kümmern konnten, während ich ans Bett gefesselt war. Meine Mutter hatte nach wie vor beruflich viel zu tun, sodass sie ein Heer von Helfern organisiert hatte. Selbst Lorna war eingespannt worden, um an meinem Bett zu sitzen.

«Das ist ein spektakulärer Rollentausch», meinte ich, als sie zum ersten Mal im Krankenzimmer auftauchte.

«Als hätte ich nicht Besseres zu tun», erwiderte sie gutmütig.

Sie strich mir über den rasierten Schädel, ließ sich dann in dem Sessel neben meinem Bett nieder. Wir plauderten ein wenig, lachten ein wenig, und nach einer Weile schlossen wir beide ein wenig die Augen, um uns zu erholen.

Pater Joe Riberra kam mich besuchen, von Schuldgefühlen nahezu zerfressen.

«Ich hätte gleich zur Polizei gehen sollen», hielt er sich vor. «Aber nachdem mir Adam die Kassetten anvertraut hatte, kam es mir irgendwie wie eine Art Verrat vor, sofort zur Polizei zu rennen. Ich weiß nicht, was ich mir dabei gedacht habe.»

Lorna war während seines Besuchs bei mir. Sie erklärte ihm, die Verantwortung liege allein bei mir.

«Sie sind auch nur ein Mensch», meinte sie in ihrer wunderschönen Stimme. «Mehr als unser Bestes können wir nicht tun.»

Riberra nahm daraufhin Lorna erst einmal richtig wahr, und ich sah, dass er plötzlich ihren Kranz goldener Locken bemerkte und ihre leuchtende Porzellanhaut. Sie haben seitdem miteinander telefoniert, und ich glaube, dass sie sich auch getroffen haben, aber das ist eine andere Geschichte.

David, Adams Bruder, brachte den Kindern eine weitere Ladung wissenschaftlicher Journale zum Zerreißen mit und zeigte ihnen, wie man Papierflugzeuge bastelt. Meine Mutter nahm sich auch Norma und Harold Wills vor, mehrfach, wie ich vermute. Eines Tages standen sie dann reuevoll an meinem Bett. Nachdem sie die ersten paar Minuten mit unterwürfigen Entschuldigungen zugebracht hatten, stieß Harold seine Frau in die Seite, worauf sie eine kleine Ansprache vom Stapel ließ.

«Ich kann verstehen, wenn du Nein sagst», hub sie an, «aber wir würden wahnsinnig gerne mit den Kindern helfen. Ich meine, wir würden sie sehr gerne sehen, möchten dir aber auch sehr gerne helfen. Wir haben darüber nachgedacht, und wir verstehen es vollkommen, wenn du uns nicht sehen willst, aber vielleicht könnten wir nur kurz vorbeikommen, die Kinder abholen und sie dann wieder abliefern, und du müsstest uns dann auch gar nicht wirklich sehen …»

Meine Mutter und ich starrten Norma verblüfft an. Sie war förmlich auf den Knien in dieser Orgie der Selbstkasteiung. Hilfesuchend schaute ich zu meiner Mutter, doch dies überließ sie ganz mir.

«Vielleicht kommt ihr irgendwann mal vorbei und verbringt ein wenig Zeit mit uns allen, damit die Zwillinge uns zusammen sehen und wissen, dass wir alle eine …» Das Wort blieb mir fast im Hals stecken, ich musste noch einmal ansetzen. «… wissen, dass wir alle eine … Familie sind.» Endlich war es raus. Norma und Harold überschlugen sich fast vor Dankbarkeit, während sie rückwärts aus dem Zimmer gingen und sich möglichst schnell davonmachten, aus Angst, ich könnte meine Meinung ändern. Hinter ihrem Rücken verdrehte meine Mutter die Augen.

Jane holte Hannah und William eines Tages ab und ging mit ihnen zum Spielplatz, und als sie mit den Kindern zurückkehrte, war sie so stolz, als habe sie den Mount Everest bestiegen. Eine Woche später tauchte sie mit Quentin im Schlepptau auf und wiederholte ihren Ausflug. Als sie die Kinder später wieder ablieferte, kam sie in mein Zimmer und vertraute mir an, dass Quentin und sie überlegten, ein Kind zu bekommen, weil Hannah und William so süß seien. Was auch stimmte. Beide liefen sie mittlerweile, hierhin und dorthin, mit Popos, die vor schierer Freude an ihrer Beweglichkeit nur so wackelten.

«Um genau zu sein, tun wir mehr, als uns die Sache zu überlegen», sagte Jane und brach in röhrendes Gelächter aus.

«Wie klug von euch», meinte ich schwach.

Dreimal hat es an der Tür geklingelt, worauf sich unten eine leise Unterhaltung entspann, an der eine männliche Stimme beteiligt war. Jedes Mal kam Carol daraufhin mit einem Strauß Lilien in mein Zimmer. Als es zum ersten Mal geschah, dachte ich, die Blumen seien von Finney, und griff mir freudig erregt die Karte, nur um sie im nächsten Moment entsetzt fallen zu lassen, als ich die Worte las: «Mit besten Genesungswünschen, Gilbert». Ich habe ihn nicht ermutigt, aber ich habe Carol auch nicht gebeten, meinem Vater die Tür zu weisen. Ich nehme seine Blumen an. Ich merke, dass er niemals klingelt, wenn meine Mutter hier ist, und mir ist klar, dass eines Tages, wenn er mich besuchen kommt, ich es sein werde, die ihm die Tür öffnet. Damit befasse ich mich, wenn es soweit ist.

Nächste Woche werde ich wieder zur Arbeit gehen. Meine Kopfwunden sind verheilt, mein Haar ist nachgewachsen, wenn auch noch kurz. Eine breite weiße Strähne ist mitgewachsen. Ich habe sie blond gefärbt, weil ich noch nicht bereit bin, grauhaarig zu sein. Mein erster Gang vors Haus galt dem Einkauf einer neuen Garderobe für mein neues Leben. Wenn ich in den Spiegel schaue, finde ich, dass ich stark wirke. Zu allem bereit. Ich wiege kein Gramm zu viel, und wenn ich in meine Augen blicke, kann ich wenig Unbekümmertheit darin erkennen. Daran werde ich noch arbeiten müssen.

Die Berichterstattung in den Medien hat eine Kehrtwendung gemacht, und zwar innerhalb von nur vierundzwanzig Stunden, als klar wurde, dass ich keine Mörderin war. Der Konzern bekam eins aufs Dach, weil er mich nicht uneingeschränkt unterstützt hatte. Als die ganze Geschichte ans Licht kam, einschließlich der Details über Sean Morris' Tod, hängte sich Maeve verzweifelt an mich. Wenn sie zeigen konnte, dass sie auf Seiten derer stand, denen Unrecht geschehen war, mit anderen Worten auf meiner Seite, mochte ihre Karriere eine Zukunft haben. Ich ließ es zu und nutzte es schonungslos zu meinem Vorteil aus. Sie willigte ein, dass ich bei voller Gehaltszahlung zunächst zwei Tage pro Woche arbeitete, mich nach meinem persönlichen Zeitplan auf drei, vier, vielleicht sogar fünf steigerte, falls ich mich dazu in der Lage fühlte. Außerdem erhielt ich völlig freie Hand, nach Belieben Dokumentarfilme zu produzieren.

«Vielleicht könntest du eine Serie über Justizirrtümer drehen», meinte Maeve in ihrer hilfreichen Art, den Blick fest auf die Einschaltquoten gerichtet.

«Ballantynes Welt», schlug ich trocken vor, worauf sie etwas vor sich hin murmelte und das Thema wechselte.

Heute, eine Woche vor meinem Dienstantritt, ziehe ich um, aus meinem kleinen Nest in Adams Wohnung. Die Carmichaels haben bereits verkauft und sind aufs Land gezogen. Richard und Kyle sind in den vergangenen Monaten ein paar Mal vorbeigekommen, aber immer getrennt. Richard brachte dann Bücher und Zeitschriften mit, Kyle Schokolade. Einmal hatte ich ein längeres Gespräch mit Richard. Er ist kein glücklicher Mann, aber er ist sesshafter und ruhiger geworden, seinen beiden Stiefsöhnen zuliebe. Er ist traurig, dass das Ansehen seiner Frau Schaden genommen hat, aber er ist immer noch stolz auf sie. Kyle hat es wegen des Selbstmords seiner Mutter besonders schwer. Eine Zeit lang hieß es, er werde zu seinem leiblichen Vater ziehen, doch als er am Ende beschloss, da zu bleiben, wo er war, schien Richard erfreut. Richard möchte, dass er eine andere Schule besucht, die ihm mehr Unterstützung bietet. Auch möchte er ihm professionelle Hilfe verschaffen. George ist ein paar Mal wegen Trunkenheit in der Schule aufgefallen, aber er ist Kyle ein netter großer Bruder.

Da auch Dan nicht mehr hier wohnt, sind die Geister aus meiner Straße verschwunden, und dennoch habe ich nach wie vor Albträume von jener Nacht, von sturmverzerrten Stimmen, von Paulas Sturz. Ich habe meine eigene Theorie: Wenn ich in jener Nacht vor ihrem Sturz wirklich eine Stimme gehört habe, dann war es Paulas eigene Stimme, die ihre Schuld in die Welt hinausschrie. Sie musste es loswerden und tat es auf dem Balkon stehend, bevor sie sich hinabstürzte. Es war, wie ich mir sage, ihre letzte Beichte. Nicht vor Gott, sondern vor der Menschlichkeit.

Mit meinen Albträumen kann es so nicht weitergehen. Ich weiß, ich muss fort. Ich muss den Schutzraum meines Winterschlafs verlassen und meinen Platz in der Welt reklamieren. Adams Wohnung wird ein neuer Anfang. Carol möchte mit uns kommen. Sie ist einverstanden, das nächste Jahr bei uns zu verbringen, mir mit den Kindern zu helfen, während ich wieder Tritt fasse. Jane findet es komisch, dass ich in Adams Wohnung ziehe. Sicher ist auch mir der Gedanke gekommen, dass er in der ein oder anderen Weise anwesend sein wird, aber ich baue darauf, dass er ein guter Geist ist, den kennen zu lernen sich lohnt. Adam war alles andere als vollkommen, aber er ist immerhin Hannahs und Williams Vater.

Die Packer, allesamt Australier, sind fast fertig. Mein Leben ist verpackt. Die Kinder verbringen den Tag in Normas und Harolds Haus. Meine einzige diesbezügliche Sorge ist, dass sie von Adams Eltern immer mit einem derartigen Zuckerhoch heimkommen, dass es unmöglich ist, sie ins Bett zu kriegen. Doch gemessen an all den Geschehnissen fällt ein Zuckerhoch nicht ins Gewicht. Ich stehe im Flur und versuche, den Packern nicht im Weg zu sein. Die Haustür steht weit offen, Kommissarin Mann taucht darin auf, nur dass sie mittlerweile Oberkommissarin ist.

Ihr Besuch hat nichts Ungewöhnliches. Sie ist in den vergangenen Monaten häufig vorbeigekommen. Es gab eine Zeit, da sie nicht glaubten, ich könne im Prozess gegen Suzette aussagen, und Mann beauftragten, meinen Geisteszustand zu überwachen – zusammen mit einer Phalanx von Psychiatern. Auch erfuhr ich von ihr Näheres über Hauptkommissar Finneys Lebensgeschichte und -umstände. Eines Tages erzählte sie mir, wie seine Frau ihn verließ, um zu ihrem Chef nach Manchester zu ziehen. Bei anderer Gelegenheit erzählte sie mir von dem Fall, der Finney ein Jahr zuvor in Schwierigkeiten gebracht hatte. Darin war tatsächlich eine andere Frau verwickelt, zudem eine Frau, die Finney gemocht hatte, doch in Wirklichkeit war die Dame siebzig Jahre alt und in ihrem eigenen Haus von ihrem Neffen zusammengeschlagen worden. «Es hatte», sagte Mann behutsam und entschlossen, die Botschaft an die Frau zu bringen, «nichts von einer Romanze. Er mochte sie einfach und hat die Vorschriften ein wenig zu großzügig ausgelegt, um sicherzugehen, dass es ihr gut ging.» Inzwischen erzählt sie mir, wann immer sich die Gelegenheit bietet, Anekdoten, deren Pointe stets auf dasselbe hinausläuft: Finney ist ein guter Mensch und ein einsamer Mann. Doch das wusste ich bereits. Trotzdem höre ich mir ihre Geschichten gern an, auch wenn Finney mich in der ganzen Zeit nicht ein einziges Mal besucht hat.

Mann betritt das Haus, ohne anzuklopfen, und muss sich gleich gegen die Wand drücken, um zwei meiner Australier, die mit berstenden Bizepsen Bücherkisten schleppen, den Weg frei zu machen. Sie lässt ein Lächeln aufblitzen, das einem von ihnen gilt, und besieht sich das Bild der Zerstörung. Ohne Möbel sieht das Haus schmuddelig aus.

«Haben Sie Zeit für einen Spaziergang?», fragt sie mich.

Da ich weiß, dass die Offerte Neuigkeiten bedeutet, erkläre ich meinen Männern, dass ich eine Pause einlege, und gehe in den frühsommerlichen Sonnenschein hinaus. Ich nehme ihren Schritt auf.

«Sie haben Sennet in Wales verhaftet», erzählt sie. «Und der Kerl singt.»

«Sie meinen, Sie haben einen Deal mit ihm gemacht. Lassen Sie mich raten – er wird nicht wegen Beschaffung der Drogen belangt, die Sean Morris umbrachten?»

«Es wäre sowieso fast unmöglich gewesen, ihn deswegen vor Gericht zu bringen. Er behauptet, Morris habe das Heroin selbst gekauft und mitgebracht, und er habe Morris nicht bezahlt für seinen ‹Auftritt› vor der Kamera, und da Morris tot umfiel, bevor Geld den Besitzer wechseln konnte, hat er genau genommen sogar Recht. Natürlich haben wir Paulas Schilderung des Hergangs, aber auch sie ist tot.»

«Und was ist mit dem Geld, das von ihrem Konto aufgrund der Erpressung abfloss?», gab ich zu bedenken, «das beweist doch etwas, oder nicht?»

«Könnten Wohltätigkeitsspenden sein. Wie dem auch sei, Stein, Sennet, wie auch immer Sie ihn nennen wollen, liefert uns Suzettes Motiv für ihren Mord an Adam. Er wird schildern, wie Morris starb. Er hat gehört, wie Suzette in jener Nacht in der Hotelbar Paula und Adam auf absolute Geheimhaltung verpflichtet hat. Er hat den Streit darüber, was mit dem Film geschehen soll, mitbekommen. Adam versprach, Stillschweigen über Morris' Tod zu bewahren unter der Bedingung, dass er den Film bekäme. Er versprach, ihn zu zerstören.» Mann verstummte und seufzte. Sie liebte ihre Geschichte, die Art, wie sie sich entfaltete und mit jedem Tatbestand, den sie aufdeckte, stimmiger wurde, doch dieses Detail mochte sie offenbar gar nicht. «Warum wollte Adam die Kassetten überhaupt haben? Das ist es, was ich nicht verstehe», sagte sie. «Warum verpflichtet man sich, den Mund zu halten und hebt andererseits Beweismittel auf? Das leuchtet mir nicht ein.»

Mir leuchtete es sehr wohl ein. Kein Journalist kann es ertragen, ein historisches Dokument zu vernichten. Man kann es auf ewig vergraben oder verstecken, doch wenn man es vernichtet, wird man vom Blitz getroffen. Vielleicht wusste Adam aber auch, dass er, sosehr er auch willens war, kurzfristig über Morris' Tod zu schweigen, langfristig seine Meinung womöglich ändern würde. Adam war Pragmatiker. Man sollte niemals Brücken hinter sich abbrechen. Ich vermutete, dass er ohnehin nur aus Loyalität zu Paula und vielleicht auch Suzette zugestimmt hatte, die Sache zu verschweigen. Allem Anschein nach hatten Suzette und Adam irgendwann tatsächlich eine Beziehung, doch Freunde und Kollegen meinten übereinstimmend, sie nach Abblasen des Dokumentarfilms nie mehr zusammen gesehen zu haben.

Mann sprach weiter, als rezitiere sie die auswendig gelernten Fakten ihres Falls. «Am Tag von Paulas Beerdigung haben Sie Finney gesagt, dass Adam Sie besuchen wird. Auch das hat Stein alias Sennet mitbekommen. Suzette wusste, dass Adam nach Paulas Selbstmord die Hölle auf Erden erlebte. Sie hatte ja mitbekommen, wie er die Trauerfeier verlassen hatte. Sie muss gewusst haben, was in ihm vorging. Vielleicht haben sie sogar miteinander darüber gesprochen. Sie muss befürchtet haben, er könne Ihnen sein Herz ausschütten. So fuhr sie in ihrem eigenen Auto zu Ihrem Haus. Ihr hochgestecktes Haar hatte sie unter einer Strickmütze verborgen, ein Schal bedeckte die untere Hälfte ihres Gesichts, eine ziemlich gewöhnliche Tarnung, nichts Ausgefallenes. Sie mag sich vielleicht eingeredet haben, Adam zur Rede stellen oder ihm einen Schrecken einjagen zu wollen. In Wirklichkeit hätte sie ihn womöglich mit ihrem eigenen Auto überfahren. Dann war ihr das Glück hold, sie sah Ihr Auto, erkannte es wieder. So parkte sie das ihre in der Parallelstraße, probierte, ob die Tür Ihres Wagens sich öffnen ließ, und siehe da, sie war nicht abgeschlossen. Sie hatten sogar den Schlüssel im Zündschloss stecken lassen. Wie fahrlässig das von Ihnen war, wollen wir jetzt lieber nicht erörtern.»

«Verbindlichen Dank.»

«Wir haben einen Zeugen, der Suzette dabei beobachtet hat, wie sie sich an Ihrem Wagen zu schaffen gemacht hat. Sie setzte sich ans Steuer. Sie trug Handschuhe, doch als sie den Sitz in die richtige Position rücken wollte, schnitt sie sich am Metallstück am Boden die Hand auf. Sie wischte das Blut mit einem Papiertaschentuch ab, dann wurde sie aus unerfindlichen Gründen unachtsam. Vielleicht sah sie in diesem Augenblick, wie Adam die Straße entlang lief und sich anschickte, sie zu überqueren. Sie ließ das Taschentuch fallen. Das wird ihr zum Verhängnis. Sie muss gedacht haben, sie könnte uns von ihrer Fährte abbringen und Ihnen die Sache anhängen.»

«Da lag sie gar nicht so falsch», warf ich ein, doch Mann ließ sich nicht aus dem Konzept bringen und fuhr in ihrer Erzählung fort.

«Sie glaubte tatsächlich, sie käme damit durch. Dann ruft sie Michael Amey an, um nach dem Anruf von Bovin Ned Sennet ausfindig zu machen. Amey ist ganz außer sich und erzählt ihr von Bovins Vorwürfen, Sennet habe gedealt. Suzette gerät in Panik. Mittlerweile leidet sie unter Verfolgungswahn. Sie kehrt nach Cornwall zurück, um die Lage zu peilen. Nun, den Rest kennen Sie nur allzu gut.»

Ich seufzte. Mir war danach, nach Hause zu gehen, ein neues Zuhause um mich herum aufzubauen. Ich war das alles schon hunderte Male durchgegangen. Suzettes Prozess stand mir wie ein Gebirge bevor, seit dem Moment, da meine Mutter mir berichtete, Suzette sei gefasst worden, als sie versucht habe, einen Tag nach ihrem Mordanschlag ein Flugzeug nach New York zu besteigen. Mir war klar, dass Suzette bereits zu dem Zeitpunkt, als sie Adam tötete, nicht mehr Herrin ihrer selbst war. Bei Licht besehen, war es ein riskanter, opportunistischer, aus Panik geborener, in allerletzter Minute geplanter und wenig durchdachter Mord. Als sie dann ihren Anschlag auf mich verübte, überzeugte sie sich nicht einmal davon, dass ich wirklich tot war.

«Ich freue mich, dass Sie Dan geschnappt haben», sagte ich, «aber wenn ich daran denke, dass er vielleicht ungeschoren davonkommt, wird mir schlecht.»

Mittlerweile war Mann mit mir die ganze Straße auf und ab gegangen. Mit einem Kopfnicken deutete sie auf das Verkaufsschild, das der Makler in meinen Vorgarten gepflanzt hatte.

«Haben Sie es gut verkaufen können?», fragte sie.

«Geht so», erwiderte ich. Dabei war ich auf das erste Angebot, das ich erhalten hatte, eingegangen. Ich hatte einfach nicht die Nerven für einen harten Verkaufsstil, und als der Gutachter vorbeikam, hielt ich nicht hinter dem Berg und erzählte ihm, dass das Dach undicht sei. Dennoch blieb mir nach Abzahlen meiner Hypothek noch ein hübsches Sümmchen Gewinn. Mit der Erbschaft von Adams Wohnung sah ich Licht am Ende des finanziellen Tunnels.

Vor meiner Haustür ließ sich Mann auf eine Tasse Kaffee bei mir einladen, um die Australier, wie sie sagte, noch einmal besser in Augenschein zu nehmen, doch als wir gerade hineingehen wollten, fuhr ein weiterer Wagen vor, was sie mit einem breiten Grinsen registrierte.

«Sir», begrüßte sie ihn.

Finney kurbelte sein Wagenfenster runter und schenkte ihr ein schiefes Lächeln. Ich hätte schwören können, dass er dabei errötete.

Mit einem unzweideutigen Gesichtsausdruck verabschiedete sich Mann.

«Dann will ich mal», sagte sie und ging.

Finney und ich schauten ihr hinterher. Dann sah er zu mir herüber, allerdings ohne aus seinem Wagen zu steigen, was meinem Herzen einen Stich versetzte. Ich ging zu ihm hinüber.

«Du ziehst um», sagte er.

«Ich bleibe in der Nähe.»

Er nickte, langte auf seinen Rücksitz und holte einen Strauß roter Rosen hervor. Den reichte er mir durch das Fenster.

«Für das neue Haus.»

«Du hast mich kein einziges Mal besucht. Die ganze Zeit nicht.»

Er schüttelte den Kopf, offenbar unfähig zu sprechen.

Dann starrte er in die Ferne. Ich blickte mich nach meinem Haus um, doch es schien nicht der rechte Augenblick, ihn einzuladen. Ich ging auf die andere Seite des Wagens, öffnete die Beifahrertür und setzte mich neben ihn, die Rosen auf meinem Schoß. Ich konnte die Dornen auf meinen Schenkeln spüren. Er drehte sich zu mir, streckte seinen Arm vor und berührte mein kurzes Haar.

«Du bist blond.»

«Teilweise», sagte ich. «Ich habe gehört, Blondinen haben mehr Spaß.»

Wir lächelten einander zu, zuerst ganz scheu, dann schlichtweg glücklich. Er hielt mir seine Handfläche entgegen, auf die ich meine Hand legte. Seine Finger umschlossen die meinen. Ich lehnte mich gegen die Kopfstütze. Ich saß in einem Polizeiauto, das auf einer Straße im Süden Londons in zweiter Reihe parkte, und fühlte mich daheim.

«Ich darf nicht wieder alles versauen», sagte er. «Ich bin zwar immer noch von dem Fall abgezogen, aber die Verteidigung könnte mein Verhalten trotzdem noch an die große Glocke hängen. Und die Presse übrigens auch.»

«Und doch bist du heute gekommen.»

«Ich wollte dir viel Glück wünschen. Mit deiner Arbeit und ...» Seine Stimme versagte. «Na ja, mit allem eben.»

Dann saßen wir schweigend beisammen. Die Sonne ging hinter den Häusergiebeln unter, aber es blieb warm zur Dämmerstunde, die sich dehnte. Die Australier verstauten die letzte Kiste in ihrem Möbelwagen und schlossen die Heckklappe. Sie winkten mir und riefen herüber, dass wir uns am nächsten Morgen sähen, verabschiedeten sich nochmals mit Hupen, und so holperten meine Sachen die Straße hinunter. Dann saßen wir noch ein Weilchen schweigend beisammen.

Suzettes Prozess würde nie vorbei sein. Selbst nachdem er ausgestanden war, würde er mir auf alle Zeit nachhängen wie Adams und Paulas Tod: Schlimme schwarze Momente in meinem Leben – aber ich würde niemals zulassen, dass Hannah, William oder ich unser Leben in Düsterkeit lebten.

«Wenn der Prozess vorüber ist», sagte ich, «könntest du mir ein paar Wochen Zeit geben. Dann kannst du mich anrufen und mich ausführen. Falls du Lust hast. Oder wir könnten etwas mit den Kindern unternehmen.»

Er holte tief Luft.

«Ausführen klingt gut», meinte er.

Ich nickte. «Find ich auch.»

«Ich bräuchte allerdings deine neue Telefonnummer.»

Ich schrieb sie ihm in sein Adressheft, jene Nummer, die ich am Abend von Adams Tod immer wieder gewählt hatte, und Finney nahm sie zu sich und in seine Jacketttasche.

«Die werde ich nicht verlieren», sagte er.

«Das will ich hoffen», erwiderte ich. Ich lehnte mich zu ihm, gab ihm einen sanften Kuss auf die Wange, öffnete die Wagentür und stieg aus. Eine Zeit lang saß er unbeweglich da, sah mich an und lächelte. Dann hob er seine Hand zum Abschied und fuhr davon.

DANKSAGUNG

Ich bin einer Reihe von Menschen zu Dank verpflichtet, die mir beim Schreiben dieses Buches geholfen haben. Elizabeth Aylett beriet mich in allen Fragen des chronischen Erschöpfungssyndroms. Jennifer Schwerin und Nancy Fraser statteten mich mit technischen Details über das Filmemachen aus. Martha Huang las unermüdlich und unerbittlich frühere Fassungen des Textes. James Miles, mein Mann, unterstützte mich unablässig. Meine Eltern, John und Joan Sampson, gewährten mir und meinen drei Kindern zu einem kritischen Zeitpunkt in der Entstehung des Manuskripts Schutz vor SARS. Ich stehe tief in der Schuld von Amada Preston, meiner Agentin, sowie Sarah Turner und Amy Einhorn, meinen Lektorinnen.

B 75/1

Foto: Getty images

Thriller bei rororo

«A faint cold fear thrills through my veins.»
William Shakespeare

Madeleine Giese
Die letzte Rolle
Kriminalroman. 3-499-23683-4
Ein Theaterintendant engagiert bejahrte Schauspieler aus dem Altenheim publicityträchtig für den *Sturm*. Für die greisen Mimen geht so ein letzter Traum in Erfüllung. Doch nicht nur bei Shakespeare enden Träume tödlich ...

Beat Glogger
Xenesis
Thriller. 3-499-23613-3

Wolfgang Kaes
Todfreunde
Roman. 3-499-23515-3

Barbara Apel/Lotti Nass
Roter Morgen
Psychothriller. 3-499-23230-8

Karin Slaughter
Belladonna
Thriller. 3-499-23230-8

Bill Napier
Die Offenbarung
Roman. 3-499-23423-8

P. J. Tracy
Spiel unter Freunden
Roman
«Ein exzellenter Thriller mit glaubwürdigen, lebendigen Charakteren, der den Leser unerbittlich in einen Mahlstrom von Gewalt und Obsession zieht.» Philip Kerr

3-499-23821-7

Weitere Informationen in der Rowohlt Revue oder unter www.rororo.de

B 110/1

Foto: Folio-ID

Zwielichter der Großstadt – Mord in der Metropole

Boris Meyn
Die Bilderjäger
3-499-23196-4
Ein Kunstwerk verschwindet, eine Leiche taucht auf. Und bei einer wird es nicht bleiben. Aber ist die erotische Zeichnung von Modigliani wirklich so wertvoll, dass mehrere Menschen dafür sterben müssen? Wer außer der jungen Kunsthistorikerin Grit jagt eigentlich noch hinter der Mappe mit den nackten Tatsachen her? Was haben Schweizer Banken und Museen in Amerika mit der Sache zu tun? Und ist es wirklich nur Dankbarkeit, was Grit gegenüber dem Taxifahrer Zart empfindet, der sie kundig durch die Villenviertel und Schmuddelecken von Hamburg kutschiert?

Dick van den Heuvel/
Simon de Waal
Mord im Revue-Palast
3-499-23697-4

Marion Schwarzwälder
Backstage
Ein Fall für Oshinski und März
3-499-23640-0

Volker Albers
Tod am Kai
Tatort Hafen: Wasserleichen und andere Abgänge ...

3-499-23425-4

Weitere Informationen in der Rowohlt Revue oder unter www.rororo.de